SANGRE EN EL DESIERTO

Las muertas de Juárez

SANGRE EN EL DESIERTO

Las muertas de Juárez

Alicia Gaspar de Alba

Traducción de Rosario Sanmiguel

Arte Público Press
Houston, Texas

Sangre en el desierto: Las muertas de Juárez ha sido subvencionado por la Ciudad de Houston por medio del Houston Arts Alliance y el Exemplar Program, un programa de Americans for the Arts en colaboración con LarsonAllen Public Services Group, con fondos de la Fundación Ford.

Recuperando el pasado, creando el futuro

Arte Público Press
University of Houston
452 Cullen Performance Hall
Houston, Texas 77204-2004

Diseño de la portada de Giovanni Mora
Arte para la portada "Las muertas de Juárez reclaman justicia"
por Segundo Pérez

Gaspar de Alba, Alicia, 1958–
    [Desert blood. Spanish]
    Sangre en el desierto: Las muertas de Juárez / por Alicia Gaspar de Alba; traducción al español de Rosario Sanmiguel.
        p.   cm.
    Translation of: Desert blood.
    ISBN 978-1-55885-518-2 (alk. paper)
    1. Americans—Mexico—Fiction. 2. Pregnant women—Crimes against—Fiction. 3. Mexican American Border Region—Fiction. 4. El Paso (Tex.)—Fiction. 5. Adoption—Fiction. 6. Lesbians—Fiction. 7. Mexico—Fiction.   I. Title.
    PS3557.A8449D4718 2008
    813'.54—dc22   2008039222
                                                              CIP

⊗ El papel que se usó en esta publicación cumple con los requisitos del American National Standard for Information Sciences—Permanence of Paper for Printed Library Materials, ANSI Z39.48-1984.

8 9 0 1 2 3 4 5 6 7   10 9 8 7 6 5 4 3 2 1

A las "muchachas del sur"
—con respeto

Hay muertas que no hacen ruido, Llorona
Y es más grande su penar . . .
"La Llorona"

"La frontera Estados Unidos-México es una herida abierta donde el tercer mundo se restriega contra el primer mundo y sangra".

Gloria Anzaldúa,
Borderlands/La Frontera: The New Mestiza (1987)

"Es en la pornografía donde se destilan los significados básicos del crimen sexual —el cuerpo femenino se trasforma en un fetiche, se exhibe, se consagra sólo para que se le odie, se le posee, se le profane, se le sacrifique".

Jane Caputi, *The Age of Sex Crime* (1997)

"Después de todo la vida no es una película de misterio hecha en Hollywood. No hay resolución ni un loco a quién culpar. El crimen perfecto es sorprendentemente fácil de cometer, especialmente cuando la víctima no es alguien 'importante', cuando se trata de una persona anónima —y Juárez tiene muchas de esas".

Sam Quiñones, "The Maquiladora Murders",
Ms. (Mayo/Junio 1998)

Exención de responsabilidad

Los crímenes sexuales en serie, o feminicidios, que ocupan esta novela, son reales. Una epidemia de asesinatos de mujeres ha plagado la frontera Ciudad Juárez-El Paso desde 1993. Sin embargo, todos los personajes en esta historia son ficticios. Cualquier similitud con personas vivas o muertas es fortuita. Algunos de los sospechosos y figuras públicas que aparecen en este libro fueron tomados de reportajes de diarios y televisión. Sus nombres han sido cambiados, pero las marcas de identidad permanecen, como la nacionalidad o el apodo. Las víctimas son un compuesto de víctimas reales. Lectoras/os familiarizadas/os con los "asesinatos de las maquiladoras" reconocerán ciertos detalles acerca de un crimen específico y encontrarán que no concuerdan con lo que "realmente sucedió". Debido a que éste es un recuento ficticio de eventos reales, me he tomado ciertas libertades con cronologías y hechos. También he agregado una dimensión metafórica a la historia, usando la imagen de las monedas americanas, particularmente los peniques, para representar el valor de las víctimas en la maquinaria corporativa. Las mujeres pobres y morenas, quienes son el blanco principal de estos asesinatos, son, en otras palabras, tan prescindibles como las monedas de un centavo en la economía de la frontera. Quiero enfatizar que, hasta donde yo sé, no se han encontrado peniques americanos en ninguno de los cuerpos de las víctimas reales.

También, debido a que no hay, hasta ahora, ninguna solución a los asesinatos, sólo teorías y especulaciones, la línea de investigación ofrecida en este libro está basada en cuatro años de investigación de los crímenes y en una vida de experiencia personal en la infraestructura social, política, económica y cultural de la frontera Estados Unidos-México que hace posible que se produzcan estos crímenes con impunidad.

La prensa ha descrito estos crímenes como "Asesinatos en serie al estilo Jack el Destripador". Los cuerpos de las víctimas fueron inmolados, mutilados, desmembrados o golpeados hasta dejarlos irreconocibles. Al menos noventa de las mujeres asesinadas fueron también violadas. Trágicamente, hasta el momento en que fue escrito este libro, diez años después de que comenzó la epidemia, y más de 350 cuerpos después, los crímenes siguen sin resolverse. Aún más trágico es el hecho de que los asesinatos continúan. En 2003, por ejemplo, veintidós cuerpos de mujeres fueron descubiertos violados y asesinados en Ciudad Juárez, entre ellos el de una niña de seis años que fue apuñalada en reiteradas ocasiones y sus ojos fueron removidos.

No es mi intención hacer una historia sensacionalista de los crímenes o sacar provecho de las pérdidas de tantas familias, sino exponer, tanto como sea posible, los horrores de esta ola de crímenes así como ofrecer alguna hipótesis —una explicación creíble al silencio que ha rodeado los asesinatos— basada en la investigación y en lo que sé acerca de ese lugar en el mapa.

Yo soy de El Paso, soy nativa de la frontera y me uno a las filas de aquellas/os que creen que el silencio=muerte. Madres, protéjannos. C/S

Los Ángeles, California, 2003

SENTÍA LA SOGA APRETADA ALREDEDOR DEL CUELLO y que la arrastraban sobre la arena y las piedras. La herida en el seno le punzaba a causa de los matorrales de salvia. Ya no tenía sensibilidad debajo de la cintura pero la cara le dolía por los golpes. Uno de ellos la había inyectado, sin embargo todavía podía mover los brazos y meter la punta de los dedos bajo el lazo. Le habían metido el brassiere en la boca, y los broches le lastimaban la lengua. Cuando el carro se detuvo se golpeó la cabeza contra algo duro. El golpe la dejó atontada; lloraba de nuevo, pero de pronto ya no sintió nada en los brazos. La insensibilidad se deslizó por su espina dorsal. Las mandíbulas, el estómago: todo lo sentía muerto.

Apagaron las luces del carro y la dejaron tirada en la oscuridad inhalando los gases que salían del tubo de escape del carro. La boca le sabía a metal. Sólo podía parpadear. Las estrellas se parecían a las luces de la ciudad. Por un momento sintió como si estuviera colgada de los pies; la sangre se agolpaba en sus oídos, le calentaba el rostro.

Recordó el juego mecánico en la feria. El martillo, se llamaba, las otras muchachas le habían advertido que no se subiera, que iba a vomitar, pero no fue así. En cambio se desmayó y despertó en el asiento trasero de un carro con un hombre que le daba puñetazos en la cara y otro, que reconoció de la fábrica, que le inyectaba una jeringa en el estómago.

Por unos segundos una luz intensa la encandiló, luego vio sus caras alargadas como monedas de plata. Era tan brillante que no vio lo que brillaba en sus puños hasta que ya estuvieron encima de ella.

La droga que le dieron la hacía sentir como si estuviera bajo el agua. No sintió las navajas que la cortaban y entraban en su estómago. Vio salpicar la sangre, oyó el sonido al rasgar, como la vez que le sacaron un diente en el consultorio del dentista, le arrancaban algo de raíz, algo más profundo que la droga. Sintió una corriente de aire dentro de ella, el estómago le colgaba abierto. Trató de gritar pero alguien la golpeó en la boca otra vez, mientras otro apuñaló la bolsa de agua y huesos. Eso es todo lo que somos, le dijo la enfermera de la fábrica en una ocasión, sólo una bolsa de agua y huesos.

Ellos se reían, pero alcanzó a oír a alguien cantar. Era la voz de una mujer: *sana, sana, colita de rana, si no muere hoy que se muera mañana.* La oía como si fuera su propia voz.

2

IVÓN CERRÓ LA REVISTA y se recargó en la cabecera del asiento. Se sentía mareada. Usualmente no le molestaba leer en los aviones, pero el artículo sobre las mujeres asesinadas en Juárez la había inquietado. Se titulaba "Los asesinatos de la maquiladora" y estaba firmado por un escritor independiente; le sorprendió que se publicara en *Ms*. Abrió la revista otra vez y se fijó en la foto: un *close-up* de las piernas de una mujer medio enterrada en la arena, la piel del color de los moretones, las sandalias blancas todavía en los pies. El cuerpo de una mujer muerta. Ciento seis mujeres morenas muertas. No podía precisar qué le molestaba más, los crímenes o el hecho de que, como nativa de esa frontera, no supiera nada de eso hasta ese momento.

—La temperatura en El Paso es de 37 grados centígrados, una noche fresca . . . —bromeó el capitán—. Vamos a empezar a descender pronto . . . posiblemente experimentaremos ligeras turbulencias . . .

Hubo una sacudida debido a una ráfaga de aire. Los músculos del estómago se le tensaron. La náusea se le pronunció. Tal vez no era el artículo. Tal vez era el regresar a El Paso después de dos años fuera y saber que su mamá no iba a aprobar el alocado plan que Ivón había urdido con su prima Ximena. La confrontación inevitable con su mamá; tal vez era sólo la claustrofobia que le causaba haberse sentado en la fila de atrás en un avión repleto, al lado de un vaquero parlanchín.

En el aeropuerto de Los Ángeles había conseguido el último asiento disponible en la ventanilla y nadie se sentó a su lado durante la primera parte del viaje, pero un tipo alto con un sombrero vaquero color pelo de camello se subió en Las Vegas, caminó hacia atrás del avión y decidió que quería el asiento de en medio, al lado de ella.

—¿No te importa si me siento aquí? —sonrió y mostró un diente partido. Su entonación tejana la sorprendió. Con su camisa Polo a rayas parecía un niño rico de Beverly Hills o Palm Springs, un golfista y no un vaquero, incluso un surfista en esteroides.

—Como quieras —respondió Ivón al tiempo que se encogió de hombros. Se puso la revista frente a la cara y fingió leer. El vaquero había podido escoger otro de los muchos asientos disponibles, pero no, tenía que invadir parte de su espacio. Inmediatamente sintió que el pecho se le cerraba y tuvo que concentrarse en respirar profundo y dejar pasar su molestia. La mujer vestida en traje de negocios sentada en el asiento del pasillo se levantó para dejarlo pasar, mientras hacía una mueca a sus espaldas.

Se sentó y se puso el cinturón, luego acomodó el sombrero en su regazo con cuidado, como si fuera de cristal. Sus brazos y sus codos se adueñaron al instante de los dos descansabrazos.

Ivón no pudo evitar fijarse en el abundante vello rubio platinado de sus brazos y en el reloj que usaba en la muñeca derecha: un Patek Phillippe de oro cronografiado con tres cuadrantes. Ivón coleccionaba relojes. Sabía el precio de una pieza como esa. Diez mil dólares, por lo menos. El Tissot de titanio de quinientos dólares que Brigit le había regalado en su quinto aniversario se veía corriente en comparación con éste.

—¿Vives en El Paso?

—Ya no —murmuró ella sin levantar la mirada de la página que leía.

—¿Vas a casa de visita?

Ella le lanzó una mirada. Ojos inyectados de sangre, una incipiente barba rubia en su cara bronceada, cabello rubio despeinado alrededor de la cara. Apestaba a whisky.

—Sí, digamos que sí.

Volvió a poner atención en el artículo, leyó acerca de un químico egipcio arrestado en 1995, presuntamente por haber matado al menos a una mujer y haber dirigido los asesinatos de otras siete a través de una pandilla llamada Los Rebeldes. *Muchas de las jóvenes habían sido violadas, varias fueron mutiladas y la mayoría fueron abandonadas como las partes inservibles de una máquina en un lugar aislado.*

Ivón apuntó esa oración en su diario de la disertación. Las mujeres muertas de Juárez no tenían nada que ver con el tema de su investigación, pero había empezado a pensar que este asunto hubiera sido un mejor proyecto de disertación.

—No quiero meterme en lo que no me importa —interrumpió de nuevo—, pero, ¿estás leyendo sobre esas muchachas asesinadas al otro lado de la frontera?

—Intento —respondió.

—Claro que es una vergüenza que todavía no hayan atrapado a los asesinos en todos estos años.

Sí, y me avergüenza que apenas ahora me doy cuenta de lo que pasa gracias a este artículo, quiso responder ella, pero hubiera sido humillante admitir su ignorancia ante un desconocido.

Cuando la azafata vino con las bebidas Ivón pidió una coca de dieta. Él ordenó un Jack Daniels doble.

—¿Me detienes el sombrero mientras saco el dinero? —preguntó.

Ivón sostuvo el sombrero sin entender por qué no se lo ponía y dejaba de molestar. La tela estaba glaseada, dura, y la banda del sombrero era un cintillo de piel miniatura con broches de turquesa y conchas de plata. Las iniciales JW estaban impresas en oro en la pequeña hebilla. Por dentro decía Lone Star Hat Company y despedía un olor denso a sudor y humo de cigarro.

—Es un sombrero de quince estrellas —dijo al tiempo que le entregaba un billete de veinte dólares a la azafata—. Me costó mucho y me pica como el demonio.

—Ajá —Ivón miró fijamente la revista. ¿Cuándo agarraría la onda de que ella no estaba interesada en la conversación?

—¿Quieres? —le ofreció una de las botellitas de whiskey.

—No bebo —mintió, luego metió los dedos en la bolsita de cacahuates.

Él le quitó el sombrero y se lo puso, enseguida vació las dos botellas de Jack sobre los cubos de hielo del vaso de plástico.

—J.W. —dijo extendiendo la mano.

—Hola —respondió ella estrechándole la punta de los dedos. Normalmente no saludaba de esa manera, pero no quería alentar al hombre. De nuevo alzó la revista frente a su cara.

—Disculpa —sonrió—, sé que quieres leer, pero me pongo nervioso en los aviones.

—Me gustaría terminar este artículo antes de aterrizar —respondió.

—Me voy a callar —dijo, y se recargó en el respaldo del asiento y bebió del vaso. Diez segundos después de nuevo miraba en dirección a ella.

—Ivón Villa —leyó en la etiqueta de la portada de la revista—, Avenida Palmas 8930, Los Ángeles. ¿Eso está cerca del aeropuerto?

—¿Perdón? —respondió Ivón con el ceño fruncido por encima de la revista.

—No pareces mexicana —tenía los ojos azules legañosos—, no lo digo como un insulto. Discúlpame, es que no tienes acento.

El avión bajó y botó. Las azafatas corrieron a la cabina a recoger tazas semivacías y basura. Él la dejó en paz y bebió lo que quedaba en el vaso antes de que la azafata se lo llevara.

—Te apuesto cincuenta centavos que adivino en qué trabajas —le propuso él.

Ella lo ignoró. Tuvo la impresión de que se trataba de un hombre blanco racista.

—Eres modelo, ¿verdad? O estás en el negocio del cine.

¿Por qué a los hombres bugas les gustaba meterse con las mujeres masculinas? Ella negó con un movimiento de cabeza.

—Te equivocas, no hay suficientes papeles para lesbianas en el negocio.

La respuesta lo desconcentró. —Cometí un error —dijo y las mejillas y el cuello se le ruborizaron. El whiskey ya le había puesto vidriosos los ojos.

—No te preocupes —respondió ella alzándose de hombros—. Voy a seguir leyendo.

—¿No te das cuenta que la señorita quiere que no la molestes? —le preguntó la mujer del asiento del pasillo.

—De verdad lo siento, señorita —de nuevo se quitó el sombrero y lo descansó en su regazo mientras miraba fijamente hacia el frente.

Ivón recorrió el texto que leía con el dedo: *Después de todo la vida no es una película de misterio hecha en Hollywood. No hay resolución ni un loco a quien culpar. El crimen perfecto es sorprendentemente fácil de cometer.*

—Personal de cabina, prepárense para el aterrizaje.

Él buscaba algo en la bolsa de enfrente. Se le resbaló de la mano y cayó entre sus vaqueros y los pantalones de ella. Ella lo recuperó y se lo regresó: un rollo de peniques.

—Por poco olvido que ganaste —dijo, y un silbidito se le escapó por la abertura de los dientes—. Cincuenta centavos.

—No te preocupes. Quédate con el dinero.

—Es tuyo —insistió—. Apostamos.

—En verdad no lo quiero. No tomé la apuesta en serio.

Ivón guardó el periódico y la revista, cerró su mochila y se abrochó el cinturón nuevamente.

Al aterrizar, el avión arremetió contra las acostumbradas bolsas de aire. Ella se acomodó en el respaldo, tenía el estómago hecho nudo, levantó la cortina de plástico que cubría la ventanilla y observó la ciudad, su lugar de origen, las luces del valle brillaban bajo la luz aperlada de la luna llena.

A menos que sea la hora del crepúsculo, la única cosa que se ve cuando vuelas en dirección a El Paso es el desierto, su piel paquidérmica color marrón cubierta de estropajillo de salvia. Pero a la hora del crepúsculo lo que ves de inmediato es el cielo, el velo verde del cielo que se extiende desde la Montaña Franklin a las Montañas Guadalupe. Desde el avión no se puede ver la línea fronteriza, el trecho de cemento que separa El Paso de Juárez. La frontera es sólo un amplio valle de luces.

No se puede ver la valla metálica del Muro de la Tortilla, ni los empresarios que transportan a los trabajadores de un lado a otro del Río Bravo en cámaras de neumático, ni las largas colas de faros que reptan a lo largo del puente Córdoba, uno de los tres puentes internacionales que mantienen a las ciudades gemelas conectadas. Para los habitantes de ambos lados del río la frontera no es otra cosa que un medio para llegar a casa. Para esas mujeres sin nombre en la arena, cuyos cuerpos torturados acababa de ver en el artículo de *Ms,* el desierto se convirtió en un lecho de muerte. Para Ivón Villa era el lugar donde había nacido. El avión aterrizó dando una sacudida.

Antes de que ella pudiera salir del asiento tuvo que esperar que J.W. se arreglara el sombrero sobre la calvicie de la coronilla de la cabeza. Él se hizo a un lado para dejarla pasar primero.

—¡Nos vemos! —le dijo con un guiño y se tocó el ala del sombrero a modo de saludo.

Ivón asintió con la cabeza pero no le dirigió la palabra. Sentía náuseas de nuevo, como si tuviera gusanos o mariposas en la panza. Por unos segundos pensó en no continuar con ese plan de locos.

3

—¡IVÓN, IVÓN! ¡AQUÍ!

Era Irene, su hermana menor, que presumía su cuerpo de nadadora en unos pantaloncillos cortos y a la cadera; brillantes audífonos amarillos le colgaban del cuello, como una gargantilla. Estaba de pie, al lado de su prima Ximena, ambas la esperaban en al pie de la escalera eléctrica. Irene sostenía un globo de helio que decía "Felicidades por el nuevo arribo".

—¡Hola, Lucha! —Ivón le dio un fuerte abrazo a su hermana. La llamaba Lucha por la popular cantante mexicana de rancheras, Lucha Villa. A su vez, Irene llamaba a Ivón Pancho a causa de un ancestro revolucionario. Su madre odiaba esos apodos, sobre todo el de Ivón.

—No puedo creer que ya regaste la sopa —le reclamó Ivón a Ximena—. Creí decirte que era un secreto. ¿Estás segura que no lo pusiste en el periódico de la familia?

—Oye, no me des ideas —dijo Ximena—, además, sólo le dije a Irene. ¿Qué tiene de divertido un secreto si no lo puedes compartir por lo menos con un miembro de la familia?

Ivón entrecerró los ojos: era un gesto para su prima. Ximena le dio un abrazo de oso. Era la mayor de las primas de Ivón, por encima de la colina y un poco más, como le gustaba decir. Medía seis pies de altura y pesaba por lo menos doscientas libras.

—Ivoncita va a ser mamá —dijo y soltó una carcajada mientras le despeinaba el pelo—. Nunca me imaginé que vería ese día.

Irene besó a Ivón en la mejilla y le obsequió el globo. Ivón no lo tomó. Lo único que le faltaba era encontrarse a gente conocida y que supieran que tendría un bebé.

—¿Puedes detenérmelo mientras voy por mi maleta y mis cosas?

Irene se encogió de hombros e hizo pucheros todo el camino hasta la sala del equipaje.

—¿Dónde está Brigit?

—Ella va a venir después, una vez que hayamos arreglado todas las cosas.

—¡Ay! Finalmente seré tía —dijo Irene al tiempo que enganchaba su brazo al de Ivón. Sus ojos café oscuro brillaban. Ivón se sorprendió al ver lo linda que se había puesto su hermana en los últimos dos años.

—Pero, esto no va a cambiar nada, ¿verdad? ¿Todavía voy a ir a vivir con ustedes si logro entrar a San Ignacio?

—Tal vez —dijo Ivón y le pellizcó la mejilla a su hermana—, uno no debería vender la leche antes de ordeñar a la vaca. ¿Cómo está mamá?

—No le dije que venías, si eso es lo que quieres saber.

—Más vale que no, si no lo vas a lamentar, esa —Ivón pellizcó el estómago de su hermana; cogió un delgado doblez de la piel.

—¡A-a-a-y, no me pellizques las lonjas! —gritó Irene entre risas. Levantó la mano derecha para que Ivón pudiera ver su anillo de graduación—. ¿Te gusta? Tiene la piedra de mi signo. Mamá quería que le pusiera el color de la escuela, pero yo quería una turquesa —Irene inclinó la cabeza para admirar el anillo—. Se ve bien con el oro, ¿no crees? Trabajo con Ximena desde marzo para ayudarle a mamá a pagarlo.

—¿Trabajas con Ximena? ¿Qué haces? ¿Le pagas las cuentas a tiempo?

—Exactamente —intervino Ximena—, ella es mi asistente personal. Me mantiene en regla.

—¿A sí? —dijo Ivón tomándole la mano a su hermana—, déjame ver el anillo otra vez —las manos de Irene ya no eran regordetas y sus largas uñas estaban pintadas de rojo oscuro con pequeñas estrellas de oro en las puntas—. Espero que te gradúes en diciembre, así que nada de novios que te distraigan.

—¡Ay sí! —respondió Irene—, ya sabes que voy a pronunciar el discurso de despedida en la ceremonia de graduación y también voy a ser la capitana del equipo de natación. Alguien tiene que cambiar la reputación de los Villa en la Academia Loretto.

A Ivón la habían expulsado de Loretto el segundo año de preparatoria. La encontraron fumando marihuana a la hora de la comida en el campanario del convento.

Cuando salieron del aeropuerto el calor la golpeó como si hubiera entrado a un sauna. Sentía las suelas de goma de sus Doc Martens chiclosas en el pavimento chamuscado. El cielo se había puesto índigo mientras habían bajado a recoger el equipaje.

—Aquí es —dijo Ximena cuando se acercaron a una furgoneta Chrysler blanca estacionada en lo que Ivón llamó "una posición ensillada". Un permiso para minusválidos colgaba del espejo retrovisor.

—¿Cómo le hiciste para obtener eso? —preguntó Ivón al señalar el permiso.

—Con suerte, creo. Disculpen el tiradero —dijo y apiló periódicos y carpetas para hacer un espacio al equipaje de Ivón—. Aquí la paso cuando me escapo de mi casa.

Ivón puso las maletas atrás, arriba de una hilera de cajas, luego se sentó en el asiento de enfrente y se abrochó el cinturón de seguridad. Ni siquiera el intenso aroma a patchouli de Ximena podía sofocar el olor a cigarro y plátano que emanaba de la tapicería caliente. Ivón se dio cuenta de que Ximena pasaba mucho tiempo en la camioneta debido a la cantidad de bolsas desparramadas en el suelo.

—Déjame adivinar —dijo Ximena con un cigarro que le colgaba de los labios mientras se dirigían hacia la salida del estacionamiento—, necesitas un lugar donde quedarte, ¿verdad? ¿La casa de tu mamá no es una opción?

—Ésa es una buena adivinanza —dijo Ivón.

—¿Cómo? —exclamó Irene—. Yo quería que te quedaras con nosotras.

—Después, entre semana, Lucha. Necesito orientarme. Todo esto es una locura, por eso no puedo lidiar con mamá en este momento.

Ximena alcanzó el encendedor y prendió el cigarro.

—Oye, ¿quieres uno?

—Brigit me hizo dejarlo —dijo mientras negaba con la cabeza.

—¡Qué bien! —dijo Ximena, acercándose al cajero del aeropuerto para pagar el estacionamiento—. Así está la cosa. La casa de la abuelita Maggie está disponible una semana hasta el viernes. Puede que no sepas, ya que nunca contestas mis *emails*, que vamos a celebrar nuestra gran reunión familiar el próximo fin de semana para que coincida con el Día del Padre.

Ivón miró a Ximena.

—No te preocupes —continuó Ximena—, no te voy a poner una pistola en la cabeza para obligarte a ir, a pesar de que no has estado en una reunión familiar desde el funeral de la abuelita Maggie, pero . . . si andas por aquí podrías . . . nadie sabe cuánto tiempo van a tomar todos estos arreglos . . . y es el Día del Padre ¿verdad? O sea, piénsalo. Algunos de los viejos, tal vez el mismo abuelito no dure mucho tiempo más.

—No me hagas sentir culpable, ¿sí? No necesito que las dos, tú y mamá, lo hagan —dijo Ivón.

—Ahí va —dijo Ximena y miró a Irene por el espejo retrovisor—. ¿Qué te dije? Dos minutos máximo y la Señora Gran Cosa se va a sentar en el banquillo de los acusados . . . Ya bájale, prima. La pobre de tu mamá hace lo que puede.

Ivón hizo una mueca de disguto por los regaños de Ximena.

—Así que, como te iba diciendo, la casa de la abuelita Maggie está libre ahora mismo. Nomás la uso como oficina y para guardar algunas cosas. Te puedes quedar allí tú sola por unos días. Después veremos qué hacer si resulta que se necesita más de una semana o dos.

—¿Una o dos semanas?

—Quién sabe. Es decir, la muchacha puede parir mañana, pero tenemos todavía que arreglar una cita en el juzgado para la adopción, y ni el juez puede decirme cuánto tiempo tomará. Vas a tener que estar aquí por un tiempo, amiga. Por eso te digo que podrías ir a la reunión familiar. El Club XYZ podría ponerse hasta arriba, ya sabes, y ver *Xena*. Tengo una mota que mata.

—¡Drama! —exclamó Irene—. ¿Qué es el Club XYZ?

Ivón le dió un golpe en la pierna a su prima.

—¡Cállate! Eres peor que una telenovela —dijo y cambió el tema—. ¿Cómo se llama la muchacha? ¿Está bien?

—Cecilia. Ha tenido . . . ¡Oye!, ¡muévete, chingao! —Ximena se detuvo abruptamente, tocó el claxon y le gritó a un Impala *lowride* que estaba frente a ella—. ¡Cholo cabrón, cómprate un motor o hazte a un lado! Bueno, ¿qué te estaba diciendo? ¡Ah, sí! Cecilia ha tenido algunas complicaciones pero todo está bien. La llevé a la clínica y todo salió bien.

—¿Qué clase de complicaciones?

—La muchacha usa una faja para que no se le note que está embarazada, ya sabes, porque si no la corren. Está de pie todo el día en la fábrica y eso le ha causado cierto atraso en el ciclo al bebé, o algo así. Pero como digo, el bebé está bien, Cecilia está bien, todo está bien.

—¿La corren si se embaraza?

Ximena volteó a ver a Ivón.

—Bueno, sí, la fábrica tendría que pagarle post natal por tres meses. Eso va en contra de sus ganancias, tienes que . . .

—¿Me estás piñando? —Ivón hizo una nota mental del detalle para su disertación.

—La lógica de la compañía es que hay muchas niñas en busca de trabajo —explicó Ximena—, hay más oferta que demanda. No se ven obligados a conservar a alguien que se embaraza y que no puede cumplir con la cuota.

—Todo eso está muy jodido.

—¿Cómo la ve, Sir Ivanhoe? El centro turístico de lujo de la abuela Maggie.

Ivón no había oído ese apodo desde que eran niñas.

—Qué padre. De hecho está perfecto. ¿Y cuándo voy a conocer a Cecilia?

—Esta noche. Vamos a recogerla afuera de la fábrica cuando termine su turno —respondió Ximena, luego se revisó la muñeca izquierda. Nunca usaba reloj pero siempre hacía como que veía la hora—. Déjame ver. Ella tiene el segundo turno, así que checa tarjeta a la medianoche.

—¿Medianoche? —preguntó sorprendida Irene—. Es muy tarde, *dude*. ¿No pueden esperar hasta mañana?

—Como tú quieras —Ximena le dijo a Ivón—, pero ella nos va a esperar para que la recojamos, si no va a perder el camión. La pobre vive por allá, en Puerto Anapra. Yo puedo ir sola y llevarla a su casa.

—¿Estás loca? Me muero por conocerla.

—¿Puedo ir? —preguntó Irene.

—No —dijeron al unísono Ivón y Ximena.

—¡Qué gachas!

—Esta noche no, cariño —dijo Ximena viéndola por el espejo retrovisor—. Vamos a dejar que tu hermana conozca a la madre biológica del bebé, ¿okay?

Madre de su bebé . . . las palabras hicieron que Ivón se sintiera de pronto sofocada por el calor y el humo. Adentro de la furgoneta ni la ventana abierta ayudaba. Tomó una carpeta del tablero y empezó a abanicarse.

—¿Ya decidieron qué nombre le van a poner? —preguntó Irene.

—Dierdre o Samuel Santiago.

—¿Dierdre? —preguntaron Irene y Ximena.

—A mí no me pregunten, son rollos de Brigit y el *New Age.* —Ivón se inclinó para prender el radio; no se sorprendió al encontrarlo sintonizado en una estación de *oldies* que tocaba "Suavecito". Todas las estaciones de El Paso tocaban *oldies.*

I never met a girl like you in my life . . .

Nunca fallaba. Siempre que estaba en El Paso algo le recordaba a Raquel, la mujer que le partió el corazón en cuatro pedazos, un pedazo por cada año que habían estado juntas. Trató de pensar en otra cosa pero la canción la regresaba como un video de MTV digitalmente conectado a Raquel, sus ojos negros, sus labios rojos y carnosos y el movimiento suave de sus caderas en la pista de madera del bar Memories.

—Oye, Ivón —interrumpió Irene—, mientras estás aquí a lo mejor podemos ir a la feria de Juárez. Ma no me deja ir con ninguno de mis amigos y yo nunca he ido. Apenas se abrió el pasado fin de semana, ¿me llevas?

Una cosa sobre Irene: era ciertamente una niña obediente.

—Debemos ir todas —dijo Ximena—, como parte de las actividades extracurriculares de la reunión. Hablo en serio, es una buena idea. Esperen, ahorita regreso, no puedo tomar tequila sin tamales. —Se metió en el estacionamiento de Pepe's Tamales en Chelmont y frenó de repente.

—¿Tequila? —preguntó Ivón—. Yo pensé que íbamos a Juárez.

—Tenemos un par de horas —Ximena revisó su muñeca otra vez—. Me muero de hambre. ¿Todavía eres vegetariana? Ah, perdón, es otra persona. Ahorita regreso.

—¿No tienes miedo? —le preguntó Irene cuando se quedaron solas—. Me refiero al bebé.

—No sé —a Ivón le avergonzaba admitir que su anhelo era mayor que su miedo—. Sería muy agradable tener a alguien que sacara la basura y guardara los trastes cuando Brigit y yo seamos muy viejas para hacerlo.

—La riegas —dijo Irene y se rió. Luego comentó lo que pensaba—. Mamá va a poner el grito en el cielo, ¿verdad? O sea, güey, va a poner el grito en el cielo.

—Ya sé.

Ivón se dio cuenta que no había comido en todo el día. Su estómago había empezado a gruñir anticipando los tamales.

—¿Qué le vas a decir? Piensas decírselo, ¿verdad?

—Pensaba venir con el niño, ya sabes, todo envuelto, con un gorrito en la cabeza y decir, ¿qué crees, mamá? Éste es tu primer nieto. Brigit y yo lo adoptamos de una obrera maquiladora de Juárez. ¿Te imaginas cómo se va a poner mamá cuando oiga esto? ¿Te imaginas el pedo que va a armar?

—Es en serio —dijo Irene—. Ya la has cagado mucho con mamá. Ximena me contó de cuando te fuiste de aventón desde aquí a ese festival musical de mujeres, en Michigan, justo después de que yo nací.

—Eso no es nada —bostezó Ivón—. Toda la gente andaba de aventón en aquella época.

—Mamá dice que te pusiste celosa cuando yo nací. Dice que te fuiste de la casa.

—Es mentira. Yo creo que lo que realmente le molestó fue el tatuaje.

Ivón se había tatuado un *labrys* bajo la nuca el primer año de posgrado en Iowa. Supuestamente eso había deprimido a su padre y había vuelto a tomar después de quince años de estar sobrio. Algo que de alguna manera había causado su muerte. Eso era lo que decía su mamá.

—¿Quieres ver algo muy padre? —preguntó Irene—. Fíjate en esto.

Ivón volteó a ver a su hermana. Al principio no vio nada, pero con la luz amarilla del anuncio de Pepe's Tamales vio que Irene sacaba la lengua y algo brillaba.

—¡No me digas que te pusiste un piercing en la lengua!

—¿Está padre, no? —dijo Irene cuando cerró la boca.

—¡Dios mío! —exclamó Ivón al tiempo que se llevaba una mano a los ojos. Sus estudiantes de Los Ángeles no se perforaban la lengua sólo porque se veía muy padre. Había una razón sexual para eso, ser del mismo sexo, algo de lo que Ivón no quería saber nada en este momento.

—Bueno, ¿qué piensas?

—¿Qué piensa mamá?

—Todavía no lo ha visto. Apenas me lo hice hace dos semanas.

—¿Mamá, ojos de águila, no lo ha visto?

—Yo creo que se lo voy a enseñar ahora que estás aquí.

—Ah, muy bien. Algo más de qué culparme, vas a ver.

—Ya sé —dijo Irene y se rió—. Entonces, ¿qué es el Club XYZ?

—Ah, era un clubecito pendejo que formamos cuando éramos niños; nomás los que tenían un nombre que empezara con X, Y o Z podían ser del club.

—Pero tu nombre empieza con I, como el mío.

—Eso era antes de que me lo cambiara oficialmente, de Y-V-O-N-N-E a I-V-Ó-N.

—Te apuesto que a mamá le encantó.

La puerta del chofer se abrió. Ximena puso dos bolsas de tamales en el regazo de Ivón. Por un segundo el aroma del maíz sofocó la pestilencia a plátano. Ivón empezó a salivar.

—Muy bien, ya estamos listas —dijo Ximena—. Media docena de rojo y media docena de chile verde con queso. Espero que ustedes no quieran comer.

Metió reversa en el estacionamiento e hizo sonar las llantas.

—¿Dejamos a la niña ahora o le damos cena primero? —preguntó Ximena.

—Qué malas son.

—Ya es una niña crecida, probablemente quiera comer primero. Tú puedes ir a dejarla después mientras yo desempaco. No me voy a acercar a la casa de mamá. Ella es capaz de sentirme en un radio de dos pueblos.

—Entendido —dijo Ximena—. Okay. Éste es el plan. Mi amigo, un cura, va a ir con nosotras mañana, y va a estar ahí cuando conozcas a la familia de Cecilia. Ella vive con una tía y la abuela. Siempre es una buena idea tener a un sacerdote presente porque así se sienten menos incómodos; no sienten que cometen un pecado. ¿Tienes la lana?

—Tengo la lana.

—¿En efectivo?

—Yo sé con quien estoy tratando, ¿okay? ¿Me crees capaz de pagarles con un cheque?

—Por si acaso. De cualquier manera vas a tener que darle algo de dinero al cura.

—¡Ah! ¿También a él le toca una tajada?

—Creo que dijiste que sabías con quién tratabas. ¡Por supuesto que a él le toca una tajada! ¿Qué la iglesia no agarra siempre una tajada?

—¿Cuánto?

—Dos, trescientos si mucho. Y no se te olvide la mordida. En caso de que alguien ponga dedo con la policía y te detengan al salir de la clínica. Eso no es más de cincuenta o sesenta dólares.

—¡Chin, Ximena! ¿Por qué no me dijiste eso antes? Sólo traje los tres mil de la muchacha. Exactos. Ahora voy a tener que ir al banco en la mañana.

—Oye, así se manejan las cosas allá. Yo no hago las pinches reglas.

—Tienes razón. Discúlpame.

Pasaron la capilla en forma de velo nupcial de la Academia Loretto. En esa capilla Ivón había besado a un cadáver. Una monja anciana que había sido su tutora en cuarto año, la hermana Ann Patrick, se desplomó un día en la cafetería y toda la escuela tuvo que asistir a su funeral. Las niñas de su aula tenían que ponerse de pie, ir al féretro y besar su frente.

—¡Ah, otra cosa! —Ximena siguió hablando—. Lleva otros cincuenta para la enfermera que va a llenar el acta de nacimiento. El sacerdote conoce a alguien en la sala de maternidad en Fort Bliss.

—Oye, güey, todo esto suena muy sórdido —comentó Irene.

—Bienvenida a la realidad de la frontera, mi chiquita —respondió Ximena, mientras conducía en dirección a la inmensa estrella iluminada de la Montaña Franklin, un símbolo de El Paso que significa esperanza.

4

EN ESE MOMENTO DOS VOCES JUGABAN PING PONG en la cabeza de Ivón, la de su madre y la del muchachito. Curiosamente la del muchachito ganaba, pero la de su madre era la de una jugadora de estación acostumbrada a colarse desde atrás sacando un as o haciéndola sentir culpable.

—Papá —insistía el muchachito—, *yo pensé que me ibas a cuidar en la sección de los niños. Estoy empezando a sentirme solo.*

—En martes —el as de su madre voló—, *ni te cases ni te embarques.*

Era martes y, de acuerdo a una superstición mexicana, la segunda religión de su mamá, era un día de mala suerte para casarse o hacer un viaje. Bueno, Ivón no se estaba casando —lo había hecho seis años atrás en una iglesia unitaria en la ciudad de Iowa—, pero ahí estaba, embarcándose en un viaje para toda la vida —la maternidad— y a punto de conocer a la muchacha cuyo bebé iba a adoptar. Cuando faltaban diez minutos para la medianoche, un martes.

Durante los últimos seis años Brigit había intentado convencerla de que necesitaban un bebé; hablaba de relojes biológicos y cosas por el estilo. Pero Ivón era una Tauro, hija de un hombre que se consideraba bisnieto del testarudo Pancho Villa y una mujer apache, así es que no se doblegaba ni cedía fácilmente.

El pasado agosto Ivón había conseguido su primer trabajo como profesora visitante en el Departamento de Estudios de la Mujer en el Colegio San Ignacio, en Los Ángeles. El decano, un sacerdote jesuita al que no le gustaba emplear a candidatos a doctor, le había dado doce meses para terminar la disertación. "Marx conoce el baño de mujeres: representación de clase y género en el graffiti de los baños (Tres casos)". (Durante la entrevista con Ivón el decano no había prestado atención al tema, lo había encontrado algo frívolo para una candidata a doctora, hasta que ella le explicó que los baños públicos eran un cierto tipo de espacio de exhibición donde el cuerpo de la mujer y el graffiti que escribían en las paredes —un sistema discursivo cerrado de palabras e imágenes— podía ser leído semióticamente para analizar la construcción social de la identidad de clase y de género en lo que Marx llamó "la comunidad de las mujeres"). Después de defender la disertación sería promovida a profesora asistente, un primer paso, un puesto de base con un salario más alto y una oficina que no tendría que compartir y estaría en camino hacia un empleo seguro, pero sólo si terminaba. La seguridad de un empleo, o mejor dicho, el primer paso hacia eso significaba que podrían comprar la casa de una planta que alquilaban en Palms: tres recámaras con pisos de madera y una pequeña huerta de naranjos y limeros en el patio trasero.

Su padre siempre le decía, tú no eres nada en este país si no eres dueño de tu propia casa. La disertación, la permanencia, un bien inmueble, ése era el orden de las cosas. Los niños distraían y eran caros. Ivón nunca había conocido la pobreza, pero había crecido en un barrio de niños que se cuidaban solos debido a que sus padres trabajaban; las madres recibían asistencia social y limpiaban casas a escondidas para no perder las estampillas de la comida. No podía verse a sí misma como madre, decía, sin el tiempo, el dinero ni el espacio que necesitaba para realmente mantener a un niño. De cualquier manera, si Irene decidía ir a San Ignacio y se mudaba con ellas no tendrían un cuarto extra. Ésos habían sido los argumentos más disuasivos en contra del reloj biológico, hasta que Ivón escuchó a ese niño en la librería la Navidad pasada.

Papá, pensé que me ibas a cuidar en la sección de los niños. Estoy empezando a sentirme solo.

Ivón se rió en voz alta y la mujer que estaba en la sección de las Mejoras al Hogar se dio la vuelta para verla.

—Qué lindo —le dijo Ivón a la mujer.

—Es mi hijo —aclaró la mujer—. Le encanta venir a las librerías.

La mujer le sonrió a Ivón y se dio la vuelta hacia la hilera de libros que leía atentamente.

Ivón nunca supo cómo era el muchachito, pero en ese momento se dio cuenta. No podría explicar cómo o qué sucedió. De pronto la cantaleta de Brigit sobre formar una familia tomó sentido. El lema *no hay suficiente tiempo* de Ivón simplemente no se pudo sostener frente a "es mi hijo". Lo que ella hacía con su tiempo, cuánto tiempo había transcurrido, con quién había pasado el tiempo, eran las cosas que importaban. Se dio cuenta de que se podía hacer dinero, pero no se podía hacer tiempo. Nunca le había dicho a Brigit acerca de las inversiones que su padre le había dejado en su testamento y que habían alcanzado un interés importante en los últimos ocho años. Su padre tenía la esperanza de que fuera el enganche de la primera casa de Ivón. Uno no puede cultivar tiempo con un interés. Y el tiempo no era renovable. Ivón tenía treinta y un años y Brigit treinta y seis. Para cuando su hijo asistiera a la universidad Ivón tendría casi cincuenta y Brigit estaría cerca de la edad para jubilarse. Con razón la alarma de Brigit estaba sonando.

Ivón ni siquiera esperó a llegar a la casa. Desde la autopista le habló a Brigit del celular. —Quiero un niño, —le dijo cuando Brigit contestó.

—¿Qué?

—Quiero un niño que quiera que yo lo cuide en la sección de los niños de la librería, que se sienta solo si no estoy parada a su lado.

—¿Qué?

—Brigit, ¿estás sorda? Te digo que quiero un niño ¿Entiendes lo que digo?

—¡Dios mío! ¡Ivón! ¿Estás segura? ¿Y qué hay de Irene? ¿Qué hay de tu disertación?

—Irene lo puede cuidar. Y nosotras no seremos la primera pareja en tener un bebé y terminar una disertación al mismo tiempo. Además, sólo me faltan dos capítulos. —Bueno, no exactamente. Un capítulo era un caso de estudio del que ni siquiera había reunido datos todavía; el otro era la conclusión.

Pero Ivón pensaba que Brigit no necesitaba saber cada morboso detalle de su relación con la disertación.

—¿Un niño? ¿De verdad?

—¿Estás de acuerdo?

Brigit quería una niña, soñaba con tener una bebé que se pareciera a ella, con ojos azules y cabello oscuro, una niña que llamaría Dierdre en honor de una diosa celta en la que Brigit creía, hasta que le diagnosticaron diabetes justo antes de dejar Iowa. Ahora no quería pasarle la enfermedad a su bebé. Si acaso tuviera uno un día. Desde entonces pensaba en adoptar.

—Sí, claro, un bebé es un bebé, ¿cierto?

—Quiero que se llame Samuel Santiago, como mi papá y mi abuelito.

—¡Ay, Ivón! ¡No puedo creer lo que estás diciendo! ¿Estoy soñando? ¿De verdad quieres un bebé?

—¿Cuánto tiempo toma una adopción?

Brigit había hecho investigaciones en oficinas privadas de adopción y en organizaciones gay. Hasta había visto las adopciones del condado, donde el condado paga por adoptar. Esos niños estaban mal, eran un desorden completo, pero a Brigit no le importaba.

—Podrían pasar meses antes de tomar la clase y conseguir una visita a la casa.

—Déjame llamar a mi prima Ximena —le había dicho Ivón—. Tal vez nos pueda contactar con alguien en Juárez.

—¿Tú crees?

—Ella es trabajadora social, Brigit, trabaja con jóvenes en riesgo. Tal vez conoce a alguna joven que quiera dar a su bebé en adopción.

No hubo respuesta.

—¿Brigit?

—¿Es legal?

—¿Por qué no iba a ser? Ximena es trabajadora social, eso es lo que hace.

No hubo respuesta.

—¿Cuánto tenemos ahorrado?

—Casi cinco mil dólares.

—Eso debería ser suficiente.

—¡Dios mío! Ahora soy yo la que tiene miedo, Ivón.

—¡Dímelo a mí!

—Quiero decir, ¿estás segura? ¿De verdad es tan fácil?

—Siempre hay mujeres que regalan a sus bebés en Juárez.

Estoy empezando a sentirme solo, Mapi, ya oía decir a Samuel Santiago, *ven a cuidarme en la sección de los niños.* Mapi, una combinación entre mami y papi, porque Ivón sería un poco de los dos.

En martes ni te cases ni te embarques. La voz de su mamá no desistía, seguía golpeando en el mismo punto débil que Ximena había atacado antes con su propia descarga: *Éste es un compromiso para toda la vida, Ivón. ¿Estás segura que tú y Brigit la van a hacer? Ya están establecidas, ¿verdad? No sabes cuántos niños tengo que acomodar en los orfanatos porque sus padres se separan y ninguno de los dos quiere al niño. No hagas que me arrepienta de ayudarte, prima.*

EL AIRE DE LA NOCHE se mezclaba con los gases de petróleo. Ximena se había estacionado al otro lado de la calle de la maquila Phillips, en el Parque Industrial Benavídez. Después de esperar quince minutos se metió a ver qué pasaba con Cecilia. Ivón se bajó de la furgoneta y se apoyó en el cofre para mirar la actividad afuera de la planta. Los camiones entraban y salían del estacionamiento cerrado. Las luces amarillas iluminaban los jardines como si fueran campos de golf que rodearan la fábrica. Los obreros que llegaban a cubrir el turno de la medianoche bajaban en masa de los camiones y caminaban en línea hasta las luces fluorescentes del recibidor. Todas eran mujeres, parecían clones. El mismo colorete. La misma bata azul. El mismo pelo largo y negro. Filas de mujeres jóvenes —las más delgadas en jeans y camisetas apretadas, las rellenitas en faldas y blusas flojas— cargaban bolsas de mano y bolsas de plástico del supermercado. Mujeres que esperaban su turno para subir a esos mismos camiones que las llevarían a sus respectivas colonias.

Ivón había dado clases de inglés como segundo idioma hacía doce años en esa planta, en la RCA, la TDK y Sanyo. Así es como había conocido a Raquel. Trabajaba en el instituto de lenguas de su hermano para pagar la colegiatura en la Universidad de El Paso. Todos sus estudiantes eran mexicanos con puestos administrativos que necesitaban comunicarse con los jefes gringos.

—¿Quieres un aventón, güera?

No se había fijado en la Suburban negra que se paró frente a ella. El chofer sacó un brazo con tatuajes y casi la tocó.

—Ven acá —dijo—, ¿qué vendes? —El otro hombre en el carro tocó el claxon y la llamó mamacita.

—Chinga tu madre, güey —le dijo al chofer mirándolo fijamente.

El chofer golpeó una mano contra la otra apuntándola con el índice, el equivalente mexicano de aventar un dedo.

—La tuya —Ivón le espetó; la llamaron puta y le dijeron que chingara a su madre. El carro tomó la calle a toda velocidad rechinando las llantas.

—Cinco minutos en Juárez y ya estás echándole a los juarenses, ¿eh? —dijo Ximena al cruzar la calle.

—Yo soy de aquí —dijo Ivón—. El cabrón me preguntó qué vendía.

—Para mí, tú no te ves como juarense. Te ves muy Hollywood con esos shorts, recargada muy sexy en el carro con ese bronceado de California.

—¡Sí, cómo no! ¿Tú crees que nunca han visto a una mujer en shorts? ¿Y? ¿Dónde está Cecilia?

—Su grupo terminó antes y se fue. El guardia de seguridad dijo que alguien la recogió. Chin, vinimos hasta acá para nada.

—¿Crees que se sienta bien? Tal vez es algo del bebé. ¿Qué si ya va a nacer?

—Ya lo chequé. No fue a la enfermería, nomás salió temprano. Así pasa a veces.

—¿Y ahora, qué?

—Ahora nos vamos a la casa, esa —dijo Ximena, y abrió la puerta del lado del chofer.

Ivón le dio la vuelta a la furgoneta y se sentó en el lugar del pasajero.

—Vamos a ir a su casa mañana temprano —Ximena encendió la furgoneta—. Te voy a recoger a las nueve. Podemos desayunar de este lado. Sanborn's tiene un platillo cabrón de huevos rancheros.

—¿No crees que debemos ir a su casa ahora y asegurarnos que está bien?

—Vive en una colonia que queda muy lejos, en Puerto Anapra. Ni caballos salvajes me arrastrarían de noche para allá, esa. No hay caminos ni electricidad. Es nomás un peligroso hoyo negro, principalmente para las mujeres.

La furgoneta de Ximena pasó por encima de los topes enfrente de la fábrica.

Ivón se abrochó el cinturón. —Tengo algo que reclamarte, Ximena. No sabía nada de todas esas mujeres violadas y muertas en Juárez. ¿Por qué no me habías dicho nada? Tuve que leerlo en la revista *Ms.* Los crímenes ya ocurrían en 1996, cuando estuve aquí la última vez, y tampoco me lo dijiste. No sé nada de toda esa mierda.

—Oye, cada vez que vienes es como una visita de doctor, prima. Prácticamente entras y sales de la puerta porque ya no quieres nada con este lugar. No creí que te importara.

Ivón se sentó calladamente. Tenía que reconocer que su prima tenía razón. Había abandonado su ciudad natal, regresaba solamente cuando debía hacerlo por cosas relacionadas con los rituales familiares y se iba tan pronto como se terminaban.

—De todas maneras deberías haberme dicho algo —insistió Ivón—. Ni siquiera está en las noticias.

—¿Así que la revista *Ms.*, eh? Bueno, ya era hora que alguien cubriera los crímenes. Algo más que los ridículos amagos de noticia que se publican en *El Paso Times* que no interesan a nadie. La gente piensa que son noticias de Juárez, no de El Paso, como si las dos ciudades no fueran hermanas siamesas. Bueno, que les dejen a las mujeres blancas la exclusiva de una buena historia.

—Oye, nos hacen un favor a todas. Por lo menos alguien en este país les presta atención.

—¡Ups! Se me olvida que tienes una novia gringa. No quería ofenderla, ¿okay?

—Simplemente no puedo creer que haya ciento seis cadáveres y ninguno de los periódicos del país haya cubierto la noticia.

—¿Eso es lo que decía el artículo? ¿Ciento seis? Es impresionante. Sí, están investigando. Ya son como ciento treinta y siete.

—¿Ciento treinta y siete mujeres masacradas en la frontera México-Estados Unidos y nadie sabe de esto? ¿Qué está pasando?

Ximena dio una vuelta cerrada a la izquierda sobre el Ribereño, el bulevar paralelo al Río Bravo, hacia el puente Córdoba.

—Y esa cifra no incluye a las desaparecidas. Hablamos de cientos más. Y algunas, te apuesto que esto no estaba en el artículo que leíste porque es un gran secreto, son norteamericanas de El Paso y Las Cruces.

—¿Chicanas?

—La mayoría, sí. El mismo perfil. Adolescentes con piel y pelo oscuros, delgadas y bajas que cruzan para divertirse, como lo hacíamos nosotras en los buenos tiempos, cuando Juárez era una ciudad segura. Mi amigo, el cura que va a venir con nosotras mañana, ha fundado una organización sin fines de lucro de este lado. Se llama Contra el Silencio, y una vez al mes el grupo organiza un rastreo aquí . . .

—¿Un qué?

—Rastreo. Quiere decir una búsqueda de cuerpos. Buscan los cuerpos.

—¿No es un tanto morboso?

—Sí, ¿pero qué vas a hacer? La policía no los busca, así que la mayoría son amigos y familiares de las muchachas desaparecidas que rastrean en el desierto. Yo he ido con ellos algunas veces —Ximena tomó un trago de agua de su botella—. La policía está encabronada. Dicen que pisoteamos los escenarios del crimen y arruinamos las evidencias, pero la verdad es que la gente toma las cosas en sus propias manos porque la supuesta fuerza policíaca que se ha establecido para investigar los crímenes es un montón de culos. Tratan a las familias como la chingada. Y muchas de las muchachas ni siquiera tienen a su familia aquí. Las llaman "Muchachas del Sur" porque muchas vienen de los pueblitos del sur. Sus familias nunca se dan cuenta que han desaparecido. O peor, que están muertas.

Ivón tiritaba y subió la ventana. No sabía qué decir. Ximena encendió un cigarro. Ivón miraba las luces de los pocos carros que iban por la Border Highway, del otro lado del río, del lado de El Paso. Quería una fumada.

—¿Y los de Contra el Silencio han encontrado algo?

Ximena afirmó con la cabeza al tiempo que soltaba una bocanada de humo contra el parabrisas.

—Buscamos a las muchachas norteamericanas pero uno nunca sabe qué o a quién se va a encontrar.

—¿Has visto uno de esos cuerpos con tus propios ojos, Ximena?

—Te puedo asegurar que no es nada agradable. Frank, digo, el padre Frank encontró uno el verano pasado bajo una pila de llantas cerca de la fábrica de ladrillo. Afortunadamente yo tenía una visita domiciliaria y no estuve ese día. La cara de la muchacha y la punta de los dedos estaban quemados, pero el pelo lo tenía intacto. No la pudieron identificar por casi seis meses, hasta que al fin lo lograron por medio de los dientes. No era nuestra, era de Torreón, de diecinueve años, tenía un bebé de seis meses y asistía a una escuela de computación después de su turno en la maquila para conseguir un trabajo mejor. Finalmente una hermana de ella se dio cuenta que había desaparecido.

—¿Cómo podía tener el pelo intacto si el resto de la cara estaba quemado?

—Frank dice que los asesinos usaron un soplete. También fue violada con una manguera de jardín. En el ano y en . . .

—Malditos —dijo Ivón, sentía la náusea avanzar por la garganta.

—Lo que encontramos en febrero, yo estaba ahí para ese rastreo —continuó Ximena mientras agitaba la cabeza—, ni siquiera eran cuerpos, sólo huesos y ropa desparramada en un radio de trescientas yardas, en Lomas de Poleo. La gente estaba realmente asustada. Alguien del grupo encontró una bolsa de plástico de Mervyn's que tenía una tráquea y un brassiere adentro. Otra persona vio una columna vertebral entre las yerbas y luego un cráneo boca arriba con un diente de plata grabado con una letra "R". Encontramos una pelvis, otro cráneo, otro brassiere, una sudadera roja con cuatro agujeros . . . o sea, horrible. Yo misma desenterré un par de jeans de mujer de talla cinco y un tenis negro que todavía tenía un pedazo de pie adentro.

—¡Dios mío! —Ivón tiritó de nuevo.

—Simón. Está muy cabrón aquí ahora. Y Lomas de Poleo, donde vive Cecilia, es donde encontraron muchos de esos cuerpos, así que hubiéramos entrado a la guarida del dragón si hubiéramos ido ahora.

Ximena estiró la mano para apretar la pierna de su prima.

—Yo sé que te gustan las justas con dragones, Sir Ivanhoe, pero ya nos vamos al hogar dulce hogar a pulir la botella de Hornitos.

—Estoy completamente de acuerdo.

Ivón presionó el botón que cierra automáticamente las puertas. Bajo el brillo de la luna llena las calles se veían casi irreales. No había tráfico a esa hora excepto los camiones pintados de blanco y verde que llevaban a las trabajadoras de las maquiladoras de regreso a sus ciudades perdidas, en las afueras de la ciudad. Ximena cambió a las luces largas.

—¡Chingado! —Ximena frenó de pronto. Las llantas rechinaron en el asfalto y el cinturón de Ivón la apretó a la altura del cuello. Una criatura de ojos brillantes las miraba fijamente en la mitad del camino. Atrás de ellas un camión tocó el claxon a todo lo que daba. La criatura brincó. El camión giró bruscamente y las pasó. Ambas oyeron el impacto del cráneo debajo del camión.

—¿Qué fue eso? —preguntó Ivón.

—Un conejo, creo.

La madre de Ivón hubiera dicho que era una señal.

5

La casa de dos pisos de la abuelita Maggie, llena de recovecos, se ubicaba bajo la sombra de la Montaña Franklin, frente a la Iglesia de Nuestra Señora de Guadalupe, en la Alabama, donde Ivón al igual que el resto de sus catorce primos habían hecho su primera comunión y habían asistido a las bodas, bautizos y funerales del clan de los Cunningham-Rivera-Morales-Espinosa-Villa. El último funeral había sido hace dos años, el de la abuela materna de Ximena, una gitana que adivinaba el futuro, que el abuelo de Ximena conoció en España y que todo mundo llamaba abuelita Maggie.

No te metas conmigo, solía decir Ximena cuando eran niños. Ella era la mayor y la favorita de los nietos de la abuelita Maggie. *Tengo en mis venas sangre de torero y de gitana. Pueda que te mate o te maldiga si te atraviesas en mi camino.*

Ximena usaba la casa heredada de la abuelita Maggie como refugio para los adolescentes que escapaban de casa durante el periodo escolar. Era su manera de ayudar, decía Ximena. La única residente permanente en la casa era Yerma, la tortuga centenaria de la abuelita Maggie.

Ivón salió silenciosamente con sus mullidas chancletas de hule a recoger el periódico matutino. El destello de la intensa luz solar sobre la roca blanca del paisaje desértico le hería la vista. Estaba a dos tragos de distancia de sentirse cruda. La noche anterior vieron episodios viejos de *Xena* hasta que se acabó el tequila y Ximena se quedó dormida en el sillón. Sin embargo, cuando Ivón abrió los ojos a la siguiente mañana, Ximena ya no estaba en casa.

Parada sobre el camino de la entrada podía ver claramente hacia El Chamizal, una bandera mexicana del tamaño de un campo de fútbol ondeaba con la brisa de la mañana. Notó que el contaminación que permanecía estacionado encima de la frontera estaba más espeso que de costumbre, como una pesada cortina de humo color café que se extendía por todo el valle. Los gases tóxicos de la refinería, pensó. La única vez que ASARCO no contaminaba el ambiente era durante el Sun Bowl, cuando suspendían su funcionamiento para mantener las cercanías del campo de fútbol limpias de contaminación.

Apenas pasaban las siete, pero el calor ya era tan fuerte que se reflejaba en el asfalto. La vecina, que regaba los geranios, la saludó. Ivón le devolvió el saludo. Para cuando regresó a la casa sentía la espalda, debajo de la camiseta, como si se la hubieran planchado.

Se sentó en la mesa de la cocina a beber su café —todo lo que encontró fue un desagradable café Folgers en el refri, tendría que encontrar un Starbucks en algún lugar— y ojeó los titulares. Yerma deambulaba por la cocina; sus garras arañaban el piso de madera. Luego se dejó caer sobre sus pies. Ivón le dio un pedazo de plátano con la medicina adentro, como le había dicho Ximena la noche anterior, y la tortuga se lo tragó entero. Yerma veía el globo de helio que Ximena había amarrado a la perilla de la puerta trasera la noche anterior. *Felicidades por el nuevo arribo.* Otra vez sintió nervios en el estómago.

—Se levanta temprano, Su Alteza —dijo Ivón al acariciar la cabeza escamosa de Yerma—. ¿También a ti te despertó esa estúpida llamada?

De acuerdo al identificador la llamada venía de la prisión. Ivón la contestó por si acaso uno de sus primos necesitaba salir bajo fianza.

—Si acepta esta llamada, por favor marque el uno —dijo la grabación, pero otra voz dijo algo así como "chimney", Ivón no reconoció la voz y que ella supiera no tenía ningún primo Chimney. Debe ser uno de ésos que se fugan de casa, pensó y colgó el teléfono.

—Oye, alguien acaba de llamar de la prisión —le gritó a Ximena, pero su prima no respondió.

Ivón metió la cabeza debajo de la almohada hasta que sonó la alarma una hora más tarde. No le sorprendió encontrar una nota de Ximena en la mesa de la cocina: *No podía dormir. Me fui a cambiar de ropa a casa. Te recojo a las nueve en punto.*

Ivón sorbía de su café, disfrutando de las campanadas de la iglesia que llamaban a misa. Las campanas le recordaron aquel verano que vivió en San Miguel de Allende con Raquel. Por un minuto se permitió el recuerdo. Raquel había sido aceptada en la escuela de arte e Ivón la había acompañado con su cámara y sus sueños de convertirse en una fotógrafa famosa. Acababa de terminar la preparatoria y todo parecía posible. Tomó fotografías de burros en calles adoquinadas, de vendedores de globos en la plaza, de palomas en la torre de una iglesia antigua. Cuando regresó las mandó al *National Geographic*. Nunca le respondieron. Las mandó a *El Paso Times* y le contestaron con una linda notita de rechazo: *Lugares comunes, pero de cualquier manera, gracias.* Fue cuando decidió entrar en la universidad. Evidentemente no tenía lo que se necesita para ser fotógrafa.

Empezaba a abrir la sección *Frontera* cuando un artículo breve le llamó la atención.

Encuentran otra mujer asesinada en Juárez

El cuerpo de otra joven fue descubierto del lado mexicano de los cerros de Anapra, cerca de Cristo Rey, el lunes por la noche. La víctima fue presuntamente golpeada y violada. Se cree que tenía quince años y era obrera de una planta ensambladora. Estaba reportada como desaparecida por un familiar desde hacía cinco días.

El creciente hallazgo de cuerpos ha provocado que la policía mexicana busque apoyo del FBI para identificar a las víctimas. Ver la nota en la página B3.

—¿Hay alguien en casa?

La voz del hombre la sobresaltó. Se dio cuenta que había dejado la puerta abierta y el mosquitero sin el seguro. Volteó a ver el reloj sobre la estufa. No eran las ocho todavía.

—Un momento, déjeme hablarle a mi esposo —gritó Ivón caminando hacia el teléfono.

—Soy el padre Francis —respondió el hombre.

—Ximena no me dijo que usted hacia visitas a domicilio.

—Ivón buscó con la mirada y vio a un hombre rubio, medio calvo, en jeans y una camisa con cuello de tortuga negra, de pie frente a la puerta, bajo el brillante calor.

—Buenos días —dijo el padre Francis al verla— ¿Ivón, verdad?

—¿Dónde está Ximena?

Ivón sintió que algo helado le bajó por la espina dorsal cuando el hombre se acercó y abrió la puerta mosquitera. —¿Me permite entrar?

—Me sentiría mejor si no lo hiciera. Ximena me va a recoger a las nueve en punto. No me dijo que usted iba a venir.

—Shimeyna tuvo un accidente —dijo, pronunciando mal el nombre de su prima.

—¿Qué?

—Anoche, o mejor dicho, esta mañana de camino a su casa se estrelló con un poste de luz o algo así, trataba de no arrollar a un peatón. Nada importante, sólo un golpe y algunos moretones en la cara, pero no podrá manejar hoy.

—Me quedé dormida, ni siquiera la oí cuando se fue esta mañana —aclaró Ivón.

—Dios protege a su prima —dijo al tiempo que se hacía él mismo la señal de la cruz—. Esto pasó antes de llegar a su casa. En Lee Treviño.

—Bueno, ¿que pasó? Digo, ¿fue su culpa?

—Yo creo que estaba bajo la influencia del alcohol. ¿Bebieron anoche?

Ivón todavía estaba en la puerta de la cocina. La botella vacía de Hornitos estaba sobre la mesa.

—Un poco —respondió.

—Me imaginé. Parece que la persona era un indocumentado que se cruzó imprudentemente, pero como Shimeyna estaba bajo la influencia del alcohol la policía dijo que ella era la responsable. Y como es su tercera falta se llevaron la furgoneta a un depósito y a ella a la cárcel. Tenemos que sacarla bajo fianza.

Ivón recordó la llamada de la mañana. —¡Chin! ¡Jiminy!

—¿Perdón? —dijo el padre, todavía a la espera de que ella lo dejara entrar.

—Es el apodo de Ximena, Jiminy Cricket, así la llamábamos cuando éramos niños. Me llamaron esta mañana de la cárcel pero no supe quién era. No oí bien el nombre, así que colgué.

—Eso es lo que ella dijo. Y por eso estoy aquí. ¿Le importa si paso?

—Ah, perdone, sí, pase. Pero no estoy nada lista para salir. ¿Quiere café?

—¿Está segura que a su esposo no le importa? —preguntó guiñándole el ojo mientras se acomodaba en el sofá a cuadros.

—El café está en la cocina —dijo Ivón—, me voy a meter a la regadera.

Odiaba servir a los hombres. A todos, incluidos los sacerdotes, primos, colegas. Al único hombre al que alguna vez le sirvió café y le calentó las tortillas, sólo porque su mamá la obligaba, fue a su papá.

Su celular sonó justo cuando se metió a la regadera.

—Hola, Brigit —dijo mientras se llevaba el teléfono al baño y cerró la puerta con llave. Brigit tenía que contarle las últimas manías de Harvey Milk, el gato, que siempre se peleaba con el gato del vecino, y cómo el vecino, uno que se autoidentificaba como miembro de la *Nacional Riffle Association*, había ido con su pistola y amenazado con convertir a Harvey en comida para perro si se volvía a meter con su gato.

—Cariño —la interrumpió Ivón—, no tengo tiempo para hablar en este momento. El sacerdote está aquí, ¡me está esperando para llevarme a conocer a la muchacha!

—¿Cuál sacerdote?

—Es una historia muy larga. Te llamo después, ¿okay?

—Ivo-o-ón —se quejó Brigit— dime qué ocurre.

Ivón le resumió los hechos, pero dejó fuera la parte de la cárcel. No tenía sentido dejarla mosqueada. Brigit seguía siempre las reglas y ese tipo de información no le caería bien.

—Ahora me tengo que ir, ¿okay? Te quiero. Deséame suerte.

Ximena le había dejado toallas limpias la noche anterior y una barra de jabón Irish Spring aún en la caja. Ivón se bañó rápidamente sin molestarse en depilarse las piernas o secarse el pelo. Se puso unos pantalones sueltos de lino y una camiseta, luego cambió de idea y se puso una guayabera blanca y se metió las sandalias Doc Martens. Estaba lista para salir. El pelo húmedo, echado hacia atrás de las orejas con bastante *mousse*. Decidió agregar un poco de colorete para atenuar las miradas que siempre recibía de la gente que no estaba acostumbrada a ver a una mujer con guayabera. Después caminó hacia la sala con el teléfono celular en la mano y los diez billetes de cien en la billetera que llevaba metida en la bolsa de enfrente.

El padre Francis leía el periódico; tenía un jarro de café a la mitad.

—Quince años —dijo, y al mirarla achicó los ojos—, apenas era una niña y le dieron un trabajo que le costó la vida —agitó la cabeza mientras abría el periódico en una página interior. —Éste es un ejemplo de cómo les gusta insultar nuestra inteligencia. Mire esto —el padre apuntó un titular que decía "Setenta muertes sin resolver en Juárez"—, ¿setenta muertes? El número de víctimas casi dobla esa cifra. ¿A quién creen que engañan?

—Yo siempre he dicho que la gente se engaña a sí misma en este pueblo —dijo Ivón.

Ésa era una de las cosas que la habían alejado. A la gente le gusta creer que se puede cubrir el sol con un dedo mientras la verdad brilla por todos lados. En El Paso la gente olvida las cosas. El papá de alguien puede ponerse borracho un domigo de Pascua, escalar la montaña de Cristo Rey con un cuartito de ron en la bolsa y un galón en el hígado, tropezarse con sus propios pies borrachos, rodar abajo y romperse el cuello y la gente decir, pobrecito, Samuel Villa era un hombre tan bueno, quería mucho a su familia. O los parientes que te recorren con la vista, de los Doc Martens a los pantalones y la camiseta, y el hacha de dos cabezas tatuada atrás en el cuello y preguntar ¿has subido de peso, cariño? ¿no te has casado todavía? "Denial is not a river in Egypt" (La negación no es un río de Egipto), acostumbraba decir su padre. Pero nadie lo entiende. Nadie entiende nada en El Paso. Por eso Ivón pensaba llevarse a su hermanita lejos de esa ciudad cargada de litio donde nada ni nadie cambiaba nunca.

—¿Lista? —El padre Francis se puso de pie.

—Mire —dijo Ivón al tiempo que enderezaba los hombros y le sostenía la mirada al cura—, todo lo que tengo son tres mil para la muchacha. Le puedo dar su parte después, cuando vaya al banco.

—De hecho, Ivón, va a necesitar quinientos para la fianza de su prima y ciento cincuenta para el carro. Dijo que le devolvería el dinero.

—¿Quiere que pague la fianza? —Ivón se rió asombrada—. ¡Es demasiado!

—Ésa es Shimeyna —dijo el cura al cruzar el umbral de la puerta—. Ella funciona con favores y deudas.

—¿Y qué se cree? ¿El Padrino?

—Me temo que es su película favorita —respondió sonriendo.

6

EL TRÁFICO PARALIZADO. Recorrer el camino desde el banco, en Chelmont, al centro de la ciudad debía tomar no más de diez minutos, pero todavía era la hora pico en la calle Montana. Por un momento Ivón sintió que estaba de regreso en Los Ángeles, en la Avenida Sepúlveda. ¿Cuándo había crecido tanto El Paso?, se preguntó, hasta las calles secundarias estaban llenas a esta hora.

La cárcel de El Paso estaba localizada a dos cuadras del bar gay favorito de Ivón, el San Antonio Mining Company, que había estado en el mismo lugar los últimos veinte años. El otro bar gay estaba a la vuelta de la esquina, ahora se llamaba el New Old Plantation; era popular entre los heterosexuales buena onda de la ciudad, a quienes les gustaba decir que iban a bailar a un club gay. La cárcel y los jotos, eso resumía en buena parte lo que la gente de El Paso sentía acerca de la gente como Ivón. Ciertamente resumía lo que pensaba su madre.

El padre Francis dio dos vueltas con su Toyota alrededor de la manzana en busca de un espacio para estacionarse; finalmente encontró lugar en una zona prohibida frente a la estación de bomberos.

—Espéreme aquí —dijo—, por si acaso tiene que mover el carro. Yo voy a buscar a nuestra amiga alcohólica. ¿Me puede dar el dinero, por favor?

A Ivón no le gustaba que le dijeran qué hacer, y menos le gustaba que el cura juzgara a su prima. ¿Él qué sabía de la vida de Ximena? Se sacó el sobre con los billetes de la bolsa y casi se los avienta.

—Que le den un recibo —le dijo. Llamó a su casa mientras esperaba, pero después de cuatro timbrazos contestó la grabadora.

Brigit debió salir al trabajo. Llegó un policía y le pegó con los nudillos al parabrisas.

—Es ilegal estacionarse aquí, señor —dijo, al tiempo que sacaba la libreta de las multas. Ella lo miró fijamente. Por un segundo el joven vestido de azul le pareció exactamente igual a Leonardo DiCaprio. Se fijó en el nombre del gafete: Cunningham.

—¿Patrick? ¿Eres tú?

Él se agachó y miró por la ventana abierta hacia adentro.

—¿Prima? —sonrió—. Oye, ¿cómo estás? No sabía que vendrías a la reunión este año —dijo, y le dio un golpecito en el hombro.

Patrick era el hermano menor de Ximena, el compañero inseparable de Ivón en los juegos de vaqueros e indios cuando eran niños. Lo último que había sabido acerca de él era que iba a entrar en la escuela de la Patrulla Fronteriza. O tal vez era la Academia de Policía. Ivón se bajó del carro y lo abrazó.

—Perdón por haberte llamado *señor* —dijo avergonzado.

—No te preocupes, ya estoy acostumbrada. Pero, mira nomás, ¿todavía sigues a los descarriados? —le preguntó burlonamente y le dio un golpecito en el gafete—. Yo creía que ibas a perseguir mojados.

—No, la familia me presionó mucho con eso. Me decían vendido y cosas así. Te ves bien. ¿Cómo va la vida en la torre de marfil?

—Me está dando en la torre. Oye, ¿ya sabes que tu hermana está hospedándose en las instalaciones de la policía?

—¿Otra vez?

—¿Quieres decir que esto no es nada nuevo?

—Digamos que no estoy sorprendido. ¿Qué hizo ahora? La última vez iba al frente de un piquete afuera de Safeway, después de que corrieron a todos los indocumentados.

—¡Oye, Ossifer! —gritó Ximena desde la escalinata del centro policíaco—. ¿Desparramas mentiras malignas acerca de tu hermana mayor?

El padre Francis apuró el paso.

—¿Cómo le hace? —Ivón murmuró mientras veía a su prima abrirse paso entre los carros de la calle Overland—. ¿Cómo conserva su trabajo si es asidua a este lugar?

—¿Has oído hablar de los jueces Judy y Wapner, verdad? —murmuró Patrick—. Nosotros conocemos al juez Anacleto. Juega dominó con mi papá y los viejos. Él saca el expediente y nadie se da cuenta. Así conserva su trabajo.

—Oye, Jiminy —le dijo Ivón a Ximena; disculpándose con una sonrisa.

—No puedo creer que me colgaste el teléfono, prima —dijo, movió la cabeza y se agachó para besar a su hermano en la frente.

—Mana —sonrojándose—, no puedes estar lejos del capitán Baca, ¿verdad?

—No le digas a mamá ni a papá.

—¿Cuándo lo he hecho?

—No lo tomes tan en serio, Paddy —respondió y le pellizcó una mejilla—. Nos tenemos que ir. ¡Ah! ¿Podrías sacar mi furgoneta del corralón? —Ximena le entregó las llaves y la boleta—. Nomás déjala en la casa de la abuelita Maggie. ¡Ah!, y no se te olvide que trabajas en el aeropuerto el próximo viernes.

Patrick le dio un abrazo y un beso a Ivón mientras Ximena abría la puerta trasera y se acomodaba en el asiento.

—Vámonos, Frank —le dijo al padre Francis antes de cerrar la puerta.

Pagaron la tarifa en el puente del centro y se dirigieron al oeste sobre el Ribereño.

—¿Ven eso? —apuntó el padre Francis a un poste del teléfono con una cruz negra en un brillante rectángulo rosa—. Cada una de esas cruces es el nombre de cada una de las mujeres muertas. Están por toda la ciudad.

Ivón iba a tomar una foto, pero luego se regañó por comportarse como turista. Nada de turismo, Ivón, dijo la voz de la candidata a doctora, dentro de ella. Se llama investigación. Todavía no se sentía cómoda en la piel de una académica.

La calle se reducía a un solo carril en cuanto se entraba al sector de las colonias de Juárez. Atrás quedaba el tráfico de los camiones y las ruteras, las bicicletas y los taxis, los peatones y las tarahumaras descalzas que cargaban a los bebés sujetos a la espalda con los rebozos. Los barrios cercanos al área del centro habían sido integrados a la ciudad desde hacía décadas, y ahora tenían calles pavimentadas, postes eléctricos y agua potable. Aquí las casas estaban hechas de bloques de hormigón, pintadas con colores exóticos como verde limón o lila, y tenían barandales de hierro en las ventanas. Las trocas y camionetas grandes se encogían en la estrechez de las entradas.

Hacia el oeste, del otro lado de la frontera, justo frente a los exóticos edificios estilo Bután de la universidad de El Paso, las casas eran cada vez más precarias. Las chozas eran de palés de madera, llantas viejas y techos de lámina corrugada. Aquí y allá había una tienda de abarrotes o un salón de baile con anuncios de cerveza y torsos de mujer desnudos pintados en las paredes.

Ivón, Ximena y el sacerdote pasaron un yonke de carros herrumbrosos y deshuesados, y camiones viejos. Un conjunto de tráilers que Ximena decía que era la escuela pública. Atrás y delante de ellos iban principalmente carros y bicicletas que circulaban de arriba abajo por las calles sin pavimentar. Algunos camiones pertenecían al transporte público, otros tenían escrito en un lado "Transporte de Personal". Uno de ellos decía en la parte trasera "Viaje especial".

Las chimeneas de ASARCO presidían el desolado paisaje.

—Tenemos una donación de puertas de cochera —dijo el padre Francis. Ivón se dio cuenta de que le hablaba a ella.

—Perdón, me distraje. ¿Qué con las puertas?

—Hábitat para la Humanidad —respondió al tiempo que movía el carro hacia un lado para no golpear a un niño que trataba de avanzar en una patineta sobre la calle de tierra—. Usamos las puertas de cochera para construir casas en las colonias. Siempre necesitamos voluntarios.

—Bájale, Frank —dijo Ximena desde el asiento trasero.

—Entonces, ¿qué le digo a la muchacha, Ximena? —Ivón se volteó a preguntarle a su prima.

—No diga nada —intervino el padre Francis—, Shimeyna entrará primero y hablará con la muchacha y la familia y si están de acuerdo con todo yo la llevaré para que la conozcan. Haga lo que haga no les diga que es . . . que no es . . . que es . . .

—¿Te comió la lengua el gato, Frank? Quiere decir que no les digas que eres lesbiana, de lo contrario nunca te darán en adopción al bebé —aclaró Ximena—, pensarán que eres una pervertida o algo así.

—¿Eso les importa? ¿Viven en la punta de la chingada y se meten con mi vida privada?

—No es un asunto de privacidad —explicó el padre Francis— es un asunto de religión. Esta gente es muy religiosa, muy tradicional. La pobreza fortalece los valores familiares, no se los quita.

Ivón se mordió la lengua y miró por la ventana.

—Muy bien, entonces yo voy a hablar con ellos —continuó Ximena—, los sensibilizo, les masajeo la culpa y demás. Son personas muy humildes pero tienen orgullo, ya sabes, es su decisión. No creo que vayan a cambiar su manera de pensar a estas alturas, pero es una formalidad que te conozcan y que te aprueben. Antes tienes que darle el dinero a Frank. Él es el que se encargará del dinero después de que tú y yo salgamos de la casa.

—Un momento. ¿Les voy a dar el dinero antes de que me den al bebé?, no me parece.

—Yo creo que eso depende de usted —dijo el padre Francis—. ¿Quiere que el bebé nazca en una de esas chabolas? ¿Con una comadrona que saca a patadas las ratas de la cama o en una clínica donde por lo menos tendrá una cama limpia y un médico?

—No entregues todo el dinero ahora mismo —aclaró Ximena otra vez—, apenas lo suficiente para ayudarlos con el depósito de la clínica, los honorarios del doctor y cosas así. Con mil dólares la haces.

—Los honorarios de la enfermera —advirtió el padre Francis.

—¿Los honorarios de la enfermera?

—Ella es la pieza más importante aquí —agregó el padre Francis, luego giró violentamente hacia un camino lleno de baches bajo un anuncio que decía "El agua para Puerto Anapra será realidad".

—Ella escribirá los nombres y pondrá las huellas digitales de los pies en el certificado de Fort Bliss. Sin eso no podremos cruzar la frontera con el bebé. Piénselo.

—¿Se supone que yo voy a hacer como que es mi bebé? ¿Como si yo lo hubiera tenido?

—Aprende rápido —comentó sarcásticamente el padre Francis al mirarla por el espejo retrovisor—, yo creo que ese doctorado es muy útil en un momento como éste, ¿no es así?

Ivón volteó a ver a Ximena. —¿Qué chingaos? ¿Por qué se puso tan grosero conmigo de repente?

—Por una chingada, cállate la boca, Frank —dijo Ximena—. No le prestes atención, está nervioso, eso es todo. Como si no lo hubiera hecho ya cincuenta y dos veces. No te preocupes, nosotros podemos legalizar todo del otro lado. El certificado es sólo para que el bebé cruce la frontera.

El padre Francis encendió el radio. Estaba sintonizado en una estación de Juárez.

—Aquí es donde encontraron algunos cuerpos —anunció cuando pasaron por una sección de dunas cubierta de basura—. Se llama Lomas de Poleo. Un par de muchachitos encontraron un cráneo mientras hurgaban en la basura. La policía encontró los cuerpos de doce mujeres aquí y los restos de otras tantas.

—¡Dios mío, cómo pueden vivir aquí! —dijo Ivón.

—No culpes a Dios —dijo el padre Francis—. No tienen muchas opciones, son paracaidistas. Puerto de Anapra es una de las colonias más baratas para vivir.

La ironía le pegó como una piedra en la mejilla. El anuncio decía agua para el Puerto de Anapra. Un puerto sin agua. Ni siquiera el Río Bravo llegaba a ese lugar dejado de la mano de Dios. El repentino y penetrante chillido del silbato del tren le erizó la piel. A la derecha, en el horizonte, las vías del Santa Fe corrían a lo largo del desierto. Al norte de la autopista, más allá de las vías, alcanzaba a ver los edificios blancos y los estacionamientos brillantes en Sunland Park Mall. El camino de baches, el calor y el polvo le empezaban a provocar dolor de cabeza.

—¿Estás bien? —le preguntó Ximena—. Te veo mal.

—No dormí bien, creo que es eso —respondió y negó con la cabeza.

—Ya llegamos —dijo el padre Francis. Se estacionó frente a una choza de techo plano hecha de madera y cartón negro. Había gente deambulando por todas partes, hombres con sombrero vaquero, mujeres de rebozo negro envuelto en la cabeza. Carros y trocas maltratadas con puertas que no les correspondían estaban agrupados en la chamiza a los lados de la casa.

—¿Qué pasa? ¿Tienen una fiesta o algo? —preguntó el padre Francis.

—Son las diez de la mañana, Frank. Algo está mal. Ahora regreso —respondió Ximena dando un portazo al salir del carro.

Ivón vio a su prima socializar en medio de la multitud. Le dio la mano a algunos hombres, se saludó de beso con algunas mujeres. Alguien le dijo algo en el oído. Ivón vio a Ximena levantar los hombros como si se hubiera indignado. Ximena miró hacia el carro y por un segundo Ivón vio el miedo en la cara de su prima, quien luego se metió en la choza.

—Me puede dar el dinero ahora —dijo el padre Francis—. No deje que nadie vea lo que hace.

Ivón contó diez billetes de cien dólares. El padre Francis la observaba.

—Usted gana doscientos cincuenta por esto, ¿verdad? ¿Cuánto es la parte de Ximena?

Ivón le dio el dinero y él se lo metió en la bolsa de la camisa. Por primera vez se fijó en las cicatrices y arañazos en el dorso de la mano del cura, sus nudillos callosos y sus uñas mordidas.

—De hecho lo mío son trescientos cincuenta. Doscientos cincuenta son para Contra el Silencio y cien para el acta de nacimiento. Ximena no cobra nada. Dice que es un servicio de ángel.

—¿Chambitas extras, Padre? —preguntó Ivón cuando guardó la billetera en la bolsa—. Es algo que no hace por medio de la iglesia, ¿verdad? ¿Éste es su propio negocio?

—Ximena y yo tratamos de ayudar a estas jóvenes. No pueden con una boca más que alimentar; ganan cinco dólares al día en las fábricas americanas y los cupones de comida no duran toda la semana. Tienen que trabajar once horas para comprar una caja de pañales y cuatro para comprar un galón de leche. A los cinco años los niños andan o adictos a la gasolina o a la pintura, si antes no los arrolla un camión, los destroza un perro salvaje o simplemente mueren de disentería o malnutrición. Únicamente tratamos de ayudar a limpiar las cosas. Que es mucho más de lo que algunas personas hacen por su propia comunidad.

Se quedaron en silencio por un minuto. Ivón sintió náuseas otra vez. Toda esa gente que miraba hacia el carro la ponía nerviosa, pero fue la animosidad del sacerdote lo que de pronto ya no pudo tolerar.

—Mire —dijo. Volteó para enfrentar al padre Francis y mirarlo fijamente a los ojos—, he notado cierta fricción entre usted y yo. Disculpe si le hecho preguntas tontas, ¿de acuerdo? Y lamento si no he vivido aquí desde 1989, y también que no haya vuelto desde 1996 y que no sé nada. Muy bien, ya está dicho. Lo que necesito es que me informen para darme cuenta de lo que ocurre. ¿Podría dejarme tranquila, por favor? Este asunto de la adopción me da mucho miedo.

El padre Francis alzó las manos como si se rindiera en un pleito que ni siquiera sabía que tenía.

—Ximena tiene razón. Siempre me da pánico cuando hacemos estas cosas y puedo ser un cabrón si me da pánico. Discúlpeme. "Mea culpa". —Se dio golpes en el pecho.

Ivón no sabía qué tan enojada estaba hasta que se dio cuenta que le temblaban las manos.

—Hábleme de su organización —cambió el tema—, Ximena no me ha dicho casi nada.

—Estas adopciones son cosa de Ximena, yo la ayudo porque ella me consigue donaciones para Contra el Silencio, ya sabe, una de cal por otra de arena . . . pero básicamente somos una organización sin fines de lucro. Además de abogar por las jóvenes desaparecidas vamos en grupo a los juzgados y a las oficinas del *Times* y el *Herald Post*. Protestamos por el silencio de las autoridades y los medios respecto de estos asesinatos.

—No lo entiendo —dijo Ivón— ¿Por qué ese silencio? Uno pensaría que esto es una noticia espectacular, hasta para vender más periódicos. A la gente le gusta todo lo morboso. Particularmente lo que hace ver mal a México.

—De verdad no sabe lo que ocurre en su propio patio.

El padre Francis se estiró hasta la guantera y sacó una cajetilla de Winston. Le ofreció uno a Ivón pero ella lo rechazó. Él encendió uno y lanzó la cajetilla al tablero.

—Las víctimas —dijo después de expulsar el humo por la nariz y la boca—, las desaparecidas, no son todas obreras de maquila de Juárez. Que sepamos hay cuatro jóvenes de El Paso . . . desaparecieron en 1996 . . . dos mujeres de Las Cruces y otra que era una periodista holandesa . . . investigaba los crímenes por cuenta propia. Bien, ¿adivine quiénes desaparecieron recientemente? Las de Las Cruces, eran hermanas, supuestamente involucradas en el narcotráfico. A ellas les dispararon a matar y las encontraron vestidas con pantuflas y bata, los cuerpos estaban tirados en el hipódromo de San Agustín. Meses después la Patrulla Fronteriza encontró el cuerpo violado y golpeado de una de las muchachas de El Paso en la orilla del río cerca del puente negro de ASARCO, tenía dieciséis años y cursaba segundo año en El Paso High, y dos meses después Contra el Silencio encontró a otra chica enterrada bajo una pila de llantas viejas, cerca de la fábrica de ladrillos. ¿Le dijo Ximena todo esto?

—Sí —respondió Ivón después de tragar saliva—, también me dijo lo de los huesos.

El padre Francis le dio tres fumadas rápidas al cigarro.

—¿Le dijo de los otros cuerpos que se encontraron en estos terrenos, aquí en Lomas de Poleo? Tenían rebanado el seno derecho y el pezón izquierdo había sido mordido o destrozado.

—Guárdese tanto detalle, ¿okay?

El padre Francis tiró la colilla por la ventana.

—Al resto de las muchachas no las han encontrado y nadie se ha preocupado de buscarlas . . . quiero decir oficialmente. El FBI dice que no tiene evidencia de actos delictivos. No se pueden involucrar sin evidencia. Las jóvenes huyen con los novios, ésa es la línea que sigue la policía judicial aquí. Los grupos activistas que hacen rastreos de este lado sólo buscan a las mujeres de Juárez. Por eso organicé Contra el Silencio, para los familiares y amigos de las muchachas norteamericanas. Pero ni los medios ni el alcalde quieren que la gente de El Paso sepa lo que ocurre. Recibo llamadas telefónicas donde me amenazan y me dicen que me ocupe de mis propios asuntos. Que estoy en su territorio.

—Ahí viene —Ivón vio a Ximena salir de la choza, entre la multitud, y acercarse al carro. En una mano llevaba un pedazo de papel arrugado. Tenía la cara blanca como el gis. Respiraba agitadamente cuando se metió al carro, como si hubiera corrido varias cuadras.

Ivón y el padre Francis voltearon a verla.

—Bueno, ¿qué pasó?—preguntó el padre Francis.

—*You okay?* —le preguntó Ivón.

Ximena miró hacia el frente con los ojos llorosos. La barbilla le temblaba. —Está muerta. Cecilia está muerta.

—*What?* —Ivón sintió que se le helaba la sangre.

—Anoche, no regresó a casa después de su turno y esta mañana unos que andaban a caballo encontraron su cuerpo adentro de un carro abandonado por el aeropuerto. La apuñalaron hasta matarla y tenía una soga alrededor del cuello como si la hubieran arrastrado. Todavía llevaba la bata y el gafete.

—Yo creía que ustedes la iban a recoger —dijo el padre Francis.

—Fuimos a la fábrica, Frank, estuvimos ahí antes de la medianoche, pero ya se había ido. Salió antes y el guardia de seguridad me dijo que alguien le dio un aventón.

El padre Francis se tapó la boca fuertemente con la mano.

—¡Hijos de la chingada! —exclamó de pronto Ximena—. Es gente enferma la que anda suelta en esta ciudad. ¡Por una chingada! Frank, debí recogerla más temprano. —De pronto Ximena golpeó el respaldo del asiento de Ivón y empezó a sollozar.

—Shimeyna, tú no podías saber.

—¿Y . . . el bebé? —Ivón sintió que algo le oprimía el pecho.

Ximena se cubrió la cara con las manos y sollozó.

Ivón sintió que le faltaba el aire en los pulmones.

—¡Animales! —dijo el padre Francis y abrió la puerta.

—¿Adónde vas, Frank? —preguntó Ximena.

—¿No crees que necesiten un sacerdote?

—La abuela y la tía de Cecilia están en la morgue. La policía se las llevó para identificar el cuerpo.

—¿A ellas solas? —preguntó el padre Francis y encendió el carro—. ¿Dos mujeres solas en una patrulla en Juárez? —pisó el pedal de la gasolina y las llantas levantaron una nube de polvo alrededor del carro.

—No les harán nada, no con todos los testigos que las vieron salir —dijo Ximena—. Haz una oración por ella, Frank, mientras manejas. Dila en voz alta, por favor.

—Padre Nuestro —rezó el padre Frank después de hacer la señal de la cruz sobre su rostro—, te pedimos que bendigas el cuerpo arrasado de nuestra amiga Cecilia y el alma inocente de su niño nonato. Tómalos en tu regazo y bendícelos, y que descansen en paz por siempre en el valle de tu amor perfecto.

Ivón sintió que las lágrimas rodaban por su rostro.

—Tenemos que encontrar al que la recogió anoche —dijo Ivón. Algo le cortaba las cuerdas vocales: era la voz del niño: *Mapi, la llamaba, estoy empezando a sentirme solo*—. Quiero ir a hablar con el guardia de seguridad, quiero saber qué vio.

—¿Cree que le va a decir algo? Probablemente está metido en esto. Hasta donde sabemos él es el asesino —comentó el padre Francis mientras la miraba sorprendido.

Había mucho tráfico en la calle principal. El muchachito de la patineta que habían visto al llegar estaba sentado a la mitad del camino y abrazaba la patineta contra su pecho. Los carros pasaban a un lado a la buena de Dios, y una hilera de camiones se alargaba hacia la loma que salía del Puerto de Anapra.

El padre Francis bajó el vidrio y les gritó a unas niñas: —¿Qué pasa?

—El camión le pegó al niño —dijo una de ellas.

—¿Está herido?

—No le pasó nada al güey —informó otra—, siempre juega con esa chingadera enfrente de los camiones —la niña se apuntó la sien—. Le falta un tornillo, es un baboso.

—Padre, ¿por qué nos has abandonado? —murmuró el padre Francis mientras subía el vidrio, luego encendió el aire acondicionado al máximo.

Alguien golpeó el parabrisas. Ivón se estremeció. Era un muchacho en una bicicleta que sostenía cuatro muñecas Barbie viejas, con el pelo chamuscado, los vestidos brillantes cortados hasta la cadera y mostrando el escote.

—*Maqui-Locas* —les dijo el muchachito con una sonrisa sin dientes—. ¡Muy *cheap*!

7

Había una manifestación afuera de la morgue municipal. Cerca de cincuenta mujeres vestidas de negro estaban en línea frente al edificio con carteles que decían *¡Ni una más! ¡Alto a la violencia contra las mujeres de Juárez! ¡Alto a la impunidad!* Algunos entre la multitud llevaban carteles de color rosa brillante con cruces negras y fotos de jovencitas sobre la cruz. Había reporteros de la televisión con cámaras. Los carros de policía se agrupaban en el estacionamiento. Una columna de humo negro salía de la chimenea de la morgue. El aire caliente de la mañana olía a trementina y a ceniza.

Un policía se acercó al carro del padre Francis cuando éste se estacionó.

—Váyanse, no hay servicio.

—¿Hay paro? —preguntó el sacerdote. Hablaba español con acento.

—Son una viejas escandalosas, no es una huelga, son unas locas que quieren llamar la atención, eso es todo —el policía gesticulaba mientras miraba por encima del hombro a las manifestantes, luego escupió en el suelo.

—Vinimos a acompañar a la familia de la muchacha que encontraron esta mañana —dijo Ximena.

El policía movió la cabeza.

—No se puede pasar. No dejan pasar a nadie, las cabronas. Esa familia estuvo aquí hace rato, pero ya se fueron.

—¿Qué dijo? Habló muy rápido —dijo el sacerdote.

—Dijo que no dejaban pasar a nadie —tradujo Ivón—, que la familia había venido temprano pero que ya se fueron.

—¿Por qué hay tanto humo? —preguntó el sacerdote—. ¿Queman los cuerpos?

—No, no queman los cuerpos —explicó el policía—, es la ropa. La tenían apilada en el patio y se infestó de ratas.

Ivón le tradujo otra vez al sacerdote.

—Pero, la ropa puede aportar pruebas —dijo Ximena.

El policía se agachó para mirar adentro del carro. Se quitó los lentes oscuros y frunció el ceño para ver a Ximena.

—¿Evidencia de qué, señora?

—Gracias —dijo el padre Francis, metiendo reversa.

—¡Cuidado, Frank! —gritó Ximena.

Una mujer pelirroja con un micrófono y un hombre de barba con una cámara de video corrieron detrás del carro.

—¡Me lleva la chingada! —maldijo el policía y se fue.

—Perdón —dijo en voz alta y en inglés la pelirroja, haciendo una señal al padre Francis—. Perdón. —La mujer se paró en la ventana del lado de Ivón. Su cara pecosa estaba encendida.

—Buenos días, me llamo Rubí Reyna. Soy la conductora del programa *Mujeres sin Fronteras* del canal 33. —La mujer habló con un inglés perfecto a velocidad kilométrica. Sonrió, e Ivón se sorprendió al ver que usaba frenos de plástico transparente sobre una dentadura blanquísima.

—¿Ustedes son de Contra el Silencio, verdad? —continuó Rubí—. Una de las manifestantes me lo dijo.

—Ellos sí —aclaró Ivón. A través del parabrisas vio al policía acosar a las mujeres de la línea.

—¿Qué se le ofrece, señora Reyna? —preguntó el padre Francis—. Tenemos prisa.

—Por favor, dígame Rubí —sonrió de nuevo y sacó una tarjeta de presentación color rosa de su bolso y se la dio a Ivón.

Ivón se la pasó al padre Francis.

MUJERES SIN FRONTERAS

*Donde las mujeres no tienen fronteras,
ni límites*

Lic. Rubí Reyna y Sra. Clara Apodaca,
Productoras ejecutivas

Walter Luna,
Director de Fotografía

Canal 33
Ciudad Juárez, Chihuahua

—Queremos hacer un programa especial sobre los asesinatos. Acabamos de terminar un segmento sobre la forense —dijo Rubí. Sus ojos verde jade le brillaban. Se llevó una mano al corazón—. Mis respetos a esa mujer. Ese segmento sale al aire el viernes por la mañana junto con las imágenes de esta manifestación. El lunes, vamos a presentar un debate con Dorinda Sáenz y Julia del Río seguido de unas imágenes de un rastreo. ¿No cree que es una muy buena idea? Yo creo que será muy informativo para nuestra audiencia, y no se diga elevar el *rating*, pero ninguno de estos grupos me permite filmar sus pesquizas. Voces ni siquiera me responde las llamadas y el segmento sale al aire el lunes.

Finalmente tomó aliento, sonrió y continuó: —Esperaba poder persuadirlos a ustedes para que nos permitan, a mi esposo y a mí, asistir a su próximo rastreo y hablar con algunas personas frente a las cámaras. Creo que tienen programado uno para el domingo. ¿Verdad?

—¿Cómo va a meter a la fiscal y a la fundadora de CARIDAD en el mismo cuarto? —preguntó Ximena—. Ellas se odian.

—Con donativos. ¿De qué otra forma? Si no tienen oportunidad de ver el programa mañana me encantaría mandarles una copia.

—Me gustaría verlo —comentó Ivón de inmediato.

—Ella es profesora —señaló Ximena—, enseña estudios de la mujer en Los Ángeles.

—¿Ah, sí? —los ojos de Rubí se agrandaron un poco—. Debería entrevistarla.

—No podemos tener a todo un equipo detrás de nosotros, señora Reyna —explicó el padre Francis—, sería muy molesto. Y tendríamos que conseguir el permiso de todo mundo para que usted filmara. Alguno de nuestros miembros no aceptarán, se lo digo desde ahora.

—¿Un equipo? —Rubí soltó una risilla; la luz brillante del desierto se reflejó en sus frenos—. Que más quisiera, padre. Tengo una coproductora, Clara Apodaca y mi esposo, Walter Luna, aquí . . . —volteó a ver al camarógrafo y él los saludó—. Walter se ofreció para filmar todo el programa en sus días libres. También tenemos un camarógrafo en la estación. Ése es todo el equipo de *Mujeres sin Fronteras*. Se llama presupuesto probono, que es todo lo que conseguimos en el canal 33. Y no se preocupe tampoco del asunto del permiso. Tengo formularios para todos los que quieran aparecer en el programa, y sólo los que firman se filmarán. Soy una profesional, padre. Tengo un título de periodismo de UTEP.

—Voy a hablar con el grupo —respondió el padre Francis, luego le pasó la tarjeta a Ivón. Ésta se metió la tarjeta en la bolsa de la guayabera—. Si están de acuerdo, la llamo.

La mano de Rubí descansaba en la ventana abierta. Ivón notó el manicure de sus uñas pintadas color perla, el brazalete y el anillo matrimonial de diamantes.

—Padre, le interesaría usar un camión para transportar a su gente de ida y vuelta.

—¿Un camión? —preguntó Ivón. Volteó a ver a Ximena, que levantó las cejas.

—Mi padre es el dueño de transportes Reyna del Norte. Acaba de cambiar el modelo de los camiones, y tiene algunos ya viejos que va a donar a la Asociación de Maquiladoras. No tienen nada malo, sólo están viejos. Yo podría pedirle que donara uno a su organización a cambio de que nos permita asistir a un rastreo.

—No está mal el intercambio, Frank —apuntó Ximena.

El padre Francis se aclaró la garganta.

—Bueno, seguro, nos vendría bien un camión. La gente del grupo tiene que transportarse de un lado a otro en sus carros. Aún así tengo que preguntarles primero, señora Reyna. Realmente no puedo tomar esa decisión yo solo.

—¿Usted sabe qué ocurrió con la muchacha que encontraron esta mañana? —preguntó Ximena—. Era amiga nuestra.

—¿La muchacha embarazada? —Rubí apretó los labios—. Pobre muchacha. La violaron todo lo que pudieron y la apuñalaron tantas veces que casi cercenaron el cuello del bebé.

—¡Dios mío, qué inhumanos! —exclamó el padre Francis persignándose.

—¿Usted la vio? —preguntó Ivón mientras sentía que la bilis le subía a la garganta.

Rubí negó con la cabeza y se secó los ojos con un pañuelo desechable.

—No, vine a entrevistar a la forense para el programa . . . Ella no quiso hacerlo en vivo en la estación, así es que tuvimos que pregrabarla. Está trabajando con el cuerpo de la muchacha ahora mismo.

—¿Podemos verla? —preguntó Ivón.

Rubí frunció el ceño un poco, sin entender la pregunta de Ivón.

—Ivón iba a adoptar a su bebé —explicó Ximena.

—¡Ay, qué triste! ¡Qué pena! —dijo Rubí, con los ojos verde jade llenos de lágrimas. Apretó el hombro de Ivón—. Entonces también asesinaron a tu bebé —agregó.

Ivón no había pensado en eso.

—Si realmente la quieres ver, te puedo llevar. Pero le están haciendo la autopsia. ¿Crees que puedas aguantar ver una autopsia, o prefieres esperar?

—Puedo aguantar la autopsia —aseguró Ivón mientras se bajaba del carro. Ximena también salió.

—Estaciónese allá, —le indicó Rubí al padre Francis y apuntó hacia un Jaguar negro—, detrás de mi carro.

Esperaron que el padre Francis estacionara su maltratado Toyota azul en el estacionamiento.

—¿Realmente queman la ropa? —preguntó Ximena.

—La historia oficial es que la escuela de medicina, que está enseguida, se quejó del olor y por eso el alcalde ordenó que quemaran la ropa. Pero la médica forense me dijo que habían encontrado huellas de un virus en la ropa —explicó en voz baja Rubí, de pie entre las dos.

—¿Qué clase de virus? —preguntó Ivón.

—Sabrá Dios, pero dicen que es mortal, por eso tuvieron que quemar la ropa.

—¿Qué clase de virus vive en la ropa? Tal vez es un rebrote de la plaga que tuvieron en Nuevo México hace dos años. ¿Cómo se llamaba? ¿Hantavirus?

—No sé —respondió Rubí encogiéndose de hombros—. Aquí inventan cada mentira.

El padre Francis las alcanzó; llevaba una cartera negra. Alzó el brazo derecho y bendijo a los manifestantes. Éstos le abrieron paso. Sobre la puerta de la morgue decía *Anfiteatro*. El sentido de humor mexicano, pensó Ivón. Un olor a trementina y a ropa quemada salía del vestíbulo lleno de humo.

—Mire, señorita —le explicó Rubí a la recepcionista—, estas mujeres son las primas de El Paso de la víctima, y él es su sacerdote. Necesitan ver el cuerpo.

—Por favor, firmen el registro —dijo la joven. Esperó a que los tres llenaran la información, luego les dio a cada uno una identificación y una mascarilla.

—Huele muy feo —les advirtió la recepcionista—, el cuerpo ya se estaba descomponiendo, así que usen sus mascarillas.

—¿Qué dijo? —Preguntó el padre Francis.

—Que el cuerpo ya se estaba descomponiendo, Frank —dijo Ximena—. Usa la mascarilla.

—¡Dios mío!

Siguieron a Rubí Reyna, que pasó el área de recepción y siguió por un pasillo oscuro que terminaba en una puerta metálica gris. Ivón sentía que se le salía el corazón. Nunca antes había estado en una morgue. Cuando entraron apretó la mascarilla sobre su nariz y su boca.

—¡Por Dios, cómo apesta! —murmuró Ximena.

Una mujer mayor con una filipina blanca y dos asistentes con trajes manchados de sangre levantaron la vista del cuerpo en el que trabajaban. La mujer estaba claramente molesta por la intrusión, hasta que vio a Rubí Reyna.

—¿Ya regresaste? —preguntó.

—Éste es el grupo Contra el Silencio —dijo Rubí—. Ellos conocían a la muchacha.

—Lo siento —la doctora bajó la vista y regresó a su trabajo.

Detrás de ellos había frascos con químicos y cráneos rotos alineados en anaqueles de metal. En el piso había huesos amontonados en bolsas de basura.

—El nombre de la médica forense es Norma Flores —explicó Rubí en un susurro—. Estuvimos juntas en la preparatoria hace mil años. Salvador Peñasco y Laura Godoy son internos de la escuela de medicina. Junior, o sea Salvador, y mi esposo juegan golf juntos. ¡Ay, qué tonta! debí traer a Walter para que filmara la autopsia.

Ivón no podía moverse, estaba a menos de cinco pies de distancia del cuerpo de la muchacha que iba a ser la madre de su niño. Tenía la cabeza hacia un lado, frente a Ivón, con los ojos rojos, lechosos y la boca muy abierta. El cuerpo tenía aspecto de mármol entre verde y amarillo; la piel floja; las manos torcidas hacia dentro y los dedos de los pies tensos. Quemadas oscuras le recorrían el cuello. La carne del torso le colgaba hacia atrás, pero era fácil distinguir las heridas, una, dos, tres . . . Ivón contó diecisiete cortadas negras —verticales, horizontales, perpendiculares, diagonales, había sido apuñalada por más de una persona, obviamente— entre el tejido rosa y el amarillo del interior.

Ivón cerró los ojos un momento para no pensar en la cantidad de heridas; se esforzaba por sacarse la voz del niño de la cabeza. Cuando abrió los ojos, la cabeza de la muchacha estaba volteada hacia el otro lado.

—¿Por qué está la piel verde? —preguntó Rubí—. ¿Es ése el color normal de un cadáver?

—Es el color normal para un cuerpo que ha estado encerrado en un carro, a cuarenta grados centígrados por más de ocho horas —explicó la médica forense. Separaba las largas madejas de pelo negro de Cecilia mientras los internos sacaban los órganos del torso y los depositaban en un cubo de carnicero, al final de la mesa—. Por suerte la cabeza no explotó —agregó.

La cabeza estaba en dirección a Ivón de nuevo. La forense sacó de una bolsa un rollo de cinta adhesiva para ductos; tomó un pedazo muy largo que cortó con dificultad con los dientes.

—¿Para qué es la cinta? —preguntó Rubí.

—Como el cuello está quebrado usamos la cinta para sostenerlo, de otra manera no podríamos trabajar. —La forense enderezó la cabeza y pasó la cinta por la frente. Los extremos los pegó a ambos lados de la mesa.

—Junior —llamó la forense a uno de los internos.

Ivón observó las largas y venosas manos de Junior mientras las metía en un par de guantes nuevos. Sus venas abultadas se veían a través del látex. El interno se amarró la máscarilla verde y se puso a un lado de la forense.

—Ésta es la línea del corte. Vas a quitar el pelo de la tapa de la cabeza, aquí, sólo jala el cuero cabelludo así. Sale fácil —dijo y lanzó un grueso mechón de pelo en el bote de metal que servía como basurero—. Y luego haces la incisión de oreja a oreja y jalas el cuero cabelludo hacia abajo. Ten cuidado cuando cortes el cráneo. El cerebro ya debe estar líquido.

Ivón se apretó las fosas nasales para evitar la náusea.

—*You okay?* —le preguntó Ximena al oído.

Ivón afirmó con la cabeza. Trataba de convencerse de que sólo miraba una operación en la televisión. Había visto cirugías de cerebro, de corazón, trasplantes de médula. Mientras no oliera a nada, mientras no pensara demasiado en el asunto del bebé lo podría soportar. Sin embargo no esperaba que el interno usara una sierra de metal para cortar el cuero cabelludo.

El padre Francis había sacado de su cartera una estola blanca, una Biblia y un frasco de agua bendita y había iniciado el ritual de las bendiciones. La forense frunció el ceño por un segundo, miró a Rubí a los ojos e hizo una ligera mueca.

—Doctora Flores —la llamó el interno—, ¿podría ver esto, por favor?

La doctora se acercó a ver.

—Yo creo que son cálculos biliares —dijo Laura Godoy. De la masa de órganos que cortaba y pesaba: pulmones, corazón e hígado, rodó un puñado de piedritas negras al cubo de carnicero.

—Eso explica la coloración amarilla de la piel —señaló la doctora—, probablemente tenía ictericia. Pobre muchacha, a su edad. Tal vez no sabía que la tenía.

—¿Son piedras de verdad? —preguntó Ximena.

—Ponte un guante. Puedes tocarlas, si quieres.

—¿Cómo puede el cuerpo hacer piedras? —Ximena se puso un guante de látex y tomó un cálculo, luego se lo pasó a Ivón—. Toca esto.

Rubí Reyna se tapó la boca y salió de prisa del cuarto.

—Seguramente tenía mucho dolor —agregó la doctora.

Ivón volvió a poner su atención en la cabeza del cadáver. No podía pensar en el dolor de Cecilia. El chillido de la hoja de la sierra en el hueso había parado. Oyó un ruido como de succión cuando Junior levantó la tapa del cráneo. Lo observó pelar una capa de algo que parecía papel encerado para dejar ver el cerebro verde grisáceo.

—El cerebro está hecho papilla —observó Junior.

—Usa esto —indicó la forense y le pasó una cuchara sopera.

Con el bisturí separó el cerebro del cráneo, lo sacó con la cuchara en partes. Colocó las piezas en un plato metálico y le pasó el plato a Laura Godoy para que lo pesara en la báscula.

—¿Dónde está el bebé? —Ivón caminó hacia la forense.

Norma Flores juntó los cálculos biliares en una taza de plástico. Ivón se fijó en algo; parecían monedas y estaban en otra taza de plástico. Monedas negras, oxidadas, mezcladas con peniques.

—¿Qué? —preguntó la forense.

—El bebé, ¿dónde está?

—Casi destruido. Ya le hicimos la autopsia —respondió la forense y movió la cabeza.

—¿Era niño o niña?

La doctora miró a Ximena.

—Ella iba a adoptarlo —le explicó Ximena.

—Inocente criatura —la doctora tiró el guante—. Era un niño, una cosa chiquita, ni siquiera tres kilos, pero era perfecto, diez dedos en los pies, diez dedos en las manos, la cabeza llena de pelo.

Samuel Santiago, pensó Ivón sintiendo que el corazón le latía con fuerza. Los nombres de su padre y de su abuelo. El nombre de su hijo, el hijo que la iba a llamar Mapi.

—¿Cuánto es en libras?

—Poquito —respondió la doctora al sacarse el otro guante—, como seis.

—¿Estaba muy lastimado?

—¡Bestialmente! —bufó la forense—. Destazado como un animal. Afortunadamente tenía el cordón umbilical alrededor del cuello, de otra manera el filo del cuchillo le hubiera sesgado la cabeza.

Estoy empezando a sentirme solo, Mapi.

Ivón empezó a sentirse pegajosa. El cuarto empezaba a girar a su alrededor.

"Polvo eres y en polvo te convertirás", oyó decir al padre Francis, pero el enorme agujero en la cabeza de Cecilia estaba lleno de piedras. Tenía los dedos de los pies y las uñas tensos.

8

LO PRIMERO QUE NOTÓ FUE EL HUMO y por un momento temió que todavía estuvieran adentro de la morgue rodeadas por el humo de la ropa quemada. Sabía que se había desmayado, pero no recordaba nada más. Luego sintió algo moverse y un baño de sol en la cara. Abrió los ojos y vio que estaba acostada en el asiento trasero del carro del sacerdote. A través de la ventana vio el cielo y los postes de teléfono, algún árbol. Se sentía como si estuviera cruda.

—Está viva —dijo Ximena. Los dos, ella y el sacerdote, fumaban.

—¿Cómo te sientes? —preguntó el padre Francis.

—No podría sentirme mejor —respondió Ivón, y enseguida le dolió alrededor del ojo izquierdo. Se tocó la frente y sintió una bola—. ¡Ay!

—Me cagué de miedo, prima —dijo Ximena—. Por la manera como caíste al suelo pensé que habías tenido un infarto y que te habías muerto. Casi te echas encima los órganos.

—*That's not funny, Ximena!*

—La doctora dijo que probablemente te habías conmocionado y que te deberíamos llevar al hospital.

—No pienso ir a ningún hospital —dijo Ivón—, estoy bien —además del humo olía a otra cosa.

Ivón se olió las axilas y sintió el olor del cadáver impregnado en la guayabera. Aspiró profundamente y por poco vomita.

—¡Ah, cabrón! Apesto. Necesito quitarme esto.

—Todos apestamos —dijo Ximena—. No te preocupes.

—No quiero oler así todo el día.

—Te vamos a llevar a casa de tu mamá, ¿está bien? Puedes quedarte ahí, darte un baño y cambiarte de ropa. Yo te paso a recoger por la noche para seguir con el plan B.

—¿De qué hablas, Ximena? Quiero investigar quién le hizo eso a Cecilia. Quiero ir a hablar con el guardia de seguridad de la fábrica. Seguro que vio quién la recogió.

—Tengo una misa por la tarde —dijo el padre Francis—. Tenemos que regresar.

—¿Me puedes dejar aquí? ¿Dónde estamos ahora? —Ivón miró a todos lados y trató de orientarse. Juárez había crecido mucho, ya no era fácil saber dónde estaba. Pero luego vio el Río Bravo y la Montaña Franklin a la derecha y sabía que estaban en el Ribereño otra vez, en el oeste, más allá del Chamizal.

—Espera —dijo—, ¿que no está el puente Córdoba atrás?

—Frank va a tomar el puente del centro —dijo Ximena, y lanzó la colilla del cigarro por la ventana—. Está a la vuelta de la esquina de la iglesia. Frank piensa que tomará menos tiempo cruzar, aunque . . . —Ximena alzó la voz para decirle al padre Francis—, la Avenida Juárez está en construcción y toma más tiempo cruzarla que lo que tomaría ir del puente Libre al centro.

—Voy a rentar un carro —anunció Ivón—, necesito en qué moverme.

—Mira, prima, yo sé que quieres saber todo lo que ocurrió, pero créeme, ése es un camino sin salida. Y usé esa expresión a propósito. Es peligroso, nadie sabe nada. Nadie te dirá nada. No tiene caso que vayas por ahí preguntando. Nomás te vas a meter en problemas y tú no viniste a eso. Vamos a enfocarnos, ¿okay? Tú aquí viniste a adoptar a un niño. Todavía tengo el plan B, pero tengo que arreglar algunas cosas primero . . .

—¿Cómo puedes ser tan desalmada? —interrumpió Ivón—. Tú conociste a Cecilia, conocías a la familia, la acaban de matar salvajemente. ¿Te vale madre?

—No se trata de que me valga madre o no. ¡Por supuesto que me importa! Sólo que yo vivo aquí y sé la clase de cabrones enfermos con los que tratamos y también sé que no te conviene estar involucrada en todo esto. No nos conviene tener qué ver con esos cabrones. Sé que te duele y que estás encabronada . . . todos estamos encabronados.

La cara de Ximena enrojeció y las venas del cuello empezaron a saltarle.

—¡Cálmate, Shimeyna! —exclamó el padre Francis.

—Sí —Ximena trató de alcanzar la cajetilla de cigarros en el tablero.

—Dame uno —pidió Ivón. Había dejado de fumar hace más de un año, pero ahora estaba muy enojada y necesitaba un cigarro. Ximena le pasó el encendedor. Ivón tosió con la primera fumada. Se acercaban al centro de Juárez. El puente surgió como una colina de concreto frente a ellos. Ivón vio una línea de gente que cruzaba el puente a pie. Recordó que solía hacer eso en su adolescencia, cruzaba a pie para divertirse en los bares de la Avenida Juárez, el Kentucky Club y el Faustos. Bares como el Noa Noa. Ninguno pedía identificación y los tragos eran baratos. Se podía emborrachar con diez dólares y todavía le quedaba dinero para comer en las famosas tortas Fred's, sándwiches de jamón y aguacate en pan blanco, con muchos jalapeños y ahogados con mayonesa. No podía creer que estuviera pensando en comida después de lo que acababa de ver.

—Tenemos suerte —dijo el padre Francis—, no hay cola, ¿quién tiene una peseta?

Ximena buscó en el fondo de su bolso y sacó un pedazo de papel arrugado. El papel crujió cuando lo desarrugó.

—¡Ay, cabrón, miren esto! —lo sostuvo en alto, era como un boletín o algo así, con tres columnas y una fotografía en medio.

—¿Qué es eso? —preguntó el padre Francis.

—La prima de Cecilia me lo dio esta mañana. Se me había olvidado. Dijo que Cecilia lo encontró en su máquina el viernes pasado cuando regresó del receso. La abuela se lo mostró a la policía, pero lo descartaron, dijo que probablemente alguien le quería jugar una broma.

—Déjame ver —dijo Ivón. La tinta azul estaba escurrida, con manchas, así es que lo escrito era casi ilegible y la cara en la fotografía parecía más una calavera mimeografiada que una persona. Sin embargo se leía claramente parte del título: "Diario de Richy. Volumen 3, No. 1". El año estaba borroso, pero el logo bajo el título estaba muy claro. Un pentagrama dentro de un círculo.

Ivón agarró la hoja y la puso contra la ventana. Había algo escrito bajo la foto, pero la única palabra que pudo leer era *trematode*. En la parte inferior de la página, como en la quinta cosa de una lista titulada "Mira lo que hay adentro", había un mensaje escrito a mano: Tú eres la siguiente. Las palabras estaban inscritas en crucifijos invertidos. En la parte izquierda del papel, abajo, con letras pequeñitas que estaban sorprendentemente claras se leía parte de una dirección de Internet: *http://www.exxxtremelylucky.*

—Está en inglés —dijo Ivón—. Y también hay un sitio de Internet. Extremadamente suertuda y escrito con tres x.

—¡Es pornografía, Frank! —exclamó Ximena al tiempo que le pegó al sacerdote en el brazo.

—Trematode. ¿Qué es "trematode"? —preguntó Ivón.

—¡Deme eso! —el padre Francis se dio la vuelta y le arrebató la hoja a Ivón—. ¿Dónde dice "trematode"?

—Ahí, debajo de la foto.

—¡Dios mío! —El sacerdote se limpió el sudor arriba del labio con la muñeca.

—¿Qué es, Frank?

El carro que estaba atrás de ellos les tocó el claxon para que avanzaran y pagaran en la garita.

—El Diario de Richy —respondió al completar las letras que faltaban en el título.

—¿Quién es Richy? —preguntaron Ivón y Ximena al mismo tiempo.

Ivón se fijó que la manzanilla de Adán del sacerdote bajaba y subía en su cuello.

—Paga la tarifa —ordenó.

Ximena le pasó la peseta al empleado y subieron la pendiente. En lo alto del puente, en medio de las dos banderas estaba la vista favorita de Ivón: el centro de El Paso con sus altos edificios bancarios contra el gris pizarra de la montaña y el cielo azul. Amaba este lugar. Odiaba este lugar. Siempre las mismas contradicciones.

De pronto apareció un hombre en la ventana de Ximena. Los tres se sobresaltaron. Era un hombre en silla de ruedas que vendía billetes de la lotería mexicana.

—¡Por una chingada! —exclamó Ximena. El hombre se alzó de hombros y siguió al otro carro—. Bueno, Frank, ¿cuál es la historia?

—Richy es la única persona a la que he oído usar esa palabra —dijo el padre Francis suavemente—. Yo estaba ahí. Yo oí cuando lo dijo. Yo fui a su juicio.

—¿De quién diablos hablas, Frank?

—Richard Ramírez —aclaró—, por consiguiente, "Diario de Richy".

—¿El Night Stalker? —preguntó Ivón.

El padre Francis afirmó con la cabeza:

—Precisamente. El hijo más infame de El Paso.

—¿No está muerto? —preguntó Ximena al tomar la hoja.

—Fue sentenciado a la pena de muerte, pero no creo que lo hayan ejecutado aún. Oí que se iba a casar con una mujer de Los Ángeles hace dos años.

—¿Cómo es que sabes tanto de este hombre, Frank?

—Le dieron diecinueve sentencias —continuó sin prestar atención a la pregunta de Ximena—, una por cada asesinato. El año del juicio fue mi primer año en El Paso. Yo lo asistí como religioso en la prisión.

—¡No me digas, Frank!

—Es cierto. Su familia era de nuestra congregación. Me pidieron que los acompañara a Los Ángeles y hablara con él, que oyera su confesión y perdonara sus pecados.

—Frank, ¿por qué nunca me lo contaste?

—¿El Night Stalker tiene un boletín? —preguntó Ivón.

—Probablemente también tiene un sitio de Internet propio. Ahora todo es posible en Internet, —agregó el padre Francis—. Hasta donde yo sé, en San Quintín puede tener acceso a la computadora.

—¿Por qué alguien usaría su foto para un sitio de pornografía en Internet? —insistió Ivón.

—A Richy le encantaban tres cosas: la cocaína, el satanismo y la pornografía.

—¡Dios mío, Frank! Se me ponen los pelos de punta.

Se detuvieron en las garitas de la aduana y los tres dijeron a un tiempo: "U.S."

—¿Traen algo de México? —preguntó el oficial de inmigración e hizo una mueca como si hubiera olido algo asqueroso.

—Nada, señor —respondió el padre Francis.

Sólo las pruebas de un asesinato, pensó Ivón.

9

EL ALUMINIO DE COLOR AZUL AGUA del exterior de la casa de su mamá se veía más desgastado que nunca. La casa misma parecía haber encogido desde la última vez que Ivón la había visitado, dos años atrás; ni siquiera había ido a casa en Navidad. Pero los jardines se veían lozanos, como siempre, un oasis de césped verde en medio del desierto, camas de margaritas y geranios, un arco de rosas rojas y amarillas que enmarcaba el frente del pequeño porche. El altar a Nuestra Señora de Guadalupe que había construido su papá en el jardín cuando Ivón había cumplido quince años estaba adornado con una corona de Navidad. Vio a su mamá con su pañoleta roja, agachada en el arbusto de la madreselva a un lado de la casa.

—Tengo dos largas reuniones, pero te puedo recoger alrededor de las seis —dijo Ximena, cuando el padre Francis estacionó su carro frente al barandal—. Lo más tarde a las siete.

—Muy bien, sólo voy a estar un rato aquí y luego le pediré a Irene que me deje en la casa de la abuelita Maggie. En realidad necesito una ducha y una siesta.

Su mamá se había puesto de pie. Miraba el carro del padre Francis protegiéndose los ojos con una mano enguantada.

—Okay, te veo en la casa de la abuelita. Para entonces ya sabré si podemos ver a la otra muchacha —respondió Ximena.

—En serio, Ximena —afirmó Ivón—, no puedo ni siquiera pensar en este asunto de la adopción ahora. Voy a descubrir qué pasó con Cecilia con o sin tu ayuda.

—Tiene razón, Shimeyna —dijo el padre Francis—, tenemos que hacer algo acerca de Cecilia. Por lo menos debemos visitar a su familia.

Ximena negó con la cabeza.

—Ya conoces mi política, Frank. Yo me mantengo fuera de esto para proteger a mi familia, y tú ya lo sabes.

Ivón abrió la puerta y salió del carro.

—No le digas a mi tía que soy yo —le dijo Ximena—. No puedo hablar con ella ahora. Dale, Frank.

El carro se fue velozmente, rechinando. Dejó a Ivón parpadeando en la banqueta.

—¿Ivón? —su mamá le gritó mientras caminaba de prisa hacia la puerta y se quitaba los guantes—. Mijita, ¿eres tú? Ay Dios mío, no puedo creer que estés ahí parada como si nada. ¿Cuándo llegaste?

Su mamá la estrechó entre sus brazos; Ivón también la abrazó más fuerte de lo acostumbrado. Contuvo el aliento para no llorar cuando su mamá le besó la cara y se preocupó porque la encontró muy delgada.

—No hueles bien, cariño —le dijo su mamá. Arrugó la nariz bronceada por el sol e hizo lo que Irene llamaba una "cara fuchi"—. Pero te ves igual a tu papá con esa camisa. Sollozó y se secó la comisura de sus brillantes ojos verdes con un pañuelo de encajes que sacó de su delantal. Muy guapo. Y con el pelo así eres idéntica a tu papá cuando nos conocimos.

—Pero a *él* no le hubiera gustado, ¿verdad, ma? —Ivón no pudo evitar provocarla—. O ya se le olvidó que papá siempre me molestaba por la ropa que usaba y porque parecía más joto que muchacha.

—No hables mal de tu padre, mijita, que en paz descanse. ¿Por qué no entierras todo ese resentimiento? Él ya no está aquí para defenderse.

—Tiene razón, ma, lo siento. No sé por qué dije eso. Creo que estoy muy tensa. ¿Cómo está? ¿Qué hacía ahí gateando entre los arbustos?

—Mientras hacía la comida vi a una ardilla que corría por el jardín. Ésa es la que hace estos túneles tan grandes bajo el césped.

Mira nomás. Les eché veneno en los agujeros. ¿Quiénes eran los que te dejaron aquí, mijita?

—Unos amigos. ¿Qué hizo de comida?

Su mamá le pasó el brazo por la cintura mientras caminaban al porche.

—Qué extraño, tu hermana me pidió que hiciera albóndigas hoy, como si supiera que ibas a venir.

—Mi plato favorito —dijo Ivón y besó a su mamá en la mejilla.

—¿Dónde está tu equipaje? No me digas que lo dejaste en el carro de tus amigos.

—Está en la casa de la abuelita Maggie, ma. No se enoje, ¿okay? Me quedé allá anoche porque tenía que hacer algo con Ximena hoy. Pero eso ya se terminó, así es que aquí estoy.

Su mamá entrecerró los ojos. Ivón sabía que veía a través de ella.

—¡Pues vaya! —dijo—, lo que sea que hiciste con Ximena debió ser más importante que tu propia familia. No te hemos visto en dos años, pero . . .

—¿Dónde está Irene? —la interrumpió abruptamente.

—En el trabajo, mijita, ¿dónde más? Va a venir a comer. ¿Cuánto tiempo te vas a quedar?

—Vamos a entrar, ma, tengo que hablarle de algo muy importante, de hecho, se trata de mi propia familia.

—Vamos, entra —dijo su mamá, e hizo su cara de fuchi—. Lávate. No sé si eres tú o es algo allá afuera, pero algo huele a podrido, y tú hueles a cigarro. Cuando hablé con Brigit el Día de la Madre dijo que ya no fumabas. Espero que no hayas vuelto a ese hábito desagradable otra vez, mijita, mira cómo está tu abuelo. Ahora vuelvo, deja termino con el veneno. Si quieres prepara la limonada o calienta las tortillas.

Sin duda su mamá estaba molesta, pero Ivón se sentía débil y cansada para arremeter contra ella. La casa de su madre siempre olía a cilantro y frijoles y a cera para pisos. En la sala brillaba el sol temprano de la tarde, pero detrás de la casa, el comedor y la cocina estaban frescos y sombreados. Había puesto dos sitios en la mesa de la cocina. Un molcajete lleno de pico de gallo recién hecho al lado de un florero con margaritas. Dos ollas hervían en la estufa, una con frijoles, la otra con las famosas albóndigas con calabacitas de su mamá. Un montón de tortillas de harina esperaba a un lado del comal. Sobre el gabinete, a un lado del fregadero, un puñado de limones partidos en gajos esperaba junto al exprimidor de metal; también el frasco de azúcar blanco y la misma jarra redonda, de grueso cristal, que su mamá usaba desde que Ivón estaba en la primaria. Miró hacia el patio por la ventana, allí estaba Sansón, su viejo perro pastor alemán; dormía en su lugar de siempre, bajo el árbol de granada. Ivón se sintió a gusto allí.

Estaba en casa, en la cocina de su madre donde reinaba el orden y la limpieza, donde las cosas por hacer ya estaban señaladas, los pasos claramente indicados: calentar las tortillas, hacer la limonada, sentarse a comer. Así había sido criada Ivón, con el uniforme extendido en una silla antes de ir a dormir, los zapatos embetunados por su papá, la mochila con los libros esperando en la puerta de enfrente, el cereal y las soperas puestas en la mesa la noche anterior. Así era como le gustaría vivir su propia vida ahora que no tenía que desafiar a su madre ni tenía que probar su independencia llevándole la contraria en todo momento. Se lavó las manos en el inmaculado fregadero blanco —el olor a cloro aún emanaba de la porcelana— y empezó a exprimir los limones.

Debo llamar a Brigit, pensó, pero no podría explicarle nada todavía. No podía tolerar la decepción de Brigit encima de la suya.

—¿Qué hay de nuevo, mijita? —dijo su mamá detrás de ella. Ivón no la había oído entrar. Su mamá tenía un aire felino en la manera de moverse por la casa. Ni Ivón ni Irene podían sentir cuándo estaba cerca—. ¿Por qué no me avisaste que venías? ¿Tienes algún problema? ¿Pelearon tú y Brigit?

—Al contrario, ma —decidió abordar el tema, pero quedarse de espaldas y terminar de hacer la limonada—. Vamos a tener un bebé.

—¿Que qué?

—Ya me oyó, ma —Ivón puso la jarra debajo de la llave y la llenó de agua, con los ojos atentos a los columpios oxidados del patio—. Vamos a tener un bebé, quiero decir, vamos a adoptar un niño. Por eso estoy aquí. Ximena me iba a contactar con una muchacha de Juárez que quería dar a su bebé, pero . . . —de pronto, un nudo en la garganta le impidió continuar—, pero no funcionó, así es que hay un plan B o algo así.

Su mamá no dijo nada.

Ivón vació dos cucharones de azúcar en la jarra, no quería darse la vuelta y ver la reacción de su mamá. Sentía la tensión en el cuello. Sacó una cuchara de madera del cajón de los utensilios y revolvió la limonada.

Oyó que su mamá levantaba la tapadera de las ollas, revisaba la comida. El silencio la ahogó como una bolsa de plástico en la cara. Continuó revolviendo la limonada. Afuera Sansón se levantó repentinamente, como si hubiera oído algo familiar. Luego dio unos pequeños ladridos y se acercó cojeando a la puerta; meneaba la cola. Había llegado Irene.

—¿Tu hermana sabe? —preguntó su mamá, finalmente.

—Sí, ma, ya sabe —le dijo Ximena. Se dio valor, volteó y puso la jarra sobre la mesa.

Su mamá la miraba como si fuera una extraña.

—Hi, Ma, I'm home! —gritó Irene—. No sabes cuánto tráfico hay en la Paisano. Yo creo que todos van a la feria de Juárez. ¿Ma?

—Estamos aquí, mijita —la llamó su mamá por encima del hombro—. Tu hermana está aquí.

Irene corrió a la cocina.

—¡Pancho! —gritó y se lanzó a los brazos de Ivón—. No puedo creer que estés aquí, híjole. ¿Cuándo llegaste? —fingiendo que no había visto a Ivón el día anterior.

—Déjalo, Lucha —dijo Ivón—. Ya se lo dije. Le dio un ataque.

—Lo que me dio el ataque —dijo su mamá con los brazos en jarra— fue ver llegar a esta niña a la casa a deshoras anoche, oliendo a cerveza. ¿Estaba contigo?

—Sí, ma, ella y Ximena fueron a recogerme al aeropuerto. No la dejé beber más de dos cervezas . . . no era una gran borrachera ni nada parecido.

—Pues es todo lo que necesitábamos, a ustedes dos hechas unas alcohólicas, como su papá. Lávate —le dijo su mamá a Irene— y calienta las tortillas. Ahora regreso —Ivón colocó hielos en los vasos.

Esperaron hasta que su mamá saliera de la cocina para mirarse a los ojos. Luego soltaron una carcajada.

—¿Se le volaron, eh? —Irene encendió la hornilla bajo el comal—. Se ve muy enojada.

—Creo que está evadiendo el tema. No ha dicho nada todavía —Ivón tomó un mantelito de paja del cajón y lo puso en su sitio habitual en la mesa.

—¿Qué apesta? —preguntó Irene imitando la cara de fuchi de mamá. Destapó cada olla para revisar el olor de la comida, luego olió las tortillas.

—Debe ser la basura —respondió Ivón.

—*Dude,* ¿qué pasó? —Irene lanzó una tortilla al comal caliente—. Tía Fátima llamó y nos contó del accidente de Ximena. ¿Está bien? ¿Fueron a Juárez? ¿Se vieron con la muchacha?

Ivón se encogió de hombros.

—No funcionó y no quiero hablar de eso ahora, ¿okay? Yo creo que Brigit y yo nos vamos a morder un huevo y vamos a hacerlo de la manera tradicional: esperar a que el condado de Los Ángeles nos dé un niño. Yo creo que probablemente es el camino más seguro.

—Ya no digamos legal. Híjole, yo no sabía que Ximena andaba en esto. O sea, es como si anduviera en el tráfico de bebés o algo así.

—No digas eso, ella no hace esas cosas. Ximena ayuda a las pobres mujeres de Juárez. Hay muchas cosas que suceden allá a las que no les he puesto atención. Es horrible y Ximena está justo en el meollo del asunto. Todo eso me enferma. Ya quiero regresar a mi casa.

—De ninguna manera, pensé que me ibas a llevar a la feria.

—No me voy a ir a casa *ahora.* Hay una . . . investigación que tengo que hacer y me voy a quedar todo lo que sea necesario. Podemos ir a la feria el viernes, si quieres.

—¿Adónde van?

Su mamá apareció repentinamente. Se había cambiado de blusa y cepillado el pelo gris; se había puesto el colorete de siempre, un rosa coral opaco del cual su padre solía decir que le resaltaba el verde de los ojos.

—A la feria, ma —dijo Irene—. Ivón me va a llevar a la feria ya que tú no me dejas ir con mis amigos.

Ivón había sacado la charola de los hielos del congelador y estaba poniendo unos cubitos en cada vaso.

—Son una bola de cholas —dijo su mamá—. Quieren ir allá a coquetear y meterse en problemas, nada más. Vas a encontrar mejores personas con quien socializar cuando estés en la universidad de El Paso. Pensé que ibas a encontrar a personas buenas en Loretto . . . por eso te mandé a esa escuela que me cuesta bastante y no a Father Yermo . . . pero no, tienes que ir a escoger a las cholas.

—Mis amigas no son cholas, ma. No andan ni en pandillas, ni en drogas, ni en nada. Están en el equipo de natación como yo. El tener tatuajes no las hace automáticamente cholas. Ivón tiene un tatuaje y tú no la llamas chola.

Ivón levantó la vista y vio que su mamá le echó una mirada de advertencia a Irene. El tatuaje de Ivón era un tema tabú en la casa de su madre.

—No sabía que ibas a entrar en la universidad de El Paso —Ivón cambió el ritmo de la conversación—. Pensé que ibas a mandar solicitudes a las escuelas de California.

—¿Para qué? ¿Para acabar como tú? —preguntó su mamá bruscamente—. El peor error que hicimos fue dejarte seguir a tu prima Mary a ese colegio de Iowa. Tu pobre tío Joe nunca sabe dónde está esa muchacha que se dedica a vagabundear por México en el tren y escribe historias vergonzosas de la familia. Ustedes dos debieron quedarse aquí. La universidad de aquí es buena. Todos los hijos de Fátima estudiaron en esta universidad; todos se quedaron en El Paso, cerca de su familia, el lugar al que pertenecen. Tú, tú te fuiste a la universidad y regresaste hecha una de esas mujeres liberales, o lo que sea, y luego te mudaste a Los Ángeles y ya casi no te veo. Ahora quieres que Irene también me deje —su mamá tomó aliento—. Ella es todo lo que me queda.

Ivón e Irene se miraron a los ojos. Así era como las cosas empezaban en casa. El temperamento de su mamá estallaba en cualquier momento. Ivón movió la cabeza y sirvió más limonada.

—Ma, ¿por qué regañas a Ivón? —dijo Irene—. Ella no me obliga a hacer nada. Yo soy la que se quiere ir. Voy a entrar en la escuela de leyes, ¿te acuerdas? La universidad de El Paso no tiene escuela de leyes y de cualquier manera mi consejero dice que UTEP es una mierda.

—No uses ese lenguaje en mi casa si no quieres que te dé una cachetada. No te hagas la malcriada nomás porque tu hermana está aquí.

El rostro de Ivón se calentaba; estaba a punto de estallar.

—Está evadiendo el tema —le dijo Ivón a Irene—. Ya sabes que a ma le gusta hacer eso cuando hay un elefante en el cuarto y quiere disimular que no lo ve. ¿Por qué no dice realmente lo que piensa sobre el asunto de la adopción, ma?

—Todo es parte de la misma cosa. No lo evado —dijo su mamá—. Y deja de usar esas palabras rebuscadas como si pensaras que no sé lo que significan. Pásame los platos, la comida está lista.

—No, ma, no le voy a pasar los platos, ¿okay? —Ivón sacó una silla y se sentó—. Usted se va a sentar conmigo y me va a decir lo que piensa de esto.

Su mamá estaba de pie con los talones juntos y las manos en la cadera. —Ahora quieres saber lo que pienso de esto, cuando ya tomaste tu decisión, tú sola. ¿Cómo crees que me siento? Es una vergüenza. Eso es todo lo que haces. Me avergüenzas frente a toda la familia. No es suficiente con que te hayas ido a la universidad y regresado hecha una marimacha con ese título de Estudios de la Mujer, o que tu padre haya vuelto a beber por tu culpa. ¿Ahora quieres traer a un niño a ese . . . ese estilo de vida inmoral que tienes? Es una vergüenza. Deberías de estar avergonzada de ti misma. Eso es lo que pienso. ¿Estás contenta? Dame esos malditos platos.

Ivón sepultó su cara entre las manos. Las manos le temblaban. Todo el cuerpo le temblaba de rabia. Quería estrellar los platos contra la pared. Respiró profundo para no llorar. No iba a gritar enfrente de su madre.

—Ésa es la cosa más grosera que te he oído decir, ma, —dijo Irene—. Pensé que estabas orgullosa de Ivón. Siempre presumes de tu hija, la doctora, que vive en Los Ángeles. ¿Y ahora de pronto estás avergonzada de ella porque quiere tener un bebé en su vida? ¿Qué tiene de malo eso? ¿A quién le importa lo que la familia piense? A mí no me importa. Ivón no lastima a nadie, ma. Tú siempre dices que la felicidad de tus hijas es lo que más te importa, pero mírate, mira toda la mierda que dices. No es justo que le eches la culpa a Ivón por el alcoholismo de papá. ¿Qué, también la vas a culpar por su muerte?

Ivón sabía lo que venía. Aún así hizo una mueca de dolor cuando oyó que su madre le dio una cachetada a su hermana. Se dio la vuelta y agarró el brazo de su madre antes de que la golpeara otra vez.

—Ya le he dicho que no la golpée enfrente de mí —dijo con los dientes apretados.

La madre se soltó de Ivón de un tirón; tenía los ojos encendidos.

—No te atrevas a hablarme así. ¿Quién crees que eres, el hombre de la casa? Todavía soy tu madre. Y tu hermana no le va a faltar el respeto a esta casa.

—Vámonos de aquí, Lucha.

—Muy bien —dijo Irene y se tragó las lágrimas.

—Adelante —gritó su mamá detrás de ellas—. Llévatela. Conviértela en un Pancho como tú. ¡Manflora! ¡Marimacha! ¡Sinvergüenza!

10

—¿Tú MANEJAS EL MOSTAZA? —preguntó Ivón, que sintió un escalofrío de *déjà vu* al ver el El Camino 1978 amarillo mostaza de su papá en la entrada.

—El tío Joe finalmente terminó de repararlo —dijo Irene.

—Nomás le tomó cinco años —bromeó Ivón—. Convenció a ma que me lo daría cuando cumpliera los dieciséis.

Ivón había aprendido a conducir en ese carro; había manchado el asiento de cuero amarillo en su primera experiencia sexual con una muchacha del equipo de vóleibol; había pasado horas de paseo con su papá después de pelear con ma. No era nomás un El Camino, decía papá. Era el último de los originales El Camino, el ganador del premio en la Exhibición de Carros de la Ciudad del Sol por *Best Overall Ride* de 1982, el año en que había nacido Irene, y el mismo en que su papá había hecho la promesa de no huir otra vez.

—¿Quieres manejar? —Irene hizo sonar las llaves. Tenía los ojos húmedos.

—Ahora no —la cabeza de Ivón había empezado a latir en el lugar donde se había pegado contra la mesa de la autopsia y su visión estaba borrosa. Se sentó en el asiento del pasajero. Las roturas en la tapicería de cuero amarillo estaban enmendadas con cinta adhesiva. El cinturón de seguridad no servía.

En el radio Selena cantaba "bidi bidi boom boom". Irene le subió al volumen.

Ivón vio de reojo que su mamá las observaba desde el otro lado de la puerta mosquitera. —Vamos a largarnos de aquí antes de que mande sus *evil monkeys* a perseguirnos —dijo.

—*Where to?* —Irene hizo sonar las llantas al sacar el carro.

—Necesito un trago grande, largo.

—Yo también. Conozco un lugar cerca de Fox Plaza donde no piden identificación.

—¿No hay un supermercado cerca de la casa de la abuelita Maggie?

—Hay un Furr's en la Copia.

—Vamos allá. Voy a comprar cerveza y cosas para comer para el resto de la semana.

Irene se limpió las lágrimas con la mano mientras manejaba.

—¡Eso estuvo muy jodido, *dude*! Se puso muy . . . *whatever*.

—Lo sabía —dijo Ivón—. Yo sabía que iba a hacer un mitote cuando le dijera lo de la adopción.

Un día en la ciudad e Ivón ya sentía como si nunca hubiera salido.

—Hizo mucho pedo —dijo Irene—. Nunca la había oído pasarse de esa manera. No podía creer que te estuviera insultando con todas esas palabras.

—No la has conocido tanto tiempo como yo.

—No me voy a quedar aquí, Pancho. Aunque no me acepten en San Ignacio me voy a ir a vivir con ustedes tan pronto como me gradúe. Ya estuvo con sus locuras.

En el supermercado Ivón le pidió a Irene que buscara un galón de agua para beber y que moliera una libra de French Roast para café expresso mientras ella iba por los víveres que necesitaba. Un cartón de huevos, un pedazo de queso Monterrey Jack, una docena de tortillas de maíz, una lata de salsa, una botella chica de aceite de oliva, dos seises de Lone-Star, un frasco de Bufferin. Todos los grupos alimenticios esenciales.

Ivón esperaba en la fila a que llegara Irene con el agua y el café cuando sintió un golpecito en el hombro.

—¿Ivón? ¿Eres tú?

Reconoció el aroma del perfume antes que la voz. Al voltearse sintió una punzada en el cuello.

—Sabía que eras tú.

Era Raquel. Ivón la miró como si fuera una aparecida. No había visto a Raquel desde que se fue de El Paso, hacía ocho años.

Ninguna de las veces que había vuelto desde entonces se había encontrado con ella en ningún lugar, ni siquiera en Juárez, cuando iba a Sanborn's o al mercado, sus dos lugares favoritos. De pronto, entre todos los lugares, estaba aquí, en el Furr's de la Copia. Y actuando como si fuera de esta ciudad.

Con excepción de un mechón blanco que corría hacia abajo en medio de su largo pelo negro, al estilo Tongolele, Raquel no había cambiado. Todavía era delgada y elegante y el negro carbón de sus ojos aún era subyugante. De pronto Ivón sintió miedo y no supo por qué.

—¿Qué pasa? —preguntó Raquel. Ellas se hablaban sólo en español—. ¿Te molesta que te hable?

—Me diste un susto —rió Ivón—. ¿Cómo estás? ¡Qué sorpresa! —Ivón no sabía si debía abrazarla. Decidió no hacerlo.

—Estoy bien. Ahora estoy casada ¿y tú?

Ivón se encogió de hombros.

—Bien, bien. Yo también estoy casada —levantó la mano izquierda para mostrarle la argolla matrimonial de plata. Ella no vio el anillo en el dedo de Raquel.

Raquel echó un vistazo en el carrito de Ivón.

—Me parece familiar —dijo—. Todavía comes sólo huevos y quesadillas. Ya veo. Y bebes esa cerveza tan mala.

—Es tan raro encontrarte después de todos estos años. ¿Te cambiaste para acá?

—Ni por error —Raquel negó con la cabeza—. Ya me conoces. A mí nunca me gustó vivir de este lado. Mi esposo quería comprarme un condominio en El Paso, pero yo mejor usé el dinero para renovar la casa de mi madre.

Ivón sintió que el estómago se le encogía cuando escuchó la palabra esposo. En la canasta de Raquel, Ivón vio un paquete de toallas Kotex, una caja de crayolas y algunos libros para pintar. ¿También tenía niños? Se preguntó Ivón. Raquel siguió la mirada.

—Esto es para las niñas de mi hermano —dijo, para responder la pregunta no hecha.

—¿Cómo están tus sobrinas?

Raquel sonrió y la mirada tierna que se posó en sus ojos desarmó a Ivón.

—La mayor, ¿recuerdas a Myrna? ya está en High School. Chachi está en séptimo, y la chiquita está en tercero. Creo que tú te fuiste cuando llegó Karina. Las tres están en la escuela de verano en Loretto. Yo las recojo después de la escuela y las llevo a Juárez. A mi hermano no le gusta que las lleven los papás de sus compañeras.

Se produjo un silencio extraño e Ivón se preguntó por qué Irene se estaba tardando tanto.

—¿Y tu hermano todavía tiene la escuela de idiomas? ¿Frontelingua, verdad?

—¿Puedes creerlo? Después de tanto tiempo. Somos prácticamente los únicos que quedamos, todavía ofrecemos clases de inglés en las maquilas.

—Es buen negocio, entonces.

—Gracias a Dios. Tenemos nuestro propio edificio ahora, exactamente atrás del Museo de Arte del Pronaf. Y hemos crecido. Actualmente también damos cursos de computación.

—¿Cursos de computación? Qué listos.

—Ya conoces a Gabriel. Siempre busca la manera de hacer buenos negocios.

Sí, conozco a Gabriel, pensó Ivón, y recordó todas las veces que el hermano de Raquel la amenazó con golpearla si no dejaba en paz a su hermana. La ironía, desde luego, era que Ivón era once años menor que Raquel y había sido ella quien la había cortejado cuando Ivón todavía estaba en la preparatoria.

—¿Me oíste? —preguntó Raquel.

—Disculpa —respondió Ivón—. Hoy tengo dificultades para concentrarme.

—Te preguntaba si todavía te gusta la fotografía. Tienen una exhibición en el museo que creo que te gustaría ver. Fotografías en blanco y negro pintadas a mano de pueblos indígenas de Chiapas y Oaxaca. El fotógrafo es un amigo nuestro. Recién se graduó del Instituto de Arte de San Miguel. ¿Te acuerdas de San Miguel?

Ivón evadió el cebo.

—Suena interesante —dijo. Miró el reloj.

—Debes venir a ver la exhibición.

—Sólo estoy aquí por unos días, de negocios, ya sabes. Y está mi mamá . . .

—¿Cómo está tu mamá?

—Está bien. Trabaja en el jardín, cocina, mata bichos en el jardín. Siempre ocupada.

De pronto apareció Irene a un lado de Ivón.

—Aquí estás. ¿Te acuerdas de Irene?

—¿A poco ésta es la garrapata? —la mirada tierna regresó a los ojos de Raquel. Se le hicieron hoyuelos cuando sonrió. Luego se acercó a abrazar a la muchacha.

—¿Y tú eres . . .? —Irene frunció el ceño.

—Raquel Montenegro, yo era la amiga de tu hermana . . .

—¡Ah!, su amiga, —asintió Irene—. ¿Su amiga amiga o su novia?

Ivón se fijó en la rigidez que tomó la cara de Raquel. Ése había sido el punto que las había llevado a romper, el deseo de Raquel de permanecer en el clóset por miedo a que su hermano la rechazara y no le permitiera acercarse a sus hijas. Además de que mantenía amoríos con hombres.

—Su amiga —dijo Raquel remilgadamente.

—¿Por qué me llamaste garrapata? No soy una garrapata.

—Nomás de cariño, un nombre que te quedó desde el día que entraste al jardín de niños. Ivón y yo te llevamos y no dejabas que Ivón se fuera cuando llegamos al salón. Lloraste mucho y te abrazaste con brazos y piernas a ella como una garrapata. Me partiste el corazón. Las monjas tuvieron que separarte.

—Tenías tanto miedo que creí que te harías popó en los pantalones, mensita —dijo Ivón.

Irene se rió. —¿En serio? No me acuerdo de nada de eso.

—Creo que Ivón no habla mucho de mí —dijo Raquel.

Ivón era la siguiente en la fila. Se dio la vuelta y descargó el carrito. De cualquier manera no quería continuar con esa conversación. Un extraño mareo le había empezado en el estómago, un tipo de pánico que no había sentido en mucho tiempo y que sólo Raquel le podía causar.

—¡Adivina qué! —Irene interrumpió su angustia—, Raquel dice que irá a la feria esta noche. ¿Quieres ir? ¿Quieres encontrarla ahí?

Ivón miró a Raquel y ella le sostuvo la mirada. —¿Desde cuándo vas a la feria? —preguntó Ivón.

—De hecho, Gabriel y el director del museo rentaron un puesto juntos y mi hermano quiere que cuide la mesa de Frontelingua esta noche, por unas horas.

—¿Tu esposo va a ir?

—Él vive en Chihuahua y sólo viene a Juárez una vez al mes.

¿Por qué me lo cuenta? se preguntó Ivón.

—¿Y el tuyo?

—¿Perdón?

—¿Tu esposo va a ir a la feria contigo?

Ivón frunció el ceño. —No tengo esposo —dijo—, y no, mi esposa tampoco va a ir. Ella está en Los Ángeles.

Los ojos de Raquel se iluminaron y por un segundo sus labios se arrugaron formando esa mueca engreída que tanto irritaba a Ivón.

—Las puedo hacer entrar gratis —dijo Raquel—. Nos vemos en la entrada a las nueve.

—Seguro —dijo Ivón y encogió los hombros—. ¿Por qué no? Te veo ahí.

Le dijo al cajero que pusiera una cajetilla de Camel Lights, pagó la cuenta y agarró las bolsas.

Irene le dio a Raquel un beso en la mejilla. Ya eran viejas amigas.

—Te veo a las nueve —le dijo Irene a Raquel.

—¡Tráete el agua, esa! —le dijo Ivón. Ya no se dio la vuelta, pero sabía que Raquel tenía los ojos puestos en ella cuando salieron de la tienda. En una ocasión Ivón creyó que Raquel la había embrujado con esos ojos negros. La maldición de los ojos negros de Montenegro, así era como Ximena la había descrito hacía mucho tiempo.

—Es simpática —dijo Irene, para retomar el tema—. Creo que tú todavía le gustas. ¿Cuánto tiempo estuvieron juntas?

—Cuatro años.

—¿Por qué rompieron?

—Queti, ¿okay?

—Ay, ay —dijo Irene y tomó el atajo por Memorial Park—. ¿Qué quieres hacer? ¿Quieres que vayamos por ahí a pasarla suave?

—¿Qué no tienes que regresar al trabajo?

—Sí, pero Ximena tiene reuniones los miércoles. No hay nada que hacer más que contestar el teléfono. No le va a importar si me tomo el resto del día libre.

—No creo, Lucha. No tienes idea qué día tan jodido he tenido. Ese pequeño incidente con ma fue sólo la cereza del pastel. Estoy realmente acabada. Todo lo que quiero hacer es bañarme y tomar una larga siesta. Sólo déjame en la casa de la abuelita Maggie ahora y me recoges después, alrededor de las nueve para ir a la feria juntas, ¿okay?

—¿A las nueve? Mi toque de queda es a las diez.

Ivón miró su reloj. Diez después de la una. Todo ese relajo en sólo medio día.

—Okay, pasa por mí cuando salgas del trabajo, pero no vamos a ir a ningún lado hasta que se oscurezca. Hace mucho calor. Dile a ma que te vas a quedar con nosotras. Eso me recuerda que tengo que llamar a Brigit. No sabe que me voy a quedar aquí —se buscó en los bolsillos—. ¡Chin, se me quedó el celular en el carro del cura!

—Te lo consigo de regreso a la oficina. La iglesia no está lejos.

—¡Mierda! Ojalá que Brigit no haya tratado de llamarme.

—¿Crees que le importará que veas a Raquel en la feria?

—Lo que Brigit no sepa no la va a lastimar, así que no vayas a decir nada si de casualidad hablas con ella, ¿okay? Y dile a Ximena que tampoco vaya a regar la sopa con lo de Cecilia.

La furgoneta de Ximena estaba en la entrada de la casa de la abuelita Maggie.

—¿Qué hace aquí? ¿No dijiste que tenía reuniones? —dijo Ivón.

—Eso pensaba.

Ivón quería estar sola.

—¿Quieres que te ayude a bajar la comida?

—No, estoy bien. Nomás regresa a casa, arregla las cosas con ma para que te dé permiso de ir a la feria después. Y no le respondas. Ya sabes cómo le choca eso.

—Te veo a las cinco treinta, entonces —dijo Irene desanimada.

—Llámame antes de venir, ¿okay? Podría estar dormida todavía.

—Oye, ¿qué pasó con Cecilia? ¿Está bien?

—Créeme, no te conviene saberlo.

—En caso de que no te hayas dado cuenta, ya no soy una niña, Ivón.

—Yo soy quince años mayor que tú —aclaró Ivón—, para mí tú siempre serás una niña.

Irene le hizo una mueca a Ivón, se rió y se inclinó para darle un beso. Ivón abrazó fuertemente a la muchacha, se percató que Irene era apenas un año mayor que Cecilia, por lo que Cecilia podía haber sido su hermanita.

—Oye —dijo Irene—. Eres tú. Tú eres la que apesta.

—Te dije que necesitaba un baño —repuso Ivón al salir del carro.

—Estoy muy contenta de que estés aquí. Te he extrañado mucho.

—Sí, cómo no. Nomás porque te voy a llevar a la feria.

—¡Marimacha!

—¡Chola!

II

IVÓN CARGÓ LAS BOLSAS DEL MANDADO y el galón de agua a la casa. Ximena, despatarrada en el sillón, veía un capítulo de *Xena*.

—¿Te tomaste el día libre? —preguntó Ivón. Intentaba controlar su irritación.

—Cancelé todo. Estoy muy confundida con lo que pasó hoy. Necesitaba un poco de tiempo para mí misma.

—Bienvenida al club —dijo Ivón y pasó frente a la televisión.

—¿Y por qué regresaste tan pronto? Pensé que ibas a pasar un buen rato en la casa de tu mamá. ¿Qué pasó?

—¿Por dónde empiezo? —respondió Ivón en voz alta desde la cocina—. ¿Central de Panchos? ¿Ciudad de ex amantes?

—¿Empezar qué?

—No importa —Ivón tiró las bolsas en el piso de la cocina—. Oye, ¿de casualidad encontraste mi teléfono en tu carro?

—Simón, lo puse en la recámara. Estaba sonando, así que lo apagué. Me imaginé que era Brigit, por eso no quise contestar.

—Milagro —dijo Ivón. Metió todo lo que había comprado en el refrigerador vacío excepto las aspirinas y los cigarros.

—¿Quieres una cerveza?

—No, gracias. Hoy día estoy en el camino a la sobriedad.

Ivón tomó un par de Bufferin con cerveza. Luego, en la lavandería se quitó la ropa y la echó en la lavadora, puso la temperatura en caliente y le agregó detergente extra.

Caminó desnuda por la sala.

—Comiendo delante de los hambrientos —dijo Ximena.

—Me voy a dar un baño —Ivón sacó una botella de Lone Star. Vio el celular en la mesita de noche y lo encendió. Claro, había seis mensajes de voz. Definitivamente no podía hablar con Brigit en ese momento.

Ya en la bañera se sentó en el suelo con las rodillas junto al pecho. Dejó correr el agua tibia encima de ella mientras se terminaba la cerveza. El sabor salado en los labios le indicó que no sólo agua corría por su cara. Cuando el agua se puso fría tomó la esponja que colgaba de la llave y se restregó el cuerpo, desde la frente hasta los dedos de los pies. Se echó champú en el pelo dos veces. Necesitaba sacarse el olor a muerte de la piel, pero no podía quitarse de la mente la imagen del cuerpo de Cecilia, sería una mancha permanente en su memoria.

Después de vestirse se dejó caer en el sofá con una Lone Star fresca y la cajetilla de cigarros. Ximena veía una telenovela. El reloj digital de la caja del cable le hizo ver que había pasado cerca de una hora en la regadera.

—*Feel better?* —le preguntó Ximena.

—Más limpia. No podía sacarme ese olor.

—Simón, yo me tuve que tallar todo el cuerpo. Y ni se diga de mi ropa.

Ivón observó la bata amarilla que tenía puesta.

—¿Y eso?

—Es la ropa de abuelita Maggie —dijo—, se me olvida traer mis cosas para acá y esto es todo lo que encontré. ¿Está fea, verdad?

—He visto cosas peores —Ivón le dio un largo trago a la cerveza—. ¿Dónde está la tortuga?

—Se llama Yerma y ahora está afuera refrescándose en su laguito. Alguien la dejó adentro todo el día y por poco se asfixia.

—No sabía qué hacer con ella. No me dijiste que la dejara afuera.

—Ya sé, hice mal. La pobre está tan vieja. Realmente ya debería haberla puesto a dormir.

—¡Mierda! ¡Qué día! —Ivón dio un trago a la cerveza.

—¡Dímelo a mí!

—¿Qué le voy a decir a Brigit? Ni siquiera soy capaz de oír sus mensajes, mucho menos llamarle. Me siento aturdida. Y lo más loco es que me muero de hambre a pesar de lo que vimos.

Ximena sacó su cajetilla de Marlboro del bolsillo de la bata y encendió uno.

—¿No comiste en la casa de tu mamá?

—No. Decidí dejar caer la bomba atómica y decirle lo del bebé. Así que empezamos la Tercera Guerra Mundial en lugar de comer.

—¡Ay! ¿Le dijiste a mi tía lo de Cecilia y el bebé?

—Todo lo que le dije fue que Brigit y yo íbamos a adoptar un bebé. Con eso bastó. ¡Ah! Y oye esto, nos salimos de la casa antes de que siguiera cacheteando a Irene por tratar de defenderme de la rabia homofóbica de ma . . . Así que Irene me llevó al supermercado de la Copia y, ¿a quién crees que me encontré?, a Raquel.

—¿Montenegro? —Ximena tosió cubriéndose la boca. La sala estaba llena de humo y se puso de pie para encender el aire acondicionado.

Ivón asintió con la cabeza.

—Los ojos negros de Montenegro, ¿te acuerdas? —el cigarro la empezó a marear, así que lo enterró en el cenicero.

—Te alcanzó una oleada del pasado. Con razón te ves como vómito recalentado.

—Gracias —dijo Ivón y le quitó la etiqueta a la cerveza—. No he visto a esa mujer en ocho años y de pronto ahí está, detrás de mí en Furr's, contándome la historia de su vida. Me invitó a ir a la feria esta noche. Irene estaba emocionada —Ivón le dio un largo trago a la cerveza—. Dice que está casada y que su esposo vive en Chihuahua y que sólo lo ve una vez al mes . . . —eructó— pero no le creo, no usa argolla. La misma Raquel de antes, siempre miente sobre algo.

—Tal vez únicamente se aseguraba de que no le hicieras un pase.

—Sí, claro —dijo Ivón moviendo los ojos. Eructó de nuevo.

—¿Y te invitó a ir a la feria, así nomás?

—Yo creo que Irene se invitó sola.

—Bueno, tengo noticias para ti, prima, tal vez no vayas a la feria esta noche. Tienes una cita conmigo en la tarde. Vas a conocer a Elsa, la madre de Jorgito.

—¿Qué? ¿Quién es Elsa?

—Plan B, ¿te acuerdas?

Ivón se bebió el resto de la cerveza de un trago y puso la botella en la mesa de centro.

—No creo, Ximena, de verdad no puedo lidiar con otra cosa ahora. Estoy traumatizada. ¿Tú, no? Hubiera podido vivir toda una vida sin tener que ver esa autopsia, eso sin mencionar toda la otra mierda que ocurrió hoy. Todo lo que quiero hacer es aislarme frente a mi computadora y trabajar en la disertación hasta que sea la hora de llevar a Irene a la feria. Conociéndome voy a terminar buscando en Internet la página que encontramos.

—¿Cuál sitio?

—La cosa ésa, el Diario de Richy.

—Cállate. Debes olvidarte de eso, Ivón. Tú no viniste a resolver el asesinato de Cecilia.

—No me lo puedo sacar de la mente, ¿okay? Probablemente la estaban matando cuando nosotras la esperábamos afuera de la fábrica —se sintió atragantada y contuvo el aliento por tres segundos—. Lo que no logro comprender es lo de esas monedas.

—¿Qué monedas?

—En la morgue. Al lado de las piedras.

—Yo no vi ninguna moneda —Ximena negó con la cabeza—. ¿Estás segura que no alucinabas?

—Estaban ahí mismo. Se veían como centavos corroídos, o algo así.

—Necesitas comer, amiga. Empiezas a oírte como si deliraras. Vamos, ven a comer algo para que pongas tus ideas en orden antes de conocer a Jorgito.

—Ximena, escucha, es en serio. Ya no quiero seguir con este asunto de la adopción ¿entiendes? Cambié de opinión. Brigit y yo podemos conseguir un niño del condado de Los Ángeles. Será menos rollo y no tendré que explicar nada.

Ximena le cambió al canal con el control remoto.

—Ya le dije a Brigit lo de Elsa.

—¿Que hiciste qué? Creí que dijiste que no habías contestado.

—No tu celular, pero cuando el teléfono sonó aquí en la casa . . . Puedo contestar el teléfono en mi propia casa, ¿no?

—¿Brigit habló aquí? ¿Cómo consiguió el número?

—Yo creo que habló con tu mamá.

—¡Perfecto! —Ivón se rió nerviosamente—. Ahora sí que estoy preocupada.

—Parece que tu mamá le dijo cuánto te parecías a tu papá. También le dijo que olías a cigarro. Brigit teme que hayas vuelto a fumar.

Ivón se rió más fuerte y las lágrimas le saltaron de los ojos.

—¿Hay algo más que pudiera salir mal hoy? —preguntó.

—Seguro —dijo Ximena—, puedes encontrarte con Raquel en la feria y que te rompa el corazón otra vez.

El celular empezó a sonar. Se miraron y soltaron una carcajada.

—Voy a contestar en la recámara —indicó Ivón e inhaló largamente.

—Te voy a llevar otra cerveza —dijo Ximena al levantarse del reclinable—. Yo también podría tomarme una mientras espero. Te apuesto a que va a ser una conversación muy larga.

Ivón se sentó con las piernas cruzadas arriba de la cama deshecha. Los cojines formaban una pila uno encima del otro. Estaba segura de que había hecho la cama en la mañana, antes de salir. La funda olía a patchouli, así que Ximena debió haber tomado una siesta.

Levantó el teléfono al tercer timbrazo.

—¡Hola, cariño!

—¿Qué pasa, Ivón? —notó que Brigit lloraba.

—Sé que te debo una explicación muy grande, ¿okay? pero nunca me imaginé que las cosas se pondrían así. Pensé que podría, ya sabes, nomás venir, recoger el bebé e irme a casa. Yo no sabía nada de todos estos asesinatos.

Silencio. Brigit ni siquiera moqueaba.

—¿Cuáles asesinatos?

—¿Que no hablaste con Ximena? ¿No te dijo?

—¿Asesinaron a alguien?

Ivón movió la cabeza. Ximena entró con una botella de cerveza e Ivón tapó la bocina.

—¿No qué le dijiste lo de Cecilia? —murmuró.

—¡Claro que no! Le dije de Elsa.

—¡Dios mío! ¡Podrías haberme dicho!

—¡No gano una! —masculló Ximena al salir de la recámara.

Ivón respiró hondo y volvió a hablar al teléfono. Decidió darle un giro profesional.

—Se publicó un artículo sobre lo que ha pasado aquí en el último número de *Ms.*, por si lo quieres revisar. Hay unos cabrones enfermos que asesinan jovencitas que trabajan en las maquiladoras de Juárez. Al parecer nadie sabe por qué o quiénes son los responsables, pero cerca de cien muchachas han sido secuestradas, torturadas y asesinadas. Es como una epidemia. La muchacha cuyo bebé íbamos a adoptar fue asesinada anoche. También el bebé.

—Ivón decidió no contar más detalles.

—¡Santo cielo! Ivón, ¿qué pasó?

—La acuchillaron hasta matarla. No supimos nada de eso hasta esta mañana que fuimos a su casa. Es por eso que no te había llamado en todo el día. He estado muy triste, y no sabía cómo decírtelo.

Ivón dejó fuera la parte de la autopsia. Si Brigit supiera que Ivón había visto eso se asustaría.

—¡Qué horrible, Ivón!

—Me quiero ir a casa.

—¿Y qué con Elsa?

—¿Qué de Elsa? ¿Qué te dijo Ximena de Elsa?

—Ximena dijo que está muy enferma y que tiene un niño de tres años que se llama Jorgito y que Elsa no tiene familia allá y ha tenido problemas para mantenerlo. Necesita que alguien lo adopte. Dijo que te iba a llevar a conocer al niño.

Qué comunicativa resultó Ximena, pensó Ivón.

—Pensé que querías un bebé, Brigit, un recién nacido.

—Bueno, sí, ésa era mi primera opción, pero un niño de tres años todavía es un bebé. No es un niño grande. Y además, tú dijiste que querías un niño.

—¿Y qué pasa con ella? ¿Por qué está tan enferma?

—Ximena no me dijo.

—Un momento. —Ivón cubrió la bocina y le gritó a Ximena.

—¿Qué? —respondió Ximena—. Estoy viendo las noticias.

—¿Qué pasa con Elsa? O sea, ¿por qué está tan enferma? ¿Tiene sida o algo así?

—No es sida y no es contagioso —respondió Ximena cuando se asomó por la puerta.

—No es sida y no es contagioso —repitió Ivón en el teléfono. Dejó la bocina descubierta para que Brigit oyera lo que Ximena decía.

—A Elsa la inyectaron en una maquila donde solicitó trabajo hace algunos años. Ya sabes, allá les hacen una prueba de embarazo cuando solicitan un trabajo . . . y las obligan a tomar pastillas anticonceptivas y cosas . . . pero ella se embarazó y no le dieron el trabajo. Después que Jorgito nació desarrolló unos tumores raros. Los doctores creían que era un caso muy serio de endometriosis o hasta quistes cervicales, pero resultó ser cáncer de ovarios. Está en fase cuatro y la quimio que le dan allá, ya sabes, esas clínicas del Seguro Social no tienen lo último en tecnología. Esa cosa la enferma más que el cáncer. Mucho más. Ya no le queda mucho tiempo.

—¿Oíste todo eso? —Ivón movió la cabeza cuando preguntó. Silencio.

—Brigit. ¿Estás ahí? ¿Oíste lo que dijo Ximena?

—Pobre Jorgito —dijo Brigit, luego moqueó otra vez—, su madre está muy enferma, y no tiene quien lo cuide. Ivón, no podemos dejarlo allá ¿Qué va a ser de él? ¿Qué va a pasar con él cuando ella muera?

—Brigit quiere saber qué va a pasar con el niño si se muere Elsa y no lo adoptamos.

—Lo mismo que le pasa a los huérfanos pobres en Juárez. Terminan de limosneros en el puente, los meten en grupos de prostitución infantil o los usan para cruzar drogas en la frontera. No hay ningún misterio en eso. Y no se trata de si Elsa muera, sino cuándo. Ya no le queda mucho tiempo —Ximena se alzó de hombros mientras respondía.

—No podemos dejarlo allá —dijo otra vez Brigit.

—¿Está bien? —le preguntó Ivón a Ximena—. O sea, ¿no tiene nada mal? ¿Su madre no es borracha o adicta, verdad?

—Probablemente tiene gusanos en el estómago por comer tierra, tal vez piojos. Está pálido y no es muy alto para su edad. Pero fuera de eso es un niño muy lindo, listo como el diablo. Él solito aprendió a hablar inglés viendo la tele. Y la mejor parte es que puedo conseguir los papeles de adopción rápidamente por la enfermedad de Elsa. Ella podría escribir una carta donde te declare tutor legal de

Jorgito y no tendríamos que ir al Concilio de Familias. Elsa te lo puede dar directamente.

—Ivón, ¿no quieres ir a conocerlo? —dijo Brigit—. Pobre bebé.

—Sí, sí, voy a ir a conocerlo. ¿Okay?

—Yo debería estar allá contigo. Esto es mucho para que lo lleves tú sola. ¿Quieres que vaya?

Le vino a la mente la imagen del cuerpo de Cecilia.

—No —respondió Ivón—. Tú quédate allá. Las cosas están muy locas aquí.

—Dile que vaya de compras —dijo Ximena—. Ropa y cosas para niños chicos.

—¿Oíste eso? Dice Ximena que vayas a comprar ropita.

—Ay, Ivón, tiene razón. Esperaba un bebé y no un niñito. No tenemos nada listo, ni siquiera tenemos su cuarto preparado.

—Exactamente —señaló Ivón mientras le hacía a Ximena el gesto de *okay* con la mano—. Tú prepárale el cuarto y yo te llamo cuando todo esto termine y nos vayamos a casa.

—¿Cuál cuarto? Yo iba a poner la cuna en nuestro cuarto, pero él necesita su propio cuarto. Ya tiene tres años y sólo tenemos tu estudio y el cuarto de visitas. ¿Cuál?

Ésa era una buena pregunta. Ivón no había pensado en renunciar a su estudio.

—Tú decide.

—¿Estás segura?

—No, usa el cuarto de visitas. Yo te llamo cuando esto termine. No te preocupes si no te llamo mañana.

—Dile que te vas a quedar a la reunión —le murmuró Ximena.

Ivón negó enfáticamente con la cabeza. Ximena se encogió de hombros y regresó a ver la televisión.

—No quiero decorarlo azul o con cosas estereotipadas, ¿okay? —le advirtió Brigit.

—Bueno, pero tampoco le pongas el cuarto rosa o amarillo.

—¿Qué tal rojo y negro?

—Simón, con una bandera de los trabajadores agrícolas sobre la cama —rió Ivón.

—Ivón, vamos a tener un hijo.

—Creo que sí, ¿eh? —respondió Ivón y de pronto su voz cambió. *Mapi, de nuevo oyó la voz, estoy empezando a sentirme solo, ven a cuidarme en la sección de los niños.*

—Apúrate, apúrate, te lo estás perdiendo —gritó Ximena.

—Me tengo que ir, Brigit, Ximena quiere que vea algo en la tele.

—Ivón, no estás fumando otra vez, ¿verdad?

—Brigit, por favor. ¿Eso te lo dijo mi mamá? ¿Te dijo que nos peleamos muy fuerte cuando le conté nuestros planes? ¿Que me insultó con palabras homofóbicas horribles?

—Se oía un poco enojada.

—Sí, claro. Saca su rutina de Lydia, la Dama del Dragón.

—¿Ella sabe de todas las otras cosas? ¿del asesinato?

—¿Te imaginas? Se desplomaría.

—¡Ivón, ven acá! ¡Mira esto! —la llamó Ximena.

—Bueno, cariño, me tengo que ir. Ximena se está prácticamente cayendo de la silla.

—Ivón, qué quiere decir *mujer*, espera, aquí lo escribí. *Mujer . . . llega.* Ya sé qué es *mujer,* pero no creo haber oído la expresión *mujer llega.* ¿Qué no quiere decir que la mujer llega? Tú mamá dijo que eras una *mujer llega* igual que tu padre. ¿No tiene sentido, verdad?

—Mujeriega.

La mamá de Ivón todavía la juzgaba por su conducta de antes.

—Después te lo explico, ¿sí? Pero ya no llames a casa de mi mamá. Ella está dispuesta a arrasar con todo. No necesitamos alentarla más en estos momentos. Te hablo después.

Ivón colgó y se fue de prisa a la sala.

—¡Chin! ¡Te lo perdiste!

—No podía cortar. ¿Qué me perdí?

—Acaban de entrevistar en las noticias a Bob Russell sobre los asesinatos.

—¿Quién es Bob Russell?

—Un güey, ex FBI que trajeron para ayudar a los marranos de Juárez a elaborar el perfil de las víctimas. Ha escrito varios libros sobre asesinos en serie.

—¿Qué dijo?

—Dijo que hay evidencias para creer que algunas de las muchachas han sido asesinadas por un asesino en serie. Dice que podría ser un tipo de El Paso que cruza la frontera para cometer los crímenes porque sabe que no hay pena de muerte en México. También dice las mismas chingaderas que la policía ha dicho por años. Que las víctimas llevan una vida de perdición y que se ponen a sí mismas en riesgo.

—¡Ah! ¿Entonces es la culpa de las víctimas, eh?

—¿Te queda alguna duda de por qué esos maníacos la hacen en grande? —Ximena presionó el botón del control remoto y apagó la televisión—. Muy bien —dijo, y se puso de pie—. ¿Hay algo padre entre tú y tu mujercita?

—¿Quieres decir cómo me siento después de ser arrollada por ustedes dos?

—Tal vez unas carnitas te hagan sentir mejor —Ximena la tomó de la barbilla—. Conozco un lugar muy bueno en la Mesa que tiene las mejores carnitas del mundo. El cerdo prácticamente se deshace en la boca. Y luego te voy a llevar a conocer a tu futuro hijo. Hasta tu mamá lo va a querer.

Ivón pensó en llamar a Irene para decirle que no iba a poder ir a la feria, pero no era necesario, ella se daría cuenta inmediatamente. Irene sólo quería andar pegada a ellas, e Ivón no quería lidiar con eso.

—No me menciones a mi mamá ahora. ¿Cuánto me va a costar, Ximena? ¿Tengo que hacer otra parada en el banco?

—Sólo dale unos mil dólares, eso es más de lo que ella ganaría en una fábrica en seis meses. Tampoco tiene mucho tiempo. Tal vez un poco más para cubrir los gastos del funeral.

—Qué gacho —comentó Ivón—, éste es el segundo niño que quiero adoptar cuya madre o está muerta o a punto de morir.

—Simón, muchas mujeres se mueren en Juárez estos días —repuso Ximena.

12

ELSA VIVÍA ATRÁS DE UNA FONDA llamada El Rinconcito, cerca del centro de Juárez. Su abuela, doña Hermelinda, una jorobada que chancleaba con unas pantuflas, vestida con un delantal manchado y raído sobre su bata de casa, era la dueña del establecimiento. La anciana permanecía encima de la estufa; freía gruesas gorditas mientras fumaba cigarros que hacía a mano.

—Pues está muy enferma —dijo la anciana con voz grave—. Ese muchachito le chupa toda la fuerza.

—¿Lo amamanta? —le preguntó Ivón a Ximena—. ¿El niño se toma la quimioterapia?

—¿Qué dices? No tiene nada de leche.

—Pasen —dijo la mujer. La ceniza del cigarro cayó en el sartén—. Elsa está atrás viendo la tele. Eso es lo único que hace todo el día, si no fuera por este restorán las dos estaríamos en la calle. ¡Esa muchacha! Fue un error que viniera aquí. Me iba a cuidar a mí, y miren nomás.

—Muy compasiva, ¿verdad? —dijo Ivón.

—Está cansada —explicó Ximena—, la pobre ha mantenido a Elsa desde que se vino de Zacatecas.

Caminaron hacia adentro. Dejaron atrás las cuatro mesas metálicas del comedor —sólo una estaba ocupada por un hombre que vestía uniforme de parquero—, enseguida pasaron unas puertas plegadizas que separaban la vivienda del área del restorán, después un fregadero de piedra lleno de trastes y cucarachas que pululaban entre los platos sucios, luego la puerta de un retrete que perdía agua. Por último recorrieron un pasillo tan oscuro que parecía un túnel hasta llegar a un cuarto sin luz con dos camas, una mecedora, una televisión y un calefactor eléctrico. Aún en la penumbra Ivón pudo ver las manchas de humedad en el techo. Las cáscaras de pintura se desprendían de las paredes. Había montañas de ropa en el suelo y encima de las camas. Todo el lugar olía a grasa y a bolitas de alcanfor.

Elsa dormía en un nido de ropa. El niño se sentó en la orilla de la cama; se chupaba el dedo mientras veía la televisión. Sólo estaba vestido con una truza y un gorrito tejido en la cabeza.

—Hola, Jorgito —saludó Ximena. Se puso en cuclillas para abrazar al niño.

El niño mantuvo la mirada fija en la caja y el dedo en la boca. Veía las caricaturas con el sonido apagado. Las imágenes en blanco y negro se veían granulosas.

Elsa abrió los ojos.

—¡Ay! —exclamó al tratar de levantarse—. Qué vergüenza, me quedé dormida.

—No te preocupes —le dijo Ximena y la ayudó a sentarse—. Acabamos de llegar. Estábamos hablando con tu abuela. Te presento a mi prima Ivón.

Elsa se recargó en la pared, se alisó el pelo y le ofreció una mano fría y huesuda a Ivón.

—Por favor, siéntense. ¿Les puedo ofrecer un refresco? ¿Tienen hambre? —preguntó con una sonrisa.

Con el destello de la televisión sus dientes se veían como de esqueleto. Un lunar oscuro que le cubría casi toda la mejilla izquierda parecía más un hoyo negro que le tragaba la cara. Probablemente era cáncer de piel.

—No, gracias. Acabamos de comer —dijo Ivón. Se sentó en un espacio libre en la orilla de la otra cama. La idea de tener que tomar o comer algo de este lugar le revolvía el estómago.

—Mi prima quería conocer a Jorgito —dijo Ximena, que se había sentado en la mecedora.

—Jorgito, mijo —le dijo Elsa al niño—, apague su tele y venga a saludar. No sea grosero.

Jorgito se sacó el dedo de la boca y se dio vuelta a ver a Ivón. Por un segundo la confundió el coraje que percibió en la mirada oscura del niño. De pronto sonrió. Tenía hoyuelos. Los dientes de enfrente podridos.

—Hola, cola —dijo y volteó a ver las caricaturas doblado de la risa.

—¡Jorge! ¡Grosero! Está muy mimado —dijo Elsa para disculparse—. Pero es muy buen niño. Se porta muy bien cuando no está volado como ahora. No me da ningún problema.

—¿No tiene calor con el gorro puesto? —preguntó Ivón, que ya sentía que el sudor le perlaba la nariz y le corría por la espalda.

Elsa miró a Ximena, luego a Ivón.

—Se pegó en la cabeza contra la pared cuando me fui al doctor. Tiene moretones.

—¿Podemos ver? —preguntó Ximena

Elsa tragó saliva y luego aceptó.

—Ven acá, flaco —le pidió Ximena al niño. Éste se acercó y Ximena le hizo cosquillas en las axilas. El niño soltó una risilla. Ella le hizo cosquillas de nuevo debajo de la barbilla, luego le quitó el gorro y le hizo cosquillas atrás de las orejas. El niño se enojó y estuvo a punto de pegarle a Ximena, pero ella le detuvo el brazo en el aire y le hizo cosquillas en las axilas. El niño se alejó de ella.

—¡Regrésamelo! —gritó— o te muerdo.

Con el resplandor de la televisión su cabeza tenía el color y la forma de una berenjena. Ivón sintió que se le erizaba la piel de los brazos.

—Eso son más que moretones —dijo Ivón—. ¿Le pegaste?

Ximena la miró, pero Ivón la ignoró.

—Se pegó en la cabeza cuando me fui —volvió a decir ella—, y a veces mi abuela le pega cuando juega cerca de la estufa.

—¿Con qué le pegó? ¿Con un sartén?

Ximena volvió a mirar a Ivón. Elsa no respondió.

El niño le quitó el gorro a Ximena y se lo puso en la cabeza. Tenía los ojos brillosos, como si fuera a llorar.

—¿Y el pelo?

—No le ha crecido. El doctor dice que es porque está mal alimentado.

—Ven acá, Jorgito —lo llamó Ivón—. Tengo algo para ti.

Ivón le había pedido a Ximena que se detuviera en una gasolinería para comprarle un juguete. Le compró una troquita azul con el logo de Chevron.

El niño vio el destello de algo azul en su mano y dio unos pasos hacia ella. Era patizambo y su cabeza era más grande que el resto de su cuerpo. Olía a orina. Ivón escondió las dos manos en la espalda y le pidió que escogiera una.

—Ésa —dijo al apuntar el lado izquierdo.

—¿La izquierda? —le preguntó Ivón, que pronunció la palabra lentamente—. Vamos a ver.

Le mostró la mano izquierda vacía, le hizo cosquillas con los dedos en el estómago suave y pálido. El niño se rió, luego Ivón se llevó las manos a la espalda otra vez.

—¿Cuál mano?

—La'quielda —dijo otra vez.

Ivón cambió el juguete de una mano a otra y la puso enfrente. Abrió la mano y le mostró la troquita.

—¡Eres muy listo! ¡Tú ganas!

El niño la tomó con las dos manos y se quedó ahí, mirándola. No le habían cortado ni limpiado las uñas en mucho tiempo. Ivón miró hacia abajo. Tampoco las de los dedos de los pies.

—¿Qué se dice?—preguntó su madre.

Jorgito volteó a ver a Ivón con una mirada penetrante, como si tratara de adivinar quién era ella, qué quería de él.

—Gracias —murmuró y se encogió de hombros.

—De nada —murmuró Ivón.

—Se llama Ivón —dijo Ximena en inglés—. ¿Puedes decir Ivón, Flaco?

—Von —repitió y le mostró sus dientitos negros.

Ivón extendió la mano y le dijo, mucho gusto, pero él se acercó a ella y la besó en la mejilla. Ximena se rió. Ivón parpadeó con lágrimas en los ojos.

—Ve a jugar con tu juguete a la cocina —dijo Elsa—, y aléjate de tu abuelita. No molestes a los clientes o te acerques a la estufa.

Fue la manera en que caminó a través del túnel oscuro que separaba la recámara de la cocina lo que acabó con la resistencia de Ivón. No le tenía miedo a la oscuridad, tampoco a su abuela, que lo había golpeado. Al oír los pies descalzos del niño chapalear en un charco se dio cuenta de que el piso estaba mojado. Ese no era lugar para criar a un niño. Brigit hubiera dicho algo sobre las condiciones en las que vivía, pero no era culpa de Elsa ni de la abuela. Hacían lo que podían para sobrevivir a la pobreza y a la enfermedad de Elsa. Eso era Jorgito a sus tres años: un sobreviviente.

Ambas, Ximena y Elsa, miraban a Ivón.

—¿Qué? —dijo Ivón

—¿Te cae bien? —preguntó Elsa.

—¡Claro! Es un niño muy lindo —dijo Ivón. Por alguna razón empezó a sentir que su corazón latía fuerte.

—Él es la razón de mi vida —dijo Elsa—, pero yo sé que no puedo dejarlo con mi abuela. Quién sabe cuánto tiempo sobreviva después de que yo me vaya, y ella no es . . . bueno . . . muy paciente con él, y . . . esto me da vergüenza decirlo . . . a veces bebe y empeora las cosas.

—Le ha dado golpizas muy severas —dijo Ivón.

—Ella no tiene toda la culpa, de veras, él se golpeó contra la pared cuando me fui.

—Probablemente se asusta al saber que está solo con ella.

—Sí, tal vez. Pobrecito mijo —Elsa empezó a llorar.

—¿Y qué hay del padre?

—No hay padre —respondió Ximena—. Elsa no ha estado con ningún hombre. Es un misterio cómo se embarazó.

—¿Qué? ¿Me quieres decir que Jorgito fue concebido por el Espíritu Santo?

—No sé —dijo Elsa. Se limpió las lágrimas con la palma de la mano—. Pasó en la fábrica donde fui a pedir trabajo. Me hicieron una prueba de embarazo y me dijeron que tenía que esperar algunas semanas para estar seguros de que no estaba embarazada. Y luego me embaracé y ya no pude trabajar.

—¿Una prueba de embarazo, eh? Probablemente la violaron.

Elsa se presionó los ojos con la mano y negó con la cabeza.

Ivón cambió al inglés. —Pero, ¿cómo la van a violar en una prueba de embarazo? ¿Qué no es una muestra de orina?

—Escucha, tú no tienes idea de las cosas que les hacen a las mujeres en algunas maquiladoras. Les dan inyecciones para controlar la natalidad, les hacen que enseñen las toallas sanitarias cada mes, les dan anfetaminas para incrementar la productividad. Hasta va Planeación Familiar a insertarles Norplant, que básicamente esteriliza a las mujeres por meses. ¿Y quién le impide a uno de esos enfermeros violarlas en las mentadas pruebas de embarazo?

—¿Estás segura? —le preguntó Ivón a Elsa—. ¿Estás segura que no tuviste sexo con nadie? ¿Que ningún hombre se aprovechó de ti?

—Juro por la vida de mi hijo que nunca he estado con ningún hombre. Nomás tenía dieciséis años cuando me pasó eso. Mi abuela me hubiera matado si lo hubiera hecho.

—Pero pudo ser una violación; que alguien te forzara a tener sexo.

—¡No —gritó Elsa—, no hubo sexo!—. Lo juro por mi madre, por mi hijo —empezó a toser y una baba negra le salió de la boca. Se limpió la boca con un pedazo de la ropa que había en la cama—. Me dijeron que era una prueba de embarazo. La enfermera me tomó la temperatura y el doctor me hizo muchas preguntas que me daban vergüenza, que si tenía novio, que cuándo fue la fecha de mi última menstruación . . . y luego, pues . . . me puso algo adentro.

—¿Algo como qué? —preguntó Ximena.

—No sé. Dijo que me iba a hacer un examen pélvico, como los otros, y que tenía que tomar una muestra de mí para estar seguro que no estaba embarazada.

—Entonces te puso algo adentro para mantenerte abierta . . .

—¡Un hierro muy feo que estaba muy frío!

—¿Nunca te habían hecho ese examen, verdad?

—Me dolió mucho —dijo y tosió de nuevo—, y tenía mucho miedo de que oliera feo allá abajo. Me dijo que tenía que regresar en una semana para hacerme otro examen.

—¿Otro? ¿El mismo?

—No. Me tomaron la temperatura de la boca y . . . ya saben . . . abajo. Y entonces me pusieron algo adentro, algo diferente. No sé lo que era, pero era algo filoso, casi como una aguja. Me dolió mucho y empecé a sentir que me salía sangre. Entonces me dijo que tenía que quedarme con las piernas arriba por quince minutos. La enfermera me cuidaba para que no las bajara.

—Ximena, parece que la inseminaron —dijo Ivón en inglés.

Ximena se sentó enseguida de Elsa.

—Elsa, ¿le dijiste a alguien lo que te hicieron?

—No. Me dijeron que regresara seis semanas después, que había muchas solicitudes, por eso se iba a tomar tanto tiempo. Pero cuando regresé me dijeron que estaba embarazada y no me dieron el trabajo. Una mujer que conocí en la parada del camión, a la que acababan de correr por llegar tarde, me dijo que la enfermera le había dicho que ese hombre estaba haciendo experimentos para un anticonceptivo.

—La inseminaron, Ximena, para probar el contraceptivo.

—¡Dios Todopoderoso! —Ximena se santiguó.

—¿Cuál fábrica es esa? ¿Te acuerdas? —preguntó Ivón.

—No —dijo rápidamente.

—Elsa, por favor —dijo Ximena—, si te acuerdas nos tienes que decir. Creemos que él te hizo algo para que te embarazaras.

—Ya les dije que no tuve sexo.

—No hablo de sexo, Elsa. Parece que te inseminaron artificialmente.

—No entiendo. ¿Qué quiere decir eso?

—Quiere decir que pusieron semen adentro de ti, probablemente con una jeringa o algo, y te embarazaste. Seguramente estabas ovulando —le explicó Ivón.

—No entiendo —dijo Elsa de nuevo.

—Si es cierto que el doctor probaba un contraceptivo, tal vez te embarazó para ver si su droga sería efectiva.

—Tienes que decirnos dónde fue, quién te hizo esto, Elsa —dijo Ximena.

Elsa empezó a llorar otra vez. Sollozos profundos que movían la cama. —No se va a quedar con Jorgito si le digo. Él no va a tener a nadie que lo cuide.

—Claro que ella se va a quedar con él —dijo Ximena—, ¿verdad, Ivón?

Las dos observaban a Ivón de nuevo. De pronto ella se sintió aturdida. Era una decisión de por vida. Cerró los ojos y esperó a que la voz del niño le hablara, que le dijera que se sentía solo y que quería que lo cuidara en la sección de los niños, pero el niño estaba en silencio. Todo lo que oía era el ruido de los platos y la voz de la anciana cuando regañaba a Jorgito por algo. La anciana probablemente lo golpearía hasta matarlo una vez que su madre muriera. Brigit nunca se lo perdonaría. Luego surgió el estribillo de su madre: *Manflora. Marimacha. Sinvergüenza.*

—Claro —dijo en una exhalación—. Sí, me quedo con él, pero sólo si nos dices quién te hizo esto y el nombre de la fábrica.

Elsa hizo la señal de la cruz y pronunció una oración entre dientes, con las manos juntas.

—Dinos, Elsa —insistió Ximena al tiempo que descansaba una mano en el brazo de ella.

Elsa apretó los dientes, cerró los ojos y respiró profundo. —Pasó en la planta ETC, en el Parque Benavídez —dijo en un susurro.

—¿ETC? ¿Qué es eso? —preguntó Ivón.

—Su nombre era Dr. Amen —agregó.

—¿Dr. Amen? —Ximena la miró horrorizada y apretó el brazo de Elsa—. ¿El egipcio?

Elsa tenía los ojos llenos de lágrimas e hipaba. —Sí, lo vi en las noticias cuando lo arrestaron. Era el mismo hombre.

13

—¿QUIÉN ES EL EGIPCIO? —preguntó por veinteava vez Ivón desde que salieron de la casa de Elsa. Ximena no respondía. Estaba como catatónica. Cuando llegaron a la línea del puente del centro ya se había fumado tres cigarros, uno tras otro.

—En serio, Ximena. Contéstame. ¡Por una chingada! Dime que no es el químico que arrestaron por los asesinatos.

—¿Cuál químico? —de pronto Ximena la miró.

—Leí de un químico egipcio en el artículo de *Ms.* ¿Cuál era su nombre?

—¿Quieres un trago? —preguntó Ximena—. No puedo hablar del egipcio sin tomar primero un trago.

Ximena se salió abruptamente de la cola y se estacionó a un lado de la calle en un espacio donde apenas cabía la furgoneta.

—Es el mismo hombre, ¿verdad?

—Amen Hakim Hasaan, así se llama. Vamos, vamos al Kentucky Club.

Era la hora feliz en el bar. Estaba lleno de turistas que bebían cerveza Corona. De la sinfonola salía una estridente polka. Se sentaron en la barra y Ximena ordenó unas margaritas.

—¿Entonces?

—Me gustaría que Frank estuviera aquí. Él podría resumirte la historia mejor que yo.

—No quiero un resumen, Ximena. ¿No crees que merezco escuchar la historia completa acerca del padre biológico de este niño que se supone voy a adoptar?

—No estamos seguras de que este hombre sea el padre biológico. Pudo ser el esperma de cualquier otro.

—¿Como si tuviera un banquito de esperma en la fábrica? No mames, era su pinche esperma, Ximena, y tú lo sabes.

—Ese pobre niño —musitó Ximena.

El cantinero trajo dos vasos de champaña con sal en los bordes. Sirvió los tragos con un gesto elegante. Había algo familiar en él, pero Ivón no lo podía ubicar. Sabía que lo había visto antes.

—¿Qué decía el artículo sobre el egipcio? —preguntó Ximena. Tenía ambas manos en el vaso, pero no bebía.

—Que lo arrestaron por aprovecharse de las jovencitas que recogía en los bares del centro. Que le pagaba a una pandilla para que hicieran los asesinatos mientras él estaba en prisión y que piensan que él es el autor intelectual de los crímenes.

—¿Decía el artículo que asaltó a una prostituta que tenía encerrada en su casa y que ella logró escapar y reportarlo a la policía?

—Tal vez, no recuerdo los detalles.

—Una de las teorías sobre los crímenes es que hay un mercado negro de órganos humanos y que escogen mujeres jóvenes porque están sanas y no han desarrollado malos hábitos que tuvieran un impacto negativo en los órganos. De acuerdo a nuestras fuentes, algunos de estos cuerpos fueron encontrados con las entrañas de fuera. Y como todos estos cuerpos fueron encontrados en zonas desérticas que se utilizan en aterrizajes, la teoría es que todos esos corazones e hígados saludables y todo lo que el mercado de órganos humanos necesitara fueron recolectados de estas jóvenes y llevados inmediatamente en helicópteros.

—Es ridículo. Eso requiere un ambiente esterilizado, por lo menos.

Ximena se bebió el trago de un golpe y se limpió la sal de los labios antes de continuar.

—Nuestra fuente también descubrió que a algunas de esas muchachas que fueron vaciadas las despidieron porque estaban embarazadas y coincidentemente terminaron muertas.

—Como Cecilia.

—¡Híjole! La prostituta que escapó del egipcio dijo que él la inyectaba para que no se embarazara. Cuando ella se negó a las inyecciones porque los contraceptivos la estaban enfermando, recurrió a las balas y la quiso matar. Él la acusó de sabotear su carrera.

—No lo creo.

—No te culpo —Ximena le hizo una señal al cantinero para que trajera otra ronda —. Es verdaderamente increíble.

—No puedo creer que me hayas ocultado toda esta información, Ximena.

—¿Y para qué querías saber todo esto? ¿Qué tiene que ver esto con el precio de los bebés en China?

—Obviamente Cecilia estaba en riesgo sólo por estar embarazada. Si yo hubiera sabido . . .

—¿Qué hubieras hecho? ¿Cruzarla de contrabando y llevártela a vivir contigo y con Brigit a Los Ángeles? O tal vez piensas que yo debí haberlo hecho, llevármela a vivir a la casa de la abuelita Maggie, ¿verdad?

El cantinero trajo otros dos tragos. Ivón se terminó el primero y le entregó el vaso al hombre. Ximena tenía razón. ¿Qué hubiera podido hacer para proteger a Cecilia?

—¿Lo que dices es que a este egipcio le gusta embarazar a las mujeres para usarlas como conejillos de indias?

Ximena sacó dos cigarros de la cajetilla y le ofreció uno a Ivón. El cantinero se acercó inmediatamente con un encendedor.

—Hay más —dijo Ximena—. Frank tenía un contacto en una de las maquilas, una enfermera que trabajaba en ETC. Ella le dijo que era asistente del doctor Amen, así le decía, que le hacía pruebas de embarazo a las muchachas que iban a la fábrica a solicitar empleo.

—¿A todas?

—Bueno, sí, todas tenían que tomar una prueba de embarazo, pero al parecer él escogía a algunas para probar otra cosa. Les tomaba muestras de saliva, no únicamente de orina, y él mismo les hacía el papanicolao. La enfermera llevaba un registro meticuloso de los periodos de menstruación y los ciclos de ovulación. Yo creo que pensaba que la enfermera estaba pendeja y que no se daba cuenta de que les practicaba cosas sexuales a estas muchachas durante los exámenes.

—¿Entonces, las violaba?

—Hacen lo que hacen los ginecólogos. Sólo que éste no era ginecólogo. Ni siquiera era médico.

—¿La enfermera se lo dijo a otra persona además del padre Frank?

—Cuando arrestaron al egipcio ella renunció de ETC y se fue a trabajar a otro lugar. Frank perdió contacto con ella.

—¿El padre Frank dijo algo?

—No podía. La enfermera le dijo todo esto en confesión.

—¿Ella veía al egipcio inseminar a las muchachas?

—No, pero sí sabía lo que hacía. Acuérdate que ella monitoreaba los ciclos.

—¿Para ver en cuánto tiempo incubaban?

—Así parece.

—No te dijo quiénes eran, supongo.

—Una de ellas es Elsa.

Ivón miraba a su prima incrédula. ¿Qué más le ocultaba Ximena?

—¿Tú sabías?

—Yo no sabía que había inseminado a Elsa. Pensé que la había violado y que no quería admitirlo.

—De cualquier manera, Ximena, tú sabías que el niño que me pediste que adoptara venía del esperma de un pervertido y posiblemente un asesino en serie.

Por muchos años Ivón no había sentido la urgencia de golpear a alguien, como la sentía en este momento.

—Es probable que cualquier cosa que le haya hecho le causara el cáncer —observó.

Ximena alzó los hombros. Es posible.

—¡Estás jodida, Ximena! ¡Hija de la chingada!

—Me lo merezco. Discúlpame. Pero aquí se trata de un niño inocente. Ni siquiera estamos seguras de que Hassan es el padre.

—Sí, ¡con todo lo que sabemos podría ser el padre Frank!

Ivón se puso de pie y se fue al baño. Necesitaba poner las manos bajo el chorro del agua, de lo contrario iba a golpear algo.

El baño apestaba a desinfectante con olor a pino. Abrió la llave del agua y dejó que corriera sobre las palmas de sus manos. En qué chingada pesadilla se había metido. Ahora nada en el mundo la convencería de seguir con esta cosa de la adopción. Brigit nunca aceptaría a Jorgito en estas circunstancias. No importaba qué tanto conmoviera el niño a Ivón, ella nunca podría ocultarle esta información a Brigit. Se acabó. Se iba a su casa. No pasaría ni un día más en este lugar endemoniado. Le diría a Irene que la llevara al aeropuerto y se iría en el primer avión que la llevara a Los Ángeles esta misma noche.

Una vez que se le enfriaron las manos se sentó en uno de los retretes a leer el graffiti. Entre los típicos fulano y fulana, X ama a Y y las mamadas, encontró algo que le heló la sangre. Alguien había garabateado una frase de Porfirio Díaz: *Pobre México, tan lejos de Dios y tan cerca de Estados Unidos*. Abajo alguien había escrito con esmalte rojo y con letra insegura, *Pobre Juárez, tan cerca del infierno y tan lejos de Jesús*.

A pesar de estar furiosa, Ivón supo reconocer un regalo de los dioses. ¡Hablar de la representación de clase y género en el graffiti de los baños! La violencia en contra de las mujeres, la explotación económica de la frontera, hasta la política de la religión. Podría tomar a Juárez como su tercer caso de estudio. Con el asesinato de Cecilia, la historia de las pruebas médicas de Elsa y la inseminación ilegal en las maquilas, el capítulo se escribiría solo.

Se preguntaba si hacer un estudio sobre una muchacha que acababa de ver en la morgue en Juárez y otra que se moría de cáncer no era demasiada sangre fría. Por otro lado eso la ayudaría a entender lo que ocurría en su ciudad natal. Hacía ocho años, cuando se fue de El Paso, juró que nunca volvería a vivir aquí, un lugar anquilosado, donde las cosas nunca cambian. Desde que era niña y la gente le preguntaba qué quería hacer cuando fuera grande, ella decía "irme de El Paso". Pensaba que sabía todo lo que había que saber de este lugar. La verdad es que las cosas habían cambiado y no entendía nada, ni los asesinatos, ni el silencio en torno a ellos, ni siquiera el contexto en el cual se cometían los crímenes. Todo lo que sabía es que todo esto le había caído del cielo. ¿Cómo darle la espalda a esta oportunidad de hacer algo?

Eso significaba quedarse e involucrarse más en la pesadilla en la que se había convertido Juárez. Tendría que investigar los crímenes, leer todo lo que se había escrito acerca de ellos en ambos lados de la frontera, tal vez podría encontrar algo en Internet. En línea. Tendría que hablar con la familia de Cecilia, ir a la maquila donde trabajaba y hablar con sus compañeros de trabajo, husmear en la enfermería de ETC. ¿Tenía, en realidad, la energía necesaria para hacer todo eso?

Era casi la mitad de junio, se acordó de que sólo tenía poco más de dos semanas para terminar la disertación y así conservar su trabajo. Aquí por lo menos había una idea real, un problema que podía explorar, una dirección concreta para su investigación, algo que no había tenido desde que se mudaron a Los Ángeles. Un empleo fijo, una propiedad, se dijo así misma. Piensa en tu casa. Piensa en Irene. ¿Cómo iba a proporcionarle un techo a Irene si no conservaba su empleo? Después de la escenita en la casa de ma, Ivón pensó que era más necesario que nunca alejar a su hermana de esas ideas retrógradas mexicanas que ma trataba de meterle en la cabeza, para que fuera una mujercita buena.

Muy bien. Decisión tomada. Se puso de pie y se arregló la ropa. Se quedaría. Hablaría con la gente, investigaría lo necesario para un nuevo caso de estudio basado en ese graffiti. Empezaría esa misma noche, tan pronto como regresaran a casa de la abuelita Maggie. Eso era todo. Nada de bebés, nada de adopción. Sólo la disertación.

14

SEGÚN LA HORA MEXICANA, todavía era temprano cuando Irene llegó a la feria en Juárez. No tuvo problemas para encontrar dónde estacionarse cerca de la entrada principal. Estacionó su El Camino atrás de una troca muy grande que decía LONE R★NGR en la placa.

Estaba muy enojada con Ivón. No podía creer que Ivón no le hubiera llamado. "Arregla las cosas con ma", había dicho, iremos cuando se oscurezca. Sí, cómo no. En cuanto vio el carro de Ximena en la entrada se dio cuenta de que Ivón la había plantado, como hacía siempre que andaba con sus primas. Ella nomás era "la hermanita". Bueno, tenían una cita con Raquel, e Irene pensaba asistir. No necesitaba a Ivón para que la llevara a la feria. Ella tenía su propio carro, su propio dinero, y sabía cómo manejar en Juárez. Iba a encontrarse con Raquel y eso era todo. Raquel la cuidaría, la llevaría a lugares, tal vez le diría más cosas de cuando Irene era niña, en la época en que Raquel había sido "la amiga" de Ivón.

Raquel estaba de pie con un grupo de hombres en la taquilla. A su lado estaba una joven de la edad de Irene que la tomaba de la mano; llevaba un vestido negro corto y sandalias negras de plataforma. Irene observó sus jeans blancos, su camiseta y sus Skechers de piel azules: se sintió mal vestida.

—Perdón que llegue tarde —dijo Irene, antes de besar a Raquel en la mejilla—. Estaba esperando a Ivón pero creo que no la hizo.

—No me sorprende —dijo Raquel. Irene notó la decepción de Raquel—. Por lo menos tú estás aquí —enseguida le habló a los muchachos—. Muchachos, les presento a Irene, la hermanita de

Ivón (había pronunciado su nombre en español). Él es el amigo de mi hermano, Saúl Méndez, es el fotógrafo que expone en el Museo de Arte. Y él es Paco, su hermano.

Los dos se veían idénticos, pero el fotógrafo tenía bigote y Paco parecía que levantaba pesas. Ambos le dieron la mano a Irene.

—Mucho gusto —dijo cada uno—, para servirle.

A Irene le dieron ganas de reírse con tanta formalidad.

—Y él es Junior, o mejor, Salvador Peñasco, y Chuy, su chofer.

—Nunca había conocido a una persona que tuviera su propio chofer —dijo Irene al darle la mano a Junior. El chofer le mostró sus dientes de oro. Irene no pudo evitar observar todos los tatuajes en los brazos y manos del chofer; tenía tatuajes hasta en el cuello.

—Es un junior —dijo Raquel—, ya sabes, un niño rico. Su padre es el dueño de un parque industrial. Por eso tiene chofer.

Junior era alto, delgado, con el pelo muy corto. Llevaba una camiseta sin mangas y pantalones holgados. Se veía más como un pandillero que como un niño rico.

—Myrna, mi sobrina —Raquel todavía no terminaba con las presentaciones—. Va a reunirse con su amiga Ámbar aquí, más tarde, es una buena idea que ustedes se conozcan. Ellas te van a llevar a lo mejores lugares para las muchachas de tu edad. Le prometí a Saúl acompañarlo mientras firma las copias de sus fotografías, así que no voy a poder ir con ustedes hasta que el puesto del museo cierre.

Irene entendió todo de inmediato. Raquel había traído a su sobrina para que la entretuviera mientras ella e Ivón tenían la noche para ellas.

—*Cool* —dijo Irene—. ¿Hablas inglés, verdad? —le preguntó a Myrna.

—Claro —respondió ella—, si lo prefieres —le dijo algo a los hombres súper rápido y todos rieron amablemente. Paco le dijo que se portara bien. Todos se quedaron allí un poco más, como si esperaran algo. Irene no estaba segura si esperaban a que Raquel comprara los boletos para todos, pero luego los hombres se fueron y Raquel fue a la taquilla y sacó entradas gratis para Irene y Myrna.

—Qué mala onda que Ivón no vino —dijo Raquel cuando pasaron el molinete—. Hasta tengo boletos para el palenque. Pepe Aguilar va a cantar esta noche. A ella le encantaba el palenque. Pero Irene ya no pensaba en Ivón. Finalmente estaba en la feria.

—*Wow!* Esto es como un carnaval de verdad —le dijo a Myrna, mientras miraba para todos lados—. Es tan grande como Western Playland.

Se fijó que Myrna puso los ojos en blanco, como si quisiera decir que ella era imbécil o algo así. Como sea. Ésta era la primera vez que Irene andaba sola y no iba a permitir que la actitud de las niñas de Juárez la agüitaran.

La parte de enfrente estaba repleta de puestos y tiendas que representaban todo tipo de negocios de Juárez, desde la compañía eléctrica hasta joyerías y zapaterías. Irene siguió a Raquel y a su sobrina al puesto del Museo de Arte e Historia donde había una mesa con cubierta de piel y algunas sillas, también de piel, frente a un televisor que pasaba imágenes de las pirámides aztecas, los murales de Diego Rivera y de bailes folclóricos. La voz de una mujer repetía monótonamente la importancia del arte y la historia en la cultura mexicana. Saúl ya estaba sentado en una de las sillas; sobre la mesa mostraba unas fotografías en blanco y negro. En una esquina de la tienda había otra mesa con videos y cintas apiladas. Un estandarte que decía Instituto Frontelingua colgaba del mantel rojo. Una mujer con uniforme de sirvienta caminaba alrededor con una bandeja de tragos en una mano y un plato de albóndigas suecas en la otra. Myrna tomó unas cuantas albóndigas, pero Irene no quería ensuciarse los dientes, así es que sólo tomó un refresco.

Un hombre rubio, bien parecido, con jeans y un sombrero vaquero café claro se acercó a ver los videos de la mesa de Frontelingua, y Raquel se acercó a hablar con él.

—Ustedes vayan a divertirse —le dijo Raquel a su sobrina—. Regresen aquí a las once para ir al palenque juntas. El segundo *show* es a media noche.

—*What's the* palenque? —preguntó Irene.

—Lo mejor de la feria —le respondió Myrna con un tono de superioridad—. Tiene un casino con mesas de juego y ruleta; hay pelea de gallos y un concierto cada noche. Pero no dejan entrar a mujeres solas.

—Y no deben —dijo Raquel—, y menos niñas tan bonitas como ustedes. Vayan a divertirse. Pero tengan cuidado, siempre hay un ratero o un raboverde listo para aprovecharse.

Irene siguió a Myrna cuando salió de la tienda.

—*What's* a rabo verde? —preguntó.

—Un pervertido —dijo Myrna y puso los ojos en blanco otra vez.

—Oye, ¿qué te pasa? —dijo Irene—. No me tienes que cuidar, yo me sé cuidar sola.

—Nomás no digas nada. Pareces pocha. No quiero que la gente piense que también soy pocha.

Pocha. Irene odiaba esa palabra. Hasta su mamá le decía eso a veces. ¿Tenía ella la culpa de hablar español con acento? ¿Cómo lo podría evitar si nació en El Paso, si las monjas la obligaron a hablar solamente inglés en la escuela? Hasta las mexicanas de la escuela hablaban inglés.

Deambularon por los pasillos sin hablarse. Irene se fijó que todas las muchachas de su edad andaban tan bien vestidas como Myrna. Muchas de ellas caminaban agarradas de la mano de sus novios. Todos hablaban español. De pronto se sintió torpe y muda, segura de que todo el mundo sabía que era del otro lado nomás por la forma en que estaba vestida. Pocha. Buscó en su mochila y sacó su CD portátil y los audífonos. De pronto sintió la necesidad de oír a Tori Amos cantar "Black Dove". A Irene le gustaba pensar que era su canción de cumpleaños privada.

She was a January girl seguía la canción, sincronizaba los labios.

Myrna le dio un golpecito en el hombro, pero Irene la ignoró.

By the woods, by the woods, by the woods . . .

Myrna le tocó el hombro otra vez.

—*What?* —dijo Irene después de quitarse los audífonos.

—¿Quieres comprar algo? —le preguntó Myrna—. Tienen joyería de plata de Taxco muy bonita aquí, o si quieres una bolsa o una cartera, ese puesto allá tiene las mejores cosas de piel. Pero tienes que regatearles, si no van a pensar que eres turista o gringa y te van a cobrar bien caro.

—Pensé que habías dicho que no dijera nada.

—Discúlpame, no quise ofenderte. Yo regateo por ti, si quieres.

Se acercaron al puesto de joyería e Irene seleccionó un anillo Yin Yang para ella y otro igual para su prima Gaby. Vio un brazalete de eslabones cuadrados que pensó le gustaría a Ivón y un rosario de plata que le daría a su mamá en su cumpleaños. Myrna le regateó a la mujer hasta que les dejó todo en doce dólares.

—*Wow, thanks!* —dijo Irene, y metió la bolsa de plástico con sus compras en la mochila de mezclilla Universal Studios que Ivón le había mandado cuando empezó la preparatoria.

—Vamos a ver los juegos —dijo Myrna

Fueron al área de los juegos y vieron a la gente en la rueda de la fortuna; vieron a los que lanzaban dardos a unas cartas de la lotería en un cartón; a los que apuntaban a unos soldaditos de plástico en el puesto de tiro. Una hilera tras otra de animales de peluche en colores pastel en los anaqueles de cada puesto. Irene era buena en estos juegos y siempre ganaba algo en la kermés de la iglesia, pero aquí le daba vergüenza jugar.

—¡Dispárenle a la migra! ¡Aquí está su oportunidad! —gritaba el muchacho en el puesto de tiro. Irene se rió.

—Ándale, güera, quítate o te van a confundir con la migra.

—¡Baboso! —le dijo Myrna al muchacho.

—¡Me la rayó! —gritó el muchacho.

—¿Qué dijo? —preguntó Irene. Habló muy rápido y todo lo que entendió fue güera y migra. Güera era otra manera de decir gringa.

—Vámonos de aquí —dijo Myrna—. ¿Tienes hambre?

Por el tono de las frases Irene entendió que el muchacho no había dicho algo agradable y Myrna trató de defenderse. No insistió en el asunto, pero la incomodidad volvió. Empezó a entender por qué su mamá siempre le decía "No quiero que vayas sola con tus amigas cholas. La gente es completamente diferente allá, aunque sea sólo del otro lado de ese sucio charco que tenemos por río". Sentía que todo el mundo la miraba, y que pensaban que era una vendida porque era del otro lado. Irene se veía como ellos, tenía el mismo color de piel, las mismas facciones pero no pertenecía allí. Era norteamericana y para mucha gente eso significaba ser una vendida.

Los juegos estaban flanqueados por puestos concesionados; taquerías y restaurantes con mesas bajo las lonas de las carpas y música en vivo.

—¿Puedo tomar algo? —dijo Irene.

—Vamos a tomar una michelada.

—*What's that?*

—Es como una margarita, pero con cerveza. Es muy buena.

Myrna avanzó hacia un puesto de cerveza y ordenó dos micheladas. Irene vio al hombre servir Carta Blanca en dos vasos con hielo y poner limón y sal en cada trago. Puso las cervezas espumosas frente a ellas. Irene se sorprendió que no le pidieran su identificación.

—Las invito —dijo una voz masculina detrás de ellas en inglés y las dos voltearon al mismo tiempo. Era el del sombrero vaquero que Irene había visto antes en la mesa de Frontelingua. Sonreía. Hizo un saludo con el sombrero y le dio al vendedor de cervezas un billete de cinco dólares—. Una dos equis para mí, por favor.

El cantinero sirvió la cerveza en un vaso de plástico.

—Podemos pagar nuestros tragos —dijo Irene.

Él la ignoró y miró a Myrna. —Platicaba con tu tía en la mesa de la escuela de lenguas —dijo en voz baja y sexy— y me pidió que las cuidara.

Tomó el vaso y se quitó el sombrero para brindar.

—Qué bien —dijo Myrna con mirada halagada y sonrisa estúpida.

—Es un placer —dijo al brindar con ella. Luego volteó a ver a Irene—. Tú eres familiar de Ivón Villa, ¿verdad?

—¿Cómo lo sabe?

—Nos conocimos en el avión —respondió con un guiño—, te vi en el aeropuerto, esperándola.

—¿Ah sí? —dijo, pero no estaba interesada en la conversación. Podía ver las luces y las ruedas de los otros juegos. De las bocinas de los *shows* salía música estridente, canciones rancheras y música diversa que chocaba con el ruido de la música de carnaval y los gritos de los subastadores. Quería seguir caminando.

—Bueno, gracias —dijo—. *Ready?* —Jaló del brazo a Myrna; ésta la vio molesta.

—Adiós —le dijo Myrna al hombre—, gracias por la michelada.

—De nada —dijo en voz alta a sus espaldas.

—Me choca eso —comentó Irene—. ¿Qué no pueden ver a dos chavas caminar solas sin estar sobres?

—A mí no me molesta —dijo Myrna—. ¿Por qué crees que vengo a la feria?

Bebían su cerveza mientras caminaban. Las micheladas se hicieron la bebida favorita de Irene inmediatamente: fría, salada, ácida, efervescente, de verdad quitaba la sed.

—Tengo que comprar esmalte para las uñas —dijo Myrna.

Irene la siguió a un puesto donde vendían productos de belleza. Tenían muestras de esmaltes de diferentes colores. Irene se pintó una mano de verde y azul y la otra de negro y lavanda. Trató de no cubrir las estrellitas que se había pegado la última vez que se había hecho la manicura. Myrna le dijo que todos esos colores se veían muy nacos. Como Irene creyó entender la palabra naco, prefirió usar un rosa salmón en todas las uñas. Se probaron diferentes tonos de coloretes, se rociaron diferentes perfumes, y probaron una variedad de fijadores de pelo. Irene empezaba a sentirse un poco mejor. Quiso pagar las cosas de Myrna, pero ella no aceptó.

—No necesito tu dinero —dijo Myrna—. Mi papá gana mucho dinero. No me tienes que pagar por mostrarte la feria.

—Lo siento, no quise ofenderte —dijo Irene.

Cada una pagó sus propias cosas. Myrna compró esmalte y perfume. Irene compró dos tonos de esmalte y los coloretes que hacían juego.

—¿Te quieres subir a los juegos?

—*Sure* —Irene afirmó. No podía entender a Myrna. Primero hacía un drama, luego se portaba padre, después era grosera, y al final la defendía. Irene decidió seguirle la corriente. Estás en la feria, se recordaba a sí misma. Sería mucho mejor si Ivón estuviera aquí, pero no podía vivir toda la vida dependiendo de su hermana mayor.

Irene se subió a la rueda de la fortuna, luego se subieron al martillo, después a las tazas giradoras, en el Obni Volador (que después supo que significaba lo mismo que OVNI), después en el revolcadero donde Irene sintió que la acidez de la michelada se le subía a la garganta. No quiso subirse a la montaña rusa. Había tenido un accidente una vez que se subió a El Ratón en Western Playland. Se moriría de vergüenza si se hiciera pipí en los pantalones en la feria. Un payaso les tomó una foto polaroid cuando se bajaron del carrusel.

—¿Son hermanas? —preguntó.

—No —dijo Myrna, y se fue, pero Irene quería la foto.

El payaso le cobró cincuenta pesos. Irene sacó cinco dólares de su bolsa y le pagó. Estaba segura que le tenía que regresar cambio, pero no lo hizo. Guardó la foto en su mochila; era un recuerdo de la feria. La iba a poner en un marco y a colgarla en su cuarto, nada más para molestar a su mamá. O tal vez se la daría a Myrna.

Comieron mangos con chile, elotes cubiertos con mayonesa, tacos al pastor muy gordos con cebollitas de rabo asadas y algodón de azúcar.

Después de dos horas Myrna dijo que le dolían los pies. Se sentaron en una mesa bajo una carpa muy grande. Un mesero de chaqueta blanca se les acercó. Myrna ordenó micheladas. De pronto una muchacha y su novio se sentaron en la mesa.

—¡Oigan! Cómo se tardaron —Myrna les sonrió—. ¿Por qué se tardaron tanto?

Ambos, la muchacha y el muchacho, besaron a Myrna en la mejilla. La muchacha llevaba el pelo negro rizado en una colita de caballo e iba vestida con unos jeans Tommy pegados al cuerpo y una blusa negra brillante. Cargaba una de esas mochilitas caras, Dooney & Bourke, del hombro. El muchacho iba todo vestido de vaquero, hasta con botas de víbora y sombrero vaquero de paja.

—Ella es Irene.

—¿Cómo te llamas?

—Irene Villa, hola —les dijo.

—Hola —dijo la muchacha en inglés —. Me llamo Ámbar. Él es mi novio, Héctor.

—Hola —dijo Irene otra vez.

Héctor le dio la mano.

—¿Qué onda? —dijo Ámbar—. ¿Se divierten?

El mesero trajo las cervezas, y Héctor ordenó otras dos, más una ronda de Herradura para los cuatro, con sangrita.

—¿Sangrita? —preguntó sorprendida Irene—. ¿Está ordenando sangre chiquita? ¿Por qué, es vampiro?

Ámbar y Myrna se rieron de ella.

—Es para acompañar el tequila —aclaró Héctor, fríamente.

—¿Ustedes son muy amigas? —preguntó Irene, y de inmediato se sintió estúpida. Le dio un sorbo largo al trago. Alguien tenía que hacer conversación.

—Estamos en el Teresiano juntas —dijo Myrna—. ¿Tú en qué escuela estás?

—Loretto —dijo Irene.

—¿Loretto? —se rió Myrna.

—Sí, ¿qué tiene de gracioso?

—Ah, nada. Es que pensé que las muchachas como tú no podían pagar Loretto.

Irene volvió a sorber del popote. ¿Qué quería decir "muchachas como ella"? ¿Pochas?

Ámbar intervino rápidamente y dijo: —Myrna también está en Loretto. Pero sólo los veranos. Su papá no puede pagar la colegiatura el resto del año.

—Y Ámbar es pocha como tú —dijo Myrna.

Ámbar le dio unos golpecitos en el hombro. —No soy pocha. Nací en el D.F. Pero mis hermanos sí son pochos —soltó una risilla—, y también mi padrastro, él es de Las Cruces.

—Su mamá es de clase alta —dijo Myrna. Hizo un ademán con las yemas de los dedos para indicar dinero.

—No es rica —Ámbar se rió.

—Sí es —dijo Héctor—. Doña Rubí Reyna de la dinastía Transportes La Reina.

—Héctor, no digas eso. Ya sabes que a mi mamá le molesta mucho cuando la gente habla de ella como "la hija de", como si ella no tuviera su propia identidad.

—Se parece a mi hermana —dijo Irene—. Es feminista.

—Eso es lo que digo yo —dijo Héctor—. Su mamá tiene demasiadas ideas liberales.

—¡Héctor! —Ámbar frunció el ceño y le dio un golpecito en la mano—. No seas así. Me voy a enojar. Que tenga un título universitario y administre su propio negocio no significa que sea feminista.

—Yo no creo que sea tan liberal —dijo Myrna—. Ni siquiera te deja ir a Cancún de vacaciones con nosotros.

—Estoy trabajando en eso —dijo Ámbar.

El mesero trajo los tragos. Cuatro caballitos de tequila blanco, cuatro vasos de barro con algo rojo y un plato lleno de limones partidos.

—Oigan, chavos, ¿van al palenque? —preguntó Myrna mientras miraba su reloj—. Ya casi es la hora de reunirnos con mi tía.

—A mí no me gusta Pepe Aguilar, es cursi —dijo Ámbar—. ¿Y a ti, Irene?

Irene tuvo que reconocer que no oía rock en español. Los tres soltaron una carcajada.

—¿De qué se ríen?

—Pepe Aguilar canta baladas —dijo Héctor después de recuperar el aliento—. Baladas cursis de amor y rancheras. No es Ricky Martin.

—Ah, ya veo —se tuvo que reír de su propio error—. La única música mexicana que oigo es Lucha Villa. De cualquier manera no me puedo quedar para el concierto. Tengo que ir a casa, ya saben.

—¿En serio? —dijo Héctor—. No sabía que las muchachas norteamericanas tuvieran hora para llegar.

Realmente no tenía hora para llegar esa noche porque le había dicho a su mamá que iba a quedarse con Ivón, en la casa de la abuelita Maggie, pero sólo le quedaban ocho dólares y pensó que con ese dinero no sería suficiente para el concierto.

—¿Por qué no te quedas esta noche conmigo en la casa de mi tía Raquel? —le preguntó Myrna.

—Gracias, pero no creo. Mi mamá es muy estricta.

—Bueno, salud a todas —Héctor alzó su caballito de tequila.

Las muchachas lo siguieron. Irene brindó con ellos. De un trago se tomó el tequila como los demás, pero le hizo el feo a la sangrita; le supo a jugo de tomate amargo con mucha Tabasco.

Después del tercer tequila y sabrá Dios cuántas micheladas, Irene se encontró sentada en un palco con Myrna, su tía y el hombre que había conocido antes. Veía el concierto de Pepe Aguilar y bebía margaritas de fresa. En cierto momento alguien hizo un chiste bilingüe muy estúpido. Fue acerca de unos mojados que estaban de paracaidistas en una casa vacía cuando la policía llegó a sacarlos. Uno de los mojados dijo que el anuncio que estaba enfrente de la casa decía que podían entrar: *For Sale*, decía el anuncio, *No Lease*. Le tomó un par de segundos para darse cuenta que decían Fórzale y No le hace. Irene estalló en risas y derramó gotas de jugo de fresa en sus pantalones blancos.

Irene sentía que estaba en una película surrealista. Primero, el hombre con traje de charro blanco que cantaba suavemente sobre una mala mujer que lo había vendido por unas monedas, *Me vendiste por unas monedas*. El charro tenía la voz más dulce que ella había oído en su vida. Luego los gallos con las navajas amarradas a los espolones se atacaban entre sí y dejaban un rastro de plumas y sangre en la arena. La siguiente cosa que recordaba era que salían del palenque, casi al amanecer, ella y Myrna, brazo con brazo, como comadres. Gracias a Dios que Irene le dijo a su mamá que se quedaría con Ivón. Estaría en un apuro si llegara a su casa a esa hora con el aliento a alcohol. Raquel le preguntó si podía manejar. Irene pensó que era una pregunta graciosa.

De alguna manera todos terminaron en la casa del hermano del fotógrafo, en una colonia exactamente enfrente a la refinería ASARCO, del otro lado del río. Irene pensó que era extraño que el muchacho que vivía en una colonia saliera con alguien que tenía su propio chofer, pero entonces alguien le agarró las nalgas y se le olvidó lo que estaba pensando.

La casa de bloques color turquesa estaba oculta por una duna, cerca de la orilla del río. Irene se sorprendió al ver a tanta gente por todos lados a esa hora de la mañana: mujeres que servían menudo en la cocina, hombres con radios y celulares sujetos en los cinturones que entraban y salían de la casa y pisoteaban los geranios frente a la casa. Raquel tenía que hablar con Paco sobre algo y le dijo a Myrna que esperara afuera.

—Llévate a Irene —dijo—, y no se acerquen al río.

Había mucho movimiento de hombres cerca del margen del río. A Irene se le ocurrió que nunca había nadado en el río Bravo, así que se quitó los Skechers, y se dio cuenta por primera vez cómo se habían ensuciado de tanto caminar en la feria. Se quitó los calcetines, los metió en los tenis y se sumergió en el agua oscura completamente vestida. Los hombres en la orilla se reían, le gritaban mojada, ilegal y pocha. Sentía el agua fría que se filtraba por sus pantalones de mezclilla blancos. Sintió en los dedos de los pies algo baboso, pero no puso atención. Cruzó el río a nado de pecho hacia adelante y hacia atrás. Desafiaba a las camionetas de la Patrulla Fronteriza que cruzaban el puente Negro para que la agarraran y así poderse reír de ellos y decirles que era ciudadana norteamericana. En cierto momento creyó ver que en la orilla Myrna hablaba con el hombre del sombrero vaquero.

15

IVÓN SABÍA QUE LAS QUESADILLAS se quemaban en el sartén y que el aceite de oliva salpicaba por toda la estufa limpia, pero tenía los ojos pegados a la primera página de *El Paso Times*.

EXPERTO EN CRÍMENES EN SERIE EXONERA A LOS INVESTIGADORES DE JUÁREZ

Ayer, durante una conferencia de prensa, Bob Russell, ex director de la Unidad de Crímenes Violentos del FBI, habló acerca de la ola de crímenes en contra de las mujeres en Ciudad Juárez de los últimos quince años. Actualmente Russell es investigador privado en el estado de Virginia y es experto en asesinos en serie. Ha sido asesor en las películas "El silencio de los inocentes" y "Copy Cat".

Russell exoneró a la fuerza policíaca de Crímenes Violentos en Contra de las Mujeres, organizada por el gobierno del estado de Chihuahua para investigar los asesinatos. "Hacen un trabajo prolijo, sus procedimientos son iguales a los procedimientos forenses y de investigación que tenemos en los Estados Unidos", dijo.

Russell apuntó que la policía sola no podría detener los crímenes y agregó que las fábricas necesitan mejorar las condiciones del transporte de las obreras. "Llevan a las mujeres desde los parques industriales donde trabajan hasta lugares desiertos y oscuros. Desde ahí las obreras tienen que caminar hasta las ciudades perdidas donde viven. Yo no caminaría por ahí ni aunque estuviera armado".

Russell afirmó la posibilidad de un asesino en serie en Juárez.

El criminalista estuvo de acuerdo con las autoridades de Ciudad Juárez en que el químico egipcio, Amen Hakim Hasaan, detenido como sospechoso de los crímenes desde 1975, se ajusta al perfil de un asesino en serie como Ted Bundy y podría estar dirigiendo los crímenes desde su celda en la prisión. "También es posible", agregó Russell, "que haya más de un asesino en serie que podría estar cruzando la frontera, de El Paso a Juárez, para atacar mujeres".

Ivón releyó las últimas dos oraciones hasta que se le empañaron los ojos. —Es increíble —dijo en voz alta, ¿cómo le iba a explicar a Brigit que el niño, que prácticamente había aceptado adoptar, era el hijo biológico de un Ted Bundy o de un Richard Ramírez?

No fue hasta que sonó la alarma de la cocina que Ivón se puso de pie para ir a la estufa, luego buscó afanosamente la escoba para presionar el botón de la alarma. Yerma, que se había quedado dormida debajo de la mesa, salió de la cocina; rasguñaba el piso de madera en su intento por alejarse del ruido. Ivón no pudo encontrar una escoba por ningún lado, así que sacó una silla, se subió al gabinete, sacó la tapa de la alarma y le quitó la batería.

—¡Ay! ¡Por una chingada! —exclamó—. Se había parado en un cuchillo y cortado un dedo. Gotitas de sangre mancharon el azulejo blanco del gabinete. Ivón se bajó con cuidado, mojó una toalla de papel en el lavabo y limpió la sangre. En ese momento sonó el teléfono.

—¡Chin! ¿No puedo desayunar en paz? —se preguntó—. Decidió no contestar. El identificador de llamadas decía Samuel Villa, el número de su mamá, pero no estaba de humor para hablar ni con su mamá ni con Irene. Cualquiera de las dos la iba a regañar.

Era casi medio día. Se sentía cruda y grogui. No se acordaba a qué hora se había acostado, ni hasta qué tan tarde se había quedado con Ximena discutiendo los desacuerdos acerca de Jorgito en el Kentucky Club.

—Tú prometiste.

—Tú me mentiste.

—Elsa va a estar desolada.

—Brigit nunca va a volver a tener confianza en ti.

—¿Por qué tiene el niño que pagar los pecados de su padre?

—¿Por qué debo pagar yo?

Discutían, alzaban la voz, lloraban, golpeaban con los puños la barra. En el curso de la conversación cada una bebió probablemente seis o siete margaritas.

Ivón se acordaba que salió tambaleante del bar con Ximena, pero no recordaba cómo había cruzado el puente ni cómo había llegado a la casa de la abuelita Maggie. Recordaba que había hablado por teléfono con Brigit, que le había contado lo del graffiti y que planeaba quedarse en El Paso más tiempo de lo pensado para escribir el capítulo. Brigit quería saber todo sobre Jorgito, le dijo que ya había gastado 400 dólares en IKEA en cosas para su recámara. Ivón le contó que le había regalado una troquita y que el niño la había besado y llamado Von. No mencionó al egipcio. Todo lo que dijo fue: —No saques nada de las cajas todavía, Brigit, en caso de que todo este asunto de Jorgito no funcione. La abuela lo golpea y tiene moretones en la cabeza. Voy a tener que llevarlo a que lo revisen. No quiero un niño con problemas mentales —cuando colgaron Brigit seguía llorando.

Ivón sacó las quesadillas del sartén, el queso derretido se había salido y formado una costra café alrededor de las tortillas. Ivón vació la mitad de la lata de salsa encima de las quesadillas. Se llevó el plato y la cafetera a la oficina de Ximena, donde había puesto su laptop, y se sentó para empezar el nuevo capítulo. Se comió la primera quesadilla mientras esperaba que le llegara la inspiración, pero la pantalla seguía en blanco. Conectó la línea telefónica a la computadora para ponerse en línea, se comió la segunda quesadilla y nada. Bajó el juego Free Cell. Había un truco en el arreglo de las cartas. Era algo casi intuitivo, saber cuáles cartas mover a las celdas libres y cuáles cartas ordenar de cierta manera, moverse rápidamente, sin pensar. No siempre ganaba, pero ése no era el objetivo. El juego la ayudaba a concentrarse. Por supuesto, sus habilidades progresaban más en Free Cell que en la disertación.

Pobre Juárez, tan cerca del infierno y tan lejos de Jesús. Eso y el *Diario de Richy* eran las únicas cartas que debía mover por el momento.

Violencia en contra de mujeres, escribió en la página en blanco y enseguida *Explotación económica de la frontera* y más allá *Religión*. Formateó la página en tres columnas. Necesitaba una lluvia de ideas, dejar que la mente vagara en asociaciones libres, rasgar la superficie hasta que pudiera encontrar el patrón.

Violencia—muerte—asesinatos—mujeres jóvenes, mexicanas, pobres—asesinos en serie Bundy—Night Stalker—trematode.

Explotación—Nafta—maquiladoras—obreras—víctimas— Patrulla Fronteriza.

Religión—iglesia—padre Francis—"tan cerca de Jesús", podría ser una referencia sobre un cura extraviado. Él parece saber todo. Sabe sobre Richard Ramírez—confesó al Night Stalker en prisión—asistió al juicio—Diario de Richy. ¿Era el padre Francis el perpetrador?

—Un momento —se dijo en voz alta—, él es amigo de Ximena. Pero era muy sospechoso que él conociera a la enfermera de la fábrica donde Elsa había solicitado trabajo y que no hubiera dicho nada sobre el egipcio que había utilizado a las obreras como conejillos de indias. Era raro. Ya fuera en confesión o no, él tenía la responsabilidad de denunciar ese tipo de cosas. ¿Qué clase de activista social era que no denunció violaciones de los derechos humanos a causa del secreto de confesión? ¿Y qué había de su organización Contra el Silencio? En verdad sabía bastante sobre los asesinatos. Organizaba a las familias de las víctimas, la búsqueda de los cuerpos y ayudaba a construir casas para las obreras en las colonias. Y resulta que conocía a Richard Ramírez perfectamente bien. Con toda seguridad el padre Francis estaba metido en todo esto. Ivón empezaba a sentir una sensación de miedo que le subía lentamente hasta la parte trasera del cuello.

Tomó su celular y pidió el número de la iglesia del Sagrado Corazón. Marcó y el padre Francis contestó.

—Habla Ivón —dijo—, la prima de Ximena. No esperaba que usted contestara.

—Es el día libre de la secretaria —respondió—. ¿En qué le puedo ayudar?

—Es sobre el *Diario de Richy* que estábamos viendo ayer.

—¿Sí?

—¿Todavía lo tiene? En este momento investigo sobre el Night Stalker.

—No es de mucha utilidad. Realmente no se puede leer lo que dice.

—Estoy más interesada en ver la fotografía.

—¿De qué se trata, Ivón?

—Ah, es sólo un presentimiento. ¿De casualidad tiene una foto de él?

—No, pero hay una biografía sobre él escrita por una persona llamada Linedecker, creo. Tiene algunas fotos.

Ivón garabateó el nombre en su libreta.

—¿Usted lo ha visto, quiero decir, el libro? —inquirió.

—No acostumbro leer biografías de asesinos en serie, Ivón.

—Sí, supongo que no —no le creyó ni por un segundo—. De cualquier manera, gracias por la pista. Siento haberlo molestado.

—No es molestia. Estaba quedándome dormido aquí en la oficina. ¿Cómo le va? Ximena me dijo lo de Jorgito.

—Bueno, ahora que lo menciona, Ximena dijo que usted conocía a la enfermera de la fábrica donde trabajó el egipcio, donde se supone que inseminaron a Elsa.

No hubo respuesta. Ivón insistió.

—Parece que hacía experimentos médicos, ¿no es así? ¿No cree que debió haber dicho algo, decírselo a alguien? ¿No es la justicia social y la responsabilidad lo que le importa?

—No pongo en peligro la vida de la gente que confía en mí en el confesionario. Ése es un contrato, Ivón, como el de la relación doctor-paciente.

—Muy bien —dijo—, pensé que debía preguntar. Voy a escribir sobre eso en mi disertación y quería comentárselo para ver que podía decirme. Muchas gracias de cualquier manera. Hasta luego.

—Ivón, tal vez eso no sea lo más prudente. Sólo es una especulación.

—Creo que tengo que hablar con alguien que no esté ligado al voto del secreto de confesión.

Dos *strikes*. El hombre protegía su información, algo en lo que Ximena parecía especializarse también. En su libreta dibujó un esquema de Free Cell; colocó el nombre del padre Francis en una celda libre. Abrió tres ventanas en Internet. En el buscador de Yahoo, en la primera, escribió la palabra Juárez. En la segunda buscó a Richard Ramírez; en la tercera buscó al azar sobre los asesinatos de la maquiladora. En la última no había información, pero encontró la combinación correcta: Juárez+mujeres+asesinatos.

Cinco minutos más tarde, en la lista de sus Favoritos, contaba con una nueva categoría llamada "Caso de estudio Kentucky Club", con tres subcategorías: Juárez, asesinatos en serie, maquiladoras. Se concentró en tres: *Borderlines*, una fuente de información para turistas; Los Archivos del Night Stalker, parte de una Biblioteca del Crimen en línea y *Frontera Norte-Sur,* un conjunto de artículos de periódicos en inglés sobre la frontera México-Estados Unidos.

El sitio *Borderlines* no sólo proporcionaba la típica información turística de la región, sino que también promovía la prostitución al proporcionar cierta información a los potenciales turistas del género masculino:

> Cada semana cientos de mujeres jóvenes llegan a Juárez de todo México. La mayoría de estas jovencitas buscan un trabajo que sea la fuente principal de ingreso para sus familias en su lugar de origen. A pesar de que muchas de ellas empiezan su carrera en alguna de las fábricas maquiladoras de la región, comúnmente terminan en los bares y prostíbulos.

Hasta había un enlace llamado *Those Sexy Latin Ladies,* que llevaba a una lista de los lugares más populares en la Mariscal. De aquí se podía bajar un mapa del área alrededor del Gimnasio Municipal y había un cupón para una bebida gratis en el Club Sayonara. Fotos de mujeres jóvenes en bikini y tacones altos ilustraban la página. El siguiente anuncio resaltaba con letras amarillas esta frase: "La prostitución aquí es legal; usted no encontrará un lugar con mujeres más bonitas, dispuestas y calientes".

—¡Ah cabrón! —Ivón exclamó en voz alta y encendió un cigarro—. Con razón hay tantos locos aquí. Venden a las mujeres en línea.

En la segunda ventana encontró veintiocho sitios sobre asesinos en serie. Richard Ramírez estaba en todos. La Página Mundial del Asesino en Serie, Mayhem.net, el Índice del Asesino en Serie y la Biblioteca del Crimen. Cada uno tenía una entrada sobre el Night Stalker, pero la Biblioteca del Crimen lo había enlistado bajo el rubro "Los asesinos en serie más famosos", y presentaba un largo artículo biográfico acerca de él, que incluía fotos en blanco y negro, de sus juicios en los juzgados de Los

Ángeles. A pesar de que era inquietante e incluso fascinante pensar que Richard Ramírez era apenas siete años mayor que ella y que habían crecido prácticamente en el mismo barrio —él probablemente había asistido a las preparatorias Lincoln o Jefferson con algunos de sus primos—, no encontró nada acerca de él que pudiera indicar que estaba involucrado en los asesinatos de Juárez. Había dejado El Paso en 1984, cinco años antes de que Ivón se fuera a Iowa.

También encontró una cita de él que pronunció cuando fue sentenciado y que incluía la palabra *trematode*: "no necesito ver más allá de este cuarto para ver a todos los mentirosos, los que odian, los asesinos, los rateros, los cobardes paranoicos, los verdaderos *trematodes* de la tierra. Ustedes, gusanos, me enferman, uno y todos . . . estoy más allá de su experiencia, estoy más allá del bien y el mal".

Satánico, drogadicto, delincuente juvenil y desertor de la preparatoria, nativo del sur de El Paso. ¿Dónde había aprendido una palabra como *trematode*? Tal vez en las canciones de Black Sabbath o en Judas Prist. Tal vez en la Biblia satánica de Antón LeVey. Ivón se puso a pensar que la manera en que Ramírez había violado y mutilado a sus víctimas era igual a cómo habían muerto algunas de las mujeres. Tal vez Richard Ramírez no tenía nada que ver con los crímenes. Pero y qué si tenía una réplica en la ciudad, alguien que siguiera los pasos del Night Stalker. Se estremeció y fue a cerrar las puertas.

Pasó el resto de la mañana en el sitio *Frontera Norte-Sur*; buscó en su sección de archivos y trató de actualizarse en la historia de los asesinatos de la maquiladora. Los archivos sólo cubrían los tres años anteriores, pero ella revisó cada número para encontrar cualquier cosa relacionada con los asesinatos, cualquier cosa que arrojara luz sobre la razón por la que ocurrían en este momento particularmente. Entrenada en Estudios Culturales, Ivón siempre buscaba el contexto histórico y cultural de lo que investigaba. En el proceso compuso un breve resumen histórico de la frontera: el PAN arrasó con el estado de Chihuahua después de décadas de monopolio del PRI en todo México; la disputa entre la nueva administración panista y el hijo de un

.magnate de la maquiladora a propósito de la expropiación de algunas propiedades cerca del aeropuerto; el nuevo senado post-Nafta es la propuesta del nuevo senador para incrementar los fondos federales para las operaciones *Hold the Line* y *Gatekeeper*; la muerte del zar de las drogas del cartel de Juárez y la guerra entre narcos que se inició con el cambio en el cartel; las protestas a ambos lados del puente Santa Fe debido a la violencia en contra de los inmigrantes indocumentados en Riverside, California; la huelga de General Motors en Ohio que desempleó a miles de obreros en las maquiladoras de Juárez; el brote del Hantavirus a lo largo de la frontera de Nuevo México; los experimentos con nuevos misiles en White Sands; la inusual alza de abuso doméstico en contra de las mujeres en Juárez. Intercalado en todo esto una historia tras otra acerca de los asesinatos, mutilaciones y violaciones de las muchachas del sur. Aparentemente esto formaba parte del perfil de las víctimas, que no sólo tendían a ser delgadas, con cabello oscuro, morenas, jóvenes entre los doce y los veinticinco años, sino que también eran pobres y la mayoría había migrado del sur para trabajar en la maquiladora. No todas eran ciudadanas mexicanas.

En mayo de 1996, uno de los diecisiete cuerpos encontrados entre agosto de 1995 y abril de 1996, fue identificado como una muchacha de El Paso, la primera encontrada muerta en Lomas de Poleo, en Juárez. En noviembre de 1997, en el Día Internacional de la No Violencia Contra las Mujeres, las madres de hasta entonces noventa y siete mujeres caídas en Juárez tuvieron una marcha funeraria y un mitin afuera del Palacio Municipal. Ahí demandaron a las autoridades encontrar a los asesinos y terminar con la impunidad. En febrero de 1998, un grupo de mujeres representantes de la legislatura mexicana visitó Juárez para realizar una investigación sobre los crímenes; hablaron con oficiales municipales, organizaciones no gubernamentales, grupos feministas, las familias de las víctimas y hasta con el egipcio en la prisión de Juárez. Una semana más tarde los restos de otras tres mujeres fueron encontrados en Lomas de Poleo. Para entonces el número de víctimas había llegado a ciento nueve. En marzo de ese año tres mexicoamericanos de Elephant Butte, Nuevo México, fueron arrestados por secuestrar y cruzar a indocumentadas para explotarlas como esclavas sexuales, es decir, prostituirlas. En abril, una joven obrera de diecisiete años llamada Caridad, desapareció en camino a su trabajo. Recientemente, un reporte elaborado por la Comisión Nacional de Derechos Humanos falló en contra de las autoridades de Juárez; las responsabilizó por una serie de irregularidades en la investigación de los crímenes, incluidas la incorrecta identificación de los cadáveres y la incompetencia para reunir evidencias en los escenarios del crimen.

Para cuando Ivón se salió de Internet se sentía completamente exhausta. Echó un vistazo a sus notas: la venta de mujeres en línea, el imitador de Richard Ramírez, la guerra de las drogas, la esclavitud sexual, la investigación del Hantavirus, las conspiraciones políticas. Pensó que era demasiada información. Sentía el cerebro como si se lo hubieran inflado con helio. Tenía sabor a cigarro y café viejo en la boca. Necesitaba cepillarse los dientes, ducharse y tal vez tomar una siesta. Tan pronto como se desconectó de Internet sonó el teléfono. Caminó hasta la cocina para contestarlo sin molestarse en ver el identificador de llamadas.

—Hola, ma, ¿me está llamando para disculparse?

—¿Dónde están tú y tu hermana? Las he llamado toda la mañana y el teléfono ha estado ocupado por horas. Los chiles se están enfriando.

—¿De qué habla, ma? ¿Cuáles chiles?

—¿A qué hora llegaron anoche? Ya son dos noches seguidas que esa niña anda de juerga contigo.

—Irene no está aquí, ma. No la he visto desde ayer en la tarde.

—No te hagas la chistosa. Déjame hablar con ella.

Ivón sintió un estremecimiento en el estómago.

—No está aquí, ma, de veras.

—Mira, Ivón, no estoy de humor para estos juegos. Me pasé toda la mañana asando chiles. Irene dijo que quería comer chiles rellenos hoy, que iba a pasar la noche contigo después de la feria y que las dos vendrían a comer hoy. Bueno, la comida está lista, se está enfriando y ustedes no vienen. Ahora déjame hablar con tu hermana inmediatamente.

Ivón se puso nerviosa. Veía un periódico cuyas letras la cegaban como si fueran de neón: *el asesino es un ciudadano norteamericano que cruza la frontera para atacar a mujeres.* Nuevamente pensó en el padre Francis.

—No estoy jugando con usted, ma. Le digo la verdad. Irene no está aquí.

—¿No se quedó contigo?

—No, ma. No fui a la feria con ella anoche —Ivón tomó aliento para evitar que la voz le temblara—. Tenía algo que hacer con Ximena, así que tuve que cambiar de planes.

—Ella dijo que le prometiste llevarla. ¿No la llamaste ni para decirle que no podías ir?

—La otra cosa era más importante que ir a esa feria estúpida.

—¿Más importante que tu hermana?

—¿Ya le habló a Gaby? Tal vez se fue con Gaby. O con sus amigas de la escuela. Ya sabe como es Irene, nada la detiene hasta que consigue lo que quiere. ¿Ma . . .? ¿Está ahí?

—Santo Dios de mi vida, Ivón. Algo le pasó a tu hermana.

—Ma, no saque conclusiones, ¿okay? Voy para allá. No vaya a ningún lado. Llame a sus amigas. Llámele a Gaby. Yo voy a llamar a los hospitales . . . por si acaso.

Pero su mamá ya había colgado.

16

—Voy para allá, mijita. ¿Qué? Espera, se está perdiendo la señal. Estos malditos celulares. Ahí está. Okay. Estoy en la Montana ahorita. Puedo regresar y recogerte, si quieres. ¿Qué pasó? Tu madre estaba histérica. Dice que algo le pasó a Irene.

—No llegó a la casa anoche —explicó Ivón—. Ma creía que Irene estaba aquí conmigo, pero creo que se fue a la feria sola. Estoy llamando a los hospitales. Voy a estar lista para cuando llegues.

—Muy bien, no te asustes —dijo—. Voy a llamar a Patrick.

Ivón colgó y corrió a la recámara a cambiarse. Algo le corría por el estómago, avanzaba hasta el pecho, pero ella lo rechazaba, no le permitía llegar a la superficie de su mente. Después de vestirse buscó el directorio telefónico. Lo encontró en la sala bajo una pila de periódicos. Llamó a las salas de emergencia del Hospital Sierra, del Providencia y del Dieu sin encontrar registro de una muchacha con la descripción de Irene. En el Thomason una jovencita entró a emergencia a las dos de la mañana con una herida de bala en el estómago, pero no, no era hispana, era una muchacha afroamericana. La troca de su tío Joe se estacionó en la entrada justo cuando Ivón terminaba de hablar al Centro Médico Vista Hills, en el lado este de la ciudad.

—No hubo suerte —dijo, al sentarse a un lado de él—, aunque no creo que sea exactamente mala suerte no encontrar a mi hermanita en el hospital.

—Así es, mijita —se bajó los bifocales para mirarla. Se veía más encorvado y avejentado de como lo recordaba—. Tanto tiempo sin verte.

Lo besó en la mejilla. Su tío Joe no se había afeitado en días. Era el hermano menor de su mamá, padrino de Ivón y fue el mayor apoyo durante sus batallas con ella en la época de la preparatoria.

—Estaba preparando el hoyo para la barbacoa cuando supe que estabas aquí —dijo—. Tu mamá me habló gritando. Me alarmé.

Sólo el tío Joe pensaría en darle una cena de bienvenida. Por un segundo se le pusieron los ojos llorosos.

—¿Qué es lo que ocurre, mijita? —la miró de reojo mientras metía el cambio de reversa—. ¿Está exagerando tu mamá, como acostumbra? Ya sabes cómo le gusta inventar telenovelas en su cabeza.

—No sé, tío. Da miedo lo que pasa del otro lado. Si realmente Irene se fue sola a Juárez, con todas esas muchachas de su edad que están matando . . .

De pronto le dio un puñetazo a la puerta, enojada consigo misma.

—Debí llamarla. Estaba muy ilusionada en ir a esa estúpida feria conmigo. Pudimos haber ido otro día.

—¿Tiene novio?

Ivón negó con la cabeza. No creía, pero no estaba segura. No le había preguntado.

—Patrick dice que es muy pronto para poner una denuncia en la policía. Tenemos que esperar que esté desaparecida veinticuatro horas porque la mayoría de la gente aparece en ese tiempo. Pero él va a llamar al Centro de Detención Juvenil y al Departamento de Inmigración.

—¿Al Departamento de Inmigración?

—Si se fue a Juárez y algo le pasó allá debería estar detenida en la aduana.

—Hubiera llamado a la casa.

—No está de más llamar.

—¿Qué hay de la cárcel y los hospitales de Juárez? Nunca me voy a perdonar si algo le pasó a mi hermana, tío.

—Vamos a ir paso por paso, ¿okay, mijita?

—Sí, ya sé, empiezo a sentirme tan paranoica como ma, pero Irene no es el tipo de persona que hace las cosas sola. Ella no es como yo, tío.

—Gracias a Dios —dijo.

—Le dijo a ma que pasaría la noche conmigo en la casa de abuelita Maggie, después de la feria, y yo no le avisé que no iba a poder ir. No la he visto desde que me dejó aquí ayer en la tarde. ¿Crees que esté enojada conmigo porque no cumplí con llevarla a la feria?

—Es probable —dijo su tío. Palmeó la pierna de Ivón, luego se rió entre dientes—. No sé qué pasa con ustedes los Villa que les gusta desaparecerse. ¿Te acuerdas cuando tu papá se perdió? Tú tenías como ocho o nueve años, ¿verdad?

Siete, se dijo Ivón. No tenía ganas de hacer memoria en esos momentos, pero sabía que su tío trataba de aligerar las cosas. Cambió el tema de conversación para que ella no rodara por el camino de la culpabilidad. Veía pasar los carros por la ventana.

—Sí. —Los recuerdos de Sammy le llegaban muy vívidos.

—¿Te acuerdas lo que pasó entre ellos, verdad? Tu tía Luz y él. Tú fuiste la que descubrió el pastel —el tío Joe se rió mientras le pegaba al volante—. "La luz de mis domingos" —simuló una voz sexy y dramática—. Pinche Sam. Yo creo que no se acabaló con una de las locas de mis hermanas.

Ivón sintió vergüenza. Recordó que había encontrado una fotografía en el camión de la tía Luz. Era un retrato en blanco y negro de su papá, con el sombrero echado a un lado como si fuera estrella de cine dedicado a "La luz de mis domingos". Ivón y su prima Mary jugaban a que eran choferes de camión. Ivón encontró la fotografía debajo de la almohada, en el pequeño compartimiento para dormir, detrás de los asientos, una de las veces que la tía Luz estaba de paso en la ciudad. Ivón corrió a la casa para enseñársela a su mamá.

—Mire, ma —dijo—, mi tía Luz tiene una fotografía de mi papi en su troca.

Ese día se armó una bronca infernal. Su mamá cacheteó tan fuerte a la tía Luz que la tumbó, luego las dos lloraron. Cuando el papá de Ivón llegó a la casa y vio el camión afuera ni siquiera entró. Ivón lo vio alejarse desde la ventana, caminando a toda prisa. Ni siquiera se llevó su carro. Su mamá obligó a tía Luz a prometerle que nunca más vería a su esposo, ni pondría un pie en su casa, ni volvería a El Paso.

Como la tía Luz era chofer de camión —y sólo por eso uno de los héroes de Ivón— a nadie le sorprendió cuando se fue de la ciudad. Pero nadie supo nada de ella por más de veinticinco años, hasta que volvió a presentar sus respetos a la abuelita Maggie, hace dos años.

—Tu pobre papá estaba tan avergonzado que desapareció por tres días.

Ivón movió la cabeza. *Mujeriega, como su papá*, le dijo su mamá a Brigit.

Esperaron a que cruzara el tren en la calle Piedras. Ivón recordó un poema que había escrito hace años, cuando todavía escribía poesía, algo sobre el silbato del tren, el sonido de los amantes que se iban.

—Ese cuñado mío tenía de santo sólo la cara —decía el tío Joe—. Uno de estos días te voy a contar la historia de por qué se enamoró de Luz. Él me lo dijo. Es una historia muy buena —movió la cabeza y se rascó las mejillas sin afeitar.

Ivón miró la locomotora amarilla del Santa Fe avanzar lentamente: un traqueteo más allá de la barrera.

—Y pensar que todo el tiempo que lo anduvimos buscando estaba en la otra calle —metió el cambio a la troca—, jugando al dominó con ese juez amigo de él. Ni siquiera salió cuando vio los carros de la policía pasar por las calles del barrio. Probablemente eso es lo que pasa con Irene, mijita. Está en algún lugar cercano.

—Eso espero, tío —Ivón se encogió de hombros—. Tuvimos un pleito muy grande con ma ayer.

—Sabía que había algo que no me habían dicho.

Su tío trató de tomar la Piedras hasta la autopista, pero había una desviación adelante porque reparaban un semáforo en la calle Montana y no tuvieron más remedio que virar a la izquierda y seguir hacia la Copia. Pasaron el supermercado Furr's e Ivón recordó a Raquel.

—¡Raquel! —dijo en voz alta como si acabara de encontrar la respuesta a un rompecabezas.

—¿Qué?

—Nos íbamos a ver con una amiga mía en la feria. Si Irene fue sola, lo que es muy posible considerando que es muy terca, es probable que viera a mi amiga Raquel.

—¿Puedes llamarla?

—No tengo su número, pero sé donde trabaja.

—¿Ya ves?, te apuesto que eso es todo. Tal vez está enojada con tu mamá por el pleito y contigo por romper tu promesa y se quedó a pasar la noche con tu amiga después de la feria. Irene es una chica lista, mijita. No haría cosas tontas.

—Eso pasó —dijo Ivón. Respiró hondo por primera vez desde que había hablado con su mamá. Irene se había ido a casa de Raquel.

Luego un pensamiento inquietante cruzó por su mente, ni siquiera quería pensarlo, pero el pensamiento la acosaba de cualquier manera, una sensación extraña: la idea de que Raquel pudiera seducir a su hermanita. ¿Pero, por qué lo iba a hacer? Era absurdo pensar eso. Pero recordó cómo había conocido a Raquel. Raquel había ido a la preparatoria a hablar sobre arte mexicano en la clase de español de Ivón. Era amiga de la maestra e Ivón era la consentida de ésta. Las tres fueron a comer juntas después de la clase. Durante toda la comida los ojos negros de Raquel trataron de hechizar a Ivón. No pudo resistirse cuando más tarde Raquel la invitó a tomar un café después de la escuela.

Fueron a tomar café muchas veces más, Raquel la seducía lentamente. Quería saber todo sobre la vida de Ivón, sus sueños, sus fantasías. Le tocaba las manos, las mejillas, la abrazaba con fuerza cuando se despedían. A Ivón le quedaba su aroma floral; jazmín con una base de almizcle que la excitaba, aún antes de que supiera qué significaba realmente esa excitación.

Raquel la invitaba al cine, le regalaba discos y acuarelas que ella pintaba. Una vez Ivón le escribió un poema, ése acerca del tren. Soñaba que estaba con Raquel. Le daba miedo la pasión que sentía al imaginar el cuerpo de Raquel junto al suyo. De pronto, una noche al regresar del cine (habían ido a ver *StarTrek: The*

Wrath of Khan, recordaba) se besaron en el carro de Raquel. Ella le metió la lengua en la boca y puso la mano sobre los senos de Ivón. Como si alguien le hubiera dado instrucciones sobre qué hacer, Ivón desabrochó la blusa de Raquel y sepultó su cara en el encaje perfumado de su brassiere. Entonces Ivón era un año mayor que Irene.

Pensó que si Raquel había seducido a Irene al menos estaba segura. Era mejor estar en los brazos de Raquel que en los de un secuestrador.

17

TAN PRONTO COMO LA TROCA del tío Joe se estacionó frente a la casa, en la calle Barcelona, la madre de Ivón cruzó el porche. Ivón descubrió que estaba furiosa. La madre corrió hasta la puerta para encontrarlos y antes de decir palabra con sus ojos verdes que echaban fuego, cacheteó a Ivón, ahí frente a todo el vecindario.

—¡Irresponsable, egoísta! —gritaba—. ¿Dónde está? ¿Dónde está tu hermana? —golpeaba a Ivón en la cara, en las orejas, la agarraba de la camiseta con las uñas.

—¡Lydia! ¡Lydia! ¿Qué te pasa, mujer? —gritó el tío Joe—. Detente.

Ivón se cubrió la cara con los brazos. El tío Joe tuvo que agarrar a su mamá de las muñecas y amenazarla con golpearla si no se detenía.

Ivón no se dio cuenta que le sangraba la nariz hasta que sintió correr la sangre hasta su labio. Se presionó el tabique y echó la cabeza hacia atrás. Notó que la vecina de enseguida los observaba desde su porche. La vecina de enfrente que había sacado la basura, se había quedado pegada a la banqueta atenta al espectáculo.

—¡Suéltame! —ordenó su mamá y se soltó de las manos del tío Joe.

—Entremos —murmuró el tío Joe con los dientes apretados—. Estás dando un escándalo. ¿No te da vergüenza?

Ivón sintió ganas de orinar. Entrar a la casa de su mamá era lo que menos quería hacer en ese momento. Ni siquiera podía ver de frente a Lydia por miedo a reclamarle todas las veces en que le había hecho esto cuando era niña, avergonzarla así frente a sus compañeros de escuela, sus maestros, sus primos. Ésa había sido la razón por la que Ivón se había escapado de su casa dos veces, en el octavo grado y cuando estaba en primero de prepa, después de que naciera Irene.

Encerrada en el baño abrió la llave del agua fría y la vio correr por el resumidero. Las manos le temblaban. La sangre le chorreaba por la cara y caía en el lavabo. Se lavó la cara con agua fría para limpiar la sangre y se taponó la nariz con papel. Trató de concentrarse en el sonido del agua, pero no logró sacarse de los oídos la voz de su madre. Tiró la cadena del retrete y en los pocos minutos en que se llenó el tanque otra vez, no oyó nada más que el agua correr. Era el único sonido que la calmaba.

Respira profundo, Ivón, imagina que estás acostada en la playa y puedes oír el sonido del oleaje, sentir la espuma alrededor de ti. Era la técnica de meditación de la clase de yoga que Brigit le había enseñado. *Mantén el aire en el estómago y déjalo salir lentamente, como agua que fluye de tu boca. Deja ir tu coraje en cada respiración, Ivón, déjalo salir y que se evapore en la arena de la playa.*

Se volvió a lavar la cara y cerró la llave. Por lo menos las manos ya no le temblaban. Pero tenía los ojos rojos y rasguños en el cuello y las mejillas. Hasta la camiseta estaba rota y tenía manchas de sangre. Una bestia humana, así había llamado su tío a su madre en una ocasión en que Ivón se presentó en su puerta después de una golpiza. Después de eso Ivón también se refirió a su mamá como una bestia humana. La tía Araceli, la segunda esposa del tío Joe (que descanse en paz), quiso llamar a alguien, denunciarla a las autoridades, pero Ivón tuvo mucho miedo de que se la llevaran. Tenía trece años. Cerró los ojos y respiró profundo.

Mientras discutían en la sala Ivón tuvo la extraña sensación de que todavía era una adolescente que había escapado de la casa y que su tío estaba ahí para defenderla de la ira de su mamá. Su padre nunca se metió en los asuntos de su madre. Las hijas eran asunto de las mujeres, no de los hombres, decía, y salía de la casa tan pronto como empezaba el pleito. Más tarde, cuando llegaba su papá, la abrazaba, le decía que tenía que perdonar a su madre, que el doctor decía que tenía problemas con las hormonas.

—¡Estaba borracho, Lydia! —gritaba su tío Joe—. Nadie le dijo que escalara el cerro de Cristo Rey en ese estado. No puedes culpar a Ivón por eso. Es ridículo.

—¿Tú qué sabes, José? Nomás porque es tu ahijada la defiendes a ciegas, pero no conoces toda la verdad.

—Yo sé toda la verdad, Lydia. Sam era un alcohólico y buscaba un pretexto para volver a beber. Ivón no le puso la botella en los labios.

—Ah, por supuesto, ella es inocente. Pobre Ivoncita, nada es su culpa. Ella nomás vive su vida. Como si lo que decidiera hacer con su vida no nos afectara a nosotros. Su estilo de vida mató a su padre, lo mató pensar que su propia hija era una de esas . . . esas camioneras.

—¿Como nuestra hermana Luz? Ella sí que conducía un trailer, y al parecer Sam nunca tuvo problemas con eso.

—Cállate —dijo su mamá con voz sibilante—. ¿Crees que es fácil vivir con una hija así? ¿Crees que no me asusta que Irene se convierta en alguien como Ivón?

—Todos deberíamos tener la suerte de tener una hija como Ivón. ¿Crees que no querría tener ese modelo a seguir para Gaby? Lo que pasa es que tú no puedes aceptar a la gente por lo que es, Lydia. No puedes ver el lado bueno de las cosas. Déjala ser, hermana. Ella no va a cambiar. No tiene por que cambiar. Está bien así como es. Acéptala de una buena vez.

—¿Ya te dijo qué hace aquí? ¿Eh, José? ¿Ya te dijo que está aquí para adoptar un niño? ¿Ésa es la clase de modelo a seguir que tú quieres para Gaby? Se está burlando de nosotros, de toda su familia. Su padre debe estar revolcándose en la tumba. ¡Sinvergüenza!

—¿Y esto qué tiene que ver con Irene? ¿Por qué golpeas a Ivón cuando ella no tiene nada que ver con esto? Ni siquiera puedes asegurar que Irene fue a Juárez. Tal vez se fue a otro lado. Tal vez la hiciste irse de la casa como lo hiciste con Ivón. ¿Por qué no te responsabilizas de nada, Lydia?

—Yo no planeé nada con ella, José. Yo no cambié de planes y olvidé llamarla. Yo no permití que se fuera sola. ¿Ya se olvidó de que ella es la que debe cuidar a su hermana?

Respira profundo, Ivón, respira profundo y deja que salga el coraje, que fluya como agua.

Pero otra voz, la voz de su padre ahora, salió adelante: *Ahora que tienes una hermana menor, Ivón, tienes una obligación. Eres la que cuidará a tu hermana a partir de ahora. No importa lo que le pase a tu mamá o a mí, ella siempre te tendrá para que la cuides.* ¿Cuándo le había dicho eso su padre? Estaba en su memoria pero no podía ubicarlo. Todo lo que recordaba era la emoción que le produjo, cómo despertó la fantasía infantil de verse a sí misma como un caballero con la misión de proteger a la pequeña damisela Irene. Sir Ivan Hoe.

Ivón salió del baño con un propósito. Sentía la aceleración de la adrenalina y el coraje. No podía pasarse el día escuchando las recriminaciones de su madre. Tenía que encontrar a su hermana.

Su madre le dio la espalda en cuanto entró a la sala. Pero Ivón no iba a enfrentar este asunto con su mamá ahora.

—Voy a Juárez —dijo—. Voy a buscar a Irene. ¿Me prestas tu troca, tío?

—No puedes ir allá tú sola —dijo—. Yo te llevo.

—No, ¿te puedes quedar aquí con ma, por favor? Yo sé lo que hago —apuntó el número de su teléfono celular en la libreta del teléfono—. Llámame si sabes algo. ¿Le habló a sus amigas, ma?

—No está con ninguna de sus amigas —su madre murmuró mientras miraba hacia afuera por la ventana—. Les dijo . . . que tú . . . la ibas a llevar a la feria.

Ivón oyó la intención en la voz de su madre. Tomó las llaves de la mano de su tío. Él la siguió hasta la puerta.

—Tengo que sacar algo de la guantera —dijo en voz baja.

—¡No se te ocurra regresar sin tu hermana! —le gritaba su madre desde la sala.

No pienso regresar nunca, quería responderle Ivón, en cambio caminó de prisa hacia la troca. Iba encontrar a Irene, traerla a la casa, y nunca más poner un pie en la casa de su madre.

—Llevas la camisa rota, mijita, toma, ponte la mía —dijo el tío Joe y se quitó la camisa roja de franela.

De inmediato sintió un nudo en la garganta, pero se puso la camisa antes de meterse en la troca. No importaba cuánto calor hiciera, su tío siempre usaba camisas de franela, desde que Ivón tenía uso de memoria. La franela era vieja y suave. Aún estaba tibia con el calor de su tío. Olía a romero y a mezquite ahumado. Su tío se inclinó del lado del pasajero y sacó una calibre .22 de la guantera.

—No quiero que manejes en Juárez con un arma en el carro —dijo y se la metió en la bolsa trasera de sus bermudas.

—Podría necesitarla —apuntó Ivón.

—Ni se te ocurra —replicó él.

El tío Joe les había enseñado a Ivón y a su hija Mary a disparar cuando estaban en la preparatoria. Iban a Hueco Tanks y le disparaban a botes y víboras. Ivón tenía facilidad para hacerlo, llevaba a su casa las víboras muertas para enseñárselas a su papá, pero Mary prefería ir a leer a la biblioteca pública.

Cuando se alejó, Ivón volteó a ver la casa. Vio a su tío, enjuto, de pie en el porche con las manos metidas en los bolsillos. Alcanzó a ver la bendición de su madre por la ventana.

18

Ivón no recordaba cómo había llegado ahí. Era como si se hubiera bloqueado tan pronto como dejó la calle Barcelona y hubiera despertado en el estacionamiento del centro comercial del Pronaf, en Juárez. Debió detenerse en la gasolinería o en un 7-11 porque había dos litros de agua helada en el asiento de al lado, que sudaba dentro de la bolsa blanca de plástico. También había una cajetilla de cigarros, una de chicles y una bolsa abierta de tostaditas. Tomó un puñado de tostaditas y se las comió mecánicamente, no porque tuviera hambre sino porque necesitaba masticar algo. Abrió una de las botellas de agua y le dio varios tragos largos. El agua helada corría de su garganta al estómago, se derramaba por los lados de la boca y le corría por la barbilla.

Despierta, Ivón, se dijo en voz alta, *fíjate en lo que haces. Mantente alerta.*

Se limpió la barbilla y el cuello con la mano, miró por el espejo retrovisor y se dijo: *encuentra a Irene*, ése era su mantra en esos momentos. *Encuentra a Irene. Encuentra a Irene.* No se permitiría pensar que algo trágico le pudiera haber ocurrido a su hermana. Cerró las ventanas de la troca, aseguró las dos puertas y salió al calor de cien grados. Sólo la troca, un taxi y un parquero estaban en el estacionamiento.

Se había estacionado frente al Museo de Arte e Historia, un edificio circular rodeado por un canal de agua, ubicado entre un supermercado y el restaurante Casa del Sol, justo en medio del estacionamiento del Pronaf. Una incongruencia. En un ángulo entre el museo y una hilera de tiendas que formaban el pasillo del centro comercial había un pequeño edificio con un letrero grabado en el vidrio de la ventana: Instituto Frontelingua.

El anuncio en la puerta de vidrio decía *Cerrado*. Ivón miró su reloj. La una y media, hora de comer en México. Tocó en el vidrio.

—¡Raquel! —gritó—. Abre la puerta, soy yo, Ivón, ¿estás ahí?

No hubo respuesta. Tocó de nuevo, acercó la cara al vidrio caliente. Nada. El parquero se acercó a ella y le dijo que la escuela había estado cerrada todo el día. El hombre la miró de pies a cabeza. Ella también lo miró.

Macho de mierda, pensó, no te atrevas a mirarme con lascivia. Se miró la ropa y vio que el hombre miraba su camisa, la falda de la camisa por fuera de los pantalones de lino. Con razón la miraba de esa manera. Probablemente pensó que era *de las otras*. Los hombres mexicanos no estaban acostumbrados a ver a las mujeres con camisa de hombre, a menos que fueran lesbianas o cholas. Una u otra cosa era mala noticia en Juárez. Ambas eran lo mismo para los mexicanos: traidoras. Como mexicanas americanizadas, echadas a perder por las libertades y conductas del primer mundo, las cholas traicionaban su propia cultura. Las lesbianas, a pesar de ser el sueño erótico de todos los machos —mirarlas o conquistarlas—, traicionaban no sólo su cultura, sino su género, sus familias y su religión.

El parquero regresó al taxi, donde él y el chofer sentados dentro del carro reían a carcajadas de algo. Ivón golpeó el vidrio de nuevo, pero nadie abrió. Finalmente desistió, regresó a la troca, encendió un cigarro y esperó. Decidió darles un *show* a esos culeros y se quedó afuera con una pierna doblada sobre el guardapolvos, fumaba con una mano, con la otra sostenía la botella de agua. Todo el tiempo miraba de frente al taxi.

Sentía el calor como espinas que atravesaban la camisa de franela. Sentía que los brazos y la cara, el cuero cabelludo y los dedos de los pies se le rostizaban. Se puso la botella en los labios y bebió agua, luego le dio una fumada al cigarro y exhaló el humo por la nariz. Estaba mareada por el cigarro y el calor, pero no iba a renunciar a la pose a pesar de que los hombres ya no le ponían atención.

Escuchó rechinar las llantas de un carro sobre el asfalto del estacionamiento. Volteó con la esperanza de ver a Raquel, pero no, era el brillante tranvía verde que traía turistas a las tiendas de curiosidades mexicanas en el Pronaf. Ivón observó a los turistas bajar del tranvía. Parecían del medio oeste, de Iowa, la mayoría usaba lentes oscuros y grandes, vestidos floreados, tenis y gorros de paja muy lindos. Apretaban sus bolsos de mano contra la cadera.

—Señora —dijo alguien muy cerca detrás de ella, e Ivón se dio vuelta como si la hubieran atacado. Era el parquero.

—¡Qué! —casi lo golpea.

—Ahí llegó alguien —dijo y apuntó hacia el instituto.

Tiró el cigarro y lanzó la botella de agua en el asiento de la troca, de nuevo cerró la puerta y se apresuró hacia la entrada. Nada había cambiado, el anuncio seguía en la puerta, pero vio que las luces de adentro se encendieron.

Golpeó el vidrio con la mano abierta, luego oyó el taconeo en el piso. Raquel estaba de pie del otro lado de la puerta. La miraba con sus ojos negros dilatados por el miedo.

—Abre la puerta —gritó Ivón.

Raquel quitó el cerrojo de la puerta e Ivón la empujó para abrirla.

—¿Dónde está mi hermana?

Raquel la miró como si fuera a estallar en llanto.

—Ivón, espérate . . . no te enojes.

—¡Dime dónde está mi hermana!

Raquel negó con la cabeza, tragó saliva pero no dijo nada.

—¿Estaba contigo en la feria, anoche, verdad? —Ivón la tomó de los hombros y la empujó contra la pared.

Raquel asintió. Sus ojos eran dos albercas de líquido negro.

—Entonces, ¿dónde está? No regresó a la casa. ¿Se quedó contigo?

Raquel negó con la cabeza. —No sé dónde está —dijo al fin con la voz temblorosa, en un susurro—, la busqué toda la mañana, te lo juro.

Ivón sintió un hormigueo en el estómago. —No me chingues, Raquel. No me digas que dejaste que le pasara algo a mi hermanita.

La cara de Raquel se desfiguró en una mueca y empezó a llorar.

—No sé —dijo. Las lágrimas rodaban por sus mejillas—. Te lo juro, Ivón, no sé dónde está.

—¿Cuánto tiempo estuvo en la feria?

—Ella estaba con nosotras, conmigo o con Myrna, todo el tiempo, pero las cosas se salieron de su cauce cuando fuimos a una fiesta.

—Tú no llevaste a mi hermana a una fiesta después de la feria, ¿verdad?

Raquel se cubría la cara con las manos, sollozaba.

—¿Dónde fue la fiesta?

Hablaba entre dientes.

—No entiendo lo que dices —Ivón le quitó las manos de la cara.

—En la casa de Paco —dijo—, en la colonia Soledad, enfrente de la ASARCO.

—¿Llevaste a mi hermana a una fiesta en una colonia? —Ivón abrió la boca.

—Se estaba haciendo tarde, estaba amaneciendo y tenía que llevar a Myrna a su casa antes de que Gabriel llegara y descubriera que habíamos estado toda la noche fuera. Pero Irene no se salía del río. Le dije, Ivón, le dije que tenía que salirse y venirse con nosotras, pero no hacía caso . . .

—¿Qué quieres decir con que no se salía del río? ¿Qué hacía en el río?

—¿Cómo voy a saber? Se divertía, me imagino, nadaba de un lado a otro y no se quería salir. Se estaba haciendo tarde y me tenía que ir. Tenía que regresar a Myrna, si no . . . pues, ya sabes como se pone Gabriel . . . así que le pedí a un hombre que yo conocía que cuidara a tu hermana hasta que yo regresara por ella. Pero cuando regresé ella ya no estaba ahí, ya se habían ido todos.

Los ojos de Ivón se achicaron hasta ser unas ranuras. No podía creer lo que oía.

—¿La dejaste ahí sola?

—Tenía que, Ivón, ¿no entiendes, no oíste lo que te dije? Tenía que regresar a Myrna antes de que Gabriel . . .

—¡Perra, hija de la chingada! ¿Dejaste sola a mi hermana en una colonia?

—¿Qué se suponía que hiciera, Ivón? Nunca debí invitarla a que fuera con nosotros, lo sé, pero ya eran las cuatro de la mañana cuando salimos de la feria. Estaba completamente borracha. ¿Querías que la dejara manejar en ese estado? No podía manejar. Ni siquiera recordaba dónde había dejado el carro.

—¿Cuánto bebió?

—Estaba en la feria —dijo Raquel, como si eso lo explicara todo.

—¿Tomó otra cosa, drogas? No creo que Irene haría una cosa tan estúpida como echarse al río contaminado. Ni borracha creo que sería tan estúpida. Seguramente alguien la empujó.

—Yo no vi que tomara drogas. Simplemente estaba jugando. Todos los hombres le ponían atención, yo creo que por eso no quería salir.

—¿Y tu sobrina? ¿Qué hacía ella?

—Ella estaba ahí de pie, como todos; miraba a tu hermana jugar al mojado. Eso fue lo que dijo Myrna . . . la pochita está jugando a ser mojada.

—¿La pochita? eso es una grosería. ¿Cómo pudiste dejarla ahí, Raquel? Con toda la mierda que pasa aquí, todas esas muchachas que violan y matan.

—Lo intenté, Ivón, pero no me hizo caso. Hasta le pedí a uno de los hombres que la sacara, pero la migra estaba por todos lados. Los hubieran arrestado por cruzar ilegalmente.

—Tal vez la Patrulla Fronteriza la recogió —dijo Ivón.

—Tal vez, no sé.

—¿No has hablado?

—No se me ocurrió.

—Bueno, ¿qué si la migra la recogió? ¿Qué si pensaron que era ilegal?

—Ningún mojado hubiera nadado así, de un lado a otro, como si nadara en una alberca. ¿Tú crees que la migra no nota la diferencia?

Ivón se tapó la cara con las manos. La sangre se le agolpaba en las sienes. Por primera vez en su vida Ivón le agradeció a Dios por la Patrulla Fronteriza. Calma, Ivón, se dijo, no saques conclusiones y no asumas cosas.

—¿Dónde está esa colonia?

—Enfrente de ASARCO.

—¿Y esos hombres? ¿Quiénes son esos hombres que la miraban? ¿Los conoces?

—No sé, yo creo que eran amigos de Paco. Era la fiesta de Paco.

—¿Quién es ese Paco?

—Un conocido, Ivón. Él me ayudó a buscar a Irene. Encontramos su carro en la feria, pero ya lo habían abierto. Le robaron el radio y la batería, así que lo dejamos ahí. Paco llamó a una grúa y lo llevaron a mi casa. No sabía qué hacer con él.

Raquel empezó a sollozar otra vez.

—¡Ya basta! ¿Entiendes? Esto no es ninguna ayuda. Tú y yo vamos a ir a buscar a mi hermana ahora mismo —Ivón la sacudió por los hombros.

—Pero no he estado aquí en todo el día, mi hermano . . .

—Me vale una chingada tu hermano o este puto lugar —dijo Ivón—. Me vas a llevar a la casa de Paco ahora mismo.

—¿Para qué? Él no sabe nada.

—Quiero hablar con él, y con tu sobrina también, y con cada uno de los que estaban ahí divirtiéndose a costillas de mi hermana. Vámonos —tomó a Raquel del codo.

—Por lo menos déjame agarrar mis llaves y la bolsa, y cerrar —dijo Raquel al tiempo que se soltaba de Ivón.

El guardia de seguridad había estado parado en la puerta de enfrente. Escuchaba todo.

—¿Hay algún problema, señora? —preguntó cuando salieron.

—Tenga, llévele esto a su esposa —dijo Raquel; le dio al hombre un billete de veinte dólares—. No le diga a mi hermano que me vio.

—No, claro que no, como usted quiera. Y muchas gracias. El hombre la siguió a la troca y mantuvo la puerta abierta para Raquel.

—¿Te sientes bien para manejar? —preguntó Raquel, al notar que la mano de Ivón temblaba sobre la palanca de los cambios.

—No creo que te importe —respondió Ivón.

—No me importa. Todo lo que quiero es encontrar a tu hermana.

—Ahora somos dos —Ivón metió el cambio abruptamente. Salió del estacionamiento y casi choca el tranvía de los turistas al dar la vuelta.

—¿Cómo llego allí?

—Ya te dije, está enfrente de la ASARCO. Ve hacia el centro y toma el camino para las colonias.

Ivón tomó la Avenida Lincoln de regreso al puente Libre. En el camino marcó el teléfono celular de su tío. Iba a cruzar por El Chamizal.

Su tío contestó al cuarto timbrazo.

—Soy yo, tío, pero no le digas a ma que te estoy hablando. No, todavía no la encuentro, pero sí vi a mi amiga . . . —Ivón miró a Raquel con rabia— . . . en la feria. Estuvo con ella hasta la madrugada. Mira, es posible que a Irene la hayan recogido los de la Patrulla Fronteriza. ¿Ya les llamaste?

Ivón le contó lo de la fiesta y que Irene había nadado en el Río Bravo cerca de la refinería ASARCO.

—Yo sé, tío, yo sé. Nomás diles eso, ¿okay? ¿Que cómo estaba vestida? —Ivón le preguntó a Raquel y ésta sacó una foto polaroid de la bolsa y se la pasó.

—Ahí está con Myrna —dijo Raquel—. Se la tomaron en la feria.

Ivón vio la cara de Irene en la foto con el carrusel atrás. Irene no sonreía como Myrna, pero miraba hacia el frente, con los labios tan rojos como su blusa.

—Jeans blancos y una blusa de rayas rojas y blancas —le dijo Ivón a su tío, luego recordó otra cosa—, con un *piercing* en la lengua. Ya sabes, como un arete.

—¿De dónde sacaste la foto? —le preguntó Ivón a Raquel después de terminar de hablar con su tío.

—La tenía Myrna —respondió ella—. Tu hermana se la dio como un recuerdo, me imagino.

Ivón miró hacia el oeste sobre el Ribereño. Raquel sugirió que pasaran por la feria para ver si la grúa ya se había llevado el carro de Irene.

Ivón seguía la flecha que decía Expo Juárez.

—Ahí estaba —dijo Raquel mientras apuntaba el lugar, ahora ocupado por una van color café, chocada—. Yo creo que Paco ya se la llevó, probablemente está en mi casa ahora.

Ivón oyó la música del carrusel y se acordó de cuando llevaba a Irene a Western Playland, cada cumpleaños desde que tenía ocho años. Eso era lo que Irene siempre le pedía a Ivón con los ojos bailarines.

"Ándale, Pancho, llévame a la montaña rusa, no seas gallina, porfa", le rogó el primer año. Gritaba con el abandono de una niña de ocho años y se emocionaba tanto que se orinaba en los pantalones. Ivón simulaba que no se daba cuenta.

Miró la polaroid de nuevo, debía ser yo, pensó, la que estuviera enseguida de ti en esta foto, Lucha. Sin pensarlo golpeó el volante con el puño cerrado.

—No te enojes, Ivón —dijo—, no fue tu culpa —Raquel le tocó el hombro.

19

RAQUEL SE ABANICABA BAJO LA SOMBRA DE UN ÁLAMO mientras Ivón caminaba lentamente hacia la orilla del río en busca de posibles señales de su hermana. El río olía a drenaje. Latas de cerveza y heces humanas flotaban en el agua negra.

—No puedo creer que Irene haya nadado entre toda esta mierda. Mira la mierda. ¡Mírala!

—Hay que apurarnos —gritó Raquel—. No quiero que Paco se vaya.

La casa de Paco era chica pero construida con bloques, más sólida que la mayoría de las chozas de la colonia, hechas de PVC y pedazos de tablas. Estaba situada mirando las barracas de la ASARCO, del otro lado del río. La herrumbrosa puerta metálica estaba entreabierta y el olor a menudo y cigarro salía hasta el camino de la entrada. Ivón tragó un repentino sabor a bilis. Entraron a la casa sin tocar. Encontraron a una mujer con mechones de pelo morados y amarillos en la cocina. Mezclaba Nescafé en una olla azul desportillada sobre la estufa. No se sorprendió al verlas.

—¡Quiubo! Mira, ella es la hermana de la muchacha —dijo Raquel a manera de presentación—. Ella es Ariel, la esposa de Paco.

—Siéntense —dijo Ariel. Raquel se sentó en una mesa de metal de la Corona. Ivón permaneció de pie. Ariel sacó una silla para ella y de nuevo le dijo que se sentara. Ivón se sentó en la orilla.

—¿Quieren café?

—Necesito saber qué pasó con mi hermana —respondió Ivón, quien no tenía tiempo para formalidades.

—No sé qué le pasó a tu hermana —negó Ariel con la cabeza, luego se sentó frente a Raquel y encendió un cigarro—. Estuvo aquí muy temprano, y creo que después se fue a la tienda por cigarros.

—Ella no fuma.

—Tal vez fue a comprar un helado, ¡yo qué sé!

—¿La viste ir con alguien?

Ariel volteó a ver a Raquel.

—La vi coquetear con Salvador y después la vi secreteándose con Armando en la esquina. Tal vez se fue con uno de ellos.

—No seas grosera, Ariel. ¿No te das cuenta que la muchacha puede estar en problemas? —dijo Raquel.

—No te veías tan preocupada cuando viniste.

Raquel la ignoró.

—¿Tienes alguna idea adónde fue? —insistió Ivón.

Ariel se encogió de hombros y le dio una fumada al cigarro.

—Tal vez se fue a coger. Tal vez quería acostarse con alguien.

—¿De qué hablas, pendeja? —dijo Ivón—. Es una niña.

—¿De veras eres tan tonta o te haces? —la mujer se rió de Ivón y le echó el humo en la cara—. Y no me digas pendeja, cabrona.

—¿Quieres dinero? ¿Es eso?

—¿Para qué? ¿Estás insinuando que la secuestramos? —Ariel se burló de nuevo.

—Mira, no te quiero insultar. Es mi hermana menor. Por favor, ayúdame.

—No te hagas, Ariel, tú sabes que puede ser muy peligroso si se fue con un extraño —suplicó Raquel.

—¿Y de quién es la culpa, perra? ¿Cuánta gente como tú viene a un lugar como este si no es porque necesita algo? No creas que no vi tu transa con Paco. Por eso viniste aquí.

—¿De qué habla? —Ivón volteó a ver a Raquel.

—Yo te voy a decir de lo que estoy hablando —dijo Ariel—. La cabrona esta se droga.

Ivón tragó saliva. Raquel miró su reloj. Ariel tiró la colilla del cigarro en una botella de Coca que estaba en la mesa.

—Apuesto a que tu hermana está entregando la *cherry* en estos momentos, si es que todavía era *cherry*. Tal vez vino el diablo a la fiesta buscando a una cholita de El Paso.

—Necesito hablar con tu esposo —dijo Ivón entre dientes.

—Paco está dormido. No le va a gustar si lo despertamos.

—No me importa si está dormido. Despiértalo —Ivón golpeó la mesa.

—Uy-Uy —se burló Ariel—. Qué carácter. Me asustas.

Ariel se metió del otro lado de la cortina de baño plástica floreada que separaba la cocina del resto de la casa.

—¿Necesitabas arreglarte? —Ivón le preguntó a Raquel con coraje. Ésta mantuvo la mirada sobre la mesa.

—Miente. Sólo le di un aventón a alguien. No nos íbamos a quedar mucho tiempo.

—Te quedaste lo suficiente para la transa, ¿verdad? —Ivón quería golpearla—. Me pregunto qué te haría tu hermano si supiera que trajiste a su hija a un picadero.

Ariel regresó con un teléfono celular y una mochila de mezclilla azul. Dejó la mochila en la mesa.

—Esto estaba afuera de la casa —dijo Ariel—. ¿Es de ella?

La bolsa tenía el logo de Universal Studios cosido en la tapa. Ivón le había enviado una igual a ésta a Irene hacía algunos años. Las cuerdas vocales de Ivón de pronto se tensaron.

—Si quieres puedes revisarla para que veas que no le robamos nada.

—¿Dónde está Paco? —preguntó Raquel.

—Ya viene. Dijo que hablará con los demás.

Ariel marcó un número mientras Ivón revisaba la mochila con las manos temblorosas. Un cepillo, llaves del carro y de la casa en un llavero Miffy, una cartera kaki con la cara de Mickey Mouse bordada. Adentro de la cartera encontró un billete de cinco dólares y una foto de Ivón con el puño en alto frente a la estatua de la libertad; joyería de plata en una bolsa de plástico —un brazalete, un anillo Yin Yang, un rosario de filigrana— que Irene seguramente había comprado en la feria; una bolsa con colorete y esmalte de uñas. La caja vacía del disco de "Tory Amos", *From the Choirgirl Hotel*. Recordó que Irene la esperaba en el aeropuerto con unos audífonos amarillos alrededor del cuello. No se veían ni el aparato ni los audífonos por ningún lado.

—¿Y eso qué es? Es horrible —dijo Raquel. Veía la imagen en la cubierta del disco: una mujer joven de cabello largo enredado en la cabeza como si flotara en el agua, la cara aplastada contra un vidrio, los ojos en blanco y las manos abiertas—. Parece que se está ahogando —agregó Raquel.

Ivón abrió la caja del disco y en la imagen de adentro estaba la misma mujer que flotaba bocabajo, con el cabello enredado en el cuello. Metió la caja en la mochila para no perderla.

Ariel marcaba otro número.

—¿Gordo? Ariel. Oye, ¿de casualidad no está la muchacha que estaba nadando en el río, ahí contigo? Simón, la cholita del Paso. ¿Está ahí? No dije eso, maricón. Nomás te pregunto si la viste o si viste con quién se fue o qué pasó. Yo creía que había ido a la tienda con uno de ustedes. Ah, ¿neta? No, no contesta. Bien, llámame si sabes algo —Ariel terminó de hablar.

—Dice que fue a la tienda solo. La muchacha todavía estaba jugando al mojado cuando él se fue.

Las colillas de cigarro que flotaban en la botella de Coca, los platos con el caldo grasoso del menudo y la pestilencia a cerveza y cebolla provocaron el asco de Ivón, que sintió subir un líquido amargo a la garganta. Apenas llegó al fregadero.

—¡Ay, qué asco! —dijo Ariel—. Espero que limpies.

—¡Límpialo tú! —le gritó Paco a su esposa al entrar al cuarto poniéndose el cinto. Todo su cuerpo despedía un olor agrio a alcohol—. ¡Este lugar es un pinche trochil de marranos! Dame ese teléfono.

Ivón abrió la única llave del fregadero, pero no salió agua.

—Déjalo así —dijo Paco y le pasó una Sprite fría de un barril metálico que servía como hielera—. Toma, siéntate y bebe esto. La vamos a encontrar, no te preocupes. ¿Cómo se llama?

A través de los barrotes de la ventana, encima del fregadero, Ivón podía ver la Border Highway a la distancia; más allá las columnas de humo de ASARCO y el puente Negro. El Southern Pacific tambaleaba al cruzar el puente. Las ruedas chirriaban.

Parecían los gritos de una mujer.

20

SE BUSCA
INFORMACIÓN

Dírijase a las autoridades si tiene información sobre esta adolescente de El Paso. Fue vista por última vez en Juárez, México, el jueves por la mañana, 11 de junio de 1998.

Foto de Irene Feliciana Villa

DESCRIPCIÓN

Fecha de nacimiento: 22 de enero de 1982.
Sexo: Femenino.
Altura: 1.58.
Peso: 53 kilos.
Lugar de nacimiento: El Paso, Texas.
Pelo: largo, café oscuro.
Ojos: café oscuro.
Raza: blanca (hispana).
Fecha en que se reportó desaparecida: 11 de junio de 1998.

DETALLES

La noche del miércoles 10 de junio de 1998, Irene Villa, una estudiante de dieciséis años de la Academia Loretto de El Paso, Texas, cruzó la frontera para ir a la Feria Expo Juárez. Más tarde, ella y algunos amigos de Juárez asistieron a una fiesta en una residencia particular en la colonia La Soledad, frente a la refinería ASARCO. Irene fue vista por última vez aproximadamente a las seis de la mañana del siguiente día, cerca de la orilla del río. Llevaba pantalones blancos y una camiseta a rayas rojas y blancas. Se cree que estuvo nadando en el río. Tiene el cabello largo, hasta los hombros, color café oscuro; ojos color café oscuro. Tiene un arete de metal en la lengua. Llevaba las uñas pintadas de diferentes colores. Cualquier persona que tenga información debe ponerse en contacto con la estación de policía más cercana.

21

A ELLA LE ENCANTA COMO SE VE ÉL; el cabello dorado peinado hacia atrás en una colita de caballo delgada bajo su sombrero vaquero; los ojos del color del cielo. Lleva jeans azules, una camisa blanca, almidonada, con las mangas remangadas hasta los codos y un prendedor en el bolsillo con una banderita con una estrella. Es lo suficientemente masculino y bien parecido como para salir en una telenovela, sólo que su español es peor que el de los americanos que administran la maquila donde ella trabaja.

—Yo ser de Dallas —dice—. ¿Tu saber dónde es Dallas?

Ya había oído el chiste antes. No es tan ignorante. Sabe que cuando un hombre dice Dallas en realidad dice "darlas", que significa que él quiere saber si ella le va a dar las nalgas. Su primo Sergio le enseñó esas cosas.

—No —dice ofendida—. No sé nada de Dallas.

—Me gusta Juárez mejor —sonríe—. Muchas mujeres bonitas aquí.

Ella se ruborizó bajo su mirada azul.

La supervisora de línea, Ariel, los presentó en la Fiesta. Se tomaron un par de tragos, hablaron en voz baja en un reservado oscuro, y cuando Ariel se fue no hizo el intento de tocarla.

Pensó que tenía suerte. Tal vez él no quiere llevarla a Dallas después de todo. De la Fiesta fueron a la Tuna Country, entonces la invitó a bailar. Ella accedió a pesar de que no había bailado con muchos hombres. Él le dijo que Joe's Place, al final de la calle, tiene una pista más grande con luces de disco. Esto es lo que le encanta de vivir en una ciudad de verdad. Las discotecas, los bailes y la libertad de hacer lo que quiera sin tener que pedir permiso.

Todavía es temprano, pero en los seis meses que ha vivido en la frontera ha aprendido que los viernes en Juárez, cuando a todo el mundo le pagan, la acción empieza temprano en la tarde. Al anochecer la música estridente sale de todas las discotecas y las calles están llenas de borrachos y prostitutas que van de un bar a otro. Las prostitutas la asustan un poco, ella no quiere llegar a ser una de ellas. Ariel le dice que hay clientes que quieren jovencitas como ella, sin experiencia, que pagan en dólares, muchos más de los que ella gana en una semana en la maquila. Pero no está interesada.

—Algunos no quieren tener sexo contigo —dice Ariel—. Son hombres casados que se sienten solos, que están en viaje de negocios y sólo quieren tu compañía. Ésos no pagan muy bien, pero aún así es mejor que lo que tú ganas. Déjame presentarte al Güero. Es muy amable. Te va a respetar.

El portero de Joe's Place parece conocer al Güero muy bien. Todas la meseras le sonríen seductoramente, lo miran con malicia. No es un buen bailarín, dice, pero le gusta ver a las mujeres moverse, así que si a ella no le importa, él la verá bailar. Hay otras muchachas que bailan solas, o unas con otras, pero ella se siente ridícula moviéndose en la pista y él mirándola. Pero es tan educado que se siente afortunada. Se pregunta si Ariel le dijo la verdad, que solamente tiene catorce años y es virgen.

Ahora, en la pista de baile, entra en calor con ella. La toma y la estrecha, con los brazos le rodea la espalda. Ella siente algo duro contra su estómago, tal vez es la hebilla del cinto. Su corazón se acelera porque no está segura de si él sabe la verdad y tiene miedo de que se acerque demasiado. Ella lo empuja y regresa a la mesa, actúa como si estuviera ofendida para que él no piense que es una de "esas muchachas". Además, le duelen los pies de estar de pie con sandalias de tacones altos las diez horas de su turno. Saca su polvera de la bolsa y se arregla el colorete, se ajusta la mariposa verde del broche cerca de la oreja.

—¿Qué pasa? —dice al acercarse a la mesa—. ¿Cuál es el problema? —él frunce el ceño y ella sabe que está disgustado.

Se sienta en el reservado a un lado de ella, más cerca de lo que lo hizo en los otros dos lugares. La mesera llega, le hace guiños a él y le pasa una servilleta doblada. Alguien le manda un recado, probablemente es una notita de amor de alguna de las mujeres que ha conquistado, pero él no la lee de inmediato. Se sienta justo al lado de ella y le pone una mano en el muslo. Le ordena a la mesera traer una ronda. Bebe whisky J&B con hielo. Ella odia el alcohol, le recuerda a su padrastro. Ordena otro Shirley Temple. Él se ríe de ella.

—Dime otra vez tu nombre.

—Mireya —responde, luego piensa que debió darle otro nombre.

Su mano baja a la rodilla, los dedos rozan el naylon de la media. Ella mueve nerviosamente la pierna. No sabe qué decir. Él quita su brazo.

—¿Estás en la escuela, Mireya? —pregunta mientras se acerca a oler su cabello.

Ella tiembla. Huele su colonia. Siente que él quiere besarla.

—Trabajo en la planta Philipps —dice con la esperanza de que la conversación lo distraiga y no la toque demasiado—. Hago controles remotos para las televisiones.

Su trabajo es conectar unos alambres dentro del control remoto. Para media mañana le duele la muñeca derecha y al medio día ya tiene que apoyarla en la otra mano, pero sabe que no debe quejarse. *Veinte muchachas esperan ocupar su lugar,* a la supervisora de línea de la fábrica le gusta gritarles por lo menos una vez al día. *O se apuran o se van a la chingada, ¿eh?* Mireya le cae bien a la supervisora y la va a recomendar para el concurso de belleza del siguiente mes.

—¿Y, usted, cómo se llama? —finalmente tiene el valor suficiente para preguntarle el nombre.

—Me dicen el Llanero Solitario —dice el Güero.

Ella lo mira extrañada. —Pero tú no eres el verdadero Llanero Solitario.

Él se ríe y ella le alcanza a ver el oro al fondo de la boca.

—Así que sabes quién es él —dice, y arrastra el brazo hasta el respaldo del asiento. Ella siente el vello de su brazo en su hombro desnudo. Le dan escalofríos.

—No, no soy el Llanero Solitario de verdad, pero hago películas. Soy productor. ¿Sabes qué es eso? ¿Un productor de películas? Hago películas.

Ella no sabe qué es eso, pero recuerda que en Durango, su madre conseguía dinero extra viéndose con hombres afuera del cine. Cuando su padrastro se dio cuenta golpeó tanto a su madre que le causó una hemorragia interna en la cabeza y murió. Mireya estaba aterrorizada, pensaba que también podría golpearla a ella, así que le robó quinientos pesos de la cartera y se subió al primer autobús rumbo a Juárez. Sergio, el primo de su madre, la recibió.

—¿Te gusta ir al cine?

Ella parpadea para reprimir las lágrimas. —No voy mucho —dice—, es caro.

—Esta noche —dice—, yo te invito.

Ella siente sus ojos como llamas azules sobre la piel. Un estremecimiento le corre por la espina dorsal.

—Hoy no —dice—. Tengo que ver a mi amiga Ariel aquí, a las nueve.

Él se acerca y le da palmaditas en la mejilla. —¿Te gustan las palomitas y los dulces? —murmura. Su aliento le hace cosquillas en la oreja. Siente el lóbulo húmedo y tibio—. ¿Te gusta el cristal?

—No, gracias —no sabe lo que es el cristal. Se acomoda el cabello detrás de la oreja.

—Esa cosa en el pelo es muy bonita —le dice él y ella siente alivio porque cambió el tema—. ¿Es caro?

—No, es de chaquira.

—¿Shakira como la cantante? —los ojos de él se encienden.

—No —suelta una risita—. Chaquira, joyería de fantasía. Me la compré para mis quin . . . —se interrumpe justo a tiempo. No le puede decir que va a tener una fiesta de quince años el próximo sábado, eso la delataría, y hasta perdería su empleo si se supiera su verdadera edad—. Para una quinceañera de una amiga —se corrige rápidamente—. Una compañera de trabajo las vende en la fábrica. Yo creo que las compra en la tienda del dólar en El Paso.

—Muy bonito —responde. Ella se fija que de pronto alguien lo distrae en la barra. La mano de él se acerca peligrosamente al área de la entrepierna y ella no está preparada para eso. Sólo quiere que sean amigos por ahora. Ella mueve la pierna, la separa un poco para que él entienda que está demasiado cerca. Él se pone un poco nervioso cuando ella se aleja, luego ve la servilleta sobre la mesa y la coge.

—No podía decidir entre esta verde o una de color amarillo con cuentas rojas —le dice—. Pero mi amiga dijo que la verde era más brillante y se veía mejor con el color de mi pelo.

—Mmh. Se ve muy bonita —dice nuevamente, pero sus ojos se enfocan en la nota. Dobla la servilleta y se la mete en la bolsa. La mesera trae los tragos—. Diles que ahora no —luego paga los tragos con un billete de diez dólares que saca de un fajo grueso de dólares americanos. No lleva pesos.

—¿Alguien quiere hablar contigo? —pregunta ella.

—Unos amigos quieren saber si pueden sentarse con nosotros —dice; toma el vaso, menea el hielo y se bebe el trago de golpe. Ella observa el hueso de su garganta moverse. Tiene las manos velludas. Le salen mechones de vello rubio del cuello abierto de la camisa. Si no tuviera tanto miedo le gustaría besarlo. Nunca ha besado a un gringo. Bebe de su bebida dulce con un popote y piensa en una de sus fantasías favoritas: está en la misa de sus quince años y camina por el pasillo de la iglesia con un vestido de chifón blanco, del brazo de su verdadero padre. Pero ese día ella y algunos amigos irán a El Paso de compras al centro comercial Cielo Vista. Una de ellas sabe cuál autobús tomar porque trabaja ahí los domingos, limpia la casa de una señora mayor. Entre todas le van a comprar un regalo de cumpleaños.

—¿Por qué te dicen el Llanero Solitario?

Él le guiña los ojos. —Para mí saber, señorita, para tú encontrar.

Al oír estas palabras frunce el entrecejo. Algunas veces es difícil entender su español. ¿Qué querrá decir?

—Tú necesitas buenos *makeup* para que te veas más bonita —le dice mirándola de nuevo.

A ella le encanta cuando él le pone atención, así, con sus ojos azules.

—¿Tienes un buen *makeup*?

Niega con la cabeza. Todo lo que tiene es un tubo viejo de rimel con más saliva que pintura y que se le corre con el calor de la fábrica.

—Tengo una amiga que vende *makeup* —dice—. De buena calidad, productos Avon, muy populares con las muchachas de El Paso. Le puedo llamar para que te traiga algunas muestras gratis. Sus ojos se abren. Se siente como un limosnero en una panadería. —¿Muestras gratis?

—Absolutamente gratis. Si eres lo suficientemente bonita puedes estar en una de mis películas.

—¿De veras? —ella no puede creer que tenga tanta suerte esa noche.

—Déjame llamarla.

Saca un pequeño teléfono plano de su bolsa y marca algunos números. Ella no puede oír lo que dice porque la música de pronto está muy alta, pero él termina de hablar rápidamente y guarda su teléfono.

—Quiere que la veamos en su casa —grita en su oído—. Ella está ocupada en estos momentos preparando la cena de los niños.

Unas campanitas de alerta empiezan a sonar en su cabeza, pero está muy emocionada con esas muestras de *makeup* gratis, además se trata de una mujer con hijos. También piensa que Ariel no le presentaría a un hombre malo. Y él es tan guapo.

—¿Está lejos? Tengo que ver a Ariel en la Fiesta a las diez.

—Creí que habías dicho que tenías que ver a Ariel aquí, a las nueve —dice. De pronto tiene miedo que él la golpee por mentir, pero todo lo que hace es reírse. Uno de sus dientes de enfrente está roto.

Él le muestra su reloj de tres esferas. Brillan en lo oscuro. Ella no tiene idea de qué hora es con todas esas esferas.

—No te preocupes —le dice—, vamos a regresar a tiempo. Pero si se hace tarde Ariel sabe dónde vive mi amiga.

—¿Sí sabe?

—Claro. Ariel le compra su *makeup* todo el tiempo.

—Bueno, pues, muy bien —dice—, pero no quiero ir a Dallas.

—¿Dallas? Querrás decir El Paso. Mi amiga no vive en El Paso, vive muy cerca del estadio.

Se ponen de pie, ella lo sigue y nota que de la bolsa sale una parte de la bata de la fábrica. Qué vergüenza, piensa, pero parece que él no se da cuenta. Él acomoda su brazo sobre los hombros de ella y la guía entre el embrollo de cuerpos danzantes en la pista. Alguien le entrega algo cuando pasan por el bar.

—¡No se te olvide que el parquímetro sigue marcando, Güero! —grita el cantinero.

El carro, que está en un estacionamiento en la misma calle, la decepciona. Ella espera ver un carro deportivo, brillante y rojo, del tipo de los que se ven en las telenovelas. Éste, en cambio, es un carro viejo, grande como un buque, con el parabrisas estrellado. Ella se fija que en el asiento trasero hay una caja de bolsas de basura y un rollo de soga. No tiene radio, sólo el hueco en el tablero.

Él le dice que se abroche el cinturón, pero le llama la atención algo que cuelga del espejo retrovisor: esposas. Siente un vuelco en el estómago. La puerta se cierra a su lado. Trata de agarrar la manija de la puerta, pero todo lo que hay es un tornillo. Tampoco hay manivela para abrir la ventana. No puede salir. Empieza a sentir que la cabeza le va a estallar y de pronto siente el cuerpo laxo. Abre la boca, quiere gritar, pedir auxilio, pero la garganta se le ha cerrado y no logra emitir ningún ruido. Lo oye hablar con el parquero que cuidó el carro.

Ella golpea el vidrio de la ventana para llamar la atención del parquero. "Señor, ayúdeme", dice, pero su voz es sólo un quejido. Él se mete en el carro del lado del chofer y frunce el ceño.

—¿Qué haces?

—Déjame salir —suplica—. No quiero ir contigo.

—Yo pensé que querías *makeup*. ¿No quieres salir en mi película?

—No —dice en un chillido—. ¡Déjame salir! ¡Déjame salir!

Él se acerca y le da un puñetazo en la cara.

—Cállate —le dice apuntándola con el dedo—. Cállate o te corto la lengua, putita. Todavía no es la hora de gritar.

22

—CUÉNTANOS LA HISTORIA, HOMBRE MUSA —el detective Ortiz lo acosaba de nuevo.

—No hay nada que hacer aquí, güey —agregó el detective Borunda—, el tren pasará dentro de una hora. Podríamos entretenernos con algo.

—Simón, el Hombre Musa nos mantendrá despiertos. Piénsalo como un servicio al Departamento de Policía de El Paso.

—Me están volviendo loco —Pete McCuts finalmente cedió.

Los tres estaban de guardia en el ferrocarril. Ortiz y Borunda eran parte de una operación encubierta llamada "Rail Raid". Investigaban una racha de robos en la línea Southern Pacific. Ya llevaban más de cien robos en el año y miles de dólares en mercancía se habían sacado del tren para ser llevados directamente a México. Rail Raid era una operación en conjunto que involucraba al FBI, al Departamento de Policía de El Paso, a la Aduana y a la Patrulla Fronteriza. Ortiz le había confiado a Pete que había rumores de que los robos era un trabajo orquestado por la gente del Servicio de Inmigración.

Pete McCuts los había acompañado para aprender él sobre trabajo encubierto. Se había hecho detective hacía apenas tres semanas, pero como hijo del juez Anacleto Ramírez tenía ciertos privilegios que sólo unos cuantos detectives de su unidad podían disfrutar. Justo esa tarde había tenido su primer caso de persona extraviada. Se trataba de una muchacha de la preparatoria que había desaparecido en Juárez. El comandante de la unidad de Crímenes Contra Personas Físicas no estaba interesado en este asunto o en utilizar a su equipo para husmear en los negocios del otro lado de la frontera. Pero su padre llamó a la oficina y dijo que la muchacha desaparecida era pariente de una de sus trabajadoras sociales y que le agradecería si Pete se encargaba del caso. Técnicamente todavía no era un caso porque todo lo que tenía era la información de la familia y la sospecha de que era un acto delictivo. Sin embargo su nombre estaba en el pizarrón con el número del caso. Pero por ahora se encontraba aquí, en su primera tarea encubierta a pesar de que era un novato en entrenamiento.

—Sabía que no debía compartir esa estúpida historia contigo —le dijo Pete a Marcia Ortiz, quien había sido su compañera antes de que la promovieran el año pasado.

—Vamos, relájate, Hombre Musa y cuéntalo como me lo contaste a mí. Imita la voz de tu padre —le dijo a Borunda—, es muy chistoso oír a Su Señoría, el juez Anacleto hablar como pachuco.

—Prométanme que no se van a burlar de mí, ¿okay? —dijo Pete.

—No seas tan maricón —lo reprendió Borunda y Ortiz soltó una carcajada. Ella ya conocía su punto débil.

Era la media noche. Los grillos cantaban alto en la margen del Río Bravo donde ellos se habían estacionado, cerca de un montón de barriles de sal viejos. Estaban justo frente a la autopista de la ASARCO, en el entronque interestatal de los ferrocarriles de Texas, Nuevo México y México. Localmente se le conocía como Calavera, una comunidad de residentes de lo que fuera el barrio Smelter, ahora controlado por pandillas y narcotraficantes. A pesar de que la ASARCO había dejado de operar en enero el aire todavía olía al hollín de la refinería y gases químicos.

—Muy bien —Pete se aflojó la corbata—, ésta es la historia de cómo me pusieron Hombre Musa. Y más vale que no se lo digan a nadie. Me da vergüenza.

—Ya empezó, ese —dijo Borunda.

Pete se aclaró la garganta.

—Yo soy el hijo accidental de Anacleto Ramírez y una mecánica llamada Berenice Tinajera a la que todos conocían como Bernie. Eran vecinos y ella y mi papá se juntaban los fines de semana, ya saben, para ver los juegos, él le cortaba el zacate, ella le cambiaba el aceite, cosas así.

—Parece que era una machorra —interrumpió Borunda.

—Cállate, vato, déjalo terminar —dijo Ortiz.

—Así que un día Bernie llegó con una jarra de su famosa limonada con piquete y simplemente se lo propuso a mi papá.

Pete sintió que la voz de su padre se apoderaba de él, como sucedía siempre que contaba la historia. —Cleto de hecho se ruborizó con las palabras de Bernie: "¿Que qué? ¿Quieres que haga, qué? Yo pensé, pues, es que . . . es que odias a los hombres, ¿qué no?"

Pete cambió la voz: —"No te vaya a salir una hernia", —dijo la Bernie Tinajera mientras llenaba otra vez el vaso con el brebaje, tequila y jugo de limón, que Cleto nunca había probado, según admitió. "Toma más. Le puse Grand Marné para que supiera mejor, más dulce, así como te gusta".

—"No soy un hombre moderno, Bernie", empezó a decir Cleto. "No entiendo nada de este asunto de la liberación de las mujeres". Eran los años setenta, cuando las mujeres hacían toda clase de cosas locas, quemar brassieres y chismes de esos, para la mentalidad de Cleto eso era la cosa más loca que había oído.

—"Mira", dijo, ignorando su alteración, "me he estado tomando la temperatura todos los días por dos meses, así que yo sé que hoy es el día. Si quiero tener un niño tengo que acostarme ahora y no creas que tengo todo el día, ¿eh? Todavía tengo que arreglar el baño que gotea antes de que Molly llegue a la casa".

—¡Qué tipa! —dijo Borunda.

—"Pero, Bernie . . . " Cleto trataba de no verse como un ignorante, pero la verdad era que no tenía idea de la relación entre la temperatura y lo demás. No podía hacer más de dos preguntas simples a la vez. ¿Desde cuándo una mujer como ella tenía bebés o venía a la casa de un viudo un domingo en la tarde, a pedir que se acostara con ella? "Bernie, tienes que darme tiempo. ¡Tengo que pensar en esto, mujer! No puedo simplemente abrirme la bragueta y dejar que me la agarres".

—Tú puedes, juez —dijo Borunda en son de relajo.

—Cleto nunca había medido sus palabras con Bernie. Jugaban dominó y bingo y veían el fútbol los lunes por la noche, se prestaban las herramientas y discutían sobre la mejor manera de conquistar a las mujeres. Ahora se encontraba avergonzado ante la realidad de que Bernie era una mujer, tal vez hasta una dama, y hasta donde él sabía, lo que acababa de decir hubiera ofendido a cualquier dama. "Además", agregó después de tomarse el segundo vaso de limonada, "ya no soy un macho joven. No puedo embarazarte bajo una orden". El entrenamiento militar de Cleto siempre se notaba en su discurso, pero al final fue Bernie quien tomó las riendas. Bernie podía arreglar cualquier cosa.

—¡Tú puedes, Bernie! —aulló Ortiz.

—Seis semanas después Bernie le llamó a mi papá para felicitarlo. "¡Donde pones el ojo pones la bala! Tienes buena puntería, viejo, yo sabía que podías hacerlo. Vamos a celebrar. Vente a la casa, Molly está haciendo enchiladas". Anacleto estaba nervioso. ¿Qué le iba a decir a su familia y a todos? Pero de inmediato vio que tenía el derecho de poner una condición. "Tengo una condición, dijo hablando como juez y ruborizándose desde el otro lado del teléfono, yo le pongo el nombre si es niño".

—¿Saben? Anacleto escribía poesía por ese tiempo, hasta tomó clases de poesía en la UTEP y siempre quiso ponerle el nombre de una musa a un hijo.

—"Qué proviso ni qué chingazo," dijo Bernie, "si es niño tú te tienes que quedar con él, ese." Molly le dijo que ella no iba a limpiar a un niño o bajar el asiento de la taza por el resto de su vida.

Ortiz se reía a carcajadas, tanto que dijo que se iba a hacer pipí en los pantalones.

—No lo entiendo —dijo Borunda—. El asunto del nombre.

—Mira —dijo Pete—. Polimnia, musa de la poesía lírica; Euterpe, musa de la música; Talía, musa de la comedia; Erato, musa de la elegía. Las primeras letras de cada nombre forman la palabra Pete.

—Pero, tú dijiste que eran diez musas. Yo era estudiante de literatura antes de meterme a la policía . . .

—¿A poco? —interrumpió Ortiz.

—Y yo sé que sólo hay nueve musas.

—Bueno, nueve musas griegas, pero hay una de México. Son Melpómene, la musa de la tragedia; Clío, la musa de la historia; Calíope, la musa de la elocuencia; Urania, la musa de la astronomía; Terpsícore, la musa de la danza; y Sor Juana Inés de la Cruz, la décima musa de México.

—¡Claro que no! —dijo Borunda—. Ella no es una musa.

—No le digas eso a mi padre —dijo Pete.

—Dile lo que Bernie dijo de tu nombre —lo espoleó Ortiz.

—Bernie no estaba muy entusiasmada con Pete McCuts. Dijo que se oía como un nombre gringo. Pero él le explicó que se trataba de las diez musas, y Bernie dijo, "Muy bien, viejo, ¿le quieres poner el nombre a tu hijo en honor a diez mujeres? Pues para mí está bien, pero no me vayas a echar la culpa si tu hijo se vuelve rarito. Nada de que 'hijo de tigre pintito'".

—Me cago de risa, viejo —dijo Ortiz al tiempo que se limpiaba las lágrimas de los ojos.

—Oigan, ¿qué chingados fue eso? —Borunda se quedó quieto como un zorro de caza.

—Es muy temprano para el tren —dijo Ortiz.

—¡Sssh! ¡Oigan!

Pete contuvo el aliento y prestó atención.

—Sé que oí algo —dijo Borunda—. Estamos en tierra Calavera, viejos. No ven con buenos ojos a los carros extraños en su territorio. Probablemente ya nos vieron.

—Vale más ir a revisar qué fue eso —dijo Ortiz y se acomodó la gorra de béisbol con la visera hacia atrás.

Pete se desabrochó el cinturón y se dispuso a salir del carro.

—Tú te quedas, no vienes vestido para esto —ordenó Ortiz. Luego se apretó la cinta del pelo—. ¿Sabes cómo manejar el walkie-talkie, verdad? Llama a la oficina si no regresamos en diez. Voy a dejar las llaves puestas.

—Entendido —dijo Pete.

Tomaron sus Berettas y salieron antes de que Pete pudiera parpadear. Oyó a Ortiz maldecir y a Borunda decirle que se callara. Después nada más que el ruido de los carros en la autopista. Y los grillos.

Sentía el sudor en las axilas y en el cuello almidonado de la camisa. Su tía Molly insistía en almidonar y planchar sus camisas ella misma y dejarlas tan rígidas como el yeso. Le picaba el cuello. Se desabotonó la camisa y se dijo a sí mismo que debía concentrarse. Relájate. Pon atención, Pete.

Mantuvo la vista en el reloj digital del tablero. ¿Debería llamar, por si acaso? Sólo han pasado tres minutos. Hay que darles cinco más, para entonces tal vez regresen. Pero, ¿dónde están? Estaba todo muy callado. Cuatro minutos. El sudor le corría por los brazos. Tal vez debería salir e ir a ver. Podría respirar aire fresco. Todas las ventanas estaban abiertas, pero el carro estaba tapado por las ramas de los árboles y sentía un bochorno. Cinco minutos. Bien, algo no funciona. Es mejor llamar. Pero, ¿qué va a decir? Se sentiría como un pendejo si sus compañeros regresaran y supieran que él había llamado a las tropas. Espera, Pete. Pero ya no pudo sentarse ahí de nuevo. Tenía que estar de pie. No podía respirar.

Abrió la puerta cuidadosamente, salió a gatas, sacó su cuarenta de la funda y sacó el seguro tan silenciosamente como pudo. Pero se tropezó con las raíces del árbol.

—¡Chingado! —lo dijo en voz baja, el dedo le temblaba en el gatillo.

Cálmate. Saca las nalgas de ahí. Caminó hacia la orilla del río iluminada por la luna. Por un segundo se sintió completamente expuesto con su camisa blanca, como si en lugar de luna llena hubiera un reflector en su búsqueda. Para orientarse echó un vistazo en torno suyo. Los rieles del Southern Pacific estaban atrás de él; corrían hacia el noroeste en dirección a Anapra y la falda del cerro de Cristo Rey. Hacia el oeste de Buenavista, cerca del Hipódromo Sunland Park, un equipo de agentes del FBI y oficiales policíacos esperaba el momento para abordar el tren. Algunos que fingían ser vagabundos ya se habían subido a los vagones. Ortiz y Borunda se habían estacionado más al sur, donde se cruzaban las vías del Southern Pacific y del Santa Fe. Aquí, en Calavera.

De pronto un chorro de luz irrumpió en la oscuridad. Vio que el ferrocarril Santa Fe venía de algún lugar y lo había pasado a toda velocidad. Su ruta era hacia el norte, en dirección a Smelter Town. Con el resplandor de la luz vio a Ortiz y a Borunda del otro lado del río. Los perseguían unos hombres que empuñaban tubos y cadenas. Vio caer los golpes del tubo sobre Ortiz, las cadenas engancharse en el cuello de Borunda y arrastrar su cuerpo hacia el río. Pete lanzó un disparo al aire. No supo qué otra cosa hacer.

—Los atacan —gritó en el walkie-talkie—. Atacan a los oficiales.

—¿Quién habla?

—Operación *Rail Raid*, unidad Calavera. Atacan a los detectives Ortiz y Borunda. Necesitamos refuerzos de inmediato.

Al instante agentes y oficiales saltaron de los vagones traseros del tren; corrían hacia McCuts.

—¡Se los llevan al otro lado del río! —gritó Pete—. A México.

Había un entramado de luces de linterna, pero cuando los agentes llegaron a la margen del río los asaltantes ya habían huido. Algunos agentes los persiguieron.

—¡Ay, cabrón! —dijo alguien— ¡Aquí están! —Pete corrió hacia el lugar que el oficial apuntaba con su linterna. Ortiz y Borunda estaban tirados a la orilla del río del lado mexicano, con las piernas en el agua. Pete cruzó vadeando el río, el agua estaba tan baja que apenas le cubría la punta de las botas. Habían golpeado a Ortiz tan fuerte en la cabeza que parte del cuero cabelludo estaba levantado y le habían sacado un ojo de la cuenca. A Borunda parecía que lo habían estrangulado. Las cadenas le habían cortado la piel del cuello y con el resplandor de las linternas la cara se veía abotagada y azul; las lágrimas le corrían de los ojos; tenía la lengua sangrante aprisionada entre los dientes.

—¿Están muertos? —preguntó alguien.

Pete se agachó y les tomó las muñecas. Todavía se sentía el pulso de Ortiz.

—Ortiz está viva —dijo.

Otro ya estaba llamando. Pete tomó la muñeca de Borunda, ya sin pulso, con sólo una marca blanca en la piel donde llevaba el reloj.

—¿Marcia, me oyes? Soy Pete. ¿Te vas a poner bien, verdad?

—Está inconsciente, viejo, ¿no la ves?

—¿Y qué hay de él? Necesita resucitación cardiopulmonar.

Pete palpó el cuello de Borunda en tres lugares diferentes hasta encontrar una vena que latía. Tenía el pulso muy débil, pero era suficiente para probar que el corazón estaba trabajando. Puso la mano sobre la boca de Borunda para relajar los músculos de la mandíbula y liberar la lengua. Apenas respiraba.

—Los dos —dijo—, los dos están vivos.

—Necesitamos un helicóptero —dijo el del walkie-talkie—. Tengo dos oficiales heridos, muy mal, pero vivos. Necesitamos llevarlos a un hospital inmediatamente.

—¿Qué pasó? ¿No debemos sacarlos del agua? —preguntó Pete.

—No, no los toques. Puedes ponerlos peor.

—Necesitamos mantenerlos en calor, están en una situación crítica.

—No nosotros, viejo.

—Entonces, háblale a alguien. ¡Por una chingada! Borunda apenas tiene pulso. No puede quedarse en el agua —Pete descubrió que era él quien hablaba.

—Pido permiso para sacar a los detectives del agua.

Una conmoción empezó del lado mexicano del río, los agentes que habían cruzado pateaban y empujaban a cuatro hombres esposados de regreso a El Paso. Gritaban todas las obscenidades que sabían.

—¡No fuimos nosotros! —decía constantemente un hombre—. Nomás somos coyotes. No hicimos nada.

Uno de los oficiales le pegó con la macana en la cara.

—El jefe dice que no podemos moverlos. De cualquier manera aquí viene el helicóptero.

Para cuando llegaron la ambulancia, los bomberos y las patrullas, a Ortiz y a Borunda ya los habían metido al helicóptero en camillas y transportado por aire al hospital más cercano, el Providencia, al otro lado de la 10.

—¿Necesitas un aventón? —le preguntó uno de los policías cuando terminaron de subir a las patrullas a los sospechosos con ayuda de las macanas.

—Gracias, creo que Borunda dejó las llaves puestas en el carro. Mejor me lo llevo de regreso.

—Apúrate, ésta es un área encabronadamente peligrosa.

Mucho después de que las tropas se habían desbandado Pete seguía sentado en el carro de Borunda, entre los barriles de sal. Estaba atónito. Con ambas manos se sujetaba al volante, pero temblaba fuertemente. No podía conducir. Sabía que debía llamar a su papá para decirle que estaba bien, pero tampoco podía hacerlo.

—Ese asunto de ser policía, hijo —le había dicho su papá cuando Pete anunció que lo habían aceptado en la academia—, se trata de estar dispuesto a arriesgar tu vida para proteger la de otros.

—Ya lo sé, papá.

—El problema es que yo no estoy dispuesto a arriesgar tu vida, hijo.

—Es mi vida, papá.

Esta noche, en este trabajo, había aprendido que su vida realmente estaba en la raya. Pudo haber sido a él al que golpearan hasta hacerlo papilla, junto con Ortiz y Borunda. Si no hubiera estado vestido con esa camisa y con corbata, si hubiera sido parte del equipo y no sólo un elemento en entrenamiento, en estos momentos estaría muriéndose en el hospital Providencia como sus amigos.

Pete sintió como si alguien lo hubiera sujetado y tirado al suelo para estrangularlo. El sudor le corrió por la cara, pero no, no era sudor. Se dio cuenta que lloraba.

23

IVÓN SÓLO CONOCÍA UNA MANERA DE CALMARSE, de impedir que los gritos de su madre le siguieran perforando la cabeza. Tenía que escribir lo que esos abogados le habían dicho, la información recibida. Era la única manera de permanecer concentrada en lo que tenía que hacer. No se podía permitir engancharse en los pleitos familiares.

Puso fecha a la página y empezó a escribir algo, pero ese aullido . . . ese horrible grito de animal vibraba. No podía sacudírselo. La noche anterior, después de que el detective se fuera, preparó café en la cocina y enfrente de todos, su madre se había quejado. Le echaba la culpa a Ivón; decía que Ivón no tenía derecho a pararse frente a ella puesto que había permitido que algo le pasara a su hermanita.

—¡Es tu culpa, maldita seas! Tú le prometiste llevarla a la feria, rompiste tu promesa y ni siquiera la llamaste —cada vez que decía *tú* le enterraba un dedo en el pecho a Ivón—. Siempre has sido un mal ejemplo para tu hermana. Se volvió una testaruda y desobediente como tú. Nada de esto hubiera ocurrido si no hubieras venido a la casa en primer lugar. Dios nos está castigando. ¿No lo ves? ¿No ves lo que has traído a esta familia con tu estilo de vida degenerado?

El tío Joe, Ximena y la abuelita Bety se interpusieron para proteger a Ivón. En cambio las tías Lulú y Fátima se pusieron del lado de su madre.

Pobrecita, ¿no ven que está aterrada? Puede haber perdido a su muchachita.

Yo no la perdí. Esta desgraciada dejó que se perdiera.

Siempre culpas a Ivón de todo, Lydia.

Al poco tiempo los protectores y los consoladores estaban agarrados del chongo. Hablaban a gritos sobre responsabilidad y vergüenza.

Maldita seas le había dicho su madre. La última vez que se lo había dicho había sido en el funeral de su padre.

Mijita, defiéndete, la reprendió su abuela. *Di algo, ya eres una mujer adulta, no permitas que tu madre te haga eso.*

Ivón besó a su abuela en la mejilla y salió de la casa. Sabía que no había manera de parar las diatribas de su madre. Le dolía que su madre la maldijera y la culpara de esa forma, pero tenía que aceptar que su madre tenía razón. Ivón hubiera podido evitar esto con una simple llamada telefónica. Si hubiera llevado a Irene a conocer a Elsa nunca habría ido a la feria sola. No la hubieran secuestrado.

Era un hecho. A Irene la habían secuestrado. No se había escapado o fugado con un novio como había sugerido la tía Fátima. Ivón sabía todo de este tema. Sabía todo lo que había que planear. Habría señales, faltaría ropa, dinero escondido en un calcetín. La firma de ma garabateada una y otra vez en alguna libreta para falsificarla en las recetas médicas o en los permisos para faltar a la escuela; los viejos trucos de Ivón. Encontró los diarios de su hermana debajo del colchón y los leyó todos de una sentada. Los ojos le ardían al leer lo sola que se sentía Irene, cuánto extrañaba a su hermana mayor y a su papá, a pesar de que sólo tenía ocho años cuando él murió. Leyó acerca de un muchacho sin nombre que le atraía y que la había llevado a un partido de fútbol a la preparatoria Catedral, y sobre otro que había conocido en el centro comercial, un jugador negro de básquetbol llamado Gilbert, que había ido a la casa a invitarla a caminar y que por poco le causa un infarto a ma. Nada relacionado con querer escapar.

Había llamado a Gaby, la hija menor del tío Joe, que tenía la edad de Irene, y había hablado con los amigos y compañeros de equipo de ella. Todos le habían dicho la misma cosa, que Irene no tenía novio ni hábitos de drogas, ni siquiera fumaba tabaco. Irene no los había invitado a ir a la feria porque estaba ansiosa por salir con Ivón, dijeron. Con esto se sintió peor. No se necesitaba ser un genio para deducir que Irene había desaparecido en contra de su voluntad.

Ivón escribió lo que sabía y lo que tenía que investigar. Esto la mantendría concentrada. Evitaría que se revolcara en su propio sentimiento de culpa.

Sábado, 13 de junio de 1998
Hechos:

• Irene desapareció la madrugada del jueves.

• La secuestraron en una colonia en Juárez.

• Raquel me mostró dónde había nadado Irene. Me presentó a Paco y a su esposa Ariel. Paco se veía preocupado, pedía disculpas, pero la esposa sólo se encogía de hombros y decía que no sabía y preguntaba por qué nosotros pensábamos que ellos sabían algo. Había mucha gente en su casa ese día, dijo, no podían saber todo de todos. No le tengo confianza. Y en estos momentos odio a Raquel. Llevó a mi hermana a un picadero para que ella pudiera arreglarse. Ayer la quería matar.

• El tío Joe reportó la desaparición de Irene a la policía de El Paso el jueves a mediodía y de nuevo el viernes por la mañana. Fue hasta esa tarde a las 5:35 p.m. que enviaron a un detective. El detective asignado para el caso (Pete McCuts, hijo del juez amigo de Ximena) dijo que a menos que tuviéramos una petición de rescate o alguna otra evidencia que probara que Irene había sido secuestrada, todo lo que podían hacer era llamarla una "persona desaparecida", y ya que había ocurrido del otro lado de la frontera, ellos no tenían jurisdicción allá. La unidad de secuestros no tomaría el caso a menos que sospecharan que se trataba de un acto criminal o si "apareciera su cuerpo", así fue como McCuts lo explicó. Me pregunto si sabrá lo que hace. Se ve como un niño de preparatoria.

• Nos dijeron que teníamos que denunciar a Irene en una oficina en Juárez llamada Previas, donde un grupo de abogados que revisan casos como éste determinan si hay delito qué perseguir o si la muchacha simplemente "escapó con su novio". Mi tío Joe fue conmigo ayer y tuvimos que esperar seis horas para que nos atendieran. Seis horas sentados en un cuartito caliente, lleno de gente, mientras llegaba nuestro turno. Toda la gente que no llamaron antes de que cerraran, por lo menos ocho o nueve familias que llegaron después que nosotros, tendrán que regresar el lunes.

• De acuerdo con la policía de Juárez, ya que Irene fue vista por última vez en la orilla del río del lado de El Paso, es probablemente un caso para las autoridades norteamericanas, no para la policía de Juárez.

• El detective McCuts no está de acuerdo. Dice que Irene estaba voluntariamente en Juárez, que ella había ido a la feria por *motu proprio*, su carro estaba estacionado en la feria, ella estaba intoxicada y aún si nadaba de un lado a otro de El Paso a Juárez, voluntariamente asistió a una fiesta del otro lado de la frontera. Por lo tanto desapareció en México y es un caso para las autoridades mexicanas. A pesar de que se sospecha que se trata de un acto criminal, y quién no sospecharía inmediatamente de eso dado los asesinatos que ocurrían en Juárez, McCuts agregó en tono condescendiente que el caso no era de la jurisdicción del Departamento de Policía de El Paso, y no será de su jurisdicción a menos que tengamos una notificación de rescate o que aparezca su cuerpo. Su conclusión: a las jovencitas no se les debe permitir cruzar la frontera, mucho menos solas y desde luego mucho menos ingerir bebidas alcohólicas sin la debida supervisión de un adulto. En otras palabras, Irene se lo buscó. También es nuestra culpa por no cuidarla adecuadamente.

• Busqué en Internet los sitios de la Patrulla Fronteriza y del Servicio de Naturalización e Inmigración; quería ver si tenían alguna jurisdicción en los casos de secuestro al otro lado de la frontera. Encontré que el Departamento de Policía de El Paso y la Policía Judicial de Juárez se han organizado para detener el robo de carros, pero nada sobre cómo poner fin a los secuestros y asesinatos de mujeres. Mientras estaba en línea se me ocurrió algo: cómo es que las leyes de inmigración, desde el *Chinese Exclusion Act,* se han enfocado en las mujeres de color para impedir que entren en los Estados Unidos y den a luz bebés de color. Necesito investigar más sobre esto.

- La casa de ma es un pandemónium. Pleitos familiares de unos con otros, los vecinos metiches, el tío Joe y la tía Fátima contando la historia una y otra vez. Por lo menos ma no está sola, mi abuela Bety y mi tía bisabuela Esperanza se quedan con ella. La tía Lulú viene todos los días con provisiones y cocina para todos. —Tu madre no te odia, mijita —mi abuelita insiste en decirme—, no creas eso ni por un minuto.

Impresiones:

- Había muchas familias en la oficina de Previas, demasiadas muchachas desaparecidas, cientos, muchas más de las que han aparecido muertas en el desierto, nos dijeron. Nosotros éramos los únicos de El Paso. Todos eran mexicanos. Muchos (¿la mayoría?) ni siquiera son de Juárez, son gente humilde, como decía mi papá, del interior del país que vienen atraídos por la promesa de los trabajos en las maquiladoras. Vienen a denunciar a su hija, a su prima o a su hermana, todas jóvenes, como Irene, desaparecidas que no regresaron a su casa del trabajo, como lo que ocurrió con Cecilia, o que no llegaron al trabajo, o que fueron vistas por última vez en un bar de la Mariscal o al tomar un autobús en la fábrica.

- Mientras esperábamos hablé con muchas familias. Las mujeres se sentaban ahí con el rosario en las manos, los hombres sólo miraban fijamente hacia el frente, con los ojos escondidos bajo el ala del sombrero. Asentían o negaban con la cabeza de vez en cuando, casi sin hablar. Cada una de las mujeres con las que hablé piensa que Dios ayudará a su familia, Dios mejorará las cosas para ellos. Dios devolverá a sus vidas a la muchacha desaparecida. Les quería decir si en algún momento se habían preguntado por qué Dios les había hecho esto en primer lugar, pero eso habría sido una grosería y una maldad. ¿Quién soy yo para pisotear sus esperanzas? Al igual que yo, ninguno se permite pensar que la muchacha que buscan ya está muerta, a pesar de que tenemos miedo y no decimos que su vida está en peligro. No podríamos funcionar si pensáramos de esa manera.

- *No sé qué pasó, quién se la llevó, ella no hacía nada malo, era requete buena muchacha, eso es todo lo que dicen.* Son sobrevivientes. Ellos saben que lamentarse de las condiciones en las que ocurrieron las cosas o saber quién es el responsable no va a devolverles a las muchachas. Así que dan un paso tras otro y hacen lo que tienen que hacer, aunque sólo sea sentarse en esas sillas de metal desvencijadas en la oficina de Previas por días, a la espera de su turno.

- El abogado de Previas que tomó nuestra declaración ayer interrumpía la entrevista cada vez que sonaba su radio. Lo podíamos oír cuando se reía en el pasillo y hablaba por su teléfono celular. No les importa una chingada nuestro problema. El hombre nos dijo que la Policía Judicial del Estado sólo se involucra cuando se ha determinado que hay un delito que perseguir. Hasta este momento todo lo que ellos manejan es que Irene fue a la Expo Juárez, ya que teníamos una fotografía de ella en el carrusel, que dejó su carro estacionado en la feria, que después fue a una fiesta a una colonia y que había nadado de un lado a otro del Río Bravo. Ésa no es una determinación de su parte, le dije, ésa es la declaración que acabamos de hacer. —Eso es todo lo que podemos hacer por ahora, señora —me dice—, hasta que tengamos más evidencias como esta fotografía, todo con lo que contamos es su declaración. La mayor parte del tiempo estas muchachas desaparecidas regresan a su casa en un día o dos. Si son muchachas americanas, como su hermana, vienen a Juárez a beber y a divertirse y en ocasiones hasta tienen una aventurita.

  El secuestro y la violación son aventuras para él.

Conclusiones:

- No puedo esperar más, las autoridades de ambos lados se lavan las manos en esta situación. Así que depende de mí encontrar a Irene con mis propios medios. Yo sé que está viva, lo siento. No sé por qué pero tengo fe en que Irene sabe qué hacer, que no entrará en pánico, que hará lo que necesita hacer para mantenerse viva. Es desorganizada, mi Lucha, una muchacha de barrio, totalmente, a pesar de su educación en una preparatoria católica. Ella sabe cuándo poner atención, cómo correr, cómo gritar con toda su alma si puede hacerlo, cómo dar un golpe con el empeine o con la rodilla en los huevos si alguien se acerca demasiado. Fui muy dura con ella, pero le enseñé a ser fuerte, a defenderse física y verbalmente y nunca, *nunca* la golpeé. Está viva. Lo sé.

- ¡¡¡¡SIGUE VIVA, LUCHA, SIGUE VIVA!!!!
- Hoy quiero regresar a esa colonia a hablar con Ariel y Paco otra vez. El tío Joe y yo fuimos a su casa ayer, después de salir de la oficina de Previas, pero el lugar se veía abandonado. También fuimos a la casa de Raquel para recoger el carro de Irene, pero Raquel tampoco estaba en casa y no vi el carro de Irene por ningún lado. Voy a recogerlo hoy, después de mi visita escoltada a la Mariscal.
- Ximena insiste en que hoy no puedo ir sola a Juárez y me ha ofrecido a su hermano William, el mormón, para que me acompañe. Pobre William, vino a El Paso con días de anticipación porque a uno de los muchachos que están fuera de la ciudad le corresponde venir a ayudar con los preparativos de la reunión. Ximena necesita toda la ayuda que sea posible. Este año es el turno de William. Pensó que vendría a casa para ir al supermercado y mover los muebles. Nunca pensó que tendría que deambular por Juárez conmigo en busca de su prima desaparecida.
- El padre Francis ha enviado un fax con el boletín de la policía sobre Irene a un par de organizaciones no gubernamentales en Juárez que han abogado por las víctimas. También le escribió una carta al alcalde quejándose por todo el tiempo que le tomó a la policía responder a nuestro reporte.
- Empiezo a pensar diferente sobre el padre Francis. No creo que él sea el perpetrador. Las coincidencias me molestan, pero él ha sido muy amable con nosotros y no puedo creer que su preocupación sea fingida. Tampoco ha olvidado el asunto de Elsa y Jorgito, dice Ximena. Ha estado llamando a todos los hospitales y clínicas en Juárez para localizar a la enfermera que trabajaba con el egipcio.
- Se me pone la piel de gallina cuando veo el volante que hice acerca de la desaparición de Irene. Imprimí la foto que se tomó

en la feria para que la gente pueda ver cómo estaba vestida el día que fue secuestrada. Enseguida puse la foto de su graduación con la información que obtuve del boletín de la policía.

• Necesito ir a la iglesia más tarde para recoger las copias que hizo el padre Francis. William y yo las vamos a repartir por todas partes hoy: la colonia, la feria, la zona de tolerancia.

• Mañana voy a ir a un rastreo con Ximena, el padre Francis y el resto del grupo Contra el Silencio. No digo que Irene esté muerta, pero no voy a descartarlo, después de todo lo que he visto y oído. No voy a dejar una piedra en su lugar, aún si esto significa —Dios mío, las manos me tiemblan cuando escribo esto— aún si esto significa encontrar el cuerpo de Irene.

• Yo soy la única con la que ma cuenta, y soy yo, como dijo mi papá cuando nació Irene, la que cuida de su hermana.

• Anoche tuve que decirle a Brigit toda la historia acerca de Irene. Quiere venir para estar conmigo, pero eso sería demasiado para mí, no podría manejarlo. Estaba aterrada cuando le mencioné el Night Stalker. Le pedí que ordenara la biografía de la que me había hablado el padre Francis y que me la enviara. —¿Qué haces, Ivón? ¿Por qué quieres saber acerca del Night Stalker? No me vas a decir que ésta es tu investigación, ¿verdad? ¿Y qué hay de Jorgito? —demandó.

• Ximena habló con la mamá de Jorgito y le dijo lo que había ocurrido, pero ella está enferma, muy enferma. Ximena dice que vomita sangre. Traigo en la cabeza la preocupación por Jorgito, que se quede al cuidado de su abuela abusiva. Vi a mi mamá y sentí el pavor que ella siente ahora al pensar que algo horrible le ocurrió a mi hermanita. Me doy cuenta de que esto es lo que significa tener hijos, preocuparse todo el tiempo, temer que algo le ocurra a tu hijo. Volverse loca cuando algo en realidad ocurre. Cuando mamá llora hace unos sonidos como si parte de su cuerpo hubiera sido herido.

• Ma y yo tuvimos otra pelea horrible esta mañana. Todavía no me habla ni quiere reconocer mi presencia. "¿No es suficiente con tener una hija desaparecida?" grité. "¿Es más fácil fingir que no existo?" "Ojalá así fuera", respondió.

24

CREEN QUE ELLA NO ENTIENDE LO QUE DICEN.
—Necesitamos otra —dice la voz del hombre en el megáfono—. Necesitamos una doble; la misma estatura, mismo color, misma edad, mismo todo. Tenemos que juntarlas. ¿Qué pasa con ustedes, pendejos? Ya conocen las reglas. Se supone que esto es un nicle, no un penique.

Como no dicen nada él grita: —¡Nicle, cabrones! ¿No entienden qué quiere decir un nicle? ¡Dos por nicle, pinches idiotas!

El hombre del megáfono está furioso, dice que han perdido tiempo valioso. Ahora que El Diablo ronda las cosas ya no son iguales, ahora tiene que depender de drogos que siempre lo atrasan. Su jefe le da mucha carrilla, dice.

—Me anda culeando el güey, y a ustedes les vale, cabrones, a ver si se apuran o me los voy a chingar a todos, pinches tecatos idiotas, todo lo que les importa es esa chingada aguja. No podemos hacer nada sin la otra, así que pélenle a conseguirla ahorita mismo, igual que ella, igualita, y no lastimen la mercancía, hijos de su chingada madre.

Sea lo que sea lo que lo enoja, Irene sabe que la mantiene viva, es lo que impide que los otros la lastimen de la manera que lastiman a las otras. Oye sus gritos y sabe que se están muriendo.

No ha hiperventilado hoy. Primero se mareó a causa de la alergia que le produjo todo el polvo que hay abajo del catre atornillado al piso. Le metieron un trapo en la boca y apenas puede respirar por la nariz. Tiene las piernas atadas con una soga y las muñecas amarradas por encima de la cabeza. Los resortes del catre están tan cerca que los alcanza con la nariz cuando levanta la cabeza.

Cuando el hombre del megáfono sale, los otros se suben al catre y el colchón se dobla encima de ella, la aplasta contra el suelo. Hacen cosas, como si tuvieran un concurso para orinar, pero no orinan, los resortes rechinan y el colchón salta de arriba a abajo por encima de su cabeza. Hacen apuestas acerca de quién va a disparar primero. Irene piensa que tal vez juegan a la ruleta rusa, pero los oye jadear y decir cosas tan desagradables como "la voy a descuartizar en pedazos" y "me quiero cagar encima de ella". Entre más feo se pone más gruñen y se azuzan unos a otros.

—Meterle un cuchillo por el culo.

—Chuparle la sangre hasta que se muera.

Drácula es el que siempre habla de chuparle la sangre. En una ocasión asomó la cabeza por un lado del catre y se rió de ella. Gesticulaba y movía rápidamente la lengua como un maníaco. Irene sabe quién es. Recuerda su diente de oro. Es el chofer de los tatuajes.

Cáncer es el que quiere descuartizarla.

Armando, el que quiere agarrarla de basurero.

El que quiere meterle un cuchillo por el trasero se llama Turi. *Tengo que recordar sus nombres. Memorizar sus nombres.*

El hombre del megáfono se llama Junior. También sabe quién es. Se trata del muchacho rico que conoció en la feria. Además hay una mujer vestida como enfermera, pero sólo anda ahí a ratos. Ella es quien la limpia. Y sus manos siempre huelen a cebolla y desinfectante.

Irene está desnuda, así que es fácil para la mujer limpiarle la orina y el excremento. En un principio ella trató de contenerse avergonzada por el olor y la sensación de las heces en su piel.

La mujer la ha alimentado y limpiado cuatro veces. Por el tiempo que pasa entre los alimentos y el cambio de luz en el cuarto piensa que ha estado ahí dos días. Está muy asustada como para tener hambre, pero siente un vacío en el estómago, como si se le hundiera. Siente la lengua como si tuviera un sapo seco en la boca.

El cuarto es oscuro y hace calor. Le recuerda la casa móvil de su primo Patrick en el Lago Ascarate. El calor se filtra a través de las paredes como agua.

Cuando abren la parte superior de la ventana entra aire y luz al cuarto; unas rayas delgadas de luz se marcan en las paredes rojas. El vidrio de las ventanas está pintado de rojo sangre. Las paredes, el piso, hasta el catre, todo está pintado de rojo. Y hay graffiti blanco y negro garabateado por todas las paredes.

La mujer barre el piso de nuevo —la primera vez que lo hizo la escoba empujó los cadáveres de las ratas de las esquinas del cuarto—, luego arrastra a Irene tomándola de la soga de los tobillos. La ayuda a sentarse, le saca el trapo de la boca y le da masajes en los brazos y hombros. Usa una máscara de calavera, así que todo lo que Irene puede ver son sus ojos negros detrás de la máscara. Tiene mechones color púrpura y se come las uñas. Lleva puestos los Skechers de Irene, también lleva sus audífonos alrededor del cuello y su CD portátil prendido de la pretina de la pantalonera.

Ésas son mis cosas, quiere decir Irene, pero se queda callada.

La mujer la limpia con una toalla fría, gris, que saca de un balde que tiene un trapeador adentro. Hay desinfectante en el agua; hace que la piel de Irene apeste, que mantenga a las ratas alejadas. El olor del desinfectante le recuerda el del cloro. La mujer tiene que trapear debajo de la cama también. Cuando termina de limpiar sale del cuarto; arrastra la cubeta. Minutos después regresa con una bandeja.

Mientras la mujer está afuera Irene se arrastra al otro lado del cuarto, empuja su cuerpo sobre el piso de metal con los talones; utiliza las rodillas y los codos como palanca. Trata de no poner atención en los tirones de los músculos de los hombros, tampoco en las quemaduras de su piel al arrastrarse. Hay un asiento debajo de la ventana de atrás que parece un asiento de autobús. Cuando se acerca acomoda las piernas contra el cuerpo y arrastra las rodillas y los pies. En ocasiones tiene calambres en las piernas debido a la rápida circulación de la sangre. Si lograra pararse en el asiento podría ver por la ventana, tal vez hasta vería algo a través de la pintura roja.

Se sienta en el asiento para tomar aire. Todo lo que tiene que hacer es levantar las piernas y ponerse de pie en un movimiento rápido. Necesita de toda su fuerza para impulsarse, ya que sus piernas están cansadas. El dolor se dispara en su espina dorsal pero aprieta los labios para no llorar. Todo lo que ve es el cielo, las dunas, los terrones y los matorrales de salvia. Anoche vio las luces de la ciudad y hoy creyó haber visto la ASARCO a la distancia. Parece que la vista cambia cada día.

Irene gatea hasta la cama cuando oye regresar a la mujer; oye sus pasos crujir afuera. El corazón le late fuertemente y se siente mareada con tanto movimiento.

La mujer le pone la comida en la boca. Sabe a frijoles salados mezclados con algo raro que se mastica como carne pero no sabe a carne. Tal vez lo que come es perro o gato. No puede pensar en eso porque vomitaría.

La mujer le canta mientras le da de comer. *Sana, sana, colita de rana, si no muere hoy, morirá mañana.* Cuando descubre que la mujer le ha cambiado la letra a la canción, llora. Su mamá le cantaba esa canción cuando se lastimaba de niña: *Sana, sana, colita de rana, si no sana hoy, sanará mañana.* Así va la canción, pero la mujer le ha cambiado la letra por algo horrible. Irene quiere gritar que se calle pero está aterrada como para decir algo. Es mejor si no saben que entiende español.

Cuando termina de comer la mujer la obliga a sentarse sobre la cubeta para defecar. Ella estudia el graffiti mientras se vacía. Letras y palabras que no logra entender, un corazón grande que late, dos manos apuntándose una a la otra con una pistola, penes y testículos. Al final de la pared, atrás de la cama, algo que parece un pizarrón con tres columnas. Arriba de cada columna hay una moneda pintada, un penique de cobre, un nicle blanco y una moneda de diez centavos gris. El presidente en cada moneda, grande y exagerado, sonríe perversamente. Hay líneas debajo de cada moneda; debajo de la categoría de los peniques hay más líneas pero ella no puede enfocar lo suficiente como para contarlas.

La mujer debe darle algo en la comida porque el graffiti de las paredes empieza a girar lentamente, como si el cuarto se moviera.

Ella se siente como si estuviera en el carrusel de la feria. Casi puede oír la música. Algunas veces hasta puede oír la voz de Pepe Aguilar cantando *Me vendiste por unas monedas*.

Para ayudarse a seguir adelante canta una línea de "Black Dove" que dice "I have to get to Texas". Recuerda algo en la letra de la canción acerca de una casa del terror pequeña. Es como si Tori Amos hubiera escrito la canción para ella.

Ya no grita cuando los hombres brincan en el catre. Sólo está ahí acostada; los escucha y reza sus Padre Nuestro y Ave María; trata de respirar lentamente para que las alergias no le congestionen la nariz.

25

Afuera de la iglesia Sagrado Corazón, en las calles Cuarta y Oregon, salía la gente de misa de mediodía. De pie a la salida del edificio, el padre Francis de sotana blanca y estola guatemalteca, daba gracias a los feligreses. Las mujeres mayores le besaban el anillo y los hombres le daban la mano. Ivón le dijo a su primo-chaperón-escolta-chofer-dolor de muelas, que esperara en la troca mientras ella iba a recoger los volantes de Irene.

—¿Cómo está? ¿Cómo está su madre? —el padre Francis la abrazó.

—Ya se puede imaginar —respondió.

—Mencioné a su hermana en la homilía de hoy y pedí a la congregación que rezara por ella.

—Gracias, se lo voy a decir a mi madre.

El padre Francis hizo una pausa para saludar a dos mujeres que llevaban mantillas negras.

—Vayan con Dios —les dijo, luego le echó un vistazo a la troca—. ¿Ése es William? No lo he visto desde que se fue a la universidad —el padre Francis saludó a William agitando la mano.

—Es un culero —dijo Ivón—. No me deja manejar porque el tío Joe le dijo del incidente en el puente ayer, donde por poco destrozo un Camaro con un fierro cuando se me metió delante, y ahora William dice que tampoco quiere manejar en Juárez. Quiere que caminemos. ¿Cómo voy a buscar a Irene a pie?

—Sólo camine hasta la Mariscal —dijo el padre Francis—. Muchas muchachas desaparecen de los bares en la calle trasera a la avenida Juárez, la calle Ugarte. ¿Ya sabe que es el distrito de la prostitución, verdad?

—¿Se acuerda que yo he vivido aquí? Conozco la Mariscal.

En el tiempo en que andaba con Raquel, Ivón había tenido una novia llamada Magda que trabajaba en uno de los bares del distrito de prostitución. El Canario Rojo, se llamaba.

—Hable con los cantineros y las meseras, tal vez ellos le puedan orientar. Mientras esté con un hombre está segura.

Ivón hizo un esfuerzo para no hacer una mueca por el comentario.

—Si me espera un minuto mientras termino aquí, vamos a mi oficina y le doy los volantes y los nombres de los bares de donde han desaparecido muchachas. Espéreme adentro, está más fresco. ¿Le decimos a William que entre, también?

—Que se cueza aquí afuera, qué me importa —dijo Ivón.

Volteó a ver la troca. William, con su camisa y su corbata de misionero, se echaba aire con un periódico doblado.

Ivón caminó hacia un reservado en el vestíbulo. Había velas, rosarios y oraciones de venta, libritos con la historia de la iglesia, la más vieja en el sur de El Paso. Compró una velita y la puso en un vaso azul en la mesa de las velas en la entrada de la nave, la encendió por Irene.

—Dale luz —murmuró frente a la estatua del Sagrado Corazón de Jesús. No era creyente, pero Brigit le había enseñado el poder de la visualización y de la luz blanca.

Finalmente, el padre se despidió de una anciana en silla de ruedas a quien empujaba una mujer de mediana edad vestida completamente de negro. Eran las últimas de la fila que salía de la iglesia. Jaló las puertas de hierro negras, pasó el cerrojo, luego cerró las puertas de madera y también las aseguró.

—Recuerdo cuando las iglesias estaban abiertas todo el tiempo —dijo Ivón, mientras seguía al padre Francis por el corredor principal de la iglesia.

—Eso era antes de que las pandillas gobernaran la vida del barrio —dijo entre dientes, santiguándose frente al altar. En la sacristía se quitó la sotana con la ayuda de un acólito. Llevaba pantalones de mezclilla y una camiseta negra. Tenía los brazos delgados pero bien torneados, el estómago plano, parecía un gay con la cara bronceada, excepto por el pelo despeinado que le cubría la parte trasera del cuello. La oficina del padre Francis estaba en el sótano de la escuela de al lado. El cubículo iluminado con luz fluorescente olía a humo de cigarro y a comida frita. Hacia cualquier lugar que mirara —el librero lleno de libros, el escritorio revuelto, los archiveros llenos de carpetas y periódicos apilados— veía ceniceros repletos de ceniza y colillas, latas de Pepsi y cajas de Kentucky Fried Chicken.

—Disculpe el desorden —dijo—, la señora que limpia no puede entrar a limpiar aquí porque tira todos los papeles.

Ivón tosió y se cubrió la boca. Él le indicó una silla cerca del escritorio y ella se sentó. Una pared del cuarto estaba cubierta con corcho, tapizada con tarjetas de colores y fotografías de mujeres jóvenes.

—¿Y ahora dónde están los volantes? Pierdo todo en esta oficina.

"Las muchachas desaparecidas de El Paso". Se leía en un pequeño anuncio clavado en la mitad del corcho. Ivón se sintió mal cuando vio el boletín policíaco de Irene.

"Hola, Lucha", le dijo en silencio a la foto de su hermana. "Aguanta, bebé, te voy a encontrar, lo juro por Dios. Sólo no dejes que nada te pase, ¿okay?"

—Okay —dijo el padre Francis, y por un momento Ivón tuvo la extraña sensación de que le había leído la mente—. Aquí están, adentro del directorio telefónico. ¿Cómo fueron a dar ahí? ¿Se fija? —tomó un montón de volantes rosa brillante donde se leía "Se busca estudiante de El Paso". Había dos números para contactar: la oficina de Contra el Silencio y un teléfono celular de Juárez que la gente podía usar en caso de no poder hacer llamadas de larga distancia a El Paso.

Los ojos de Ivón se llenaron de lágrimas cuando vio la foto de la graduación de su hermana en el volante. Iba a pronunciar el discurso en la graduación, era la capitán del equipo de natación, se iba a graduar de la Academia Loretto. Ivón no podía recordar qué quería estudiar su hermana cuando entrara a la universidad.

—Espere un minuto ¿dónde está la otra foto?

—Decidí usar solamente ésta. La otra . . . bueno, ahí se ve como una . . .

—¿Una qué? Todo lo que se ve es la cara y la parte de arriba de la blusa. Quiero que la gente vea la ropa que traía puesta el día que desapareció.

—Ya sé, pero nunca terminan con la misma ropa que traían. No se imagina cuantas familias piensan que pueden identificar a sus hijas por medio de la ropa de los cadáveres y después del examen del ADN descubren que en realidad no era su hija, que era sólo alguien que usaba su ropa.

—Está bien, pero todavía no entiendo qué tiene de malo esa foto.

—Es el colorete —dijo—. Tiene demasiado colorete rojo y en la foto se ve casi negro. Manda un mensaje equivocado.

—Usted también cree en toda esa mierda, ¿verdad?

—Yo no juzgo la vida de nadie, Ivón, sólo sé cómo reacciona la gente, y si ellos ven a alguien que para ellos aparenta ser una prostituta no simpatizarán con ella. Pensarán que es una muchacha mala y que le pasó lo que se merecía.

Ivón tuvo que aceptar el argumento. "Conoce tu público", era lo que le quiso decir.

El padre Francis se sentó frente a la computadora y escribió furiosamente por un minuto.

—Éstos son los nombres de los bares que debe visitar —dijo. Sacó una hoja de la impresora y se la pasó a Ivón.

—Todos están cerca de la calle Ugarte, en el área del gimnasio municipal viejo, excepto estos dos de arriba. El Nebraska, un bar gay está un poco más hacia al oeste sobre la Mariscal, y este último, bueno, que es más una leyenda urbana que un lugar real. Cuando la pandilla llamada Los Rebeldes fue arrestada, hace dos años, siempre hablaban de la Casa Colorada. Pero muy poca gente ha estado ahí o lo ha visto, así que tal vez no lo encuentre. Tal vez ni siquiera existe.

—¿Qué se supone que voy a hacer con todos estos volantes, padre? ¿Voy a tener algún problema al repartirlos? ¿Los puedo grapar a los postes de la luz o donde sea?

—Sólo muestre los volantes a los cantineros y a las muchachas que trabajan en los clubes —dijo—. No sabemos, tal vez alguien la ha visto.

Ivón se fijó en el nombre Sayonara Club en la lista de bares que el padre le había dado. —¿Sabía que este club está en Internet como un sitio turístico de Juárez? Tengo un cupón para un trago gratis.

—¿El sitio *Borderlines*?

—¿Usted lo ha visto?

—Desde hace tiempo he tratado de que lo quiten del enlace "Señoritas Sensuales". Todo lo que hacen es explotar a esas muchachas semidesnudas y seguirle el juego a los perversos.

—Quieren hacer ver la prostitución como una atracción turística.

—Ése es mi punto, exactamente. Pero nadie me escucha.

Ivón recogió los volantes y se puso de pie.

—Muy bien, debo irme antes de que William se desmaye o me deje plantada. Gracias. —Ivón le extendió la mano, pero él no la tomó. Se veía preocupado—. ¿Qué pasa? —preguntó.

Él la miró con sus ojos plateados detrás del brillo de los anteojos. —Tengo que decirle algo, Shimeyna no quiere que lo sepa, pero creo que estaría muy mal si no se lo digo. Después de todo lo que ha ocurrido tiene derecho a saberlo.

—¿De qué se trata? —preguntó nuevamente, ahora con impaciencia.

—¿Se acuerda de aquel accidente que tuvo Shimeyna la otra noche?

—Sí, cuando se estrelló con el poste del teléfono.

—Bueno, no fue porque trató de evitar a un peatón y perdió el control de la furgoneta. Quiero decir, ésa es la historia que contó, pero no es lo que ocurrió. Alguien trató de sacarla del camino. Alguien con una troca grande con placas de Texas, eso es todo lo que vio.

—¿Y por eso la arrestaron?

—Bueno, realmente se estrelló contra el poste y había bebido . . .

—¿Sabe quién fue?

—Pensamos que es alguien que está molesto con Contra el Silencio.

Ivón entrecerró los ojos. Quizás era su imaginación o tal vez había visto la culpa que de pronto cruzó la cara del cura, como si supiera algo más de lo que hubiera dicho.

—¿Ha pasado esto ya antes? —preguntó.

—Tenemos nuestra cuota de amenazas por teléfono. Es decir, todas las personas que tratan de hacer algo para evitar estos crímenes reciben amenazas . . . pero hace apenas algunos meses descubrimos que alguien nos sigue. No todo el tiempo, pero generalmente después de un rastreo. Shimeyna dice que había visto esa troca antes. Es una de esas trocas Chevy con cabina grande, con llantas dobles atrás, pintada de color verde oscuro con ventanas polarizadas.

—¿Se fijó en el número de las placas?

El padre negó con la cabeza. —No tenía número —alcanzó un lápiz de su escritorio y escribió las letras de la placa en un papel que luego le dio: LONE R★NGR.

La estrella le recordó algo pero no pudo ubicarlo.

—Shimeyna llevó a su hermana a casa la noche que usted llegó ¿verdad?

—¿Quiere decir que tal vez la siguieron a la casa de mi madre?

El padre Francis tragó saliva, alzó las cejas y elevó ligeramente los hombros. —Es posible.

—Y usted piensa que tal vez el que siguió a Ximena siguió a Irene a Juárez. ¿Es eso lo que trata de decirme?

—Es posible —dijo de nuevo, encendió un cigarro. Le temblaban las manos.

—¡Chingado! Está muy jodido que Ximena no me lo haya dicho. Hubiéramos podido dar la descripción de la troca a la policía. Ya hubieran investigado las placas.

—Ivón, el asunto es que debe tener los ojos y los oídos muy abiertos siempre, tal vez la sigan a usted también.

—¿Pero, quienes son, padre?

—Eso no lo sé —negó con la cabeza—, pero por el tipo de troca suponemos que es alguien con dinero. Solamente los narcos manejan ese tipo de trocas aquí. Los narcos y la policía. Pero ésta tiene placas de Texas, así que imagínese.

—¡Cabrona! Ximena y sus secretos —dijo Ivón.

—No es su intención ser secretiva —dijo—. Algunas veces su trabajo es guardar la información para proteger a la gente. Eso es lo que ella hace, ya sabe, proteger a la gente.

—Sí, pero de cualquier manera debió decirme algo.

El padre tomó la mano de Ivón entre las suyas. —Dios la acompañe —dijo—. No olvide que andará en un área peligrosa incluso durante el día, así que manténgase alerta. No haga muchas preguntas. Muestre el volante, hable de Irene, lo joven que es, lo buena estudiante que es, cómo sufre su madre, haga que la gente sienta lo que usted siente. Uno nunca sabe. Es un mundo muy pequeño, y alguien debe de tener información útil.

—Es exactamente lo que necesito, información. Lo que me dijo el otro día, sobre lo que yo no sabía que ocurría en mi ciudad natal. ¿Sabe por qué me encabroné tanto? Tengo mucho trabajo que hacer, literalmente. Hice algo de investigación, pero todavía me siento sin recursos suficientes. Por ejemplo, no tengo ni una pista de por dónde empezar a buscar a Irene. Si supiera más de estos crímenes, tal vez sabría qué buscar, qué preguntar y no solamente decir, ¿han visto a esta muchacha? ¿Entiende lo que quiero decir, padre?

—Tengo . . . —gesticuló recorriendo la oficina—, toneladas de información aquí, no sé qué hacer con mucha de esta información, como puede ver. Fotos, apuntes, reportes, lo que necesite, puede venir y revisar todo esto cuando quiera. Sólo le advierto que no hay luz para leer.

—No busco para pasarlo bien, padre. Trato de encontrar a mi hermana.

—Mire, estoy de acuerdo con lo que hace. Las autoridades se están lavando las manos en este asunto, pero tiene que ser extremadamente cuidadosa.

El cura apretó la mano de Ivón, y ella, por hábito, revisó su reloj. Un cronógrafo negro, barato, con estensible de piel negra.

"Extremadamente cuidadosa" le recordó la frase "Exxxtremadamente suertuda". Al parecer no podía confiar en nadie, ni siquiera en Ximena.

26

—Yo creo que este es el mejor plan —dijo "William el patriarca" al bajar la visera del parabrisas de la troca del tío Joe.

—No es el mejor plan, William, de hecho va a arruinar cualquier plan. A la colonia La Soledad, que es adonde vamos, no se puede llegar caminando desde el puente del centro, por una chingada, y tampoco a la feria. ¿Y cómo se supone que voy a llegar a casa de Raquel a recoger el carro de Irene? Esto va a arruinar todos mis planes.

—¿Hay taxis, no?

—Estás pendejo, William, ¿te imaginas llegar en un taxi a una de esas ciudades perdidas? Déjame manejar. Yo manejo si tú tienes miedo. Muévete.

—No tiene nada que ver con tener miedo —dijo William, pero sus mejillas hundidas se ruborizaron—. En primer lugar, el tío Joe no quiere que manejes. Esta es su troca y yo soy responsable de ella. En segundo lugar, si cierran el puente hoy en la tarde nos vamos a quedar estancados en el otro lado quien sabe por cuánto tiempo. Es mejor cruzar caminando. Nos podemos estacionar aquí.

En Francia había empezado la Copa Mundial y el tío Joe les había advertido que si México ganaba el partido hoy probablemente el puente Córdoba estaría cerrado. Los fans del fútbol en Juárez tomaban ese deporte muy a pecho e invadían el Parque Chamizal en las cercanías al puente. Cada vez que México avanzaba en el campeonato cientos de fanáticos ondeaban banderas mexicanas y se pintaban la cara verde, blanco y rojo. Esto causaba un mayor disturbio en el flujo del tráfico al puente, lo cual hacía las colas y el tiempo de espera para cruzar aún más largo. Tenían que cerrar las garitas de la aduana mientras se controlaba a los juerguistas.

—Aunque cierren el puente Libre, William, no van a cerrar éste ni el de Zaragoza, sí vamos a poder regresar. No te vas a quedar atorado en México por el resto de tu vida.

—Lo siento, Ivón pero ya lo decidí así —dijo William después de pagarle al dependiente en la entrada del estacionamiento. Eso realmente la encabronaba. *Ya lo había decidido.* Sintió que las orejas le ardían. Era el segundo hombre que tomaba decisiones por ella hoy. Tal vez podría aceptar que su tío no le permitiera conducir, si consideraba que había estado imprudente en los últimos días y si tomaba en cuenta su conducción agresiva. Sin embargo no iba a permitir esta mierda paternalista del señor Mormón Diácono, cinco años menor que ella. Hasta Patrick hubiera estado mejor, pero como oficial de la policía no podía cruzar la frontera para una misión de reconocimiento. Estaba atorada con William. Ximena le había prometido a Brigit que no dejaría a Ivón ir sola a Juárez.

—¿Cuándo te volviste tan culo? —dijo mientras estacionaba la troca.

—No quiero pasar todo el sábado en Juárez, Ivón. Le dije a Pam y a los niños que regresaría para llevarlos a nadar al Memorial Park.

—Ya te oí, William —dijo Ivón—, si no estuviéramos buscando a mi hermanita desaparecida, tal vez me valdría madre que tú tuvieras que ir a nadar con tu familia. ¿No crees que sería muy padre que todos pudiéramos ir al Memorial Park a divertirnos hoy? No tienes que acompañarme, no necesito un chingado chaperón, puedo ir yo sola.

—Mira, Ivón, me puedes maldecir todo lo que quieras. No quiero ser insensible, sólo pragmático. No te voy a perder de vista. Lo siento.

—¡Chingado! —exclamó y cerró la puerta de la troca de una patada.

El alto sol de mediodía le quemó el cuello a Ivón en tan sólo diez minutos. El tiempo que les tomó caminar del estacionamiento de la calle El Paso, donde habían dejado la troca del tío Joe, al molinete en el edificio de la aduana mexicana, en el centro.

La Avenida Juárez parecía un campo minado. Habían levantado el asfalto completamente. Frente a las tiendas de curiosidades, las licorerías, los restaurantes y los bares, las calles no eran otra cosa que hoyos, zanjas y montones de tierra y concreto. Para caminar había tablones de madera que conectaban un lado de la calle con el otro. Las pocas personas que caminaban por la Avenida Juárez parecían ser niños de la preparatoria que venían de El Paso o de Las Cruces; animales de la fiesta, conjeturó Ivón, decidida a no permitir que la construcción de la calle influyera en los ajustes de actitud en una tarde de domingo en J-Town. Unos cuantos vendedores de cigarros y boleros estaban en las esquinas, pero se iban a donde los parqueros uniformados recogían pesetas aquí y allá por cuidar los carros. Los niños con trapos grasosos y botellas de Windex falso se ganaban un peso, muy campantes, cuando limpiaban el parabrisas de los carros que iban hacia el norte de la Avenida Juárez, en dirección al puente: la tierra prometida. En este momento el camino a la tierra prometida estaba cerrado por reparación.

Atrás de la Avenida Juárez corre la Mariscal, un laberinto de calles y callejones donde se encuentran los burdeles, donde las damas de la noche se congregan a lo largo de las aceras o del canal a la espera de los clientes. El folclore local dice que a pesar de que la calle lleva ese nombre en honor de un famoso general Mariscal, la zona se llama así por el penetrante olor a mariscos, el olor salado del pescado que emana de los burdeles. Magda le había contado este cuento trivial sobre la Mariscal.

Los burdeles de la calle Mariscal, ubicados exactamente atrás de la Avenida Juárez, son aquellos a los que asisten los turistas del otro lado de la frontera, una clientela formada por estudiantes de preparatoria, niños universitarios y hombres de negocios. Los bares más sórdidos, los que están alineados en las calles más oscuras, cerca del viejo gimnasio, son para los de Juárez y los capos de la droga. Es aquí donde el padre Francis le había aconsejado que fuera.

Ivón y William estaban de pie afuera del Kentucky Club; revisaban la lista de nombres que el padre Francis le había dado a Ivón: Joe's Place, La Fiesta, La Tuna Country, La Madelón, Deportivo, Nebraska, Casa Colorada. Sacó el mapa que había bajado del sitio *Borderlines* para orientarse y ver dónde estaban en relación al viejo gimnasio.

—¿De dónde sacaste eso? —preguntó William.

—Me lo saqué del culo —dijo todavía furiosa con él.

—Bueno, guárdalo. Te ves como turista.

—¿Tienes una idea de a dónde vamos, señor Brigham Young?

—¿El sacerdote te dijo que estos lugares estaban cerca del gimnasio, verdad? —preguntó William.

—Y me imagino que tú sabes dónde quedan.

—Podemos preguntar.

—Ah, ¿y eso no nos hace ver como turistas, eh? —Ivón caminó hacia el Kentucky Club.

—¿Qué haces? —William rezongaba tras ella.

Iba a llamar al celular de Raquel y pedirle que la recogiera. Estaba harta y no tenía intención de seguir con William.

—Voy al baño, si no te importa. Toma —le pasó el mapa—. Muéstrale esto al cantinero, pregúntale si sabe cómo llegar a estos bares, que nos indique la dirección correcta.

—Yo sé la dirección correcta —dijo, pero lo dejó ahí parado mientras ella caminaba de prisa hacia la parte trasera. Dos mujeres vestidas con blusas sin espalda estaban sentadas en los bancos al final de la ornamentada barra de encino. Una de ellas bebía una exótica bebida azul, la otra bebía una margarita en un vaso cuyo borde tenía sal. Ambas le guiñaron los ojos cuando pasó. Ivón abrió su mochila y sacó una copia del volante de Irene.

—Mi hermanita, la ando buscando, ¿no la han visto?

Las mujeres negaron con la cabeza y le regresaron el volante.

—No te preocupes, chula —dijo una de ellas—. Ha de andar por ahí.

"Por ahí", un eufemismo de andar en la calle, perdida con un hombre. Con razón estos crímenes no se han resuelto, pensó Ivón. Desde las prostitutas hasta la policía, todos piensan que es un asunto sexual. Que son las muchachas las que se van con algún hombre, por ahí.

Ivón entró al baño y por un momento sintió un *déjà vu*. Sólo un par de noches antes había estado sentada aquí. Leía el graffiti y planeaba el nuevo capítulo de su disertación. Es increíble lo rápido que cambian las cosas. Vio un graffiti fresco sobre el muro. No podía encontrar el que buscaba, finalmente lo vio, pero ahora decía otra cosa: *Pobre Juárez, tan lejos de la Verdad, tan cerca de Jesús*. Sobre la versión vieja aún podía ver huellas, *tan cerca del infierno, tan lejos de Jesús*, pero había sido rayado con algo filoso.

Tan lejos de la Verdad. Eso era un eufemismo.

Marcó el número de Raquel, pensaba en la nueva frase, ¿qué era lo que no se veía bien? Cinco timbrazos, seis timbrazos, ocho timbrazos. Ivón iba a colgar cuando Raquel finalmente contestó en el décimo timbrazo.

—Habla Ivón —dijo—. Necesito tu ayuda. Necesito recoger el carro de Irene. ¿Puedes venir por mí? Estoy en el Kentucky Club. ¿Cómo que no? Me imagino, okay, pero no tengo otra opción. Y realmente es tu culpa. ¿Media hora? No te tardes. Okay, cuarenta y cinco minutos, entonces. Nos vemos.

Era exactamente la una.

Cuando salió del baño el locutor de la televisión gritaba "Goooooool", prolongaba la palabra en una exhalación maníaca y el Kentucky Club despertaba con gritos y ondeaba banderas mexicanas. De pie en el bar, mirando el partido en la televisión, William se veía ridículamente fuera de lugar, con pantalones negros, camisa blanca y corbata azul.

—México acaba de anotar otra vez —dijo William—. Van cuatro a dos. Parece que hicimos lo correcto al cruzar a pie.

—¿Siempre te sientes tan bien contigo mismo? —le preguntó Ivón, luego hizo una mueca con los ojos—. ¿Qué encontraste?

—El cantinero dice que para llegar a estos bares todo lo que tenemos que hacer es tomar la Mejía hasta la Mariscal, luego voltear a la derecha en la calle Ugarte. Dice que todos estos bares, excepto la Casa Colorada, están sobre la Ugarte, al poniente de la Mariscal. De hecho la Casa Colorada está en un callejón por la Ugarte, una cuadra al sur del gimnasio.

—Al poniente de la Mariscal, al sur del gimnasio. Estoy impresionada, William.

—Te tomaste mucho tiempo —dijo escudriñándola por encima de sus lentes oscuros—. ¿Estás bien?

—Sólo con un poco de insolación por haber cruzado el puente a pie, a mediodía —dijo Ivón mientras se sentaba en un banco.

William miró su reloj de oro con un Mickey Mouse. —¿No crees que es mejor irnos? En realidad no quiero caminar por aquí más tiempo de lo debido.

—Permíteme que me reponga, ¿okay? Necesito beber algo.

Ivón no le dijo que esperaba a Raquel. Estaba ansiosa por deshacerse de él en la Avenida Juárez y que caminara de regreso por el puente él solo. Otra vez pensó en el graffiti. ¿Qué era lo que le molestaba? Era algo obvio, algo que no acertaba a relacionar. Entonces se dio cuenta: estaba escrito en inglés.

El cantinero trajo dos vasos con cerveza.

—Yo no ordené esto —dijo William con el ceño fruncido al tiempo que rechazaba uno de los vasos.

—Se los mandan las damas al final de la barra —dijo el cantinero sonriendo. Era el mismo hombre de la otra noche.

—No, gracias —dijo William.

—Deles las gracias por nosotros, pero dígales que tenemos prisa —le dijo Ivón al cantinero. Tomó uno de los vasos y vació la cerveza de un largo trago. William sólo la miraba, la ligera mirada de horror en su cara casi la hace ahogarse.

—¿Desde cuándo las putas les compran los tragos a los hombres? ¿Qué no es al contrario?

—Tal vez es acción afirmativa —ironizó Ivón mientras miraba hacia el final de la barra y sostenía el vaso vacío ante las dos mujeres. Ellas levantaron sus vasos al mismo tiempo.

—Parece que tienes experiencia en esto —comentó William.

—He andado por el mundo —dijo Ivón—. Se fijó en la pluma Mont Blanc que llevaba William en el bolsillo de la camisa y la tomó sin preguntar. Ahorita regreso —dijo y caminó de prisa hacia el baño otra vez. Dibujó un círculo alrededor de *tan lejos de la Verdad* y luego una flecha que apuntaba a la pregunta *¿Sabes la verdad? Llámame.* Ivón escribió el número de su teléfono celular.

El cantinero hablaba con William. Se aclaró la garganta cuando ella se sentó nuevamente. —Perdón —dijo en inglés. Se inclinó sobre la barra y con un gesto les pidió que se acercaran—. Disculpen la interrupción, pero creo que debo darles un consejo ¿okay? Mi nombre es Gregorio Vela.

—Un consejo es algo bueno —dijo William de inmediato.

—Pues, miren, con todo respeto, no es una buena idea que . . . los turistas como ustedes . . . anden por estos lugares. La mayoría ni siquiera están abiertos en este momento. Las discotecas como Joe's Place y La Madelón sólo abren de noche. Los otros lugares son lugares malos, llenos de ladrones y cholos y policías. La policía anda por toda esta calle. Son peores que los cholos y los ladrones. ¿Por qué quieren ir ahí? Quédense aquí. El Kentucky Club es un lugar seguro para los turistas, cerca del puente, se pueden ir a casa fácilmente, aquí no hay problemas con la policía.

William volteó a ver a Ivón con una irritante mirada de "te lo dije".

—Gracias —le dijo Ivón a Gregorio, luego le habló en español—. Eres muy amable al preocuparte por nosotros, pero no somos turistas, no estamos aquí para divertirnos. —Le entregó una copia del volante—. ¿De casualidad la has visto?

El cantinero estudió la foto y negó con la cabeza.

—¿Puedes pegar el volante en la barra, por si acaso?

El cantinero alzó los hombros lentamente. —Okay —dijo—. Pero ahora estoy más preocupado por ustedes, —se fijó en la ropa de ella—. Tu ropa —dijo.

Ivón se miró los pantalones cortos color caqui, un jersey de los Sparks y los tennis para correr. Se dio cuenta que no estaba vestida para caminar por la Mariscal. Realmente fue una idea muy tonta venir con shorts. No lo pensó bien. En este momento no podía concentrarse en cosas tan mundanas como la ropa.

Gregorio pegó el volante de Irene en el espejo, detrás de la caja registradora. Ivón se lo agradeció y decidió que era mejor esperar a Raquel afuera. Con toda la construcción en la Avenida Juárez no iba a poder estacionarse frente al bar. Ya iban hacia la puerta cuando el cantinero les gritó.

—Esperen, por favor —dijo todavía en inglés—. Si necesitan ayuda vayan al Canario Rojo en la esquina de Mariscal y María Martínez. Destapó la pluma y escribió el nombre del lugar en una servilleta del bar. Mi hermana Bertha trabajaba ahí. La gente de ahí es buena. Díganles que Gregorio los mandó.

El Canario Rojo. Eso era, ahí fue donde Ivón lo había visto todos esos años, cuando visitaba a Magda en el bar.

Gregorio le pasó la servilleta a William y éste le estrechó la mano. Un lazo masculino. William sacó un billete de cinco dólares y lo puso sobre la barra.

—Oye, güera — le dijo un borracho a Ivón cuando caminaba hacia la esquina—. ¿No quieres verga? —el hombre movió la cadera hacia adelante y atrás.

Ella pudo ver su erección a través de los jeans sucios.

—Prefiero comer mierda —dijo y soltó un escupitajo en la dirección del hombre.

—Pinche pocha hija de la chingada —también él escupió.

William se ruborizó pero no dijo nada.

27

RAQUEL NO IRÍA A NINGÚN LADO. Se vio el ojo morado en el espejo. Después de tres días la hinchazón había bajado y el color había cambiado de azul negruzco al color de la berenjena matizado con tonos amarillos alrededor, pero dentro del ojo aún persistía el derrame. Ivón se lo había hecho y tenía que recordarlo. No importaba qué hubiera hecho después, Ivón la había golpeado y dejado un ojo morado.

—¿Por qué le pasaban estas cosas a ella? ¿Qué no tenía dignidad?

Se había escondido en la casa desde el jueves. Se curaba el ojo con bolsas de hielo y pomadas, pero un moretón como ese no se desvanecía en tres días y no podía ser disimulado con maquillaje. Había dicho que estaba enferma los dos últimos días bajo el pretexto de sentirse mal a causa de su mes, y había sobornado a su sobrina Myrna para que firmara por ella. Pero su hermano no iba a consentir más ausencias. Si no se presentaba a trabajar el lunes iría a la casa y le vería la cara.

Presionó la bolsa de hielo sobre el ojo nuevamente. Si tan sólo esa perra de Ariel no hubiera dicho nada sobre la transacción con Paco; si al menos Raquel hubiera mantenido la boca cerrada cuando vio a Ariel chanclear con los zapatos de piel azul de la muchacha, tal vez Ivón no se hubiera puesto como se puso. Ivón ya estaba enojada con Raquel cuando se enteró del asunto de las drogas. No necesitaba saber que los zapatos que traía Ariel eran los de su hermana. ¿Por qué abrí la boca? ¿Cómo pude ser tan pendeja?

Los zapatos estaban enlodados y se veían como si se hubieran quedado al sol por mucho tiempo, pero Raquel los reconoció de inmediato.

—Oye, ¿qué no son esos los zapatos de la muchacha? —le preguntó a Ariel.

—No sé —dijo Ariel—, los encontré cerca del río. Ahora son míos.

—Se los debes regresar a Ivón. Son de su hermana. Ella los traía puestos anoche en la feria. Nadie usa zapatos como éstos por aquí.

Ivón y Ariel habían tenido un pleitazo a causa de los zapatos, pero Ariel había ganado. Las corrió de su casa y les gritó que si Raquel no hubiera hecho negocios con Paco tal vez nada le hubiera pasado a la cholita.

—No era un negocio —Raquel había tratado de explicarle en la troca.

—No puedo creer que hayas traído a mi hermana a un picadero, perra pendeja —dijo Ivón y le dio un puñetazo en la cara, rápidamente, como un boxeador.

Tal vez lo deseaba, pensó. Tal vez sólo quería atraer a Ivón nuevamente con los trucos infalibles que había usado antes. Encender su ira. Si el camino al corazón de alguna gente es a través del estómago, el camino al corazón de Ivón es a través de su coraje, una emoción que carga como un órgano de su cuerpo. En alguna ocasión Raquel había pintado la rabia de Ivón: un saquito de venas rojas y azules adherido a su ombligo.

Uno pensaría que una mujer de cuarenta y un años de edad había aprendido su lección y madurado, pensó, pero no era así, no cuando se trataba de Ivón. Nunca había sido capaz de sacarse a Ivón de su sistema, aún cuando la expulsaba de su lado cuando estaban juntas, aún cuando ella dormía con hombres y se había rehusado a seguirla cuando Ivón se fue al posgrado. Había querido que Ivón estuviera dispuesta, que dejara de acosarla para que saliera del clóset y simplemente fueran felices con tenerse la una a la otra.

Nadie la tocaba como Ivón. Ni siquiera Ximena. Ximena no sabía cómo le gustaba hacer el amor a Raquel. Raquel necesitaba que le apretaran el cuello o que le abofetearan el rostro para alcanzar el clímax. A Ivón le encantaba hacerla venirse. Pero en algún momento eso había derivado en algo desagradable entre ellas, pleitos a patadas y golpes que las hacían llorar, para enseguida, una vez calmado el coraje, surgiera el amor y la ternura. Y mucha pasión.

Esta vez, sin embargo, le había salido el tiro por la culata. Claro que Ivón la había golpeado, le había besado las lágrimas, acariciado y dicho una y otra vez cuánto lo lamentaba y cuán asustada estaba con todo lo que había pasado con Irene y su madre. Pero eso fue todo lo que ocurrió. No hicieron el amor, no hubo promesas para hacer el amor, solamente un ojo morado.

Cerró los ojos. Escuchaba "Love to Love You Baby" de Donna Summer con el estéreo a todo volumen. Trataba de revivir los besos de Ivón, sus labios cálidos, la suave punta de su lengua tocando la suya. Raquel se había excitado instantáneamente. Pero Ivón se fijó en sus pezones erectos y la separó. Raquel se sintió avergonzada.

Una cosa sabía de cierto: no le iba a dar la satisfacción a Ivón de verle la cara. Tenía que mantener su dignidad, después de todo. No tenía intenciones de ir por Ivón al Kentucky Club, tal vez el lunes podría ocultar el moretón e ir al trabajo. Cuidar de sí misma hoy y mañana tenía que ser su prioridad. Si no se presentaba en la oficina el lunes, su hermano vendría a la casa después del trabajo, golpearía la puerta, vería su ojo morado y le sacaría la verdad de un golpe. Su hermano podía matarla si descubría que salía con una mujer otra vez. Podía matar a Ivón si se enteraba que ella la había golpeado.

Años atrás, cuando sospechaba de su amistad con Ivón, se encolerizó cuando descubrió que habían rentado un departamento en El Paso. Gabriel había amenazado de muerte a Ivón. En la mitad de la noche había abierto la puerta del departamento a patadas y arrastrado a Raquel hasta el carro.

—Pinche tortillera cabrona —le había gritado a Ivón—, más vale que te andes con cuidado. Si te vuelvo a ver con mi hermana te voy a agarrar a chingazos, pinche tortillera.

Raquel había terminado la relación por el bien de Ivón. Ella le había roto el corazón cuando se fue de la ciudad, pero al menos no tendría que preocuparse de que un día Gabriel golpeara a su amante en una calle oscura. Había estado sola por años, incapaz de andar con otra, hasta que llegó Ximena.

Su aventura con Ximena había iniciado cuatro meses atrás. Raquel había visto a Ximena en el restaurante Casa del Sol, en el Pronaf, donde ella y su hermano comían todos los días. Ximena, que estaba sentada con el sacerdote y otras personas, había reconocido a Raquel de inmediato; se había acercado a la mesa a saludar, a abrazarla, a decirle que se veía estupenda y que hacía mucho tiempo que no la veía. Se presentó a sí misma a Gabriel, quien la miró con una mirada de víbora. Fulminó a Raquel con la mirada, pero Ximena o no se dio cuenta o no le importó. Cuando Ximena regresó a su mesa Raquel no le dijo a Gabriel que era la prima de Ivón. De cualquier manera tenían apellidos diferentes. "Sólo es una amiga", dijo.

A la siguiente semana se volvieron a ver en Casa del Sol. Raquel había ido después del trabajo a recoger una orden que había pedido por teléfono. Vio a Ximena sentada sola en una mesa del bar y se unió a ella. Se sentaron juntas por horas, hablaron y bebieron hasta que cerraron, compartieron el plato de flautas que Raquel pensaba cenar. Finalmente se llevó a Ximena a su casa.

Nunca hablaban de Ivón y, a diferencia de ella, Ximena no discutía con Raquel el tema de salir del clóset. La misma Ximena decía que estaba "sólo experimentando", una frase que le causaba mucha rabia a Ivón. Eso no le molestaba a Raquel. Andar con Ximena era lo más cercano a regresar con Ivón, excepto que Ximena la tocaba con mucha más suavidad, y la mayoría de las veces Raquel fingía placer. Durante los últimos cuatro meses se habían juntado los miércoles por la tarde en la casa de la abuela de Ximena, tenían sexo y salían a comer tarde. Eso era suficiente. Las dos respetaban sus respectivos secretos.

El miércoles Ximena había olvidado mencionar que Ivón estaba en la ciudad, que Ivón se había hospedado en la casa de la abuela y que había dormido en la misma cama en la que acababan de hacer el amor. Cuando Raquel se encontró con Ivón en el supermercado Furr's acababa de estar con Ximena. Todo el tiempo, mientras hablaban, Raquel estaba segura de que Ivón podía oler la esencia del sexo en sus manos. No podía explicar por qué eso la había deprimido tanto.

Su corazón se había henchido cuando vio a Ivón, pero rápidamente se le había salido el aire de los pulmones; apenas podía respirar. Dios mío, era posible que después de todos estos años aún no hubiera podido enterrar su amor por Ivón. Donna Summer le respondió: *No more tears, enough is enough.*

28

CUANDO DUERME SUEÑA CON AGUA. En ocasiones está en la alberca de la escuela, sola, hace sus ejercicios, se pregunta dónde están sus compañeras, por qué el entrenador no suena el silbato llamándole la atención para que permanezca en su línea y acelere. Nada diagonalmente en la alberca y no quiere acelerar. Ama el agua azul, las brazadas lentas que da, las patadas firmes de sus piernas y el ritmo estable de su rostro que sale del agua cada tres golpes para tomar aire.

En otro momento el agua es negra y pegajosa, sabe que nada otra vez en el río. Sólo que en esta ocasión hay manos que surgen del fondo, que la alcanzan, que tratan de jalarla hacia abajo. Está desnuda y las manos buscan entre sus piernas, le jalan el vello púbico, le hacen moretones en los muslos. No importa qué tan rápido nade, no puede apartarse de esas manos.

Y ahí está de nuevo sobre la tierra, en cuclillas bajo la sombra de un puente negro. El tren avanza a través del puente, ella puede verlo claramente, el Southern Pacific despide bocanadas de humo y hace sonar el silbato ruidoso y triste. Luego oye que algo chasquea y el chirrido de las ruedas del tren es tan agudo que le corta los oídos. Ve el soporte del puente quebrarse y sabe que el tren se derrumbará sobre ella. Su único escape es el río, el agua negra donde las manos la esperan. Cierra los ojos, siente que el corazón le palpita como cuando está en el último tramo de los 200 metros y cuando los abre otra vez está de regreso en la alberca de la escuela y el entrenador silba y le dice que se mantenga en su línea y acelere.

Hay una rejilla de ventilación en el piso, enseguida de la cama, puede oírlos perfectamente. Junior y otro hombre discuten. El otro habla inglés como texano. Oír a alguien hablar inglés hace correr sus lágrimas. Quiere hacer algún sonido, supone que si ella los oye ellos pueden oírla también. Podría gritar a través del trapo.

—Te dije que esa muchacha era mi asunto —dice el texano—. ¿Por qué chingados la traes aquí?

—Tenemos la orden de dos americanas —dice Junior. Habla inglés con un acento mexicano muy fuerte.

—Yo soy el que da las órdenes, culo. Éste es mi dominio y nadie pide muchachas americanas sin que yo me entere. Estuvimos todos de acuerdo en que no iban a cazar muchachas americanas. Tengo un camión cargado de mojadas para escoger. Y esa muchacha estaba reservada, por una chingada. Pensé que todo estaba claro.

—¿Te la devuelvo?

—No. Ahora está echada a perder. ¿Quién dio esa orden?

—Mi socio. Es para el egipcio. Para mantenerlo tranquilo hasta que lo transfieran.

—Mira, culero, el egipcio no es mi problema. Tú, tu socio y yo hicimos un acuerdo. ¿Ya se les olvidó?

—Ya sé, pero el egipcio podría arruinarlo todo. Dice que ha estado hablando con El Diablo en la cárcel, dice que conoce toda la historia.

—¡A la chingada El Diablo y su bocota! Debí encargarme de ese culero hace tiempo.

—Mi socio está haciendo arreglos para transferir al egipcio de la cárcel de Juárez lo más pronto posible. Ese hijo de la chingada habla mucho. Sale en la televisión, en los periódicos, muy pronto lo vamos a oír en la radio, todo lo que tenemos que hacer es darle lo que quiere hasta que se vaya.

—¿Y si no?

—Ya sabes que habla con los medios, tiene conferencias de prensa desde el CeReSo. Yo sé lo que te digo, aquí nuestro negocito ".com" se va a convertir en información pública si no le damos lo que pide.

—¿Y qué chingados pidió?

—Dos americanitas, ya te dije, además de la vieja chingada de la morgue y su hija.

—Dile que me pela el chile. ¿Quién se cree que es? A mí me vale una chingada que los medios estén encima de él como moscas sobre la mierda. Tú y tu socio no son otra cosa que un par de pendejos que se dejan presionar por un pájaro en la jaula como ése. De cualquier manera ¿qué uno de ustedes no es el dueño de los medios? Fíjate bien, compa, me los voy a chingar si no pueden seguir con el juego. Yo no necesito pendejos en mi equipo. Ustedes, par de culeros, ya se pueden despedir de su inversión.

—Chíngate, no puedes cortarnos. Es nuestro dinero.

—Sí, pero ¿quién consigue la mercancía, hijo de la chingada?

—Mira, ya tenemos suficientes problemas sin el equipo del Diablo. La gente del Paso que nos recomendaste son unos idiotas. Creen que aquí es Disneylandia, creen que pueden hacer lo que quieran con la mercancía, las lastiman tanto que cuando llegan aquí se ven muy mal, todas moretonadas.

—¿Y qué importa cómo se vean?, de cualquier manera las vamos a fundir.

—Los clientes quieren ver cosas reales. Quieren una muchacha bonita, no una con moretones antes de que filmemos las escenas. Esos cabrones nomás se están divirtiendo a mis costillas. Así que voy a tener que darle el trabajo a la gente de Drácula, y son la misma mierda pero de diferente color, poniéndose hasta la madre siempre, jalándosela, cogiendo gratis. No puedo tener un negocio así. Tenemos que seguir un calendario. Se supone que nuestros espectáculos fluyen, que son en vivo y no pregrabados. La gente paga por ver acción en vivo. Conocen la diferencia, no son pendejos. Estamos perdiendo clientes. Tengo suficientes problemas manteniendo el sitio sin ustedes y sus amenazas. No les conviene que diga a los medios lo que hacen con las mojadas.

—¿Me estás amenazando, hijo de la chingada? ¿Me estás amenazando con hablarle a los medios? Adelante, hazlo y verás cuántos agentes federales de los dos lados van a venir a seguirte las nalgas de papi. Para ver lo que siente con su Juniorcito jugando con fuego. La Alianza de Maquiladoras va a hacerte picadillo el culo, a ti y a tu socio.

Junior dice algo que ella no puede oír, luego las voces se desvanecen. Oye las pisadas que suben las escaleras. La puerta se abre y ve un par de zapatos de hombre que entra en el cuarto pisando con fuerza. Parece que todo el cuarto se mueve con su peso. Uno de ellos se dirige a la ventana y la abre de un jalón. La luz que entra de golpe en el cuarto la ciega. Cuando vuelve a abrir los ojos mira fijamente las botas negras con las cintas anudadas arriba y pantalones color caqui con una franja verde a los lados.

—Una más y es todo —dice el texano—. Después de eso ni una muchacha americana, ¿me entiendes? El FBI tiene a Bob Russell aquí revisando en nuestros archivos para asegurarse que tenemos registrados a todos los depredadores sexuales en nuestra base de datos. Esta mierda se está calentando, así que apégate al trato que hicimos, ¿de acuerdo? O voy a ventilar toda esta chingadera y tu socio va ir a dar a la cárcel a mamarle el chile al egipcio. No vuelvas a amenazarme, hijo de la chingada, si no quieres terminar como una de tus perras.

—¿La quieres ver sí o no? Tiene un arete en la lengua.

Junior no le ha dicho al texano que está debajo de la cama. Piensa que debe mover las piernas y golpear el catre, pero está aterrada con la furia de ellos.

—A la chingada, no quiero verla. No me interesa una chingada. Asegúrate de derretirla a la chingada cuando termines con ella. Y a la otra también. No quiero ver ni una cara, no quiero huellas digitales, quiero que a las dos las hagas tocino con un soplete. Cabrones, hijos de la chingada.

Las suelas de las botas texanas rechinan en el piso rojo cuando sale del cuarto. Su corazón palpita de nuevo como palpitaba en el sueño cuando el tren estaba a punto de estrellarse encima de ella. *Hacerla tocino*, seguía oyendo, *derretirla, sin cara, sin huellas digitales*. Gime a través del trapo. Saliva, mocos, lágrimas y orina fluyen de su cuerpo.

29

IVÓN MOSTRABA EL VOLANTE de Irene a todo el que pasaba por fuera del Kentucky Club, a los trabajadores que barrían la calle, a los vendedores de cigarros y a los jóvenes americanos que vagaban de un bar a otro. William estaba enojado porque Ivón perdía el tiempo, así que tuvo que confesar que esperaba a una amiga que la iba a llevar a la colonia y que él podría irse a casa cuando quisiera.

—Ivón, ésta no es la idea que tengo de unas vacaciones —dijo ofendido—. No vine desde Salt Lake con mi familia para deambular contigo por esta ciudad dejada de la mano de Dios. Pero le di mi palabra a mi hermana, al tío Joe y a tu mamá de que te cuidaría hoy y tengo la intención de cumplirla. Aunque te marches con tu amiga voy a ir contigo. Es todo. Acéptalo.

Ivón estaba atorada con él. —Maldita sea.

William cruzó la calle para grapar volantes en los postes del teléfono mientras Ivón permanecía bajo la sombra del toldo verde del bar. Un muchacho se acercó a vender periódicos.

—Investigan los privilegios del egipcio —gritaba—. Entérese de los privilegios del egipcio en el CeReSo.

—Déjame ver eso —dijo después de hacerle señas al chico.

—¿*El Diario* o *El Norte*?

—Los dos.

—Un dólar, güera.

Le entregó un dólar y tomó los dos periódicos. Recorrió con la vista las historias rápidamente. —Increíble —le dijo a William cuando éste regresó.

—¿Y ahora qué pasa?

—Tienes que ver esto. El hijo de la chingada del egipcio tiene todos estos privilegios en la cárcel. ¿Sabías que tiene su propio teléfono celular? Oye esto —Ivón tradujo un fragmento de una de las historias— el viernes por la mañana, la doctora Norma Flores, médico forense, fue entrevistada acerca de las mujeres asesinadas en Juárez en un programa de la televisión local llamado *Mujeres sin Fronteras*. Mientras el programa estaba al aire, la conductora Rubí Reyna recibió una llamada telefónica de Amen Hakim Hasaan, el principal sospechoso de los crímenes, para declarar su inocencia a la teleaudiencia. Hassan dijo que era el chivo expiatorio para ocultar la identidad de los verdaderos asesinos. Después afirmó que "las cosas no iban a quedarse como estaban" y que las autoridades cometían un grave error al creerlo el autor intelectual. Otra llamada entró inmediatamente después de la de Hassan para preguntar cómo era posible que un prisionero pudiera llamar a esa estación, ya que no hay teléfonos públicos en el CeReSo. De la oficina del alcalde se ordenó la inmediata investigación del celular del egipcio, ayer en la tarde. Se descubrió que Hassan vivía en una celda para visitas conyugales completamente amueblada y con baño privado. Se encontraron dos teléfonos celulares, una televisión a colores, una videograbadora, horno de microondas y algunos otros objetos de lujo. Evidentemente el egipcio puede hacer lo que quiera y cuando quiera dentro de la prisión. Puede hacer llamadas telefónicas, ver televisión, recibir visitas a todas horas y hasta tiene acceso a su cuenta bancaria en El Paso, Texas. Investigan al director del CeReSo por soborno. ¿Puedes creer toda esta chingadera?

—¿CeReSo significa *cherry*, no?

—No, pendejo, eso es cereza. CeReSo son las siglas del Centro de Rehabilitación Social.

—¿Así que la cárcel aquí es un centro de rehabilitación social?

—Eso dicen.

William miró su reloj. —Ivón, hemos estado aquí afuera media hora esperando a tu amiga. ¿No crees que debemos irnos?

Obviamente Raquel no iba a venir. Ivón había olvidado las agresiones pasivas de Raquel. En lugar de decir *vete a la chingada, no puedo ir,* simplemente no va. Primero había llevado a su hermana a un picadero, ahora esto. Ivón se las iba a cobrar.

—Vámonos —dijo Ivón, luego guardó los periódicos en la mochila—. Ya hemos perdido suficiente tiempo aquí —cruzó la banqueta con pasos largos.

—Es lo que te he estado diciendo —dijo William, que trotaba atrás de ella.

Se detuvieron en el Fausto's, el Monalisa, el Club Panamá, todos los lugares que Ivón recordaba, todos arreglados por fuera con anuncios de neón y capas nuevas de pintura brillante. William trataba de actuar como si ya lo hubiera visto todo, pero Ivón sabía que él nunca había estado en un prostíbulo.

En el Canario Rojo un hombre con lentes oscuros y una camisa hawaiana permanecía en la entrada invitándolos a pasar.

—Cerveza fría, mujeres calientes —decía mientras se movía delante de las palmeras falsas de la entrada. A pesar de que estaba muy oscuro William se dejó los lentes de sol cuando entró. Se tropezó con una muchacha en bikini que se limaba las uñas en una de las mesas. Dos hombres en la mesa de al lado veían a la muchacha como perros hambrientos. En el escenario la música de Celia Cruz salía de las bocinas a todo volumen. Ivón caminó directamente hacia la barra. Reconoció a la mujer que atendía, tenía algo familiar en los ojos a pesar de que había subido como cincuenta libras y ahora administraba el bar en lugar de acompañar a los clientes.

—¿Eres Berta? —preguntó William antes de que Ivón pudiera decir algo.

Ella negó con la cabeza.

Ivón entrecerró los ojos para verla. Sí, la conocía muy bien.

—¿Magda?

—Para servirle —dijo mientras limpiaba el linóleo de la barra frente a ellos.

—El hermano de Berta, Gregorio, el del Kentucky Club, nos mandó —dijo William—. ¿Está Berta?

—Berta ya no trabaja aquí —Magda miró a Ivón como si la reconociera también.

—Buscamos a mi hermanita —dijo Ivón—. Desapareció de una colonia el jueves por la mañana. Tal vez alguien aquí la vio —Ivón le mostró el volante.

Magda se fijó en las fotos, luego movió la cabeza y dijo —No, yo trabajo aquí todos los días y no la he visto—. Le habló a las meseras y a las otras muchachas y les mostró la foto. La chica en bikini se apresuró a ver lo que miraban.

—Ya ni pa' qué —dijo una de las meseras—, ya la han de haber matado, pobrecita, tan jovencita.

Eso hizo llorar a Ivón. La mujer verbalizó lo que Ivón más temía: que su hermana ya había sido asesinada.

Magda le trajo un trago de tequila en un vaso con sal y un trozo de limón.

—Cálmate —dijo—, no le hagas caso a esa cabrona. Órale, a trabajar —ordenó, y alejó a las muchachas con un ademán.

—Vámonos, Ivón —dijo William mientras apuntaba a su reloj.

—Gracias —le dijo Ivón a Magda. Exprimió el limón con los dientes y de un trago se tomó el tequila.

—Puede que no esté muerta todavía —dijo Magda en voz baja—. A veces no las matan luego luego. Las usan hasta que ya no las necesitan. Eso le pasó a una de las muchachas que trabajaba aquí.

—¿Usarlas para qué? —preguntó William.

Las dos, Ivón y Magda se volteron a verlo.

—Ah —dijo—, perdón.

—¿Qué le pasó a la muchacha que trabajaba aquí? —preguntó Ivón.

Magda negó con la cabeza como si no quisiera hablar.

—Por favor —Ivón la presionó—, podría ayudarme a saber lo que pasó con mi hermana.

Magda miró de izquierda a derecha, luego se recargó sobre los codos en la barra.

—Era bailarina —dijo, con voz grave y áspera—. Se llamaba Julie y trabajaba aquí después de salir de la RCA. Un día vinieron tres hombres, se emborracharon, uno de ellos tenía una cámara, ya sabes, uno de esos que hacen películas.

—Una videocámara —dijo Ivón al tiempo que tomaba notas con la pluma de William en una servilleta.

—El hombre con la cámara le dijo que quería pasar dos horas con ella, pero que su amigo tenía que verlos. Pagaron el doble de lo que se cobra y el patrón los dejó hacer lo que querían. Esa fue la última vez que vi a Julie. Hasta que encontraron su cuerpo diez días después, debajo de la cama en un hotelito de esta calle. Estrangulada, violada y muerta de hambre. Flaquita, flaquita, como si no hubiera comido todo ese tiempo. La policía dijo que no llevaba muerta más de dos días, así que debieron usarla ocho días antes de matarla.

—¿Pero usted tenía la descripción de los hombres, verdad? ¿No los denunció? —preguntó Ivón. William trataba de entender la historia pero Magda hablaba más rápido de lo que él podía comprender el español.

—La policía nunca vino, ni siquiera a pedir información. Yo quería ir a la estación pero el patrón no me dejó, dijo que iba a correr a cualquiera que fuera a hablar a la policía.

Ivón le tradujo rápidamente a William.

—¿Nadie vio a los hombres cuando salieron? —le preguntó Ivón a Magda, pero ella negó con la cabeza.

—No sabemos cómo o cuándo salieron. No salieron por la puerta de enfrente.

—¿Está su patrón aquí? —preguntó Ivón—. Queremos hablar con él.

—No —dijo Magda—, no va a hablar con nadie. Ya está muerto. Le dispararon frente al bar el mes pasado.

—¡Dios mío! —exclamó Ivón—. ¿Por qué?

—Por asuntos con los narcos.

—¿Cuándo se llevaron a la bailarina? —preguntó Ivón.

—El año pasado, en el verano —dijo Magda.

—¿Todavía se acuerda cómo eran los hombres?

Magda negó con la cabeza. Ivón sabía que ella tenía más información, pero la puerta de enfrente se abrió y entraron unos muchachos americanos que se dirigieron a la barra.

—Voy a estar pendiente. ¿Tiene un número para llamarte?

Ivón escribió su número del celular atrás del volante. Pensó en otra cosa y escribió: *Pobre Juárez, tan lejos de la Verdad, tan cerca de Jesús.* —¿Tiene idea de lo que significa esto? —preguntó Ivón al tiempo que apuntaba lo que acababa de escribir.

—No, no sé leer inglés —los ojos de Magda se inmovilizaron.

—¿Se acuerda de mí? —le preguntó Ivón al tiempo que descansaba la mano sobre el brazo de Magda.

—Hace mucho tiempo —Magda afirmó con la cabeza—. No pensé que te volvería a ver.

—Acércate —dijo Ivón. Magda se inclinó hacia ella e Ivón le dijo la traducción al oído. Sintió que Magda tiritaba—. Magda, por favor, si sabes lo que quiere decir, dímelo.

—¿Dónde viste eso?

—Es un graffiti. En el baño del Kentucky Club —respondió Ivón.

Magda volvió a tragar saliva. Los jóvenes empezaron a golpear en la barra, pedían tragos. —No sé —dijo—, de veras, no sé.

—Voy a regresar, sola —le dijo Ivón mientras le presionaba el brazo.

—Oye, puta, queremos unos tragos —gritó uno de los muchachos.

Ivón caminó hacia él y le dio una cachetada.

—¿Qué chingados? —dijo y se sobó la mejilla.

—¿No te enseñó tu madre a respetar a las mujeres? —preguntó.

—Perra, vas a ver . . .

—¿Qué van a tomar, muchachos? —preguntó Magda con una sonrisa desde atrás de la barra. Le guiñó el ojo a Ivón—. La primera ronda va por la casa.

William la sacó del bar. —Híjole —dijo ya en la banqueta—, pensé que nunca íbamos a salir de ahí. Espero que no vayas a tomar una cerveza en cada lugar que nos detengamos. No quiero cargarte por todo el puente.

—William —dijo Ivón deteniéndose. Lo miró con el ceño fruncido—. Hazme un favor y cállate el hocico, mormón. ¿Crees que estoy aquí para divertirme, culero?

Ivón se adelantó, iba furiosa. William permaneció cerca de ella, atrás.

Pasaron el enorme edificio del gimnasio público que ocupaba toda una manzana. De pronto se encontraron en la calle Ugarte.

William sugirió que recorrieran la calle primero. Era una calle corta que empezaba en la esquina de la Avenida Juárez y 16 de septiembre, frente a la Plaza de Armas y se extendía cuatro cuadras al norte de la Mariscal. Les tomó exactamente ocho y medio minutos caminar de un lado a otro de la Ugarte. Caminaban de prisa. Las mujeres que estaban de pie en la entrada o recargadas en las ventanas los llamaban.

—Las tres "bes" —dijo una mujer vieja vestida con mayas elásticas y un sostén de piel; tenía una rosa tatuada que se extendía sobre el nacimiento de los senos. "Bueno, bonito y barato".

—Yo le hago de a tres —dijo otra mientras los invitaba.

William se ruborizaba con cada oferta. Ivón les mostraba el volante de Irene, sin suerte. De pie en una entrada, una niña descalza de no más de diez años de edad vestida con una camisola esperaba a los clientes. Detrás de ella se oyó la voz de una mujer que le dijo, "Mija, no se te olvide lavarte después de cada vez". La niña guardó su colorete rojo y le hizo ojitos a William.

Sólo encontraron cinco de los bares que buscaban en la calle Ugarte. La Fiesta y el Deportivo eran lugares pequeños para ligar, oscuros y llenos de humo, con muchachas desnudas que bailaban en plataformas diminutas, casi todos estaban llenos los sábados por la tarde. Joe's Place y La Madelón estaban cerrados. Pero el Tuna Country estaba abierto, de mejor ver y más nuevo que los otros estaba ubicado al lado de un estacionamiento público, tenía bloques de vidrio a cada lado de la puerta principal, así como atrás de la barra. En la pequeña pista de baile cuadriculada había muchos mexicanos con aspecto *country*, vestidos de vaqueros, con sombreros, camisas a cuadros, corbatas de lazo y botas. Bailaban música de banda con mujeres de minifalda y blusa sin espalda. Algunas mujeres y hombres jóvenes usaban pantalones holgados y camisetas con abreviaciones de los estados, como ZAC por Zacatecaz y DGO por Durango; éstos permanecían agrupados cerca de la puerta.

Ni los cantineros ni las meseras a quienes les enseñó el volante habían visto a Irene. Pero al menos le permitieron pegarlo a la entrada de cada bar.

Los únicos bares que aún no habían encontrado eran la Casa Colorada y el Nebraska. Gregorio había dicho que la Casa Colorada estaba en un callejón de la Ugarte, pero no pudieron encontrarlo. Recorrieron nuevamente la Ugarte y entraron a todos los callejones que se intersectaban sin suerte. En uno de los callejones encontraron un autobús —rojo, garabateado con graffiti, en desuso— del sistema público de autobuses en Juárez. Estaba estacionado frente a un edificio abandonado. Tenía las letras torcidas en el letrero de destino y encima del parabrisas decía "La Cruz Roja". El sentido de humor mexicano, pensó Ivón. William divisó algo moviéndose adentro del autobús y quería ir a ver si sabían algo de la Casa Colorada. Ivón pensó que no era una buena idea, pues sentía unos ojos que los seguían por todos lados.

Un muchacho en una bicicleta de cambios pasó cerca de ellos y William le hizo señas.

—¿Qué onda, gringo? ¿Andas perdido? —preguntó el muchacho.

Algo en él despertaba la desconfianza de Ivón. Iba a fingir que buscaban el Kentucky Club, para estar más seguros, pero William habló primero.

—Estamos buscando la Casa Colorada o el Nebraska.

El muchacho miró para todos lados; finalmente negó con la cabeza.

—No están aquí —dijo—. ¿Qué buscan? ¿Algo diferente?

El muchacho subrayó la palabra diferente y miró fijamente a Ivón.

—Vámonos —dijo Ivón mientras jalaba a William del brazo. El muchacho se fue. Pedaleaba y silbaba al mismo tiempo.

—Deja ya de llamar la atención —le dijo Ivón a William.

—¿Yo? Yo no soy el que anda medio desnudo —replicó.

—Tu corbata no nos ayuda tampoco —dijo—. ¿Te la podrías quitar?

Él la ignoró.

Otro carro de policía se movía sigilosamente. Éste era el cuarto que habían visto, o tal vez era el mismo que los seguía a todos lados. Ivón pensó que probablemente sería mejor si la gente pensaba que eran turistas. Como turistas estarían más seguros que como alguien que buscaba a una muchacha desaparecida. Le dijo a William que tenían que tomarse de la mano. Después de esto el carro de policía dejó de seguirlos.

—¿Entonces, qué piensas, William, de lo que nos dijo Magda?

—Creo que lo que hacemos es de idiotas. Yo creo que tenía miedo de hablarnos y que debemos irnos a casa ahora mismo.

—Si el muchacho tenía una videocámara tenía que ser un asunto pornográfico —dijo Ivón e ignoró las quejas de William. Empezaba a atar cabos—. Coincide con esta otra cosa que encontraron, el boletín que Cecilia recibió en la fábrica. Tenía una dirección de Internet para un sitio extremo.

—¿Quién es Cecilia?

—Y ese asunto del jefe de Magda a quien balearon por cuestiones de drogas.

—¿Dónde estamos? —William no escuchaba lo que decía Ivón—. Creo que nos estamos alejando más del gimnasio. Ya perdí la orientación con todo este zigzag que llevamos.

Ivón se fijó en un par de travestis que estaban de pie en una esquina y fue a preguntarles cómo se regresaba al gimnasio. Uno de ellos parecía una reina de belleza con una tiara, el otro vestía de gitana. Hicieron mucho escándalo cuando vieron a William, lo llamaban papito, le arreglaban la corbata y enlazaban los brazos con él como si fueran viejas comadres. La cara de William estaba ya muy quemada por el sol, pero las orejas y las mejillas se le pusieron furiosamente rojas. Los travestis tomaron sendos cigarros de la cajetilla de Ivón. Ella tuvo que encenderlos. Les preguntó si habían visto el Nebraska. El padre Francis le había dicho que era un bar gay, y ella supuso que ellos sabían donde estaba. Dijeron que no, que nunca habían oído hablar de él, pero Ivón vio que sí sabían dónde estaba.

—¿Y qué hay de la Casa Colorada? —preguntó.

—Estás buscando en el lugar equivocado, cariño —dijo la reina de belleza.

—No, muchacha, la Casa Roja ni siquiera está cerca de aquí —aclaró la gitana. Su acento parecía cubano o puertorriqueño. Hizo un gesto con la mano para negar—. Está allá, lejísimos, casi hasta Puerto de Anapra. Oí que estaba clausurada. Ahora nomás es un nido de cholos y drogadictos.

—¿Estás segura que es en Anapra? —preguntó Ivón—. Alguien nos dijo que estaba por la Ugarte.

—¿Dónde es Anapra?

—¡Ay, nene! ¡Las colonias! —respondió la gitana sorprendida de que William no conociera el terrreno.

—Está cerca de un lugar llamado La Soledad —intervino Ivón. La reina de belleza achicó los ojos para mirarla.

—¿Por qué buscan la Casa Roja?

—Todo lo que sé es que mi hermana desapareció de una casa en La Soledad hace tres días. Fue a una fiesta y simplemente desapareció. Tratamos de encontrarla. —Ivón les mostró el volante.

—¿Una fiesta? —dijo la gitana—. ¿Desde cuándo una niña como ésta va a fiestas en las colonias?

—¿Qué quiere decir esta palabra? —la reina de belleza señaló *valedictorian* bajo la foto de graduación de Irene. Tenía la cara radiante bajo el pizarrón blanco.

—Que es la mejor estudiante de su grupo —dijo Ivón, y sacó la fotografía que Irene se había tomado frente al carrusel, en la feria.

—Así es como estaba vestida ese día, ¿la han visto?

La reina de belleza negó con la cabeza. —Yo no.

—Espérate, déjame ver eso —dijo la gitana y se acercó la polaroid a los ojos—. Mira, a éste yo lo he visto antes —apuntó al hombre con sombrero vaquero montado en un caballito del carrusel, detrás de Irene. Su cara estaba desenfocada, pero los cuadros de la camisa y los broches de turquesa en el cintillo del sombrero eran claramente visibles. Ivón ni siquiera lo había visto en la foto. Algo parpadeó en su memoria, como pasó anteriormente en la oficina del padre Francis.

Sombrero vaquero, pensó. Llanero Solitario. ¿Dónde había visto eso antes?

—¿Cómo se llama? —preguntó William, pero la reina de belleza alertó con la mirada a la gitana y ésta le devolvió el volante a Ivón.

—Tal vez no —dijo—, sólo me recordó a alguien.

—¿Te recordó a quién?

—Por favor, —dijo Ivón—, si saben algo que pudiera ayudarnos se los agradecería mucho. Ella es mi hermanita, muchachos. Nomás tiene dieciséis años.

—Mi mamá ya tenía dos hijos a los dieciséis —dijo la reina de belleza—. De cualquier manera no la hemos visto, nos tenemos que ir, se nos hace tarde para la manicura.

—Buena suerte. Adiós, papito . . . —la gitana le lanzó besos a William, luego se fueron rápidamente.

—Por lo menos nos podrían decir cómo llegar a ese lugar, la Casa Roja —les gritó William pero ya no voltearon, luego masculló en voz baja—. Esos maricones nomás querían dinero.

Ivón decidió ignorar sus palabras. Sentía el sol encima de la cabeza como una plancha de hierro. Empezaba a sentirse mareada.

—¿Y ahora adónde vamos? —preguntó William.

—¿Qué tal hacia el sur de la Mariscal y al oeste del gimnasio? —Ivón le dio un codazo en las costillas.

A William no le hizo gracia.

—¿Tienes hambre, o sed? —preguntó Ivón.

—Hemos caminado por horas, Ivón, ¿nos podemos regresar?

—Simón —dijo Ivón con un suspiro—, ya vámonos.

Tenía claro que debía regresar a Puerto de Anapra con Ximena o con el padre Francis. Esto era sólo un atajo a la insolación. Siguieron las instrucciones que les habían dado los travestis. Dos a la izquierda, dos a la derecha, otra a la izquierda y llegarían al frente del gimnasio otra vez. El edificio se veía como un espejismo grande y azul que aparecía y desaparecía según el ángulo del sol. Ivón le preguntó a un parquero acerca de la Casa Roja.

—¿La Casa Roja o la Casa Colorada? —preguntó el hombre.

—¿No quiere decir lo mismo?

—Es el mismo color, pero no es el mismo lugar —explicó el hombre.

Ivón y William esperaban que el hombre dijera algo. Cuando vieron que no lo hizo, William sacó su cartera y le ofreció un dólar.

—No, pos, aquí un dólar ya no vale mucho —dijo el hombre. Se rascó la incipiente barba del cuello sin despegar los ojos de la cartera de William. Éste le dio un billete de diez dólares. No traía más.

—Hay una Casa Colorada hacia arriba en la Ugarte, en el barrio del Arroyo Colorado.

—¿Qué Ugarte no abarca solamente estas cuadras? —preguntó Ivón y le mostró el mapa que había bajado de Internet.

—No'mbre —dijo el parquero—, es una calle muy larga que corre hasta el final, como la Mejía y la María Martínez. De este lado termina en la calle Abasolo, a tres cuadras de aquí, por eso se ve como una calle muy corta. Pero sigue en la esquina de San Francisco y corre cinco o seis kilómetros hasta el final.

—¿Entonces, qué tan lejos está la Casa Roja? —preguntó William.

—Ya les dije, es la Casa Colorada, no la Casa Roja. Es como diez cuadras para arriba sobre la Ugarte, donde se cruzan las calles con nombre de metales como Plata y Plomo. Si quieren le puedo hablar a mi sobrino. Él tiene un taxi y los puede llevar.

—No, gracias, nosotros la encontramos —dijo William, que ya no quería regalar más dinero—. Diez dólares —dijo en voz baja cuando se retiraron—, nomás para regresar adonde empezamos.

—Ya ves por qué te dije que necesitábamos un carro —dijo Ivón—. Mira, te invito a comer cuando terminemos, ¿okay? Hay un lugar cerca del Kentucky Club que se llama Fred's y tiene las mejores tortas de jamón y aguacate, ¿sale?

—Eso es lo único que me faltaba —dijo abatido—, terminar deshidratado y con la venganza de Moctezuma.

Ivón le apretó la mano. Estaban a casi treinta y siete grados centígrados en la calle, ni siquiera sudaban, hacía mucho calor. Sabían que tenían que beber algo, de lo contrario se deshidratarían allí mismo. Ivón tenía las piernas y los brazos completamente quemados. La cara de William estaba tan roja como una señal de alto. Cada vez que pasaba un carro o el aire soplaba un poco, sentían como una ráfaga salida de un horno.

Catorce cuadras después encontraron un lugar en un callejón entre las calles Bronce y Níquel. No se veía para nada decrépito, al contrario de como los travestis le habían descrito la Casa Roja. Era un edificio de dos pisos hecho de ladrillo rojo. Un "Ladies Bar" con un anuncio muy grande que decía la Casa Colorada. Tenía guardias de seguridad en la entrada y se cobraba. Ivón pagó el *cover* y el hombre de la puerta le dio a cada uno un boleto de papel, que les daba derecho a un trago gratis.

En la barra Ivón ordenó una Tecate muy fría. William pidió una Coca. Tomó la mitad de la cerveza con grandes tragos que la estremecían cada vez que el líquido le golpeaba el estómago caliente. William sorbió toda la Coca de la botella con un popote.

—Ahora regreso —dijo—. No digas nada hasta que yo regrese.

En los "ladies bar" de la Mariscal no había ningún baño para mujeres. Las únicas mujeres que se suponía acudían a un "ladies bar" eran prostitutas o bailarinas, nunca clientes del sexo femenino. Ivón se dirigió al vestidor, en la parte trasera, donde vio a un par de bailarinas *topless* en chanclas que fumaban y se arreglaban el maquillaje. Una de ellas tenía algo brillante sobre los pezones. La otra tenía anillos. Las dos observaron a Ivón a través del espejo.

—¿Está bien si dejo un volante aquí?, mi hermanita desapareció hace dos días.

Una de las mujeres alzó una ceja en el reflejo del espejo. La otra, que se delineaba los labios con un lápiz negro, se encogió de hombros. Ivón las alcanzó a oír murmurar cuando estaba en el retrete.

—Marimacha —dijo una de ellas.

—Le gustaste —agregó la otra. Se rieron.

Había un bidet y una caja de Fab. Ivón sabía que el detergente no se usaba para lavar ropa.

Echó un vistazo rápido al graffiti; pensaba que tal vez alguien dejaba pistas en las paredes de los baños de mujeres. Entre una mezcolanza de insinuaciones sexuales, dibujos obscenos y comentarios sobre cupones de comida y anticonceptivos, se fijó en dos cosas que podrían ser útiles. Encima de los agujeros donde, en algún momento, había estado atornillado el portapapel del baño, dentro de una caja decorada con estrellas se leía: "Aquí no hay cholas ni maquilocas". Y en letras pequeñas, abajo, en la orilla de la puerta, "El nuevo gobernador le chupa la verga a la migra".

Ivón copió las frases atrás de un volante. Qué bueno que se había quedado con la pluma Mont Blanc de William. Recordó al muchachito en las colonias del otro día que vendía muñecas Barbie viejas como maquilocas. Ximena le había explicado que era una manera popular de referirse a las obreras de maquiladora que se habían americanizado y convertido en putas.

—¿De verdad se volvieron putas, Ximena, o es que la gente las percibe así sólo porque trabajan fuera de casa?

—No sé —respondió Ximena mientras se encogía de hombros—. El punto es que nadie las respeta. Algunas no tienen opción, tienen que alimentar a sus hijos y no pueden hacerlo con esos salarios miserables.

La otra referencia sobre la Patrulla Fronteriza, según la cual recibía favores sexuales del nuevo gobernador, abría una nueva gama de posibilidades para la investigación . . .

De pronto el teléfono sonó en su mochila y la sorprendió. El identificador estaba bloqueado.

—Es una fábrica cerca de Jesús —dijo una voz de mujer.

—¿Qué? ¿Magda? —pero la señal se había perdido.

Escribió las palabras debajo del graffiti que acababa de anotar. "Es una fábrica cerca de Jesús". ¿Qué chingados quería decir?

Cuando salió, el baño estaba vacío. Regresó a la barra donde William estaba con dos policías.

—¿Ustedes son los que andan buscando problemas? —le preguntó uno a Ivón.

30

WILLIAM ESTABA ATERRADO.

—No buscamos problemas —dijo Ivón metiéndose las manos, que de pronto empezaron a temblarle, en los bolsillos—. Buscamos a mi hermanita que desapareció.

—Los vieron —dijo el que llevaba los lentes oscuros verdes—, a ti y a tu amigo vendiendo drogas.

—¿Haciendo qué? —exclamó William volteándose rápidamente.

De inmediato, el otro oficial le torció el brazo atrás de la espalda.

—Soy ciudadano norteamericano —murmuró William.

Lentes Verdes se acercó, lo agarró por la corbata y lo jaló hacia él hasta que sus narices casi se tocaron. —Y nosotros somos la policía judicial, cabrón.

—Los vieron vendiendo cigarros de marihuana a dos travestis hace rato —dijo el otro policía—. Están bajo arresto.

—Pero, oficial . . .

Ivón sintió un estremecimiento en las entrañas, sabía exactamente lo que pasaba.

—No digas nada, William. Yo sé lo que quieren.

El policía le torció el otro brazo a William detrás de la espalda y le puso las esposas.

—Esto es ilegal —protestó William.

—¡William, en serio, cállate!

—Pero, oficial —no dejaba de decir William en su español malo—, soy americano, soy del Canon de la Iglesia de los Santos de los Últimos Días, soy mormón, no tomo drogas, no bebo alcohol. Tengo familia.

—¿Oíste? Es mormón.

—Me chocan los mormones —dijo el otro policía, luego empujó a William contra una pared y le dio palmaditas en la cara—. Siempre van a mi casa con su pinche bicicleta tratando de convertirnos.

Sacó todos los billetes de la cartera de William, la licencia y las tarjetas de crédito. Después tiró la cartera al piso.

—Vamos pa' fuera, cabrón.

Ivón esperaba que Lentes Verdes hiciera lo mismo con ella. En cambio le acarició los senos e Ivón tuvo que cerrar los puños para aguantar y no lanzarse sobre él con sus conocimientos de defensa personal. No la esposó, pero la agarró del cuello y la empujó hacia afuera del bar. Sus gruesos dedos casi le rodeaban todo el cuello. En un asalto, no entres en pánico, recordó la voz de su instructor de defensa personal, recuerda tu centro. Tuvo que recurrir a toda la fuerza de voluntad de que fue capaz para no salir corriendo, o mejor aún, para no darle un codazo en el tórax o un rodillazo en la ingle.

La última vez que la policía de Juárez había detenido a Ivón era una muchacha de veinte años con el corazón roto. Había sido después de que Raquel le había dicho que no se mudaría con ella a Iowa. Había decidido terminar todo entre ellas y había ido a visitar a Magda al Canario Rojo. Primero había bebido sola, luego se había encontrado con algunos conocidos de la preparatoria que entraban y salían de los diferentes bares de la Mariscal junto con un profesor de la universidad. Por alguna razón habían empezado a discutir acaloradamente, de pronto, Ivón empezó a quebrar cosas y alguien había llamado a la policía. No hizo caso cuando la policía le dijo que se calmara o la sacarían del bar. Prefirió hacer una escena. Pateó, gritó y golpeó las ventanas con los puños. Tenía una cicatriz en la mano derecha como recuerdo. Se libró de ir a la cárcel porque le mamó el pene a uno de los policías en el asiento trasero de la patrulla. Mientras, el otro policía le daba las multas a cada uno de sus amigos y otra al profesor por perturbar la paz.

Los cerdos que los sacaron de la Casa Colorada no eran policías comunes, eran policías estatales, judiciales. Sobornos y mamadas era lo menos que iban a tener que hacer para liberarse de ésta. La luz azul de las torretas de la patrulla estacionada afuera del bar estaba encendida. Parecía que todo el vecindario había salido a la calle a ver el arresto. Ivón se fijó en las locas, la reina de belleza y la gitana estaban en medio de la multitud. Lentes Verdes agarró la mochila de Ivón antes de meterla de un empujón al asiento trasero.

—A ver, qué chingados traes aquí —dijo.

Dieron portazos a ambos lados del carro. Luego Ivón los vio revisar su mochila. Sacaron los volantes, los periódicos, la grapadora, el teléfono, el pasaporte y la cartera. Estaban particularmente interesados en la tarjetita que el padre Francis le había dado con las letras de la placa. Lentes Verdes dobló el papelito amarillo y lo guardó debajo del extensible de su reloj.

Ivón tocó su billetera en la bolsa trasera del pantalón. Gracias a Dios había sacado todo el dinero de la cartera.

—¿Cuánto dinero te sacaron? —le preguntó en un susurro a William.

William no respondió. Volteó hacia otra parte; apretaba las mandíbulas con fuerza.

—Oye, ¿por qué estás encabronado conmigo? Tenemos que pensar en algo, ya sabes que estos cabrones no juegan. No son simples policías, son judiciales.

—No puedo creer que me esté pasando esto a mí, Ivón.

—¿O sea que es mi culpa?

—Soy un hombre de familia, tengo familia.

—¿Y yo no? ¿Quieres decir que tú no te mereces esto, pero yo sí?

—Es tu hermana, no la mía —eso la hirió profundamente.

—Voy a recordar eso, William. Tal vez si más gente aquí pensara que cada una de esas muchachas que desaparece es su hermana podrían detener estos crímenes. Pero claro, como no es tu hermana, no es tu problema, ¿verdad?

—¡Cállate!

Los judiciales se subieron al asiento de enfrente. Lentes Verdes levantó una bolsita llena de marihuana.

—¿Cómo se llama esto? —preguntó al tiempo que movía la bolsita frente a la rejilla que los separaba de los arrestados.

William le lanzó una mirada a Ivón como si en verdad hubiera creído que ellos habían encontrado la mota en su mochila.

—No mames, ellos la plantaron allí —le dijo. Y al policía en español—, yo no traía eso, ustedes la pusieron allí.

—Vamos a ver qué dice el capitán en la estación.

El otro hombre metió el pedal de la gasolina y el carro arrancó en la calle Ugarte.

—Soy ciudadano norteamericano —protestó William con voz trémula—, le ordeno que pare el carro ahora mismo y me permita llamar a mi abogado.

Lentes Verdes le subió el volumen al radio.

—Ya cállate, William —le dijo Ivón al oído—, nomás le picas la cresta.

—Esto no está bien, Ivón. —William tenía los ojos brillosos.

—Ya cállate. Les encanta atemorizar a la gente. Déjalos que se calmen.

—No estoy asustado, estoy encabronado —aclaró, e Ivón se fijó que se había formado una pequeña costra blanca en las comisuras de su boca.

—Nomás no te paniquees, ¿okay? Mira a tu alrededor, no vamos a ninguna estación de policía, nos llevan al desierto.

Vio el terror en sus ojos. Por un momento lo recordó cuando era niño, escondiéndose detrás de los botes de basura del callejón, una tarde de domingo en que su padre interrogaba a todos los primos acerca de quién había puesto clorax en la marinada para la carne asada. Como William fue el único que no se puso en fila, todos lo culparon y su padre le dio una santa paliza.

Ivón apretó la pierna de su primo. Él volteó a mirarla de nuevo.

El carro siguió hacia el norte por una calle llamada Avenida de las Víboras, de frente en la dirección del río hasta una calle sin salida en el Ribereño. Luego continuaron hasta el oeste, hacia Lomas de Poleo, en Puerto Anapra.

Nada menos que una mamada, supo que tenía que usar la boca para salir de ésta.

—No digas nada —le murmuró a William—. Déjame hablar a mí. Ten confianza, ¿okay?

Él tragó saliva y afirmó con la cabeza mientras cambiaba el peso de las esposas en sus manos.

—¿Adónde vamos? —dijo, lo suficientemente alto para que los policías la oyeran.

—¿Dijiste algo? —preguntó Lentes Verdes bajándole el volumen al radio.

El otro hombre la miraba por el espejo retrovisor mientras fumaba un cigarro. Tenían las ventanas abiertas. El olor intenso a aguas negras del basurero que dejaban atrás se mezclaba con el humo del cigarro; en el asiento trasero se convertía en un gas letal. William empezó a toser.

—Pregunté adónde vamos. ¿Ya tienen una estación en las colonias?

—¿Tú qué sabes de las colonias, eh? —preguntó el chofer—. ¿Ahí es dónde hacen su negocio? ¿Donde se aprovechan de esta pobre gente?

—Señor, ya le dije que no vendemos drogas; buscamos a mi hermanita que desapareció el jueves. Mi tío y yo ya hicimos la denuncia ayer en Previas. Ya tienen toda la información ahí.

—Mira, mira —dijo Lentes Verdes, que actuaba como si no le creyera, pero ella vio que al nombrar la agencia se había molestado. Los policías se lanzaron miradas entre sí.

—Tuvimos que esperar todo el día para que nos llamaran —continuó—. El abogado que tomó nuestra declaración . . . creo que es el licenciado Márquez Ruiz. Ustedes tal vez lo conocen, ¿verdad? No puedo creer cuántas familias había ahí denunciando muchachas desaparecidas. ¿Qué pasa en Juárez? ¿Por qué hay tantas jovencitas desaparecidas y asesinadas? ¿Ustedes saben quién las mata?

—Deberías callarte —dijo el chofer, pero Ivón ya estaba encarrilada.

—Hemos mostrado la fotografía de mi hermana a todo el mundo; dejado volantes por toda la Avenida Juárez, en la plaza, en la iglesia, por toda la Mariscal. Todo mundo sabe que buscamos a mi hermana.

Los judiciales no dijeron nada. En la radio se anunció que el puente Córdoba había reabierto, ya que los fanáticos del fútbol se habían ido del Chamizal. Iban por la carretera llena de baches que el padre Francis había tomado hacia Puerto de Anapra, la mañana que supieron lo de Cecilia. La patrulla daba tumbos a causa de los baches.

—Cometen un error muy grande —insistió Ivón—. El detective que nos ayuda a buscar a mi hermana sabe que estamos aquí y si no regresamos va a contactar al FBI.

Los policías se miraron nuevamente.

—¿Vas a hacer que se calle la boca o lo hago yo, güey? —el chofer le preguntó a su compañero.

William le dio un rodillazo en la pierna, pero ella iba a jugar una carta más.

—¿Conoces a un tal Bob Russell que entrevistaron en la tele el otro día? —le preguntó a William en voz alta—. No dijo nada de que los judiciales secuestraran gente.

De pronto la policía hizo un alto violento; la patrulla viró bruscamente en el camino de tierra.

—¡Cállate! —le espetó el chofer a través de la rejilla—. O se me calla el hocico o la bajo de aquí a patadas.

Eso fue suficiente para callar a Ivón. Satisfecho de que su amenaza la había asustado, volvió a conducir; maniobró el carro para evitar a un perro muerto en el camino.

Ivón sacó su billetera y tocó la pierna de William. Traía cinco billetes de veinte, tres de diez, tres de cinco y un billete de un dólar. Ciento cuarenta y seis dólares y cambio. Se fijó que algo rosa estaba metido en la bolsita para la tarjeta de crédito de su billetera. Lo sacó y vio que era la tarjeta de Rubí Reyna.

—¿Cuánto es nuestra multa? —preguntó—. Tenemos cien dólares en efectivo, sin contar el dinero que ya le robó a mi primo.

William le echó una mirada como si le preguntara, ¿vas a regatear la mordida con los judiciales?

—Doscientos por cabeza —dijo Lentes Verdes inmediatamente.

—Ah, un momento, aquí hay diez más —dijo—. Ciento diez dólares y nos puede dejar aquí mismo si quiere. Nosotros nos regresamos —levantó el dinero con los billetes arreglados como una mano de póquer.

Lentes Verdes escupió por la ventana. El chofer miró el dinero por el espejo retrovisor.

—Por la cantidad de drogas que estaban en su posesión deben cuatro veces esa cantidad.

Ahora sentía que se le salía el corazón porque sabía que lo siguiente que les diría podría tomar cualquier dirección. Ya fuera que sacaran sus pistolas y los balearan ahí mismo o que los dejaran ir. Se la jugó con esta estrategia pensada. El cincuenta por ciento de oportunidades era mejor que nada.

—Tal vez mi amiga Rubí Reyna ponga la diferencia —dijo, con los ojos puestos en el rosario que pendía del espejo.

Tanto los policías como William se voltearon a verla.

—¿Qué dices? —increpó el chofer al tiempo que disminuyó la velocidad del carro con otra sacudida.

—¿Sí saben quién es, verdad? ¿Rubí Reyna? Tiene un programa en el canal 33, *Mujeres sin Fronteras*. Yo no sé si les interesa saber, pero la familia de Rubí y mi familia se conocen desde hace años.

—¡Me lleva la tiznada! —dijo el chofer y se estacionó—. ¡Qué pinche puta suerte tenemos!

La mirada socarrona de William casi la hace reír.

El chofer puso los frenos.

—¡Se me apean 'orita mismo, cabrones! —ordenó el chofer poniendo la transmisión en *park*—. Ándale —le hizo un gesto a su compañero y ambos salieron del carro y abrieron las puertas de atrás.

William e Ivón salieron. El chofer le quitó las esposas a William. —Dales sus mierdas —le dijo a Lentes Verdes.

Lentes Verdes le regresó la mochila; ella la revisó para asegurarse de que su pasaporte y su cartera estaban ahí. La grapadora y el teléfono celular no estaban.

—Regrésenme mi teléfono —dijo.

—¿Cuál teléfono? —preguntó Lentes Verdes.

—Dales el dinero, Ivón —dijo William.

—¿Quieren esto? —dijo mientras agitaba el dinero en su cara.

—Mejor aún, dile a tu amiga Reyna que se lo meta en el culo —dijo el otro y regresó al asiento del chofer. Dio un portazo.

—Le andas buscando tres pies al gato ¿eh? Y le vas a encontrar cuatro —dijo Lentes Verdes. Era una amenaza. Un depredador infalible.

—Toma —dijo Ivón pasándole un volante de Irene. Él sacó la mano, pensaba que le iba a dar el dinero, pero la metió cuando vio que lo que ella le ofrecía era una hoja y no un billete. Una ráfaga de viento le desprendió el volante de la mano y fue a caer en pleno desierto. "Se busca, jovencita de El Paso".

—Me la vas a pagar, cabrona.

—Vayan con Dios —dijo; imitaba al padre Francis.

—Muy educados ¿verdad? —dijo William haciéndose sombra en la cara en medio de la estela de arena y humo que dejó la patrulla de los judiciales—. ¿Por qué no agarraron el dinero?

—No que no les gustó o no les gustaron los nombres que dije —respondió Ivón mientras veía la patrulla regresar hacia la ciudad. Estaba realmente preocupada por su teléfono celular. ¿Qué pasaría si Brigit trataba de llamarla? Sintió náuseas.

—¿Quién es Rubí, la mujer del programa de televisión? ¿Y cómo es que traes su tarjeta?

—La conocimos en la morgue el otro día. Ximena y el padre Francis van a dejarla filmar el rastreo de mañana, para un programa especial que prepara sobre los asesinatos.

—¿Qué asesinatos?

—Es una historia muy larga.

Ya se sentía mareada y veía manchas. Eran señales evidentes de insolación.

Estaban de pie justo en la dirección de una pequeña tienda de abarrotes con un anuncio descascarado de Coca-Cola y graffiti garabateado en todas las paredes. Trocas y autobuses iban y venían ruidosamente alrededor de ellos, envolvían con humo y polvo las improvisadas viviendas alineadas a cada lado del camino. Arriba, del lado de El Paso, se elevaban las chimeneas gemelas de la refinería ASARCO.

William miraba a su alrededor, dio una vuelta de 360 grados, casi tropezándose.

—¿Dónde estamos? —preguntó aturdido—. De pronto siento que estoy de regreso en Desert Storm. Este lugar se ve como esos poblados afuera de Kuwait después de un bombardeo.

—Daños colaterales —dijo Ivón—, una buena analogía.

—Este lugar me pone la piel de gallina. ¿Cómo salimos de aquí?

—Bueno, no podemos llamar a casa —dijo ella—. Le hacemos señas al primer camión que pase y regresamos al puente.

—Estoy traumatizado —dijo William soltándose la corbata—. ¿Crees que vendan cerveza fría en ese lugar, allá arriba?

Apuntó a un pequeño bar en ruinas, frente a los abarrotes, llamado Cantina Paracaídas. Tenía un paracaídas blanco a manera de techo.

—Diácono Cunningham —observó Ivón al tiempo que le pasaba el brazo por la cintura, más para apoyarlo que para cualquier otra cosa—, no todo está perdido contigo.

Por un momento Ivón se sintió como su hermana mayor, como si lo consolara después de un susto. Pero el viento ondeó los volantes que llevaba en su mano. Fue como un recordatorio: donde quiera que estuviera Irene, nadie la consolaba. Así que se alejó. De pronto una polvareda se arremolinó frente a ella; le llenó los ojos de arena.

Por poco los arrolló un camión rojo cuando cruzaron la carretera. Era el mismo camión rojo que habían visto antes, en la calle Ugarte, con el letrero "Cruz Roja" en la barra de destino. Iba a toda velocidad retumbando el claxon. Apenas tuvieron tiempo para quitarse del camino.

—¡Idiota! —Ivón le gritó al chofer.

—¿Viste eso?

—Hijo de la chingada. En esta ciudad todos los choferes son unos hijos de la chingada.

—No . . . , ¿viste la cara en la ventana? Te juro que se parecía a Irene.

Ivón miró a William achicando los ojos. Tenía las orejas y la cara intensamente enrojecidas, pero en ese momento los ojos se le pusieron vidriosos.

—Alucinas, primo, vamos a comprarte una cerveza.

—Pam me va a matar —dijo.

—Esos policías te iban a matar —le recordó—. Pam va a estar muy feliz de que estés vivo.

31

—¡CRUCITO! —la voz de Junior retumbó. Había estado de pie en la puerta del camión rojo cuando sonó el celular.

Irene lo oía caminar afuera, gritar en el teléfono.

—Óyeme, óyeme, el pinche güero se encabronó, viejo . . . oye, ya sé eso, okay, ya sé que el alcalde te robó los terrenos. ¿Cuántas veces me vas a contar ese cuento? Ya párale a ese disco rayado. A tu papá es al que le debes gritar, pendejo, no a mí. Yo trato de ayudarte para que hagas dinero y recuperes tus terrenos . . . pero el egipcio se nos está metiendo en el camino, mira, güey . . . mira, todo lo que sé es que si ese güero nos cancela perdemos todo lo que hemos metido en esto. Tú no tendrás tu parte en lo industrial y yo no tendré mi pinche negocio caminando . . . Mátalo, págale, lo que sea, güey . . . Okay, entonces, me besas el culo . . . cuando todo esto se vaya a la mierda, va a ser tu culpa ¡maricón!

—¡Chingada madre! —gritó y lanzó algo contra la pared del camión, por fuera. Irene ya no se estremecía con los gritos ni las maldiciones. Se había acostumbrado a la cólera que los saturaba a todos ellos.

—¿Qué pasa? —preguntó la voz de la mujer—. Te oyes hasta abajo, en el cementerio.

—Este hijo de la chingada. Sólo porque es hijo del todopoderoso Cruz Benavídez, presidente de la Alianza de Maquiladoras, se sienta ahí en los Campos Elíseos, en su *penthouse* con aire acondicionado mientras yo estoy aquí quemándome los huevos, tratando de negociar con ese gringo hijo de la chingada. Estoy cansado de toda esta mierda.

—Aquí está el camión. Seis peniques y la otra mitad de tu nicle.

—¿Cómo se ven?

—¿Cómo se ven siempre? Enloquecidas por el miedo.

—Muy bien, eso está bien, necesitan verse así.

—¿Entonces lo vamos a hacer todo esta noche? ¿Con todas?

—Todas. Vamos a usar otra bodega. Turi está instalando una ahora mismo. Uno de nuestros asiduos quiere oír ecos. "Voces con eco", así le vamos a poner al show.

—¿Hasta la muchacha de la feria?

Irene se estremeció debajo de la cama.

—Especialmente ella. Toma la cámara. Iba a tomarle una foto para subirla a Internet, pero hazlo tú. Haz que se vea bonita. Con las piernas muy abiertas. Luego vas a tomarle una a su otra mitad. Ya tengo cabrones ofreciendo dinero por ese nicle.

32

EL DETECTIVE MCCUTS TOCÓ EL TIMBRE DE NUEVO. Llevaba una bolsa de lana del Departamento de Policía de El Paso; la evidencia iba en una bolsa de papel, adentro. Estaba seguro de que los pantalones pertenecían a la muchacha desaparecida. Por lo menos esperaba que así fuera, porque entonces tendría evidencia de un posible secuestro y podría empezar la investigación. Tenía los dedos cruzados mentalmente cuando tocó el timbre otra vez. La puerta de enfrente estaba abierta y el mosquitero tenía el pasador por dentro, por lo que pensó que tenía que estar alguien ahí, esperándolo. Le había dicho por teléfono a la madre que estaría ahí entre las cinco y las seis.

Finalmente oyó al perro ladrar en el patio. Un minuto después el chirrido de unas suelas de goma sobre el piso de madera: la hija caminaba hacia la puerta. Ver a la hija ahí de pronto lo desarmó por un momento. Le gustaban las mujeres masculinas, le recordaban a su madre. Y a ésta —con su corte de pelo estilizado, los hombros anchos y la cadera estrecha, la barba partida y los ojos café claro— la encontraba peligrosamente atractiva. Apenas había logrado dejar de mirarla la primera vez que fue a tomar la declaración. Se había quedado embobado cuando le dio su tarjeta de presentación y vio que era profesora visitante en una universidad en Los Ángeles. En materia de educación estaba muy por encima de él.

—Hola, pase —dijo, quitó el pasador de la puerta y la abrió. Tenía venitas de sangre en los ojos y el rostro quemado por el sol. Su piel olía a Noxema.

—Empezaba a preocuparme —dijo Pete mientras se limpiaba los pies en el tapete antes de entrar—. Ya llevaba diez minutos esperando.

—Lo siento, estábamos trabajando en el patio. Mi mamá se está lavando. Saldrá en un minuto. ¿Gusta de un té helado? Lo acabo de hacer.

—Sí, gracias —respondió.

—Si gusta siéntese —le dijo y fue al otro cuarto.

Pete se sentó en el sofá y revisó el cuarto rápidamente. Le gustaba probarse a sí mismo. Ver cuánto podía absorber de una rápida mirada sobre el cuarto, luego cerrar los ojos y correr una lista mental antes de abrirlos de nuevo. Sillón reclinable de piel verde a la izquierda de la ventana; un estéreo pasado de moda a la derecha, cerca de la puerta; muebles tapizados en rayas rojas y doradas; almohadones de terciopelo en el sofá; tapete oriental bajo la mesita de centro de hoja de oro. Abrió los ojos y se encontró con la madre de pie, mirándolo. Ni siquiera la había oído entrar al cuarto. Qué buen detective, pensó. Se puso de pie para darle la mano.

—Señora Villa —dijo rígidamente.

Atrás de ella llegó la hija con tres vasos de té sobre una bandeja.

—Por favor siéntese, detective —dijo la señora Villa, sentándose en la orilla del reclinable.

La hija puso la bandeja sobre la mesa de centro. Llevaba unos shorts y una camiseta sin mangas; él se fijó que tenía las axilas velludas. Todo en ella se veía como si hubiera pasado todo el día al lado de la piscina. Tomó un vaso y se sentó en una silla con brazos que no recordaba haber visto. Pete se sentía torpe para tomar el vaso de té, su papá le había enseñado que esperara hasta que le sirvieran, pero tenía mucha sed, así que se inclinó y tomó uno de los vasos.

—No sabía si quería azúcar o no —dijo la hija.

El té tenía un ramito de yerbabuena. Él prefería limón, pero no se iba a poner quisquilloso.

—Así está bien —dijo, y dio un par de tragos. Regresó el vaso a la bandeja. Nadie dijo nada.

—Bueno —dijo. Sabía que era su momento—, ¿les muestro lo que encontraron?

—Por favor —respondió la señora Villa.

—Usted debe entender —advirtió—, que esto no significa nada concluyente.

—¿Me podría decir otra vez quién encontró esto? —preguntó la hija.

—Agentes de la Patrulla Fronteriza que hacen sus rondas en la margen del río; esta mañana, aproximadamente a las seis a.m. Al parecer la corriente arrastró los jeans hasta nuestro lado, cerca del puente negro. Tuve que esperar a que se secaran antes de poder traerlos aquí.

La hija afirmó con la cabeza y dio un traguito al té.

El detective abrió la bolsa de lana, se enfundó un par de guantes quirúrgicos y sacó los jeans de la bolsa de papel. Esperaba oír exclamaciones de miedo o pavor, la reacción usual que sus cuates del departamento de *Crime Scene Investigation* decían que tenían las familias cuando les presentaban evidencia, y no el silencio profundo de estas dos mujeres. La señora Villa, de hecho, tenía los ojos cerrados.

—¿Los puedo ver? —dijo la hija.

—Tiene que usar guantes —Pete le pasó un par de la bolsa de lana.

Ella se puso los guantes —sus manos eran más pequeñas de lo que pensó— y alzó los jeans hacia la luz.

—Están sucios —comentó—, y tienen como gotas de sangre o algo.

Un pequeño grito se le escapó a la madre.

—Todavía esperamos los resultados del laboratorio, pero sí, esa también sería mi afirmación preliminar, que esas son gotas de sangre.

Él no les dijo, pero un patrón —de sangre rociada— como ese, usualmente indicaba un objeto romo, como por ejemplo, un martillo cuando golpea la cabeza y rompe el cuero cabelludo. No una herida de bala, pues habría mucha más sangre.

—Ma —dijo Ivón—, nunca le vi estos pantalones puestos, así que no sé si son de ella. Tiene que verlos, ¿okay?

La señora Villa apretó los labios y afirmó con la cabeza. La hija tomó los jeans y se los mostró. La madre empezó a llorar en cuanto los vio.

—Hace unos meses le subí la bastilla a un par de jeans blancos —dijo—. Siempre subo el dobladillo con encaje.

—Necesitamos ver la bastilla para estar seguras —le dijo la hija a Pete.

Pete se puso de pie, volteó una de las piernas hacia fuera y fue suficiente, ahí estaba el listón de encaje cosido a la bastilla, con lodo y desechos atrapados en la cinta.

La señora Villa gritó en cuanto lo vio.

—¡Ay, no! ¡Ay, no! —aullaba.

La hija se puso de rodillas al lado de la silla de su madre, con el rostro lívido. Esta era la respuesta que Pete McCuts esperaba. Ahora la tenía, el caso era de él. Su padre había movido sus influencias durante semanas para que le asignaran un buen caso. Ahora por lo menos tenía uno. O eso creía. Tomó los jeans, los dobló y los metió en la bolsa de papel.

—Como dije, esto no significa nada concluyente, más allá de que la evidencia de hecho pertenece a la persona desaparecida y sugiere un posible rescate. Ahora podemos avanzar en el caso —pensó que era mejor no decirles que tenía que compartir esta información con los muchachos de Homicidios. Pete se ocupaba de Violaciones y Personas Desaparecidas.

—Mire, oficial . . . —empezó la hija.

—Técnicamente soy detective, no un oficial —la corrigió.

—Mire, McCuts —dijo todavía de rodillas, con el brazo sobre los hombros de su madre—. Le agradeceríamos si deja de referirse a esto como un caso. De lo que hablamos es de mi hermana, su hija. Su nombre es Irene, si no le importa.

—Me corrijo —afirmó con palabras y con un movimiento de cabeza—. La primera cosa que hay que hacer es hablar con la Unidad de Secuestros de la Policía Estatal Judicial del otro lado de la frontera. Debemos decirles que tenemos razones para sospechar que una ciudadana norteamericana fue secuestrada en Juárez. Le van a pedir que repita la historia que ya contó en Previas y a nosotros.

La cara de la hija tomó un semblante que se acercaba al terror.

—¿Pasó algo? —preguntó él.

—¿La Policía Judicial del Estado? ¿Usted quiere decir los judiciales?

—Sí, secuestros y homicidios están bajo su jurisdicción.

—A mi primo y a mí nos detuvieron los judiciales esta mañana. Pete se aclaró la garganta. —¿En Juárez?

—No les gustó que anduviéramos allá, que le enseñáramos la foto de Irene a la gente, ni que hiciéramos preguntas. Así que nos arrestaron, trataron de plantar droga en mi mochila para acusarnos y luego llevarnos a las afueras, a las colonias en Puerto de Anapra, donde quién sabe qué nos iban a hacer.

La señora Villa miraba hacia el frente, parpadeaba nerviosamente.

Pete descansó la barbilla en su mano. Sentía como si fuera una "estatua de marfil" y esperara que alguien lo desencantara

—Eso no está bien —dijo al fin.

—¡No me diga, McCuts!

—Quiero decir que no está bien que ustedes fueran allá a preguntar cosas y mostrar fotos. Posiblemente ya contaminaron la investigación.

Esa no era la expresión correcta. El escenario del crimen se contamina; una investigación peligra. Al diablo, ellas nunca entenderían la diferencia.

—¿Entonces, qué se supone que debíamos hacer, esperar hasta que apareciera su cadáver?

—Por Dios, no digas eso, Ivón —dijo la madre.

—Señorita, los procedimientos existen por una razón.

—Técnicamente —dijo—, soy doctora, no señorita.

Nuevamente se corrigió. Tal vez, si ella supiera cuánto le gustaba a él esa actitud la habría cambiado.

—Lo siento —dijo—, doctora Villa, los procedimientos existen por una razón.

—Sí, bueno, no tenemos tiempo para procedimientos, ya hemos perdido suficiente tiempo esperando a que su gente haga algo. A mi hermana la secuestraron, detective, y es muy obvio que le quitaron los pantalones por una razón. Necesito creer que está viva, yo sé que está viva y la voy a encontrar con o sin su ayuda.

La madre empezó a sollozar de nuevo.

—Lo siento, ma —dijo, y le dio golpecitos a su madre en la espalda—. Yo sé que es muy difícil para usted oír esto, pero yo necesito hacer que Mr. McCuts entienda que no nos vamos a sentar pasivamente a esperar que la policía decida si esto está en su jurisdicción o no. Irene no huyó con su novio ni se escapó de la casa, ¿okay? A ella se la llevaron en contra de su voluntad. ¿Podrían metérselo en su chingada cabeza?

—Veo y entiendo su nerviosismo, doctora Villa . . . —empezó a decir.

—¿Alguna vez le ha pasado algo así, McCuts? —interrumpió bruscamente.

—Bueno, tal vez no sé lo que se siente al tener a un miembro de la familia secuestrado, pero entiendo su deseo de actuar, de creer que su hermana no tiene un daño permanente. La esperanza es algo bueno. Pero tal como lo vio hoy, lo que hizo es algo peligroso. No es una buena idea interferir con la Policía Judicial. Ellos no se lo toman a la ligera cuando los norteamericanos se meten en su territorio, mucho menos, discúlpeme por decir esto, una norteamericana que no tiene permiso oficial para hacer preguntas o mostrar fotografías. Francamente me sorprende que saliera viva.

La madre lloró y la hija lo miró frunciendo el ceño.

—Discúlpenme —dijo la madre—. Ya no puedo oír más de esto —se puso de pie y salió del cuarto apresuradamente.

—Ma, ¿está bien? —le preguntó la hija en voz alta.

—Necesito estar sola, mijita —dijo la madre en voz baja—. Necesito tomar mis medicinas.

La hija se sentó en el filo del taburete y lo miró desarmándolo nuevamente con sus ojos llorosos.

—¿Cuánto dinero tuvo que darles para que la dejaran ir? —preguntó suavemente.

—Sólo digamos que dije los nombres correctos —respondió mientras se secaba los ojos con la palma de la mano.

—Lo siento, yo sé que esto va a sonar muy grosero, pero yo pensé que la gente con su nivel de educación era más inteligente —dijo, luego tomó su cuadernito de la bolsa interior del saco—.

Necesito que me diga todo lo que ocurrió, desde que salió de la casa.

Ella le contó toda la historia, desde el padre Francis hasta los judiciales.

—¿Y qué hay con ese padre Francis? —preguntó.

—Él organiza Contra el Silencio, una organización sin fines de lucro . . .

—Ah —no dejó que terminara—, ¿es el padre Francis de la iglesia Sagrado Corazón? Ya veo. Sí, sabemos todo sobre esta organización. Déjeme adivinar. Fue idea del padre Francis que usted fuera e hiciera su propia investigación. ¿Es así?

—De hecho, yo lo iba a hacer de cualquier manera. El padre Francis sugirió que fuéramos a algunos bares de la Mariscal, lugares donde han secuestrado a algunas de las víctimas, preguntar si alguien de ahí había visto a Irene, entregar volantes.

—¿Qué volantes?

—Los volantes que hice con la foto de Irene y la información del boletín policíaco. Eso fue lo que hicimos allá, distribuir volantes.

Él la miró fijamente, inclinó la cabeza hacia un lado y después se presionó con los dedos los ojos. Había metido la pata completamente en la investigación. Ya era suficiente con que hubiera mostrado fotos, pero que además hubiera usado un boletín de alerta y lo hubiera dejado por toda la ciudad prácticamente anunciando a cada posible perpetrador que la policía le pisaba la cola, bueno, eso lo había echado a perder todo, ¿verdad?

—Voy a necesitar una copia de ese volante.

—Sí —dijo, y caminó hacia la mochila que estaba recargada en el sillón. Otra cosa en la que había fallado cuando peinó el cuarto.

—Y los nombres de los lugares a los que fueron —agregó después de tomar el volante de la mano de Ivón.

Ivón sacó el mapa de la Mariscal de la mochila y se lo entregó.

—¿De dónde sacaron esto? —preguntó cuando desdobló el mapa.

—Oiga, McCuts, tal vez yo deba hacer su trabajo. ¿Hay otra información que le pueda dar para que no tenga que buscarla usted mismo?

—Cuanto más tiempo me tome yo en hacer mi trabajo, más tiempo me tomará encontrar a su hermana.

Tenía razón. Ahora ella se corrigió. McCuts guardó su cuaderno, cerró el zíper de la bolsa de lana y se puso de pie. Enseguida ella lo acompañó a la puerta.

—A propósito —dijo mirándola—, ¿el asunto del vehículo de su hermana ya está aclarado?

—Está en la casa de una amiga, en Juárez. Lo voy a recoger mañana.

—¿Tiene una dirección para que yo la ponga en mi informe?

—¿Qué parezco, un directorio?

—No puedo cerrar el informe sobre un vehículo robado hasta que no tenga el nombre y la dirección de su amiga —buscó en la bolsa del saco el cuaderno y lo hojeó hasta la página que buscaba—. El Camino, 1978, amarillo mostaza, exteriores e interiores. Qué suave carro, ¿es ese su color original?

—Tendría que preguntárselo a mi papá, pero ya falleció.

—Es un color muy padre para un Elky. ¿Está de una pieza?

—¿Por qué será que me siento como si estuviera en una exhibición de carros y le hablara a un *low rider* y no a un detective?

—Sólo pensé que le podría ayudar en caso de que le faltaran algunas partes —aclaró McCuts y escondió el cuaderno.

—Le robaron el radio y la batería —repuso Ivón.

Él le pudo haber comentado sobre los sitios en Internet especializados en partes para autos El Camino, o haberle dado el nombre de un taller en la calle Texas donde podían instalar radios y hacerlas ver como originales. Pero no lo hizo.

—¿Y el nombre de tu amiga, es? —sacó de nuevo el cuaderno.

Raquel Montenegro, escribió, *Instituto Frontelingua, Pronaf.* Por alguna razón el nombre de la escuela le sonó familiar.

Afuera, en el porche la miró a la cara. —Necesito pedirle que por favor desista de hacer más investigaciones sobre el caso, perdón, sobre la desaparición de su hermana. No sólo pone en riesgo su vida, sino que también pudo haber puesto en riesgo pistas. Así que le pido por favor que se esté quieta y nos permita hacer nuestro trabajo.

McCuts le entregó una de sus tarjetas. Ella entró y cerró el mosquitero con el pasador.

—¿Su trabajo incluye buscar cadáveres en Juárez, detective?

—¿Perdón?

—Eso es lo que la gente de Contra el Silencio va a hacer mañana en la mañana, caminar en las lomas de Anapra para buscar cuerpos. Y yo voy a ir con ellos, le guste o no.

—¿Van a ir a un rastreo de campo? ¿A qué hora?

—Temprano, nos vamos a encontrar en la iglesia a las cinco de la mañana.

—Tal vez vaya con ustedes —dijo—. Para cuidar que no se meta en más problemas.

Ivón le dio un portazo a la puerta de enfrente. Dios mío, a McCuts le encantaban las mujeres temperamentales.

Recorrió el camino hacia su carro y se sentó a reflexionar sobre sus opciones: necesitaba hablar con el primo que había sido arrestado junto con ella, hoy mismo; necesitaba hablar con esa mujer, Montenegro, y oír su versión de la historia; también necesitaba hablar con el sacerdote. Mañana era su día de descanso, ¿qué podría impedirle cruzar a Juárez para hacer algunas compras, por ejemplo? Su tía Molly necesitaba algunas cosas del Mercado Juárez. Una cosa sí sabía de seguro, no le estaba permitido cruzar la frontera en su calidad de oficial. Debatió entre llamar a su comandante y pedirle permiso para seguir mañana a Ivón, en Juárez. Pero él sabía que el comandante hacía las cosas de acuerdo con las reglas y le negaría el permiso, particularmente ahora, después de lo que había pasado con Ortiz y Borunda, que después de la golpiza quedaron en coma.

La hija no era sospechosa de ninguna manera, así que no había razón para seguirla. No había manera de que el comandante le permitiera cruzar la frontera, sobre todo si cargaba un arma. Aún así, sabía que si la hija cruzaba la frontera mañana en la mañana, probablemente haría las cosas que había hecho hoy: hacer preguntas y entregar volantes. Poner en riesgo su persona y la investigación.

Realmente no tenía opciones, ¿verdad? Si McCuts valía algo como hombre o como detective, haría lo correcto y la cuidaría. Eso es lo que su padre haría. Esta noche terminaría con las entrevistas y devolvería las pruebas a la oficina, escribiría su informe, iría a casa, dormiría un poco y regresaría antes del amanecer, mañana. Por un segundo pensó dejar el arma en casa, pero, ¿de qué le serviría a alguien sin un arma?

Tal vez mañana en la tarde, cuando estuviera seguro de que la hija había regresado de Juárez, sana y salva, iría al Providencia a visitar a Ortiz y le contaría la historia de su madre otra vez. Quería alegrarla, darle algo de qué reír en esa profunda oscuridad en la que se encontraba en ese momento.

Metió el cambio y se dirigió hacia el Centro, a la iglesia Sagrado Corazón. Había decidido empezar ahí porque era lo más cercano.

Daba la vuelta a la izquierda, sobre la calle Paisano, cuando sonó su celular.

—Hola, Cleetface —contestó sin revisar el identificador de llamadas. Apenas pasaban de las seis, la misma hora en que su papá cada día lo llamaba para preguntarle sobre los planes de la cena. Cleetface era una abreviación de Anacleto. *Cleeter, Cleto-man, Anacleets.* Pete tenía un arsenal de nombres de cariño para su padre.

—¿Detective McCuts? Habla Ivón Villa.

De inmediato sintió que se ruborizaba.

—Perdón, pensé que era mi papá —dijo y esperó que ella dijera algo más—. ¿Puedo ayudarla? —agregó.

—Quiero disculparme si fui grosera con usted. Este asunto de mi hermana me tiene . . .

—No se preocupe —interrumpió. El tráfico en la calle Paisano era intenso, así que dobló hacia el sur otra vez; pasó el Coliseo y se dirigió al Border Highway.

—Mire, necesito preguntarle algo. Yo no sé si usted ha oído del boletín que, aparentemente, algunas de las víctimas reciben antes de ser secuestradas.

—¿Cuáles víctimas? —aguzó el oído—. ¿Usted quiere decir, en Juárez?

Pete trabajaba una investigación secreta sobre los asesinatos de Juárez con Marcia Ortiz. Investigaban específicamente los casos de violación. Como oficial tenía acceso a cierta información clasificada que pudiera arrojar alguna luz sobre quién estaba perpetrando los crímenes sexuales.

—Había una muchacha en Juárez, cuyo bebé yo iba a adoptar . . . —por un momento, Ivón permaneció en silencio—. Se llamaba Cecilia. Bueno, a ella la asesinaron la noche que llegué . . . fue violada y torturada; la acuchillaron hasta matarla, le extrajeron el bebé del estómago, una mierda brutal . . . parece ser que le dejaron la página de un boletín sobre su máquina dos días antes de que la mataran.

—¿Sobre su máquina?

—Sí, ya sabe, en la fábrica donde trabajaba, en la maquila.

—Correcto. Ya veo. ¿Cómo sabe esto?

—Cecilia la llevó a la casa y se la enseñó a su tía. La tía mostró el boletín a la policía de allá, pero ellos no pensaron que significara algo, así que no la recogieron como evidencia. Cuando fuimos a la casa de Cecilia hace dos días, cuando encontraron su cuerpo, la tía le dio la página a mi prima Ximena.

—¿Entonces, usted la vio?

—Por supuesto que la vi. Se llama Diario de Richy. Está en inglés y pensamos que tiene que ver con Richard Ramírez, el Night Stalker.

Había dejado atrás el puente Córdoba. La mención de las palabras Night Stalker le causó un escalofrío que le recorrió el cuerpo. Cuando era niño leía sobre los crímenes del Night Stalker en Los Ángeles y Pete se imaginaba que de alguna manera estaba emparentado con Richard Ramírez porque su papá tenía el mismo apellido. Anacleto Ramírez. Pete le había escrito a Richard a San Quentín y le había preguntado si eran primos. Richard nunca le contestó, pero Pete fue su fan todos los años de preparatoria. Coleccionaba recortes de periódicos sobre Jack el Destripador, de El Paso. Oía a AC/DC y a Black Sabbath y hasta pertenecía a un club de fans de Richard Ramírez. Pero cuando su papá lo descubrió le dio una paliza. Esa fascinación por el Night Stalker fue lo que inspiró a Pete para ser policía en primer lugar.

—¿Cuál es la relación?

—Para empezar, él es de El Paso, ¿usted sabía eso, verdad? En segundo lugar, hay una frase en el boletín igual a la que dijo Ramírez en su proceso ante el tribunal. Tercero, yo he hecho algo de investigación y la manera en que algunos cuerpos son descuartizados, la manera en que Cecilia fue descuartizada se parece mucho a la forma en que el Night Stalker asesinaba a sus víctimas.

—¿Qué decía la cita?

—Usaba una palabra larga y, de hecho, es una de las pocas palabras que se pueden leer porque el boletín está mimeografiado y las letras ya están borrosas. Dice *trematode*. "No necesito ver más allá de este cuarto para ver a todos los *trematodes* de la Tierra". ¿Esa es la cita?

Silencio.

—¿Usted también estaba en el juicio? —preguntó Ivón, finalmente.

—Imposible, en esa época estaba en primero de preparatoria.

—¿Usted sabe lo que dijo Bob Russell en el periódico el otro día?, que algunas de las evidencias de los crímenes apuntaban a un asesino en serie, tal vez alguien de El Paso que cruzaba para asaltar mujeres allá, porque no hay pena de muerte en México. ¿Qué tal si es alguien que tiene al Night Stalker como fetiche? ¿Qué si trata de revivir los crímenes del Night Stalker en Juárez y hacer un informe en el boletín?

A Pete se le vino a la mente un mapa. El mapa de los delincuentes sexuales registrados en El Paso, clavado en el pizarrón de su oficina. Lo que los ciudadanos de El Paso no sabían era que la ciudad era el basurero más grande de delincuentes sexuales en el país. A muchos de ellos, cuando salen bajo libertad condicional, les dan un boleto sencillo a El Paso. Ésa era la pista principal que Marcia y él seguían en su investigación privada.

—¿Reportarlos a quién? —preguntó.

—No sé. Tal vez eso es lo que lo prende. Escribir sobre los crímenes . . . tal vez de esa manera reviven los asesinatos, o tal vez manda el boletín a Richard Ramírez. Él todavía está vivo, en San Quentín, no lo han electrocutado. Parece ser que se va a casar.

—¿Usted tiene el boletín?

—El padre Francis lo guardó.

—¿Entonces usted piensa que a su hermana la pudo haber secuestrado un imitador que deja una pista de su identidad con ese boletín?

—Es posible.

Eso era lo que él llamaba una pista. Necesitaba ponerle las manos encima al boletín. Olvídate de entrevistar al primo de Ivón, pensó mientras se estacionaba frente a la torre de ladrillo rojo de la iglesia Sagrado Corazón, asentada incomprensiblemente entre el basural y las vecindades del sur de El Paso.

—¿Está segura que está en posesión del sacerdote?

—Totalmente. A menos que lo haya tirado, y más vale que no.

—Gracias por la información —dijo Pete y cortó.

El teléfono sonó de nuevo. En esta ocasión sí era su papá.

—Hoy no cenamos, Cleetito, le dijo, tengo algunas pistas en mi nuevo caso y voy a trabajar hasta tarde.

Pete tenía trazado todo el plan. Iba a interrogar al sacerdote, confiscar el boletín como posible evidencia, regresar a la oficina a estudiar el mapa de los criminales sexuales más detalladamente y ver si podía encontrar más información sobre lo que atraía a esos violadores, golpeadores de mujeres, exhibicionistas y pederastas a la Ciudad del Sol.

Tal vez debería llevarse el mapa a su casa. No le gustaría que ningún otro detective tuviera la misma idea y se adelantara. Si alguien imitaba al Night Stalker viviría en o cerca del antiguo barrio de Richard Ramírez, que estaba, pensó, no muy lejos de la iglesia.

33

En un día claro hacia el oeste de El Paso, se puede ver la estatua de cuarenta pies de altura del Cristo Redentor en lo alto de la montaña Cristo Rey. Recortado sobre el horizonte occidental, el enorme Cristo, de túnica blanca de piedra caliza, abre sus crucificados brazos como un puente santo entre el primer y el tercer mundo. Como un espejismo de la fe a través del desierto. Cualquier día de la semana, pero particularmente los domingos y los días de fiesta, se puede ver a algunos creyentes escalar los caminos escarpados de tierra. Con un calor de treinta y siete grados centígrados o vientos de cien kilómetros por hora, la gente va a rezar, a hacer penitencia, a cumplir una manda u ofrecer flores al milagroso hombre blanco, Cristo Rey.

El papá de Ivón había ido —y perdió su vida— ocho años atrás en una procesión de Semana Santa. Ella todavía no estaba muy segura de que había sido un accidente. Su papá siempre había mostrado un talento increíble para dramatizar. Hoy, bajo la sombra de Cristo Rey, al otro lado del río, frente a la ASARCO, buscaba a su hermanita en Puerto de Anapra.

Bajó los binoculares y se secó los ojos. Se sentía exhausta con todo lo que había ocurrido ayer, toda esa caminata, los judiciales, el detective con la evidencia, otro pleito con su mamá. Y casi no había dormido. La imagen de Irene desnuda, su cuerpo arrastrado por la corriente a la orilla del río penetraba sus sueños, la despertaba bañada en sudor frío.

—Chelo era nuestra sobrina, la hija de mi hermana de Chicago —decía un anciano a la cámara del canal 33—. El cutis estaba completamente derretido, hasta las orejas. Estaba tirada en un charco de su propia grasa y sangre.

—No fue un robo —dijo la mujer que estaba de pie, al lado de él. Debajo del pañuelo negro se veía su cara pálida y demacrada—. Todavía tenía puesto en el dedo el anillo de compromiso que le había dado su novio. Un corazoncito de perlas —continuó—. Confirmaron su identidad con las placas dentales, pero nosotros ya sabíamos que era ella por el anillo.

El hombre empezó a llorar ante la cámara y Rubí le dijo a Walter que cortara.

Rubí iba vestida más para una cacería de zorros que para un rastreo. Llevaba una blusa crema almidonada y pantalones caqui metidos dentro de sus altas botas de piel color siena. Su cabello rojo resplandecía bajo el sombrero panamá. No había perdido tiempo en instalar su equipo mientras el grupo Contra el Silencio se organizaba.

Además del cura, Ximena, Ivón, Rubí Reyna y su esposo, sólo siete personas se habían presentado al rastreo de ese día. El padre Francis le había presentado a Ivón cada uno de ellos antes de salir de la iglesia esa mañana. La señora y el señor Serrano, el hombre y la mujer que Rubí acababa de entrevistar y cuya sobrina de dieciocho años de edad había sido uno de los primeros cuerpos encontrados en un rastreo. Participaban en todos los rastreos por solidaridad. La señora García y sus dos hijas adolescentes buscaban a Marilú, la mayor, que había ido a una disco en la Avenida Juárez hacía tres meses y nunca había regresado. Max, un hombre joven con pantalones del ejército trataba de encontrar a su novia Terry, había sido secuestrada del centro comercial Futurama hacía dos semanas. Y también estaba Gema, una mujer del Oriente Medio que hablaba español con un fuerte acento, cuya hija, Stephani, había desaparecido en una zapatería en el centro de Juárez.

Una vez que llegaron al sitio del rastreo se les unió una mujer joven, con jeans azules y blusa mexicana bordada, que estaba siempre al lado de Rubí. Al principio Ivón no la reconoció, pero luego se dio cuenta de que era una de las internas que asistían al médico forense en la autopsia.

—No sabía que era miembro de Contra el Silencio —le dijo Ivón a Ximena.

—No lo es. Está aquí por un asunto oficial. Norma Flores la mandó.

Ximena les entregó chalecos de seguridad anaranjados y botellas de agua.

—En el nombre del Padre, del Hijo y del Espíritu Santo —los bendijo el padre Francis—. Te pedimos que nos guíes y nos protejas hoy, Sagrado Corazón de Jesús, y si es tu voluntad que encontremos a una muchacha desaparecida, Stephani o Teresa, Marilú o Irene, te pedimos que nos des la fortaleza y el coraje para hacer nuestro trabajo.

Ivón quedó impactada al escuchar el nombre de su hermana. El viento del desierto empezaba a azotar. A pesar de esa hora de la mañana, con un sol que apenas se elevaba por encima de las dunas cubiertas de basura de Lomas de Poleo, Ivón sintió el calor y la arena filtrarse a través de las suelas amortiguadas de sus Nike.

—Fúchila —dijo Rubí. Se hacía aire con el sombrero sobre el rostro perfectamente maquillado.

Durante la oración del padre Francis, Max había estado escarbando en un montón de basura con su bastón. Había descubierto el cadáver de un zorrillo. A Ivón le lloraron los ojos de la pestilencia y una de las muchachas de la señora García vomitó.

—Walter, asegúrate de filmar ese zorrillo —ordenó Rubí—. Creo que vamos a empezar con eso —se dio la vuelta y le hizo señas a la señora del Oriente Medio—. Así que, la zapatería . . . fue en Las Tres B, cerca de la catedral. Una muchacha que era cajera ahí desapareció el año pasado, también.

Abajo, dos autobuses verdes avanzaban lentamente sobre la carretera llena de baches. Mientras uno salía el otro entraba a Puerto de Anapra en ese constante barajeo de personal. La furgoneta de Ximena y los otros carros del grupo Contra el Silencio estaban estacionados frente a un patio lleno de cachivaches que lucía una manta donde se leía, *Algo grande te ocurrirá hoy.*

—Ahora vamos a sincronizar los relojes —dijo el padre Francis—. Son exactamente las seis con diez minutos. Nos vamos a encontrar aquí, de regreso, a las once treinta en punto, antes de que haga más calor. No quiero que a ninguno le dé una insolación. Muy bien, vamos a dividirnos en dos equipos. El señor y la señora Serrano, la señora García, usted y sus hijas; todos ustedes conmigo, por favor. Ivón, Max y Gema van con Ximena y la asistente del juez de instrucción, la señorita Godoy.

Por un instante Ivón recordó el cuerpo de Cecilia. Las heridas, los cálculos, la enorme cavidad de sus entrañas donde había alojado al bebé. Luego imaginó a Irene en la mesa de autopsia, con los jeans blancos, sucios y mojados. Ximena estaba a su lado.

—Despierta, Ivón —dijo Ximena pellizcándole un brazo.

—Auch. Gracias —susurró Ivón al tiempo que se sobaba el brazo. No le había comentado a Ximena acerca de la nueva evidencia ni de la visita del detective.

—No quiero que le digas nada a esa bola de metiches —le había dicho su mamá la noche anterior—. Nomás están curioseando. Este asunto de tu hermana no es otra cosa que una gran telenovela para todos.

—Ma, no es una telenovela. Esto es real y nos ocurre a todos, a toda la familia, no nomás a usted y a mí. Ellos tratan de apoyarnos.

—Qué apoyo ni que nada. Nomás vienen a comerse mi comida. Pobre Lulú, eso es todo lo que hace todo el día, ir y venir de la tienda, cocinar y limpiar, cocinar y limpiar. Me gustaría que ya no me apoyaran y me dejaran en paz.

Ivón se parecía a su mamá más de lo que ambas aceptaban.

—Todos, por favor, permanezcan con su equipo —indicaba el padre Francis—. Esto es muy importante. No tienen idea qué tan fácil es perderse en Lomas de Poleo, así que no deambulen solos. Si alguien encuentra algo o si se enferma y quiere regresar antes, repórtelo por su walkie-talkie y yo iré a encontrarlo.

—Padre, por favor, una pregunta —Rubí dio un paso adelante con el micrófono en la mano. Walter la siguió con la cámara—. La mayoría de los televidentes nunca han estado en un rastreo; sería muy informativo para ellos que usted describiera el terreno donde nos encontramos ahora. Por favor, padre.

El padre Francis se aclaró la garganta. —¿En inglés?

—Está bien, nosotros haremos una traducción y doblaremos la voz cuando esté en el aire —dijo Rubí. Walter filmó al padre Francis con un aparato antiguo de ocho milímetros apoyado en el hombro. Una etiqueta que pendía de un cordón decía *Propiedad del canal 33*. El padre Francis jugaba con la botella de agua, la tapaba y la destapaba mientras hablaba:

—En Lomas de Poleo hay tres terrenos diferentes. Primero, tenemos el que está bajo nuestros pies, el terreno arenoso. La arena está muy suelta y es difícil caminar, particularmente cuando hay viento porque levanta la arena. Hoy, gracias a Dios, el viento está tranquilo. Recemos para que se quede así.

—A medida que nos acercamos a la sierra entramos en el siguiente terreno, que es rocoso y con piedras calizas. Es tierra de alacranes. Para cuando lleguemos allá la tierra estará muy caliente, sentirán los pies como si estuvieran sobre fuego. También es muy duro para los ojos, por el destello.

—En el terreno final, en las estribaciones están espinos y la maleza. Ahí es donde se esconden las víboras, y en ocasiones, si la gente no tiene cuidado, la ropa se engancha en las espinas. Arriba de las estribaciones hay unas cuantas casas y no se puede ver ninguno de los monumentos, como Cristo Rey o ASARCO. Todo el panorama puede cambiar en cosa de minutos, así que es muy fácil perderse. Y nadie quiere perderse en este desierto.

Walter colocó una Handycam sobre un trípode a unos cuantos metros de donde estaban parados. Ivón lo vio sacar el control remoto de la bolsa y controlar la cámara. La lente viró en dirección de la choza más cercana; la acercó lo más que pudo con el *zoom*. Algunos residentes del área se habían reunido en la calle de tierra a mirar a los integrantes de Contra el Silencio. La cámara de Walter los grababa sin que ellos lo supieran.

—Todos tienen un buen bastón, ¿verdad? —preguntó el padre Francis—. No quiero que toquen nada con las manos. Podría haber desperdicios radioactivos en el área. Recuerden que White Sands está probando misiles otra vez. No queremos que nadie salga lastimado. Así que vayan con cuidado. Si encuentran algo, aunque se vea remotamente como restos humanos o sólo sea ropa, no se acerquen. Dejen de caminar. Permanezcan donde están y llámennos.

La Handycam de Walter paneaba lentamente el área donde se hacinaban las casuchas de cartón. Era una colonia de casas improvisadas en mitad del terreno. Había pilas de televisores viejos con la pantalla estrellada. Una multitud de niños con el estómago inflado y el pelo desordenado jugaba en la basura.

El viento sopló de improviso y tambaleó el trípode. Ivón corrió a sujetarlo antes de que cayera.

—Gracias —dijo Walter, que corrió detrás de ella—. Por poco se cae.

El pequeño monitor de plasma de la cámara estaba abierto; la lente filmaba el yonke donde habían dejado los carros estacionados al cuidado de un guardia de seguridad. Todo era desperdicios de metal y chatarra de carros viejos, oxidados, sin llantas. Ivón vio otro carro estacionado detrás de la furgoneta de Ximena, un Honda plateado que no había visto antes.

—Muy bien, vayamos cada cual con nuestro grupo, por favor. El día no va a refrescar —dijo en voz alta el padre Francis. Rubí y su esposo siguieron a la asistente del juez de instrucción e Ivón siguió a Ximena.

—Nosotros vamos hacia el norte —le dijo Ximena a su equipo—, hacia Cristo Rey. Si se desorientan sólo busquen la cruz en la montaña. Y tengan cuidado con las víboras —abrió su sombrilla y encabezó la caminata. Laura Godoy caminaba a su lado.

—Alcánzalos, Walter —le dijo Rubí a su esposo—. Trata de escuchar su conversación sin que se den cuenta. Podríamos usar algo de eso. Apúrate.

—Me salvaste el pescuezo ayer —le dijo Ivón a Rubí.

—¿De veras? ¿Qué fue lo que hice?

—Con tu tarjeta —respondió Ivón, luego le platicó lo que le había pasado a ella y a William con los judiciales—. Si no hubiera guardado tu tarjeta quién sabe dónde estaría ahora.

—Yo sé dónde estarías —dijo Rubí—, probablemente aquí mismo con una bala en la cabeza. Los judiciales son implacables.

No tienen miedo de nada, excepto a la exposición de los medios, que es la razón por la que me quieren tanto, por supuesto.

—Tuve suerte.

—Lamento mucho lo de tu hermanita. Ninguna jovencita está segura ya en esta ciudad. Antes solamente las muchachas que venían del sur estaban en peligro, pero ahora agarran a cualquiera. A mi padre le afectó mucho saber que mi hija Ámbar había estado en la feria con Myrna y con tu hermana la noche que desapareció. Quiere contratar un guardaespaldas que vaya con Ámbar a Cancún la próxima semana. En esta ciudad las jovencitas son un blanco constante para traficantes de drogas y asesinos en serie.

—No debí haber permitido que Irene fuera a la feria sola —dijo Ivón, sorprendida al verse expresar sus sentimientos en voz alta a una completa desconocida. Sintió que se le cerraba la garganta.

—La vas a encontrar —Rubí le tocó el hombro—. ¿Tienes alguna pista?

Ivón negó con la cabeza. —Hablamos con un cantinero en un sitio de la Mariscal, nos dijo que un hombre llegó una noche al bar con una videocámara y se llevó a una de las muchachas cuyo cuerpo fue encontrado diez días después. Las videocámaras en un prostíbulo me suenan a pornografía.

—Bueno, eso es una teoría —dijo Rubí—. Tenemos muchas teorías. La pornografía, el mercado negro de órganos humanos, un asesino en serie que viene de El Paso, la policía, los cultos satánicos. Yo creo que ya no importa la causa, la gente simplemente quiere que paren los crímenes.

—Leí que el egipcio te habló al programa.

—¿Lo leíste? Me asusté muchísimo. Pero el *rating* subió a las alturas.

—¿Tú crees que el egipcio dirige desde la cárcel?

—Eso es lo que nos quieren hacer creer. Pero estoy segura que él tiene que ver sólo con algunos de los crímenes; tampoco es inocente, aunque no es el autor intelectual, como dicen. Los directores son los que le dan todos los privilegios —explicó Rubí.

—¿Como el director de la prisión?

—Él sólo es una figura que da la cara. Sólo dos instituciones tienen poder en Juárez: el gobierno y las maquiladoras. La policía no es otra cosa que un conjunto de títeres —agregó.

El gobierno y las maquiladoras. ¿Digamos que se trata de dos diferentes mazos, uno de espadas y otro de diamantes? ¿O son dos cartas diferentes del mismo mazo? Si son mazos diferentes están posicionados por separado, pero tienen algo en común. ¿Qué es? Que los hombres que administran el gobierno y las maquiladoras son ricos y educados en los Estados Unidos.

El viento del desierto empezaba a azotar e Ivón sintió un escalofrío que le recorría el cuerpo. *Cuaresma en El Paso, Texas, los remolinos soplan cuarenta días,* había leído en alguna ocasión este poema, *cuarenta días de fe sin contrición.* En Puerto de Anapra no tenía que ser cuaresma para que se levantaran los remolinos o sacaran a los pecadores y penitentes de sus casas para buscar a los muertos.

Ivón sacó los binoculares de la bolsa de su chamarra y localizó al equipo del padre Francis. El equipo de los señores Serrano escalaba lentamente la montaña al este de un gran cartel que decía *Agua para el Puerto de Anapra.* El padre Francis y el resto iban muy arriba, cerca de un matorral de maleza rodeado de zopilotes. Ivón advirtió, por su expresión corporal, que habían descubierto algo.

—¡Ximena! —gritó—, creo que encontraron algo.

Su prima se dio la vuelta. —¿Dónde? —le quitó los binoculares a Ivón y buscó hacia el oeste.

—¡Frank, contesta, Frank! —Ximena habló por el walkie-talkie. Entró un chirrido fuerte seguido de un zumbido—. ¡Chingado!

—¿Qué fue eso? —preguntó Rubí.

—Encontraron algo —respondió Ximena.

34

El CUERPO YACÍA BOCABAJO entre los matorrales de mezquite, en un nido de basura y pelo humano, las piernas abiertas, las manos esposadas sobre la cabeza. Una filipina azul manchada de sangre le cubría la cara y los hombros. La parte del cuerpo expuesto —las piernas y las nalgas— había sido comido por los carroñeros y lo que quedaba del cartílago estaba carbonizado por el sol. Tenía una botella de J&B inserta en el ano. La tierra apestaba a orina y carne podrida.

—¿Qué pasó?, Frank —dijo Ximena, que corría con esfuerzo a través de la arena.

—Me tropecé con los zapatos —dijo el padre Francis y apuntó hacia un par de zapatos de tacón alto negros arrojados en la arena, en el perímetro de los matorrales—. No los vi.

—Dios nos ampare —dijo la señora García apretando su rosario. Las dos muchachas se acobardaban detrás de ella y se cubrían la boca y la nariz.

—Santo Dios. ¡Walter! —dijo Rubí Reyna en voz alta—, trae la cámara acá.

Walter los alcanzó con la ocho milímetros y la Handycam a cuestas.

Parecía que le iba a dar un soponcio a la señora Serrano.

Ximena se metió la mano a la bolsa y sacó una cajita de estaño con Vicks VaporRub. —Tenga, señora Serrano —dijo—. Póngase mentolato en las fosas nasales. ¿Quién más quiere?

—¿Qué pasa? ¡Qué horror! —gritó la señora Serrano.

—¿Ivón? ¿Podría ser ella su hermana? —preguntó el padre Francis.

—No creo —dijo Ivón y sintió agruras en la garganta—. No recuerdo que Irene trajera rayitos en el pelo.

—¿Eso que la cubre no es una bata de la maquiladora? —preguntó la señora Serrano—. ¿Tu hermana trabajaba en una fábrica?

Ivón negó con la cabeza. Le chocaba que hablaran de su hermana en tiempo pasado.

—¿Hay alguna cosa en especial que debemos buscar, Ivón? —insistió el padre Francis—. Un lunar, una marca de nacimiento.

—Tiene un anillo de graduación con una turquesa.

El padre Francis le examinó las manos. —Aquí no hay nada. Y si lo tenía probablemente se lo robaron. Es el tipo de cosas que no dejan en el cuerpo.

—A mi sobrina le dejaron puesto su anillo de perla —dijo la señora Serrano en voz baja.

—Vamos a verle la lengua —dijo Ivón cuando recordó el *piercing* de su hermana—. Irene se perforó la lengua. Tiene un arete, ¿podemos verle la lengua?

—¿Qué cosa?

—Es como un arete en la lengua, Frank —dijo Ximena.

El padre Francis sacó tres pares de guantes quirúrgicos de su morral y le pasó un par a Max y otro a la señora Serrano.

—Ayúdenme a sacarla de aquí. Los demás empujen las ramas con sus bastones.

—Por favor no la muevan —dijo Laura Godoy.

Walter se comía las uñas. Rubí le dio un codazo. —¿Qué esperas, Walter?

Él se echó la ocho milímetros al hombro y empezó a filmar.

—El cuerpo debe quedarse exactamente como lo encontramos, por orden del médico forense.

El padre Francis ignoró los comentarios de la interna. —Si no quiere ver esto, retírese —dijo—. ¿Están listos? Tengan cuidado, se podría desbaratar.

—Por amor de Dios, sáquenle la botella, Frank —dijo Ximena.

—No, no deben quitarle nada —dijo Laura Godoy—. Tal vez estén destruyendo evidencias importantes sólo con estar parados en el escenario del crimen.

—¿Tú crees que los judiciales recogen evidencias del escenario del crimen? —dijo Ximena.

—No le toquen las manos ni los pies —ordenó el padre Francis a los hombres—. Señora Serrano, usted ayúdeme con los hombros. Max, tómala de las piernas. Levántala de las rodillas.

—Que no vaya a ser mi hija, por Dios —dijo llorando la señora García.

Las adolescentes empezaron a sollozar. Gema se cubrió la cara con ambas manos. Ivón se embarró el mentolato debajo de la nariz y Ximena se apretó la nariz fuertemente. Por favor, que no vaya a ser Irene, rezaba Ivón en una plegaria que hacía eco a la de la señora García.

Lentamente los hombres sacaron el cuerpo de los mezquites y lo recostaron sobre la arena, bocarriba. La botella se salió. El cuero cabelludo se soltó de la cabeza. El hedor a carne podrida emergió de la arena como un vapor. Las dos adolescentes vomitaron.

—Dios mío —dijo Rubí—, se ve como si todavía estuviera gritando.

Ivón se obligó a ver el cuerpo. Ya no tenía los ojos. La cara estaba completamente abotagada y púrpura, los rasgos faciales borrados, la piel ampollada, costras con arena, sangre y gusanos. Los dientes frontales con un filo de oro. No era Irene. De los oídos le fluía un líquido. Una soga negra gruesa le quemaba el cuello. Había marcas de dientes que le cubrían el pecho. El brassiere estaba por arriba de los senos. Del pezón desgarrado del seno izquierdo supuraban gusanos. En el seno derecho, con una navaja dentada, le habían marcado una estrella de cinco puntos en la carne.

—Walter —dijo Rubí cubriéndose con un pañuelo—, necesito acercamientos.

—¿Alguien la reconoce? —gritó el padre Francis.

—No es mi hermana —dijo Ivón. De pronto sintió que tenía que vaciar la vejiga.

—¿No tendríamos que revisarle la lengua para estar seguros? —dijo Ximena.

Laura Godoy sacó de su bolsa un abatelenguas, se puso en cuclillas a un lado del cuerpo y le insertó el palito en el hoyo abierto de la boca.

—Le arrancaron la lengua o se la comieron —anunció.

—Max, Gema, señora García, fíjense bien —dijo el padre Francis.

—No nos obligues a verlo, Frank —dijo Ximena.

—Yo sé que esto es muy difícil para todos —dijo el padre Francis—, pero necesito que revisen el cuerpo y vean si reconocen alguna cosa.

Todos excepto la señora Serrano pasaron a ver el cuerpo cubriéndose la boca y la nariz. Nada. Nadie reconoció el cuerpo, las muchachas García no paraban de llorar.

"Cuerpo de mujer desnudo en avanzado estado de descomposición fue encontrado en la colonia Puerto de Anapra el domingo 14 de junio de 1998". Todavía en cuclillas a un lado del cuerpo, Laura Godoy le dictaba a una grabadora de mano. Ivón se fijó que las manos de Laura temblaban. "El cuerpo fue encontrado bocabajo, las manos esposadas, las piernas extendidas, la cabeza cubierta y penetrada analmente con una botella. En contra de las órdenes del médico forense, los miembros de la organización movieron el cuerpo del escenario del crimen y lo voltearon bocarriba. La visible rigidez y descomposición del lado ventral muestran que la víctima fue movida después de muerta. Moretones por ligadura, marcas en el cuello y cianosis en el rostro indican estrangulación como la posible causa de muerte. Seno derecho marcado con un símbolo satánico probablemente después de muerta, pezón izquierdo severamente lastimado. Marcas visibles de mordeduras sobre el tórax. La víctima pudo haberse mordido la lengua en el momento de la estrangulación. Los moretones en los antebrazos indican posible lucha con el agresor. La víctima tenía aproximadamente de 15 a 25 años de edad".

La interna sacó un termómetro digital de su bolsa y se lo metió en la boca. Cuando pitó miró su reloj y dictó la temperatura en una grabadora. "El tiempo legal de muerte es 7:45 a.m. Se estima que su muerte ocurrió hace aproximadamente tres o cuatro días. El asesino era probablemente un pariente o un novio".

—¿Cómo llegó a esa conclusión, doctora Godoy? —preguntó Rubí.

Laura miró hacia la cámara de Walter y luego de vuelta a Rubí.

—Generalmente, en un crimen como éste, cuando la cabeza de la víctima está cubierta significa que el perpetrador era alguien cercano a ella. Alguien que sintió culpa por lo que había hecho y por eso la cubrió.

—¿Ésas son mordidas de animal? —preguntó Ivón.

—Mordidas humanas —dijo Laura—. Varios cuerpos en la morgue tienen marcas de mordidas como éstas. Algunos también tienen mutilado el seno derecho y el pezón izquierdo mordido. Sólo unos cuantas llevan la marca satánica en el seno derecho.

—Se llama pentagrama, creo —apuntó Rubí.

—Sí. Lo hemos visto en algunos casos y la marca está siempre en el seno derecho.

Ivón pensó en Brigit y su religión Wiccan. Brigit le había enseñado que había una diferencia entre Wiccan y satanismo, entre magia positiva y negativa. A través de los años había aprendido de Brigit, al verla celebrar el solsticio y el sabbat, que el pentagrama no simbolizaba el mal, a menos que fuera usado, como en este caso, en un contexto destructivo.

—¿Pero, por qué les arrancan el cabello? —preguntó una de las adolescentes.

Laura se encogió de hombros. —Por la misma razón que cercenan los senos o inmolan la cara como hemos visto en algunos casos, o insertan palos, botellas u otros objetos extraños en los cuerpos: porque pueden hacerlo. Ellos tienen el poder. Y, porque odian a la mujer. Quieren que todo mundo sepa que pueden hacer lo que ellos quieran con el cuerpo de la mujer. Ellos tienen el control.

—Salvajes —dijo el padre Francis al tiempo que elevaba su brazo derecho para bendecir el cuerpo.

—Tengo que llamar al anfiteatro —dijo Laura.

—Tenga, use éste —Ximena le pasó el walkie-talkie—. Radio banda civil le llama a la policía y a la morgue.

Algunos de los residentes que habían estado observando se acercaron a mirar el cuerpo. Rubí le pidió permiso a cada uno de ellos para que Walter los incluyera en el documental.

Contaron la historia de siempre. Nadie supo, ni vio, ni escuchó nada. Nadie reconoció el cuerpo. Los muchachos hacían signos de pandillas a la cámara. A pedradas, Max mantenía a raya a una manada de perros famélicos.

"Soy Rubí Reyna, la conductora de *Mujeres sin Fronteras* —Rubí Reyna le hablaba a la cámara—, informando en vivo de un rastreo en Puerto de Anapra. Una víctima más ha sido encontrada en Lomas de Poleo. Estoy aquí con la doctora Laura Godoy, médico interno en la oficina del médico forense y los conmocionados miembros del grupo Contra el Silencio, que acaban de descubrir los restos del cuerpo mutilado de otra joven, en el desierto. Ésta es la mujer número 138 que ha sido descuartizada en esta ciudad de la muerte. Doctora Godoy, gracias por hablarnos en este momento tan brutal. Desde un punto de vista profesional, ¿podría usted explicarnos qué le ocurrió a esa muchacha?"

Ivón se retiró, se restregaba los ojos llenos de arena. Ya no podía ver más el cadáver. No era Irene. Por mucho que odiara admitirlo, en el fondo era todo lo que le importaba en ese momento. Que no era su hermana.

Algo blanco que estaba en un montón de nopales, a un par de metros de distancia, le llamó la atención. Ivón caminó hacia allá, lo sacó con su bastón y lo recogió. Un gafete de empleada. El nombre de la sonriente muchacha de la foto era Mireya Beltrán, una operadora de la planta Philips. Llevaba puesta una bata de color que cubría la cabeza de la muchacha muerta. Los mismos dientes con filo de oro.

—¿Encontró algo, Ivón? —el padre Francis y Ximena la habían seguido.

Ivón les mostró el gafete de plástico. —Yo creo que es su identificación.

—Se supone que no debe tocar nada —dijo el sacerdote.

Ximena observó la foto. —Es ella. Miren los dientes.

—Dios mío, ten piedad —el padre Francis se santiguó. Sacó una botella de plástico de su morral y caminó hacia el cuerpo.

Esperó que Rubí terminara de entrevistar a Laura Godoy antes de decir algo.

—Encontramos su identificación —le anunció al grupo—. Sabemos su nombre. Todos, por favor acérquense.

Roció el cuerpo con el agua del frasco. —En el nombre del Padre, del Hijo y del Espíritu Santo. Te rogamos, Dios mío, que bendigas los restos destrozados de nuestra hija, Mireya Beltrán, y permitas que descanse en el jardín de tu amor, hoy y siempre.

Ximena bajó la voz. —Por lo menos no fue tu hermana.

—Es la hermana de alguien, Ximena, la hija de alguien.

Ivón sintió un estremecimiento profundo en la boca del estómago. ¿Qué hubiera hecho si ésta realmente hubiera sido Irene? ¿Cómo lo tomaría ma?

Max había sacado una pequeña linterna roja de su bolsa y la orientaba al cuero cabelludo. —¿Qué hay de esa cosa en su pelo?

Con el dedo enguantado, el sacerdote le quitó sangre seca a algo que tenía la muchacha prendido justo encima de la oreja izquierda. Un broche de mariposa verde brillante. —¿Alguien reconoce esto?

Cuando la tocó una araña salió del cabello oscuro. Gema gritó. La señora Serrano sollozaba en los brazos de su esposo.

—Veo algo adentro de la garganta —dijo Max, que orientaba la luz de la linterna hacia dentro de la boca.

—Por favor, no haga eso —protestó Laura Godoy—. ¿No cree que ya ha sido suficientemente violada?

—Lo juro por Dios —dijo Max desoyendo completamente el comentario de la interna—, hay algo que brilla ahí dentro. Parece que es un . . . un momento . . . —el muchacho se agachó y casi le mete la linterna en la boca—, ¡miren! tiene un penique en la garganta.

—¡Ximena! —exclamó Ivón mientras la jalaba del brazo.

—¿Qué?

—¿No oíste lo que acaba de decir? Te dije que vi peniques en la autopsia de Cecilia, pero tú pensaste que deliraba.

—¿Tiene un penique dónde? —Rubí se escurrió hasta el cuerpo; presionaba su pañuelo fuertemente sobre la nariz.

—Ahí, ¿lo ven? —dijo Max—. Parece que le metieron a Abe Lincoln hasta la garganta.

Un penique de cobre brillante lanzaba destellos, alojado en el fondo de la garganta.

—Hay más alrededor del cuerpo —dijo Ivón, que se fijó que había monedas en la arena—. Probablemente se le salieron de la boca cuando la volteamos.

—Por favor no digan nada de esto, por favor —dijo Laura Godoy.

—¿Qué quiere decir? —preguntó Rubí.

—No podemos hacer pública esta información —Laura Godoy se alejó, pero Ivón, Ximena y Rubí la siguieron.

—Háblanos de esos peniques, Laura —dijo Ivón.

—Podría perder mi residencia —murmuró la interna—. Por favor no insistan.

—Debo traer la cámara —dijo Rubí.

Laura se rascó atrás de la cabeza rápidamente; trataba de tomar una decisión. —No tengo otra opción, pero tengan presente que esto puede ser muy peligroso. Puedo perder mi residencia, pero otra gente como la doctora Flores está en mayor riesgo.

—No lo voy a hacer público —dijo Rubí—. Norma es amiga mía. Yo no haría algo para ponerla en peligro.

Laura Godoy la miró nuevamente por encima del hombro. —Es que cuando hacemos la autopsia, algunos cuerpos —dijo con una voz apenas audible— tienen peniques americanos adentro.

—¿Adentro de dónde? —preguntó Ximena.

—En la vagina, en el recto, debajo de la lengua. Cecilia tenía diez en el estómago . . .

Ximena se quedó boquiabierta. —No puede ser.

—Las monedas se habían empezado a corroer en el estómago debido a los ácidos; ella tenía úlceras sangrantes.

—¿Las obligan a tragar peniques? —preguntó Rubí.

—A menos que se los metan después de destriparlas, pero no lo creo.

—¿Alguien está matando a estas muchachas con peniques? —preguntó Ivón.

—Eso no es lo que las mata, pero sí las deja muy enfermas. Aquéllas que los retuvieron en los intestinos por más de cuatro días sufrieron envenenamiento severo por el zinc. Las que tenían las monedas en el recto y en la vagina debieron estar muertas antes de que les insertaran los peniques, de otra manera los hubieran expulsado del cuerpo en el momento de morir.

—¿Qué dice Norma de los peniques? —continuó Rubí.

—La doctora Flores lo denunció, desde luego, pero se le pidió que mantuviera esta información como clasificada, no puede hacerse pública, así que por favor no vayan a decir nada. Se supone que no debemos decir nada. Si usted dice algo en la televisión podrían pensar que la oficina del juez de instrucción se lo dijo.

—La gente tiene derecho a saber —dijo Ivón—. Esto podría ser una pista. Si acaso, prueba que las muchachas se mantienen vivas por algo, que no las matan de inmediato.

—En verdad no puedo hablar. El gobernador nos prohibió dar esta información.

De pronto se le ocurrió algo a Ivón. —¿De casualidad los cuerpos que han tenido peniques adentro, eran de trabajadoras de maquiladora?

Laura Godoy movió la cabeza y se alejó sin responder. Ximena e Ivón se voltearon a ver y se encogieron de hombros.

—No todas las muchachas que han muerto eran obreras de maquiladora —le dijo Rubí a Ivón—, pero ¿estás sugiriendo que de alguna manera los peniques implican a las maquilas?

—Max lo dijo mejor —Ivón repitió lo que Max había dicho antes—. Es como si les hubieran metido por la garganta a Abraham Lincoln.

—Igual que le han metido las maquilas en la garganta a México . . . —agregó Ximena.

—A causa de NAFTA —Ivón terminó la frase.

—Brillante —dijo Rubí con un resplandor en sus ojos verdes—. Tengo que seguir con eso ahora mismo. Tengo que regresar a la entrevista. Walter me necesita allá. Con permiso. —Se fue de prisa a donde Walter filmaba al padre Francis.

Ximena encendió un cigarro.

—Jesús, quién podría estar tan enfermo.

Ivón se restregó los ojos y trató de concentrarse. ¿Qué significaban esos peniques? Los había visto en la autopsia y en algún otro lugar. Intentó una asociación de palabras:

peniques/penes, dinero/violación. Te encuentras un peny, lo recoges, te da buena suerte todo el día. ¿Cómo era? Casi lo tenía.

—Espera a que se lo diga a Frank —Ximena caminó hacia el área de la entrevista.

—Asegúrate de que no se lo filtre a nadie —le advirtió Ivón.

—Lo que estoy diciendo, señora Reyna —dijo el padre Francis mientras miraba de frente a la cámara de Walter—, es que Juárez no está lista para la mujer liberada, por lo menos en las clases bajas. Sus tradiciones son alteradas completamente, en desproporción a los cambios que experimentan en el estatus económico. Se supone que cambian su sistema de valores, que operan dentro de una economía política y cultural de primer mundo, en tanto que no ascienden en la escala social. El sistema mexicano de género no puede absorber la división del trabajo del primer mundo o las libertades que el primer mundo da a la mujer.

—¿Está justificando los asesinatos, padre? —preguntó Rubí.

—Claro que no. Simplemente digamos que entiendo el contexto social de los crímenes, que es, al final, un contexto católico, ¿entiende? Las mujeres son sacrificadas para redimir al hombre por su inhabilidad para proveer a su familia. La emasculación social, si lo prefiere, en manos de las corporaciones americanas.

—¿Entonces usted sugiere, padre, que estos asesinatos son la consecuencia del Tratado del Libre Comercio con Norteamérica?

El padre Francis entrecerró los ojos y se rascó la barba. —Es muy posible —dijo—. La gente ya no migra al norte para cruzar la frontera. Los trabajos están aquí ahora, en Juárez, en una de esas trescientas maquiladoras que han levantado por toda la ciudad. Atraen a las mujeres jóvenes como manadas, y la ciudad no puede acomodarlas a todas. No hay subsidio para la vivienda, por eso tienen que vivir en estas ciudades perdidas, olvidadas de la mano de Dios, a horas de distancia de sus trabajos. Y sus vidas están en constante peligro. Esa pobre criatura que encontramos esta mañana es víctima de esa infraestructura, ¿lo ve? Probablemente vino aquí con la esperanza de hacer una buena vida, con la esperanza de ganar dinero y mandarlo a su casa, a algún pueblo, y ahora está aquí con los zopilotes. La industria maquiladora tiene que tomar responsabilidad por los estragos causados en esta frontera. Es así de sencillo y complicado.

—Muchas gracias, padre Francis, de la iglesia Sagrado Corazón en El Paso, líder de la organización no gubernamental Contra el Silencio, por su sincera opinión de lo que sólo puede llamarse una epidemia de violencia y misoginia. Ciudad Juárez. ¡Corte!

Walter descansó la pesada cámara sobre los tenis.

—Tan pronto como llegue la policía quiero que la cámara ruede de nuevo —le dijo Rubí.

—No tenemos que estar aquí, en el sol —le dijo el padre Francis al grupo—. Va a tomar tiempo para que lleguen las autoridades. Vamos a tomar limonada.

Ximena los llevó hasta los carros.

—También trajimos naranjas —dijo Rubí—. Walter, ve por las naranjas.

—Ahora —dijo Rubí quitándose los lentes oscuros para mirar a Ivón a los ojos. Le sacaba un par de pulgadas, e Ivón tenía que mirar hacia arriba para encontrarle los ojos. La sombra color bronce hacía juego con el color de su cabello y con sus labios delineados—. Déjame decirte mi teoría y luego quiero oír la tuya. Estoy segura de que tienes una.

—No tengo ninguna teoría —dijo Ivón—. Apenas me enteré de los crímenes hace unos días.

—Para mí todo este asunto es económico —dijo Rubí—. Yo no compro la teoría del FBI sobre ese asesino en serie que viene de El Paso. Juárez está lleno de sus propios depredadores sexuales y maniáticos, empezando por la policía. No necesitamos ayuda de nuestro buen vecino del norte.

—Lo que no puedo entender —dijo Ivón—, es por qué no simplemente les ponen una bala en la cabeza y terminan con ellas, sin toda esa tortura y mutilación. Es decir, para qué meterse en tanto lío, a menos que estén decididos a mandar un mensaje o algo así.

—¿Y cuál crees que podría ser el mensaje? La mayoría de estas mujeres son migrantes. Sólo son un cordero entre los lobos. Son los trabajadores más fáciles de explotar. No se sindicalizan, no se quejan, aceptan cualquier salario. No tienen ningún poder, en lo absoluto.

La frase *un penique ahorrado es un penique ganado* vino a la mente de Ivón. —Excepto uno —dijo Ivón tronando los dedos—. Pueden tener bebés, ése es el poder que necesitan controlar desde el momento en que ellas ponen un pie en el sistema de maquiladoras. ¿No es el embarazo razón suficiente para que las corran o no las empleen? ¿No es por eso que el periodo de la mujer es controlado tan de cerca en las maquilas? Porque las compañías no quieren pagar cuotas de maternidad que reduzcan sus ganancias. ¿Cuántos cuerpos potencialmente fértiles se emplean en estas maquilas? Probablemente es más efectivo y menos costoso matarlas.

Los ojos de Rubí buscaban de un lado a otro mientras escuchaba el argumento de Ivón. —Pero no todas las víctimas estaban embarazadas —interrumpió.

—Ése no es el tema. Sí se pueden embarazar, y ésa es la amenaza que plantean cuando vienen a esta frontera. Considéralo un efecto colateral del NAFTA, que debe ser restringido de cualquier manera posible.

—Fascinante —dijo Rubí—. ¿No qué no? Pensé que habías dicho que no tenías ninguna teoría. Eso me da una idea para un programa entero. ¿Qué podría hacer para persuadirte de que fueras al estudio para continuar esta conversación?

—No creo. No quiero hablar de ninguna teoría sin hacer investigación —dijo Ivón al tiempo que negaba con la cabeza.

—Ay, todos los académicos son iguales. De cualquier manera ya me convenciste. Bueno, si no te importa, voy a explorar esta línea de investigación yo misma.

—Adelante.

—Oye, ¿no te estás deshidratando? Vamos por más limonada. Necesito quitarme del sol —Ivón negó con la cabeza. No podía alejarse del cuerpo.

—A propósito, le pedí a Walter que les hiciera un video del programa del viernes —dijo Rubí.

—Excelente. Gracias. ¿Se lo puedes dar a Ximena?

—No hay problema.

—Te lo agradezco —dijo Ivón, pero miraba los senos mutilados de Mireya, la bata de la maquila y el gafete de identificación enseguida del cuerpo. La ironía: una obrera ensambladora desensamblada en el desierto. Madre de Dios, pensó, tal vez eso mismo le harían a Irene. No tenía sentido. Su hermana no era una obrera ensambladora de una maquiladora. Pero, tal vez los secuestradores no sabían eso. Todo lo que veían era a otra mujer mexicana, joven, delgada, morena, de pelo largo oscuro. No se darían cuenta de que era una mexicana con los privilegios de la ciudadanía norteamericana. Todo lo que a los perpetradores les importaba era que se trataba de otro penique prescindible.

Contuvo el aliento para no oler el hedor agrio, espantó las moscas y se puso en cuclillas cerca del cuerpo. Con una ramita y la funda de celofán de la caja de cigarros recogió dos peniques de la arena. Los envolvió en el celofán y los metió en la bolsa lateral de su mochila. *Un penique ahorrado, un penique ganado.* ¿Quién ganaba dinero con la muerte de estas muchachas?

Miró la cara de Mireya pero el movimiento de los gusanos le dio un vuelco en el estómago; vomitó el café y el pan dulce que había comido en la mañana. El agua de su botella ya estaba caliente; por lo menos podía enjuagarse la boca.

Cerca de los carros el padre Francis recogía los chalecos de seguridad y los walkie-talkies. Mientras, Ximena arrastraba una hielera roja desde la parte trasera de su furgoneta. Luego pasó vasos blancos a todos. A Ivón se le hizo agua la boca. Una limonada fría era el paraíso en estos momentos. Pero, ¿qué derecho tenía ella o cualquiera de ellos para estar en el paraíso cuando muchachas como Mireya estaban tan lejos de la verdad y tan cerca de Jesús?

Ivón enfocó los binoculares hacia el rostro descarnado y barbado de Cristo Rey —los ojos impasibles de piedra que todo lo veían y nada hacían—, y movió la cabeza.

Cuando se presentó la camioneta de la policía con el médico forense, dos horas y media después de que el cuerpo había sido denunciado, Ivón los vio meter los restos en una bolsa, hacerle algunas preguntas a Laura Godoy y tomar algunas fotos rápidas del lugar. Ni siquiera se molestaron en caminar el perímetro. Tenían prisa, debían recoger otro cuerpo, un asesinato fresco, dijeron, de un travesti joven que habían encontrado temprano en la mañana en "El laberinto del silencio", una extensión del desierto que salía de la carretera a Casas Grandes. Al travesti le habían sellado la boca con grapas.

Ivón pensó de inmediato en la gitana, uno de los travestis con los que ella y William habían hablado ayer en la Mariscal; el cubano que por poco dijo algo sobre el hombre de sombrero vaquero en la foto de Irene. Ivón recordó que los judiciales habían sacado la grapadora de su mochila.

—Otro crimen sexual en Ciudad Juárez —Rubí hablaba a la cámara—. Otra voz sin eco. Dos muertes en una mañana. Suman ya ciento treinta y nueve muertes. ¿Quién mata a estas mujeres y mujercitas en la frontera? ¿Por qué las matan? Acompáñenos mañana. Exploremos las respuestas a estas preguntas con nuestros invitados especiales en *Mujeres sin Fronteras*. Y en dos semanas tendremos un programa que usted no querrá perderse, investigaremos el papel que juega el embarazo en la industria maquiladora. Mujeres, tengan cuidado. El diablo anda suelto.

Ivón sintió que el desierto entraba en su garganta.

35

—¡Ésa es! Ésa es la cantina adonde William y yo fuimos ayer, después de que los judiciales nos arrestaron —dijo Ivón desde el asiento trasero; apuntaba hacia la cantina "Paracaídas" cubierta con un paracaídas, en la carretera de Puerto de Anapra—. Yo no sé a ustedes, pero a mí me caería muy bien una cerveza después de lo que acabamos de ver.

Ximena pasó el bar sin responder. Ivón no podía ver los ojos de su prima detrás de los lentes oscuros, pero las arrugas de su frente y su abrupto silencio eran señales de que Ximena se había puesto de mal humor, de buenas a primeras.

—Oye —dijo al tiempo que tocaba a Ximena en el hombro—. ¿Qué te pasa? Te dije que quería una cerveza, ¿por qué no paraste?

—Pudiste haber metido a mi hermano en un problema muy grande ayer, Ivón.

—Un momento. Tú fuiste quien me lo impuso. Yo no pedí un acompañante.

—Te dije que toda esta mierda era peligrosa, pero no, tenías que ir a meter la nariz en cosas de las que no sabes una chingada.

—¿Perdón? ¿Qué no estábamos apenas hace un rato metiéndonos en los asuntos de otras personas?

—Ya es suficiente —dijo el padre Francis—. Vamos a tratar de recordar que debemos estar rezando por Mireya en este momento.

Ivón lo ignoró. —Yo soy la que debería estar encabronada, Ximena, ¿por qué no me dijiste que te iban siguiendo la noche en que te paró la policía? ¿Que te saliste de la autopista? Probablemente esos son los mismos cabrones que agarraron a Irene.

Ximena miró furiosa al padre Francis. —Eres un chismoso, Frank —dio la vuelta a la izquierda en la calle Mejía y otra vez a la izquierda en la Avenida Juárez, hacia el norte, con rumbo al puente Santa Fe.

—Oye —dijo Ivón—, tienes que darme un aventón a la casa de Raquel. Te dije que tenía que recoger el carro de Irene.

—No sé donde vive Raquel.

—Bueno, yo sí.

—Deja de hacerte pendeja —le reclamó Ximena—. Nomás quieres ir a coger.

Ivón frunció el ceño y miró al padre Francis, quien alzó los hombros avergonzado.

—¿Qué chingados traes? —le preguntó Ivón a su prima.

—Olvídalo. Bien, ¿hacia dónde?

—Dale hacia el galgódromo, exactamente en la dirección opuesta.

—Perfecto —dijo Ximena, que viró repentinamente a la derecha en una callecita que llevaba a la Avenida Lerdo, luego a la izquierda y vuelta a la derecha inmediatamente en el Ribereño.

El padre Francis se abrochó el cinturón y miró a Ivón con las cejas arqueadas. Ivón se encogió de hombros y miró el río.

El agua oscura del Bravo resplandecía; por un segundo recordó las heces que había visto flotar en el río. ¿Cómo pudiste nadar en esa suciedad, Lucha? ¿Qué tratabas de probar? Se imaginó que encontraba el cuerpo de Irene en el desierto, que la veía en la autopsia en la morgue. Casi podía oír el ruido de los gorgojeos en la garganta de su mamá llorando por su niña. Deja de torturarte, Ivón.

La camioneta dejaba atrás las casas y las canchas de fútbol sin pasto a una velocidad de ciento quince kilómetros por hora. Cuando pasaron los terrenos de la feria, Ivón empezó a llorar.

—Mira lo que hiciste, Shymeina. ¿No puedes ver el dolor de tu prima?

—Te vas a quedar en la casa de tu mamá esta noche, ¿verdad? —preguntó Ximena mientras la miraba por el espejo retrovisor.

—No lo había planeado. Todas mis cosas están en la casa de abuelita Maggie —Ivón se secó los ojos con la camisa.

—Bueno, es mejor que lo planees a partir de ahora en adelante. Necesito el cuarto. Georgie y tía Luz llegarán de Boston mañana.

Ni siquiera la ira en la voz de su prima la había herido tanto como su rechazo. No podía entender qué le había pasado tan repentinamente a Ximena. Se había puesto bipolar.

Ivón trató de cambiar el tema.

—La sangre va a llegar al río cuando mi mamá y mi tía Luz se vuelvan a ver.

—Simón, esta reunión se está convirtiendo en una cagada encima de otra.

—Mira, Ximena, no sé por qué te encabronaste de pronto. ¿Tienes miedo a que yo vea a Raquel o algo así? Y a propósito, qué te importa.

—No. Tienes razón —dijo Ximena y encendió un cigarro—. Bueno, pensé que las estaba ayudando a ti y a Brigit a conseguir el niño que querían. Qué me importa con quién coges.

—Chinga tu madre —dijo Ivón—. Para el carro.

—¿Qué?

—Ivón, por favor —dijo el padre Francis.

—Para este carro de la chingada ahora mismo o tiro la ventana a patadas.

Ximena se estacionó a la entrada de El Chamizal.

—¿Dónde está mi video?

—¿Cuál video?

—El video que Rubí me dio. Yo le pedí que . . .

—Está en tu mochila —dijo Ximena.

Ivón jaló su mochila y abrió la furgoneta.

—Ivón —dijo Ximena—, ¿qué chingados estás haciendo? No seas pendeja. Es muy peligroso andar por aquí.

—No necesito opiniones de nadie y menos de ti, ¡chingado! —Ivón cerró de un portazo.

Iba a casa de Raquel por el carro de Irene, no a coger. ¿Por qué Ximena no le creía? ¿Y desde cuándo Ximena era juez y parte?

EL TAXI VIRÓ AL SUR del Ribereño hacia la Avenida San Lorenzo. Ivón ya no recordaba la dirección exacta de la casa de la mamá de Raquel, pero sí sabía cómo llegar. Era en un barrio llamado Las Cuestas, enfrente del galgódromo. Le sorprendió ver cuánto había cambiado esta parte de Juárez en ocho años. Ahora había tres parques industriales nuevos, las calles y el tráfico se habían multiplicado varios cientos de veces, y en el área en torno a la iglesia de San Lorenzo se habían instalado Wendy's, Burger King y Kentucky Fried Chicken. El atajo al Hipódromo de Juárez todavía estaba ahí, ya no era una calle lateral sino una avenida de cuatro carriles. La casa de Raquel, recordaba, estaba ubicada en una de esas calles llenas de olmos, en un callejón sin salida llamado Cuesta Alegre.

El taxi recorrió Las Cuestas hasta que encontró la calle. La casa debía estar ahí, en la esquina, una linda casita de ladrillo blanco con toldos rojos y una puerta blanca de hierro forjado. Además tenía una fuente en el jardín de enfrente. En su lugar había una mansión de granito gris de dos pisos, con pilares y cúpulas de azulejos que la hacían ver más como una mezquita que como una casa. Había una pesada puerta de hierro en la entrada principal y una reja negra de seguridad rodeaba la propiedad.

—¡Qué diablos . . .! —rezongó en voz alta.

—¿Es aquí? —preguntó el taxista.

—No estoy segura. ¿Podría esperar?

—Es su dinero, señorita.

Se bajó del taxi para leer los nombres de las calles. Cuesta del Sol y Cuesta Alegre; era la esquina correcta. Se paró ahí con una mano sobre los ojos a manera de visera para mirar la cuadra. Como si quisieran representar a un conjunto de naciones, se encontró ante una variedad de estilos arquitectónicos: chalet suizo, francés normando, castillo victoriano, hacienda española, plantación sureña. Era una versión en miniatura de Embassy Row en Washington, D.C. Esto sólo quería decir una cosa: narcodinero. La renovación del fraccionamiento delataba un gasto excesivo y conspicuo; sólo posible con una repentina entrada de dinero. Caminó hacia el buzón de hierro negro en la puerta principal de la que pensaba era la casa de Raquel. Presionó el botón mientras veía las cámaras de vigilancia apertrechadas en cada esquina de la puerta.

—Sí, diga —dijo una voz que no pudo reconocer.

Ivón no pudo encontrar la bocina por ningún lado, así que simplemente habló al aire.

—Quiero ver a Raquel Montenegro —dijo—. Soy Ivón Villa.

—La señora no va a recibir a nadie, hoy.

Ahí estaba la bocina, ingeniosamente integrada a la base de granito del buzón.

—¿Está en casa? ¿Le podría decir que se trata de una emergencia?

No hubo respuesta. Ivón imaginó que la voz pertenecía a una sirvienta y que ésta había ido a ver si la señora la recibiría. La mamá de Raquel siempre había tenido sirvienta y Raquel estaba acostumbrada a eso. Así que cuando vivía con Ivón no se le ocurría que tenía que tender la cama, limpiar la cocina o lavar la ropa. Las personas que eran alguien en Juárez, y muchas que no eran nadie, tenían sirvienta.

Oyó el sonido resquebrajado de la bocina otra vez. *Éste . . . fíjese que la señora está enferma, dice que la disculpe, pero no la puede atender.*

No era posible que la despidiera así nomás. Sabía que Raquel no estaba enferma, así que Ivón no le perdonaría que la hubiera dejado plantada.

—Mira —dijo Ivón—, quiero que le digas a Raquel que, o me deja entrar o me voy a quedar aquí tocando el claxon hasta que me abra.

—¿Qué quieres, Ivón? —finalmente se oyó la voz de Raquel.

—Quiero que abras esta chingada puerta y me dejes entrar. Necesito hablar contigo.

Silencio. Ivón pensó que necesitaba cumplir su amenaza. Caminó de regreso al taxi y le pidió al chofer que tocara el claxon algunas veces. De inmediato empezaron a abrirse las cortinas de las casas vecinas. Finalmente la puerta de Raquel se abrió. Una sirvienta uniformada caminó hasta la puerta exterior con un manojo de llaves. Ivón le pagó al taxi, que se fue de prisa en reversa por la calle.

El interior de la casa de Raquel era todavía más ostentoso que el exterior. Decoración mediterránea, muchas plantas, un atrio de piedra (la pequeña fuente de agua que solía estar afuera ahora se había incorporado a esta exótica vegetación), arcos y paredes cubiertas de azulejo del suelo al cielo. La casa parecía uno de esos opulentos castillos de Sevilla. Alcanzó a oír la voz de Donna Summer en un eco por toda la casa, e instantáneamente se le encendieron las orejas.

¿Cómo se atrevía Raquel a escuchar música, segura, dentro de su mansión —se preguntó furiosa Ivón— mientras su hermana estaba en las manos de unos maniáticos gracias a ella? Tuvo que meter las manos a los bolsillos del pantalón para controlarlas.

La sirvienta le mostró un pequeño recibidor a un lado del atrio. Sillas de cuero verde con descansabrazos, un enorme ramo de girasoles y rosas, las paredes decoradas con lo que reconoció como arte de Raquel. Algo parecido a una interpretación de Dalí: una mujer cubierta por un velo que vagaba por cuevas y desiertos acompañada por una criatura surrealista, mitad humana, mitad cangrejo.

Ivón miró detenidamente a la criatura. El torso, humano, se veía masculino y femenino, con senos perforados y cabello corto, barba, argollas pendiendo del lóbulo de las orejas y de la nariz. La mitad inferior era un crustáceo, enormes pinzas rosadas que se acercaban a la mujer del velo. Ivón recordó que Raquel era Cáncer —el símbolo de los secretos—, y acostumbraba a usar el cangrejo como su marca. La mujer cangrejo, una figura parecida a una sirena, era una imagen que Ivón nunca había visto.

—Estaba a punto de salir —dijo Raquel, de pie en la puerta. Iba vestida con un traje sastre y enormes lentes de sol, con el pelo peinado hacia atrás con un moño. Una bolsa negra le colgaba del hombro—. Tengo que ir a El Paso a recoger a mis sobrinas.

—¿En domingo?

—Fueron de compras.

—¿Qué le pasó a la casa de tu mamá?

—Ésta es su casa.

—¿A poco? Se ve más como un mausoleo. A tu hermano le debe ir muy bien en su negocio, ¿verdad? Esas clases de idioma en las maquilas deben pagárselas muy bien.

Raquel no respondió. Buscó en la bolsa y sacó las llaves. —Mira, Ivón, yo sé que estás enojada porque no fui a buscarte ayer, pero mi marido llegó inesperadamente. Llegó justo después de que hablamos y no pude salir. Lo siento mucho. Traté de llamarte a tu celular pero estuvo ocupado todo el tiempo.

—¡Deja de decir mentiras, Raquel! No tienes idea de todo lo que has causado, ¿verdad? Y me sorprende que simplemente te valga una chingada. Tú estás segura en tu casa oyendo a Donna Summer. Qué padre.

—No sé por qué dices eso, Ivón. No he podido dormir en tres noches. Me preocupa lo que le ocurrió a tu hermanita. Tú sabes que me siento responsable.

—Sí, cómo no. Me has ayudado mucho.

—He hecho lo que he podido, Ivón. He manejado de arriba para abajo, por horas, buscándola. Te llevé a la casa de Paco. Le compré una batería nueva a su carro. ¿Qué más quieres que haga? ¿Ir contigo a denunciar su desaparición? ¿Poner un anuncio en el periódico? ¿Qué más?

La sirvienta apareció con una bandeja; una jarra con agua de tamarindo y un plato de empanadas. Colocó la bandeja en la mesita de centro, al lado de un vaso con flores. Ivón se percató de que el rastreo la había dejado sedienta y hambrienta, pero estaba muy jodida si tomaba algo de Raquel.

Raquel despidió a la sirvienta.

—Pensé que al menos mostrarías preocupación —continuó Ivón—. Tal vez si hubieras ido conmigo a buscarla, ya que está claro que la policía de aquí y de allá se está lavando las manos. Actúan como si no fuera asunto de su jurisdicción. Y luego, hoy . . . en el rastreo . . . encontramos un cuerpo . . .

—Dios mío —dijo Raquel—. ¿Era ella?

Ivón negó con la cabeza. —Y ayer . . . el detective . . .

De pronto la imagen de los pantalones de Irene apareció en su mente, las gotas rojas que parecían sangre, las manchas de lodo y las costras de barro en la mezclilla blanca, el encaje estrecho que su madre había cosido a la bastilla. Sintió débiles las rodillas y por un segundo todo se puso blanco y negro. Se sentó a la orilla del sillón.

Raquel caminó hacia ella.

—¿Qué ocurre? El detective . . . ¿qué? —le pasó un brazo por los hombros a Ivón. Ésta se hizo a un lado; se limpió las lágrimas de los ojos.

—La Patrulla Fronteriza encontró los pantalones de Irene a la orilla del río ayer por la mañana —dijo—. El detective los llevó a la casa de mi mamá y ella los identificó. Ahora son evidencia.

—¿De qué?

—Ahora pueden decir que tienen la prueba de que algo le ocurrió a Irene, que fue secuestrada. El detective no lo dijo, pero obviamente, si no tiene los pantalones puestos es evidencia de que algo le hicieron, la violaron, no estoy segura, tal vez algo peor.

Ivón empezó a sollozar. Raquel la abrazó de nuevo.

—Necesito que me ayudes, Raquel —dijo Ivón; las lágrimas le cubrían el rostro—. Ayúdame a encontrarla.

—Recárgate, te ves deshidratada. Déjame darte algo de beber. Tienes la cara encendida —respondió.

Raquel le sirvió un vaso de agua de tamarindo. Ivón se limpió las lágrimas y la nariz con una de las servilletas de tela; tomó el vaso y bebió a sorbos el líquido agridulce y café.

—Lo siento —dijo, se enderezó en el sillón.

Raquel se sentó a su lado. —¿Por qué? —se quitó los lentes oscuros.

—Sabes que odio hacerme la tonta.

—Sí —dijo. Los ojos de Raquel se empañaron.

Ivón observó el moretón en el ojo de Raquel, luego le acarició la sien con los dedos. —Discúlpame —dijo.

Raquel buscó la mano de Ivón y le besó los dedos. —Sí —dijo otra vez—. Está bien —le acarició la nuca. Ivón cerró los ojos, sintió la suavidad fría de la mano de Raquel, las suaves caricias de sus uñas, el perfume de su muñeca. Volteó la cara hacia Raquel y la besó, suave primero, después bruscamente atrayéndola hacia ella. Insistía en su boca con un deseo que ni siquiera sabía que sentía. Raquel no se resistió.

EL BRILLO TURQUESA DEL ANILLO contrastaba con la piel carbonizada. La mano crispada como las garras de un animal, hacia arriba, salía de la boca del horno, las uñas levantadas, los dedos negros e hinchados.

—¡Irene! —gritó—. ¡Irene, bebé! ¡Irene!

El olor a ollín y carne quemada le llenó las fosas nasales. ¿Dónde estaban todos? ¿Cómo había llegado a la planta de ladrillo antes que los demás? El padre Francis nunca se alejó de ella. ¿Dónde estaba? ¿Cómo iba a sacar el cuerpo del horno ella sola? Por favor, Dios mío, no permitas que sea Irene. No permitas que sea mi hermanita.

Oyó que alguien dijo, *el diablo anda suelto.*

Tocó la mano con el bastón. Los dedos se movieron. Ahora veía un reloj en la muñeca, un reloj grande, de oro brillante, con tres peniques en la carátula.

—¡Irene! —gritó esta vez con un chillido agudo. Algo le golpeaba dentro del pecho.

—Sshh, es sólo un sueño, mija. Cálmate —Ivón abrió los ojos. Todo estaba oscuro y quieto. Sólo se percibía la luz de las velas en la mesa de noche y el sonido de un helicóptero que sobrevolaba su cabeza.

—Estoy segura de que está muerta en alguna parte —dijo Ivón; tenía la garganta abotagada.

—No, no —dijo Raquel—. Fue sólo un sueño. Ven. Déjame abrazarte.

Ivón sollozó en los brazos de Raquel.

El teléfono sonó. Raquel se estiró para contestarlo, pensaba que era su hermano para checarla.

—No, no la he visto —cubrió la bocina—. Es tu prima Ximena —murmuró.

Ivón tomó el teléfono y se secó las lágrimas de la cara con la sábana. —¿Qué onda?

—¿Todavía estás ahí? A tu madre le dio un soponcio. Piensa que también te secuestraron. Me ha estado llamando cada media hora desde el mediodía. Hasta llamó al detective, pero no trabaja hoy.

—¿Qué quieres, Ximena?

—Más te vale que regreses rápido, Brigit acaba de llamar de Phoenix. Llega en una hora. Te quiere ver en el aeropuerto, llega en America West.

Ivón saltó tan rápido de la cama que se tropezó con una cubeta con hielo y Coronas que Raquel había puesto al lado de la cama.

—Enciende la luz —dijo—. No encuentro mi ropa. —Los jeans y la camisa estaban en el piso, la ropa interior encima de la cama, pero no encontraba los calcetines. Se puso los zapatos con los pies desnudos, tenía arena entre los dedos.

—¿Dónde está mi mochila?

—La dejaste abajo.

Tenía un zumbido en los oídos. —¿Dónde está el carro?

—En la cochera, ¿dónde más podía estar?

Ya Raquel se había puesto su bata e Ivón la seguía en silencio escaleras abajo. No podía mirarla a los ojos. La culpa le martillaba el pecho.

—Aquí está la mochila —dijo Raquel. La mochila estaba sobre un banco en el vestíbulo. Del bolsillo de enfrente Ivón sacó el llavero de Miffy de Irene.

—Okay, ¿dónde está la cochera?

Sin decir una palabra, Raquel la llevó a una puerta lateral, por la cocina. Luego tomó a Ivón de un brazo. —Ivón, espera —dijo.

—¿Qué? —Ivón volteó a verla pero no pudo sostenerle la mirada—. Tengo que irme, Raquel.

—Todavía te amo.

—No deberías. Soy una cula y lo siento, esto fue un grave error.

Se encendieron las luces de la cochera e Ivón por poco rompe en llanto al ver a Mostaza. Imaginó a su padre sentado detrás del volante, enseñándole a Irene, de seis años, cómo conducir. No prestó atención a los sollozos de Raquel.

36

—¡ACCIÓN!

Oye la voz de Junior retumbar por el megáfono, por encima de la música *heavy metal* que tocaban como música de fondo. Tal vez Marilyn Manson, pero no estaba segura. Se oía como si estuvieran en un sótano, pero alcanzaba a oír a los coyotes aullar a la distancia. La habían sacado del cuarto rojo y metido en un clóset negro. Se veía una línea de luz azul debajo de la puerta.

—¡Diablo, digo Drácula, dije, acción! —gritó Junior de nuevo.

—Esperen —gritó alguien—. Una de estas chingadas cámaras está rota otra vez.

—¿Otra vez? Pero, ¿qué clase de mierda estamos usando, güey? —dice Junior, que se aleja entre maldiciones y palabras a medias—. Muy bien, rockandroll. Toma uno.

—¿Dónde está la puta? Quiero ver a esa puta ahora mismo. ¡Saquen a la puta!

Se aterra al saber que van por ella; siente que se le contraen los intestinos.

—Aquí viene. Aquí viene el penique de la suerte.

A mí no, por favor, a mí no. Tengo hijos. Llora histéricamente una muchacha.

—Drácula. ¡Acción!

Oye una risa salvaje y demoníaca que le provoca un estallido de gritos espasmódicos.

—¡Corten! Creo que se desmayó, jefe.

—Bueno, agarra a otra, ¡hijo de la chingada!

—¿La cholita? —reconoce la voz aguda y afeminada de Drácula. Un dolor agudo se le clava como garras en los intestinos.

—No te puedes quedar con la cholita, culero —dice Junior—. Está reservada para el egipcio. Ahora, pon a trabajar la verga, güey, se te está bajando.

Otra muchacha grita. Ésta se oye más joven.

—Aquí viene otro penique de la suerte. ¡Hola, cariño! —dice Junior.

—Sin tetas, jefe.

—¡Voltéala! Déjame verle el culo —dice Junior—. Muy bien, vamos a amarrarla a la cama bocabajo. Drácula, dale a esta niña mala unas nalgadas y luego quiero ver acción, de perro.

—¡Ya se meó, jefe! —grita Drácula.

—Hazte a un lado, quiero un close-up de eso. Cámara uno, ¿puedes filmar los meados en la cama? Yo no los veo. Necesitamos más luz ahí. ¡Muy bien! ¡Ahora sí los veo! ¡Aguanta! ¡Muy bien, Drácula, desvístete. Métesela!

—¿Por el culo, jefe?

—Cógetela, güey. Cámara dos, tomen de cerca la verga. Cámara uno, toma del cuerpo desde atrás. Así. Monta a la putita. Quiero ver la leche en un minuto.

Ya no quiere oír nada más, pero tiene las manos amarradas en la espalda y no se puede tapar los oídos. En la nariz siente el espeso olor a pánico. A pesar de que murmura las palabras de "Black Dove" una y otra vez "She never let on how insane it was in that tiny kinda scary house by the woods by the woods by the woods", puede oír el estridente aullido de los coyotes.

—Muy bien, Drácula, haz lo tuyo, viejo. Vamos a gastarnos este penique.

37

¡CHIN! Iba en dirección contraria. Debía ir hacia el norte, en dirección al puente, pero por alguna razón terminó aquí, en el Parque Industrial Benavídez. Maniobraba por la calle entre los camiones de la maquiladora y camiones de dieciocho ruedas.

Dio dos vueltas cerradas con la esperanza de encontrar el camino hacia el Ribereño, pero en lugar de eso llegó a un desarrollo habitacional completamente nuevo, atrás del parque industrial. Campos Eliseos, decía más adelante en una enorme cartelera encendida. Un clon del arco de Champs d'Elysée había sido levantado en la entrada del desarrollo, sobre la calle Víctor Hugo. Atrás había calles llamadas Versailles, Concorde y Saint Germain. Viró en Boulogne, luego en Orleáns y Vendôme, pasó edificios de dos y tres pisos y complejos con puerta de seguridad. Tres alamedas de árboles corrían a lo largo del Boulevard Campos Eliseos. Un parque con lámparas de gas falsas y bancos de hierro forjado; sauces llorones, álamos y un césped verde e inmaculado que fácilmente pudo haber sido trasplantado de París o del barrio francés de Nuevo Orleáns.

Frente al parque había un edificio de mármol y cristal, de cinco pisos, con una rotonda en la puerta principal y un estacionamiento con puerta de seguridad. El cartel en el frente del edificio decía World Trade Center, y abajo, *To promote and expand world trade and tourism.*

Ivón nunca había visto esta parte de Juárez, no había carros ni gente, era surrealista, como una realidad simulada; por un segundo sintió que manejaba en un *set* de película de los Estudios Universal.

—¿Dónde chingados estoy? —se preguntó en voz alta.

Un olor a podrido y a petróleo se filtró por la ventilación del carro. Se fijó en los anuncios amarillos de alerta colocados en intervalos de diez yardas, arriba y abajo del parque, que prohibía escarbar en el piso o hacer fogatas. Una imagen compuesta de una calavera y huesos advertía a los que no podían leer que este oasis verde no era un lugar seguro para días de campo. Ya sabía donde estaba. Del otro lado del río, justo al pasar el centro de El Paso, se asentaba la refinería Chevron Oil. La pestilencia emanaba del suelo de esta comunidad idílica, construida sobre los ductos de gasolina que habían construido Chevron y Pemex en los días de la crisis de la OPEC. Sí, tenía sentido que este lugar se llamara Campos Eliseos, el nombre que la mitología griega le daba al cielo, era sólo otro lugar para los muertos.

De pronto la voz de un niño surgió dentro de su cabeza: *Mapi, yo creía que me ibas a cuidar en la sección de los niños. Estoy empezando a sentirme solo.*

Se detuvo en mitad de la calle vacía, escuchó la voz, pensó en Cecilia y el bebé, en Jorgito y en Brigit, en la familia que iban a formar, en la familia a la que ya había engañado, en la familia que estaba a punto de desbaratarse con el secuestro de Irene, en que su mamá estaba tan enojada que deseaba que Ivón no existiera. Su disertación ahora ya no tenía importancia. Qué le importaba un doctorado si su familia se estaba deshaciendo.

—Sólo encuéntrala —se dijo en voz alta—. Deja de tenerte lástima y encuentra a Irene.

De pronto vio luces detrás de ella y metió el pie en el acelerador.

PARA PETE MCCUTS había sido un día muy largo. El aire acondicionado se había descompuesto, así que sentía el carro como una lata de alumino en el interior de un horno, con él dorándose adentro. Se había desvestido y quedado en camiseta, pero sentía los jeans como una segunda piel y la áspera mezclilla le rozaba la entrepierna. Definitivamente había sido un error usar botas. Afortunadamente había traído una hielera llena de cocas y botanas que lo ayudaban a seguir, pero el calor le hacía sentir todo el peso de un largo día de 24 horas.

No había dormido casi nada. Había estado de pie en su oficina hasta las tres de la mañana, luego había ido a su casa a bañarse, cambiarse y ordenar sus cosas. De madrugada, a las 4:15, ya estaba de regreso en la calle Barcelona; la furgoneta de la prima se había estacionado frente a la casa de la madre veinte minutos más tarde, así que había llegado justo a tiempo.

Todavía estaba oscuro cuando habían recogido al sacerdote afuera de la iglesia. Tuvo que ser muy cuidadoso para no acercarse demasiado y permitir que ellos vieran las luces. Había otros carros que esperaban afuera de la iglesia. Diez minutos más tarde salieron en caravana hacia el puente, dirigidos por la furgoneta.

Leyó el material de Richard Ramírez que había bajado de la computadora de su oficina mientras esperaba a que terminara el rastreo en Anapra. Cuando vio que los carros de policía se acercaban al lugar se imaginó que habían encontrado un cadáver. No podía ver nada con los binoculares, estaban muy lejos. Qué mala onda. Le hubiera gustado verlo, tomar fotos. Pero se suponía que no debía estar ahí, así que permaneció dentro del carro con el aire acondicionado al máximo, leyendo la transcripción de los juicios de Richy el violador.

Se fijó en la dirección y el número de un complejo de apartamentos en la Calle Fruta; se llamaban Apartamentos Verdad. Ahí el primo de Ramírez, un veterano de Vietnam llamado Max, había asesinado a su propia esposa, enfrente de Richy, que sólo tenía doce años. De acuerdo con los psicólogos de los juzgados, el haber visto ese asesinato a una edad tan susceptible, probablemente había hecho de Richard Ramírez un asesino. Al primo, un soldado altamente condecorado, lo declararon inocente. Alegaron insanidad causada por un síndrome de estrés postraumático y lo mandaron a un hospital psiquiátrico. Eso había ocurrido hacía 25 años y ya lo habían dejado en libertad. Tal vez había otros testigos, algún vecino que todavía viviera en esos departamentos. Mañana, después de visitar a Marcia y Borunda en el hospital, Pete iba a hacer una ronda en lo que los compañeros detectives llamaban "the fruit district" (el distrito de las frutas), no porque estuviera lleno de gays, sino porque las calles se llamaban Pera, Manzana, Durazno.

Ayer, después de hablar con el sacerdote, su visita al antiguo vecindario de Richard le había rendido poco en materia de pistas, sin embargo había vigilado dos direcciones cerca de la casa de Richard donde vivían un par de delincuentes sexuales. En una de ellas había encontrado cierta actividad sospechosa. Asunto de drogas, pensó.

Finalmente, después de las diez el grupo había regresado a sus carros y abandonado el área. Ivón, Ximena y el sacerdote fueron los últimos en salir. El sacerdote repartía bendiciones a un grupo de mujeres y niños que lo siguieron hasta la furgoneta.

McCuts mantuvo su distancia todo el tiempo, hasta el puente, pero luego el vehículo cambió de dirección y él se quedó varado en las vías del ferrocarril a la espera de que pasara el tren. Supuso que los había perdido y se enojó consigo mismo por no haber cruzado las vías.

—Eres tan sólo un *boy scout* que sigue las reglas —se reprochó en voz alta mientras se dirigía en dirección al puente Libre—. Qué importa que las luces estén encendidas, idiota, pudiste haber cruzado. Ahora ya los perdiste.

Luego vio que la furgoneta se detuvo a un lado del camino, cerca del Parque Chamizal. Los pasó y se estacionó; por el espejo retrovisor vio a Ivón salir del vehículo. Iba claramente enojada por algo. Pateó la puerta y la furgoneta se fue.

Vio que Ivón le hacía señas a un taxi. En esta ocasión se mantuvo cerca, se pasó altos y semáforos en rojo, incluso estuvo a punto de arrollar a un peatón frente a la iglesia de San Lorenzo. No iba a perderla de nuevo.

Le picaba la piel de su brazo izquierdo quemada por el sol. Había tenido que esperar horas bajo un sol que ampollaba afuera de una casa elegante en el fraccionamiento del Hipódromo. Los rayos del sol entraban horizontalmente a través de la ventana del carro, hasta que se le ocurrió estacionarse en dirección contraria. Después de comer y cenar no tenía nada más qué hacer sino escuchar el radio y leer el periódico mexicano; se lo había comprado a un muchachito que iba y venía cerca del carro. Perdió la paciencia al tiempo que perdió el aire acondicionado.

Estuvo a punto de renunciar al caer la noche, pensó que tal vez Ivón dormiría en esa casa, pero de pronto salió de la cochera en El Camino amarillo de su hermana. Esa era la casa de la amiga donde tenían el Elky.

Él la siguió al parque industrial temeroso de que fuera a encontrarse con alguien, pero luego descubrió que andaba en círculos, como si estuviera perdida. Por un momento estuvo tentado a manejar enseguida de ella y hacerle ver que estaba ahí. Tal vez sólo quería hablarle, decirle lo que había encontrado la noche anterior, cuando había estudiado el mapa de los delincuentes sexuales que estaba en su oficina. Uno de ellos vivía en la calle de la mamá de Ivón, a cuatro casas de distancia. Otro en la calle de atrás. Toda el área del Coliseo —desde la calle Alameda al Parque Ascarate y hacia Cinco Puntos y Fort Bliss— estaba repleta de delincuentes sexuales. La calle Missouri, que corría paralela a la I-10, tenía cuadra tras cuadra de casas llenas de violadores registrados, abusadores de niños, mirones y padrotes. En el centro, en las calles cercanas al puente, los callejones de St. Vrain y las calles Chihuahua y Kansas, había un vecindario entero de delincuentes sexuales que fácilmente podían cruzar el puente Santa Fe y ejercer su oficio con jovencitas pobres de Juárez.

La noche anterior se había disgustado consigo mismo y con todo el cuerpo de policía mientras observaba el mapa; un mapa que los había estado viendo a ellos, a todos los detectives de esa oficina por meses y ninguno había hecho la conexión entre el elevado número de delincuentes sexuales en El Paso y la escalada de crímenes sexuales en Juárez. Lo que más lo enojaba era que la gente ni se imaginaba que El Paso albergaba a todos estos pervertidos en medio de la ciudad. Era información clasificada. La madre de Ivón prácticamente vivía al lado de uno. Uno de estos perpetradores sexuales pudo fácilmente haber seguido a su hermanita hasta Juárez y secuestrarla. Estaba tan enojado con esto que pensaba llamarle a su amiga Diana, de *El Paso Times*, para comunicarle que cientos de abusadores sexuales aprovechaban la hospitalidad de El Paso.

Al otro día, después de vigilar los Apartamentos Verdad, iba a regresar al barrio Clardy Fox donde vivía su madre, y a visitar a cada uno de los delincuentes sexuales en el área. Quería averiguar si alguno tenía un fetiche con el Night Stalker.

Pero por ahora tenía que alcanzar a Ivón.

38

Ivón se detuvo en la garita de la aduana y dijo *american*, sorprendidísima de que a las nueve de la noche, en domingo, hubiera cola en el puente Córdoba. Le había tomado treinta y cinco minutos llegar a la garita. No iba a llegar al aeropuerto a tiempo. ¿Qué le había pasado a Brigit que decidió tomar un avión, por el amor de Dios?

Tal vez Ximena la había llamado, tal vez le había dicho que Ivón había ido a ver a Raquel. ¿Cómo supo Ximena el número de Raquel?

Se inclinó y bajó el vidrio del pasajero. Esperaba las preguntas acostumbradas: propósito de su viaje a México; ¿trae frutas o verduras? Pero no, el agente de inmigración la miró extrañamente, caminó alrededor del carro y metió el número de las placas en la computadora de la garita.

Ivón olió el volante. Había salido de la casa tan rápido que ni siquiera se lavó las manos; el olor de Raquel inundaba el interior del carro. El agente metió la cabeza por la ventana.

—Señor, ah, perdón, señora, necesito ver los papeles del carro y su licencia de manejar, por favor. ¿Sabía que éste es un carro robado?

—¿Qué? Mire, aquí hay un error —buscó entre toda la basura que había en la guantera pero no pudo encontrar los papeles del carro—. El carro es de mi hermanita que fue secuestrada en Juárez hace unos días. Encontraron el carro en los terrenos de la feria, en el otro lado. Eso debe estar en el informe. Yo únicamente llevo el carro a la casa —Ivón le pasó la licencia al hombre.

—Lo siento, señora, no tengo idea de lo que dice. Lo único que puedo decirle es que las placas concuerdan con las de un carro robado.

El agente metió el número de la licencia en la computadora y se fijó en el monitor. —Va a tener que estacionarse allá. Tenemos que registrar el carro.

—Llame al departamento de policía si no me cree. Busque al detective McCuts, él ya debió cancelar la denuncia de vehículo robado. Yo misma denuncié la desaparición del carro.

—Sígame, por favor —el hombre se paró frente al carro y la llevó a un lugar en el área de revisión.

—Por una chingada —dijo Ivón en voz alta, esto era todo lo que le faltaba. Esculcó en la guantera otra vez. ¿Dónde diablos estaban los papeles? ¿También se los robaron?

El agente de inmigración le pegó al techo con los nudillos.

—Salga del carro, señora. Vamos a traer una unidad K-9. También tenemos que revisar su bolsa.

—No traigo bolsa —dijo Ivón y aventó la mochila en una mesa de inspección metálica.

Otro agente apareció con dos enormes perros pastor alemán agarrados con una cuerda, uno blanco, el otro negro y café. De pie sobre las patas traseras los perros revisaron debajo del techo, luego se metieron debajo del carro y revisaron en cada una de las llantas. En el interior del carro, los perros enloquecidos metieron el hocico debajo del tablero, de los tapetes y los asientos. Cuando llegaron al compartimiento, detrás del asiento del chofer, los perros enloquecieron. Hasta donde ella sabía la única cosa guardada detrás del asiento era la llanta extra, pero los perros ladraban como si hubieran encontrado cocaína.

—¡Corte! —ordenó el hombre de los perros y los animales dejaron de ladrar instantáneamente. Les hizo un ruido con la lengua y salieron del carro, luego se sentaron obedientemente a sus pies. Ivón entrecerró los ojos para mirarlo bien. Le parecía conocido, el sombrero vaquero color crema y los brazos velludos. El otro hombre se inclinó para sacar la llanta de repuesto, de ella cayó un grueso sobre. Alguien le había dado una cuchillada al hule y metido el sobre en la llanta. El agente de inmigración lo abrió y revisó su contenido.

—¡Miren! —exclamó al sacar un conjunto de fotos—. Parece que quiere cruzar fotos pornográficas, capitán.

—No me digas —dijo el hombre de los perros y miró lascivamente a Ivón—. ¿Crees que atrapamos a un pornógrafo infantil, Roy, o que se trata simplemente de fotografías sucias?

—Los de las fotos son muy jóvenes.

—¿Hay algo en su bolsa? —acercó los perros a la mochila y nuevamente se volvieron locos—. Muy bien chicos. Silver, Tonto. ¡Corte! —abrió el zíper de la mochila.

—Bueno, ¿y esto, qué es? —metió la mano y sacó un video.

—Uh-uuh —exclamó Roy.

—¿Sabes lo que pienso, Roy? Creo que agarramos a otra pervertida del círculo pornográfico de la Presa del Elefante.

—Apuesto a que sí —dijo Roy y metió las fotos en el sobre.

El Hombre-Perro sonrió y con la mano derecha se quitó el sombrero para hacerle un saludo a Ivón. Ella había visto antes ese reloj tan caro.

—Te dije que nos veríamos después —dijo.

Tan pronto como dijo eso ella lo recordó. Era el hombre del sombrero vaquero y del Patek Phillippe del avión. El gafete prendido a su uniforme decía *Cap. J. Wilcox, Chief Detention Enforcement Officer.* Se llamaba a sí mismo J.W.

—Ivón Villa, ¿verdad? —respondió con sus coquetos ojos azules.

—No sé nada de esas fotos —dijo; trataba de mantener la voz calmada—. Y no me robé este vehículo. Es el carro de mi hermana. Parece que tu compañero no entiende que yo misma denuncié el carro desaparecido.

—¿No es una vergüenza que la gente se porte así? Toma, Roy, llévate a esos chicos malos de vuelta. Yo conozco a esta jovencita. Yo la voy a detener.

—¿Detenerme, por qué? Ya te dije, no sé nada de esas fotos.

—Salgo en cinco minutos —dijo Roy y le regresó el sobre y azuzó a los perros—. ¡Te veo en el cine!

J.W. metió el sobre y el video en la mochila, luego tomó las llaves de adentro del carro. —Y, ahora —dijo, caminando hacia ella con la mochila al hombro— suponte que vamos a ver lo que hay en el video.

—Yo no voy a ningún lado —Ivón sintió que el pulso se le aceleraba. Miró alrededor, quería gritarle a alguien, huir de él, pero de pronto perdió la voz y sintió las piernas temblorosas.

—En este momento hay seis oficiales de inmigración observándote con rifles de largo alcance; apuntándote a la cabeza. Es mejor que hagas lo que te digo, señorita machorra. Tenemos suficientes sospechas . . . —tocó la bolsa— de que tú traficas y contrabandeas imágenes de pornografía infantil. Y si tratas de escapar vamos a usar la fuerza.

—Estás pendejo —fue todo lo que pudo decir.

—Vámonos. Pon los brazos en la espalda —las esposas le mordieron las muñecas. Con el arma desenfundada la condujo al edificio de la aduana de los Estados Unidos. A esa hora había muy poca gente que cruzaba a pie y que esperaba su turno para anunciar su ciudadanía, así que la mayoría eran agentes de inmigración que miraban distraídamente a Ivón. Se mordió la lengua y trató de respirar tan normalmente como le fue posible. Pero sentía el corazón como si hubiera tomado demasiado café y que la sangre le martillaba la cabeza.

—¿Adónde me llevas?

—Cállate.

—Éste es un arresto ilegal —dijo en voz alta. Él le clavó la pistola en la espina dorsal, pero no respondió. Le apretó el brazo con los dedos. Caminaron hacia la parte trasera del edificio, dejaron atrás una jaula, luego lanzó las llaves hacia el mostrador.

—Otro abusador de niños de la Presa del Elefante —le dijo a los otros dos oficiales que había adentro.

—Cabrones, no se llenan —dijo uno de ellos.

—Le confisqué un montón de fotos y un video que trató de cruzar. Yo mismo la voy a detener. Estoy hasta la madre de estos pervertidos.

—¿Quieres que incautemos el carro?

—Sí, y tráeme un Certificado de Exclusión Médica clase A, por favor.

—¿Qué cosa, señor?

—Ya sabes, para invertidos.

—Ah, no creo . . .

—Se autodeclara lesbiana, aquí mismo.

—¿De qué chingados estás hablando? —preguntó encabronada.

—¿No sabías —respondió con desdén—, que las lesbianas y los gays son una amenaza para la seguridad nacional? Se supone que todos los psicópatas y desviados sexuales deben ser excluidos.

—No creo que eso esté vigente, capitán Wilcox —dijo el oficial detrás del mostrador—. No desde 1990.

—Búscalo en la computadora, teniente. Vas a ver lo que dice sobre la amenaza del VIH.

—Tú mandas.

—Les debo una cerveza a todos.

Ivón tenía las orejas encendidas. Amenaza de VIH.

—¿Te acuerdas que te dije en el avión que era un error alardear de tu lesbianismo? —lo dijo en un susurro detrás de ella—. Particularmente en Texas. Es como escupir para arriba, siempre te cae el escupitajo encima.

La empujó al interior de un pequeño cubículo con una mesa y sillas y con un monitor sobre un carrito conectado a una videocasetera.

—Vamos a ver qué tienes aquí —dijo y metió el video en la máquina.

—Un amigo mío me hizo esa cinta. Es la copia de un programa de televisión de Juárez.

—Sí, claro, y yo soy Bozo el payaso —enfundó la pistola.

La cinta mostraba a Rubí Reyna mientras le hablaba al médico forense. También mostraba una pila de huesos humanos sobre una mesa de metal frente a ellos. Le subió al volumen.

Por ejemplo, ésta —decía el médico forense mientras sostenía un cráneo roto—, *probablemente murió de un trauma craneoencefálico, lo cual significa que la cabeza fue golpeada con un objeto romo. Por las líneas relativamente limpias de la herida podemos deducir que posiblemente fue una roca pesada, por lo menos de cinco o seis kilos de peso o algún otro objeto pesado, plano, usado por alguien con mucha fuerza. Probablemente la golpearon dos, no más de tres veces. ¿Ven cómo el cráneo muestra fracturas por lo menos en dos grandes piezas? Si la hubieran golpeado con un bat o algo parecido, digamos, la cacha de una pistola, la fractura se hubiera visto diferente, habría fragmentos en los puntos de fractura y no estas rupturas limpias del hueso.*

Ivón se estremeció, recordó el cuerpo de Mireya aquella mañana. El hombre escogía al azar las fotografías del sobre con los niños desnudos y realmente no prestaba atención al video.

—¿De qué habla? —preguntó. Como si ella realmente fuera a traducirle.

Fue encontrada hace cuatro meses, en febrero, en el viejo basurero municipal, junto con la columna dorsal, los restos de un pie dentro del zapato y parte de la pelvis.

—¿Y el cuerpo nunca fue identificado?

—*Nunca. Ella es uno más de los esqueletos sin identificar en el anfiteatro.*

—¿Y qué hay del procedimiento ADN?

—*Desafortunadamente no tenemos esa tecnología en Juárez. Los restos se deben enviar a Chihuahua y la familia no tiene dinero para eso.*

—Ya me aburrió ese chino. Vamos a ver qué más hay aquí —adelantó la cinta, más conversación, comerciales, de nuevo la cara de Rubí Reyna, y de pronto nieve, seguida por barras de colores. Aparecieron algunas palabras en la pantalla, como un título.

—¡Bingo! —dijo, mientras lo regresaba y lo detenía—. Ahora sí nos estamos entendiendo. "Doris conoce a El Diablo" —leyó el título en voz alta.

Cada semana cientos de jóvenes mexicanas llegan a Juárez de todo México, empieza una voz doblada, en inglés. Una vista panorámica del valle El Paso-Juárez aparece en la pantalla. El crepúsculo, una estrella brilla a la distancia, en la Montaña Franklin. *La mayoría de estas jóvenes buscan un trabajo que sea la fuente principal del ingreso familiar en su lugar de origen. La mayoría iniciará una carrera en una de las muchas maquiladoras de la región, sin embargo, es común que muchas terminen en los bares y los prostíbulos.*

Se trataba del mismo relato que Ivón había leído en el sitio turístico de Internet acerca de Juárez.

—Se me antojan unas palomitas —dijo J.W. mientras se sentaba a horcajadas en la silla, frente al televisor.

La escena cambia a una larga toma de la Mariscal con tráfico de carros y peatones por todas partes. La bulliciosa vida nocturna de la zona roja de la ciudad. La cámara pasó rápidamente de arriba a abajo por la calle. Las luces de neón de los nombres de los clubes y los rostros de las mujeres se ven como en un caleidoscopio. Finalmente la cámara se congela en la entrada del Club Sayonara.

Chicas como Brenda, Becky, y Eunice . . .

Tres muchachas de cabello largo, bikinis brillantes y zapatos tacón de aguja aparecen en la puerta.

. . . esperan conocerlo. En Ciudad Juárez la prostitución es legal y usted no encontrará un lugar con jovencitas más bellas, dispuestas y calientes que éstas.

Las chicas muestran su trasero desnudo a la cámara, luego voltean con timidez y hacen un mohín con sus labios rojos. Con las uñas largas, rojas, invitan al espectador a seguirlas adentro del Club Sayonara.

Pero los bares no son el único lugar para conocer mujeres jóvenes en esta excitante frontera. Por toda la ciudad llegan a diario muchachas de todas las edades. Usted las puede encontrar en las tiendas cercanas a la Plaza de Armas, en un centro comercial, en un parque, hasta en un monumento nacional.

Ahora una toma de día de la estatua monumental de Benito Juárez. Una niña, probablemente de no más de diez años de edad, con trenzas largas y uniforme de escuela, de pie, espera en la parada del autobús cerca de la estatua. Un carro blanco se detiene frente a ella. El chofer saca un brazo hacia la niña, sostiene un billete de un dólar y ella entra al carro. Algunas palabras aparecen en pantalla: *fue en el "Valle Panocha" donde fluyen ríos rojos, donde florecen las mamadoras y crecen las vergas, ahí fue donde conocí a Doris, la chica que adoro, mi caliente mamadora de verga, mi chingada puta mexicana.*

Cambia la escena. En el asiento trasero del carro la chica lucha con el chofer. La cara del hombre no aparece en la pantalla, pero sí los pantalones en las rodillas. Los dedos atenazan el brazo de la niña, la jala, la niña se hace hacia atrás, lo rechaza, se resiste, llora. La cámara hace un acercamiento a un pene completamente erecto. La popular canción "Camarón pelao" suena muy alto, como música de fondo.

—¿Qué dice la canción? —preguntó J.W.

—No sé.

—Puta —dijo, luego sacó el arma y se la puso en la cabeza—, más vale que me digas.

—Camarón pelado tú quieres, camarón pelado te doy.

—Órale —se quedó con el arma en la mano.

Ahora la cámara se mueve hacia arriba, hacia las manos tatuadas del hombre, que le enreda el cuello a la niña con las trenzas y la jala. Ella tiene los ojos desorbitados por el miedo, las lágrimas le ruedan a borbotones por las mejillas, se rehusa a hacer lo que el hombre quiere. Circulan más letras en la parte baja de la pantalla: *Ahora Doris se revienta la cherry, sólo tiene seis años pero ya se balancea sobre la gran verga parada y resbalosa de El Diablo. Doris termina su vida en un mar de pecado.*

El hombre la levanta y la obliga a sentarse a horcajadas encima de él. La cámara se acerca a la cara de la niña para registrar el dolor agudo de sus ojos en el momento de la penetración. Las manos del hombre le aprietan el cuello. Tiene los nudillos blancos, las venas abultadas bajo la tinta azul y verde de los tatuajes cuando la asfixia.

—Hasta ahí llegó —dijo J.W.

A Ivón se le nubló la vista, cerró los ojos con fuerza para no ver la muerte en el rostro de la niña, la lengua atrapada entre los dientes, la cabeza colgada hacia un lado. Sintió como un puñetazo entre los ojos cuando descubrió de qué se trataba, era mucho más que pornografía. Era *snuff*.

Toma siguiente: la niña tirada boca arriba en la arena con el pelo cortado, todavía lleva el uniforme, tiene los brazos metidos bajo el cuerpo, una pierna está tan doblada que el talón le toca la cadera, los zapatos y las trenzas están acomodados a un lado del cuerpo. Solamente hay arbustos alrededor de ella, antenas de radio a la distancia. Más palabras circulan en la pantalla: *Ahora Doris está muerta y sepultada, descansa en su tumba, mientras los gusanos merodean por sus entrañas descompuestas. La sonrisa de su rostro seguramente es un grito que pide más, una cogida caliente, mamadora puta mexicana.*

Una calavera sonriente galopa sobre el esqueleto de un caballo y cruza la pantalla con la música de la Obertura de William Tell, seguida de Producciones Lone Ranger . . . ★

J.W. volteó y le hizo una mueca a Ivón.

—Eres una puta enferma —dijo lamiéndose los labios—. Vamos a dar un paseíto.

Ivón se fijó en el bulto del pantalón de J.W. cuando éste se puso de pie. J.W. de nuevo enfundó su pistola y se ajustó la ropa.

—Así es, conozco justo el lugar para ti —dijo y caminó hacia la videocasetera, sacó la cinta, la metió en el estuche y guardó el video y el sobre de las fotografías en la mochila de Ivón.

Ivón trataba desesperadamente de entender las cosas. Rubí le dio la cinta a Ximena en la mañana. ¿Sabía ella lo que había en la cinta? ¿O, era Walter? Él era el camarógrafo. Ivón recordó cómo Walter filmaba a la gente de la colonia esa mañana sin que ellos lo supieran. Sintió frío; aún así, el sudor de sus axilas apestaba.

—Quiero hablar con mi abogado —pidió con el corazón acelerado—. Como ciudadana tengo ese derecho.

—Cállate —respondió y le restregó la cara contra la puerta.

J.W. la llevó caminando por el edificio hasta el estacionamiento cerrado en la parte de atrás, estaba muy iluminado, la guió hacia una hilera de Broncos blanco y verde con el logotipo de la Patrulla Fronteriza. Se dirigió a una, abrió la puerta trasera y metió a Ivón a empujones. No había manijas en las puertas o manivelas en las ventanas, sólo un plástico entre los asientos de enfrente y los de atrás, como un taxi. Dos pastores alemanes gruñían en el área de carga. J.W. se subió al asiento del chofer y se puso el cinturón.

—¿Adónde me llevas?

Él silbaba "Camarón pelao" mientras salía del estacionamiento.

—Tú sabes que éste es un arresto ilegal. No tengo nada que ver con la gente de la Presa del Elefante. No sabía lo que contenía el video y tampoco puse las fotografías allí. Alguien las plantó y tú lo sabes. Te exijo que me digas adónde me llevas.

Ivón pateó el asiento de enfrente y los perros le gruñeron. J.W. le hizo un ademán con el dedo: —Calma, calma, yo que tú no molestaría a los perros, todavía no comen.

Ivón agitó la cabeza para secarse las lágrimas de los ojos. Se le había formado una bola de púas en la garganta. Respira, Ivón, se dijo, calma, trata de orientarte.

Iban hacia el oeste por la autopista del bordo, rumbo al centro. J.W. se llenó la boca de tabaco.

—Mira —intentó otro acercamiento—, no sé nada de esas fotos, pero te puedo dar el nombre de las personas que me dieron el video —la voz le temblaba—. La mujer de ese programa, la entrevistadora, se llama Rubí Reyna, y ella se ofreció a darme una copia del programa que hizo con el médico forense ayer. Su marido, Walter Luna, es el que copió la cinta y Rubí me la dio esta mañana en el rastreo que hicimos en Lomas de Poleo. Walter es el camarógrafo del programa, entonces, no sé, tal vez él fue el que agregó esos subtítulos tan desagradables, o tal vez fue un técnico de la estación o lo que sea. Yo verdaderamente dudo que Rubí sepa lo que hay en el video, de cualquier manera háblales ¡y sácame a la chingada de aquí! —elevó la voz tanto al final de la frase que los perros volvieron a gruñir.

El azul frío de sus ojos se tornó casi flourescente bajo el resplandor neón de las luces de los anuncios panorámicos.

—Ya veo. Tú eres uno de esos fanáticos a los que les gusta ir a buscar cadáveres.

—Ya te dije, andaba buscando a mi hermanita. Tenemos evidencia de que la secuestraron y tal vez ha sido abusada sexualmente si no es que algo peor. Chingado, fue la Patrulla Fronteriza la que encontró sus pantalones a la orilla del río ayer por la mañana. ¿Qué no llevan algún registro de algo?

—¿Encontraron alguna cosa?

—Ella no era una cosa. Era un ser humano con un nombre y una vida, marrano —el dolor en la garganta se había transferido a sus oídos.

—¿El cuerpo estaba intacto o en pedazos? ¿Luna filmó lo que encontraron?

—Él estaba ahí con dos cámaras.

—Entonces tenemos al que buscábamos —escupió el jugo del tabaco por la ventana y tomó su teléfono celular—. Oye, Junior —dijo al teléfono—, ¿cómo se llama el tipo del canal de televisión? ¿Walter Luna, verdad? Tenemos que darle una lección . . .

¿Así que el esposo de Rubí también está involucrado en esto? Dios mío, hasta dónde llega esto.

—O es un pendejo que quiere mostrarle esta mierda a otra gente o es un listillo que piensa que puede hacer sus propios videos . . . Claro, estoy seguro . . . ya sé que estás ocupado, culero. Pídele al cabrón de tu amigo que lo haga. Hablo en serio, ahora. Oye, ¿ya hicieron el níquel? Espérenme, ahí llego en diez. Aquí tengo a alguien que quiere ver.

¿De qué hablaba? ¿Ver qué?

—¿Me están haciendo trampa? —bramó—. Nadie dijo nada de una inspección. Esa chingada planta está cerrada. ¿Qué es lo que van a inspeccionar? Me vale una chingada, tú sigues el plan. Yo me las arreglo con ese hijo de la chingada.

J.W. marcó otro número.

—No quiero ver nada —dijo Ivón. Las sienes le latían con fuerza.

El hombre la ignoró y habló por teléfono: —Pásame al capataz.

—Lo digo en serio —dijo. Una parte de ella ya sabía de qué se trataba, pero se esforzaba por ignorar esas campanas que repicaban en su cabeza.

—Habla J.W. Oye, ¿qué es esa pendejada de la inspección? Por una chingada, no lo puedo creer, ¿qué no tienen nada mejor que hacer esos culeros el domingo por la noche? Necesito más que un aviso, ¡hijo de la chingada! Tengo un negocio que atender ahora mismo. No sé, diles que encontraste una gotera o algo, sólo necesito dos horas. Te voy a armar un *show* mañana por la noche. Lo que quieras, nomás me dices . . . bien. Lo que sea. Vamos a estar fuera de ahí en dos horas.

Cerró el teléfono y lo aventó en el asiento. —¡Hijos de la chingada!

—Yo sé adónde me llevas —alardeó. Iban hacia el oeste sobre la calle Paisano, en dirección al centro. Eso era todo lo que sabía.

—Te llevo bastante lejos —dijo mientras la buscaba con la mirada en el espejo. Volvió a escupir por la ventana—. ¿Sabes una cosa?, esa hermanita tuya es un bombón. Espero que no sea lesbiana, como tú, sería una verdadera vergüenza si lo fuera.

—Tú no sabes nada de mi hermana.

—Sé que es la mitad de un *show* muy excitante —hizo un chasquido con la lengua.

—¡Cállate! —murmuró. Ivón trató de concentrarse en los nombres de las tiendas que dejaban atrás, sobre la Paisano. Dollar Store, McDonalds, Binny's XXX videos, Casa de cambio, Jail Bonds, Whatever Lounge. No estaban muy lejos de la cárcel donde ayer por la mañana ella y el padre Francis habían recogido a Ximena.

—Lo que más me gusta es esa cosita para los chupetones que tiene en la lengua.

—¿Qué? —de pronto sintió que le faltó el oxígeno.

—Que me caiga un rayo si miento —dijo.

Dios mío. Amarra los cabos sueltos, Ivón.

—Perdí la apuesta que hicimos en el avión, pero todavía no veía a tu hermana. Esa sí que es material estrella. Es un penique de la suerte muy mono.

Él le había dado un rollo de peniques en el avión, sus ganancias, había dicho. Recordó los dos peniques que había recogido en la escena del crimen por la mañana. Estaban ahí en la bolsa lateral de su mochila, que estaba en el asiento de enfrente, al lado de él. *Algunos cuerpos tenían peniques americanos adentro cuando les hicimos la autopsia,* había dicho Laura Godoy.

Ivón sintió que el estómago se le iba a los pies.

—Más vale que no hayas lastimado a mi hermana —dijo.

—¿O si no, qué? ¿Qué me vas a hacer, señorita machorra? —preguntó y sacó la pistola amenazadoramente.

—Hijo de la chingada —pateó la parte trasera del asiento con las dos piernas y los perros gruñeron de nuevo.

—Vuelves a patear el asiento y les voy a dar a mis perros de cenar.

Piensa rápido, Ivón, di algo. —Yo sé lo de los peniques —dijo.

—¡Dije que te callaras el hocico! —entrecerró los ojos y la vio por el espejo retrovisor.

—Creo que necesitas violar a esas muchachas con los rollos de monedas porque tienes el chile muy chico —Ivón levantó la mano para que él pudiera ver por el espejo el índice y el pulgar en una seña que le hizo—. Lo tienes de este tamaño, ¿verdad?

—¿Quieres ver de qué tamaño tengo el chile, puta? —golpeó con el codo la ventana de plástico y los perros gruñeron—. Te lo voy a meter por la garganta si no te callas el hocico.

Ivón pensó en el graffiti en el baño de la Casa Colorada.

—Ya sabes que andan escribiendo graffitis sobre ti en la zona roja, algo de que la Patrulla Fronteriza le mama el chile al gobernador de Chihuahua.

Ivón vio por el espejo que sus ojos se encendieron.

—Dices una palabra más y juro por Dios que voy a derretir como manteca a tu hermana, así que cállate, hija de puta.

Ivón se mordió la lengua.

Habían dejado el centro atrás; iban hacia las chimeneas de ASARCO, sobre la autopista del bordo. Estaba muy oscuro, pero ella sabía que hacia la izquierda estaba el río y hacia arriba el cerro de Cristo Rey. ¿Fue apenas esta mañana que había visto con atención el rostro de la estatua desde Lomas de Poleo? Ese rostro de piedra impasible que no ofrecía nada, sino . . . un momento . . . ese rostro de Jesús, de piedra, impasible.

Pobre Juárez, tan lejos de la Verdad, tan cerca de Jesús.

Es una fábrica cerca de Jesús, había dicho la voz por el teléfono. Cerca de Cristo Rey. ¿Qué había cerca de Cristo Rey? Podía ver las chimeneas de la refinería al fondo, cerca del Centro Ejecutivo.

De pronto, J.W. hundió el pie en el pedal y la máquina entró en otra velocidad. —¡Con una chingada! —dijo, y revisó todos los espejos—. ¿Me está siguiendo ese carro?

Ivón volteó hacia atrás pero los perros le enseñaron los dientes, así que miró hacia el frente otra vez.

—Más vale que no me sigas, hijo de la chingada —zigzagueó entre los carriles y en cuanto pasó el puente Negro viró repentinamente en una vuelta de noventa grados hacia el Centro Ejecutivo, luego, inmediatamente volteó hacia el sur y entró en una calle marcada con una señal de callejón sin salida.

Estaba completamente oscuro, pero ella sabía donde estaba. El Centro Ejecutivo atrás de ella, la autopista interestatal 10 a su izquierda, la autopista del bordo a la derecha. La pestilencia del hollín de la refinería le dijo que estaban en los terrenos de ASARCO.

Todo empezó a aclararse. ASARCO era una refinería de cobre, una fábrica cerca de Cristo Rey. Los altos hornos estaban cerrados, aparentemente, de acuerdo con lo que el hombre había dicho por teléfono, pero J.W. usaba el lugar para sus negocios y quien fuera el capataz al que él le había gritado, J.W. le iba a armar un *show* mañana en la noche. Obviamente este negocio se trataba de algo para ver. Entonces se dio cuenta: el sitio en Internet, en la página del Diario de Richy www.exxxtremelylucky . . . ¿Cómo había llamado a Irene? *Un penique de la suerte muy mono.* Todo cobró sentido.

—Tienes un sitio pornográfico —dijo con voz ahogada—. Matas mujeres en Internet. —Le temblaba todo el cuerpo.

—Silencio —dijo sibilante; se salió de la carretera y apagó el motor y las luces.

39

PETE EMPEZABA A DESESPERARSE, ¿adónde diablos la llevaba? No iban hacia el este, al Campo Montana, al centro de procesamiento de extranjeros de la Patrulla Fronteriza en el lado este, la oficina de detención. Pero la llevaba esposada y sentada en el asiento trasero de la camioneta como una ilegal, con un par de perros resguardándole la espalda. Algo estaba mal, muy mal.

En el puente, Pete iba a sólo dos carros de distancia de ella, por lo que había visto todo. Los perros, la búsqueda, el arresto. Pete se había metido a través de la aduana, había olvidado completamente al arma en la cajuela, luego había seguido a la vuelta de la esquina y se había estacionado en la calle Hammed, donde se había subido al techo del carro y desde ahí observado el estacionamiento con los binoculares.

Todos sus sentidos se habían puesto en alerta cuando vio al agente subirla a una camioneta de la Patrulla Fronteriza como a una detenida. Y ahora no tenía idea adónde iban. Ya sabía que no iban al Campo Montana, y habían pasado el centro, así que no la llevaba a las oficinas de Santa Fe tampoco.

Tomó el teléfono y rápidamente marcó para pedir refuerzos, luego cambió de opinión y presionó el botón para apagarlo ¿Qué iba a decir? ¿Que tenía un presentimiento? ¿Que había cruzado el río para seguir a alguien que había sido arrestada por la Patrulla Fronteriza? El teléfono timbró.

—McCuts —dijo tratando de oírse despreocupado.

—Refuerzos. Tengo tú número, pensé que podías necesitar respuesta.

—Ah, sí, gracias, creo que sí.

—McCuts, estoy sustituyendo a alguien esta noche, no quiero estar aquí, dame chance. ¿Necesitas algo, sí o no?

Ahora sentía el corazón latirle en el cuello.

—Tal vez. Ah, sí, estoy seguro de que algo no anda bien. Estoy siguiendo a alguien que tiene a uno de mis casos en el asiento trasero de la camioneta, esposada.

—No entiendo, McCuts.

—Es un hombre de la Patrulla Fronteriza. La arrestó en el puente Libre, luego vi que la esposó y la puso en el asiento de atrás de la camioneta, y ahora la lleva no sé adónde. ¿Podrías, uh, mandarme una unidad?

—Tal vez trató de cruzar algo.

—No creo. No la revisó, no le explicó sus derechos, ah, te apuesto que ni siquiera la procesó. Estuvieron adentro como quince minutos, no parece un arresto de verdad.

—Tal vez es ilegal.

—No es ilegal, es ciudadana norteamericana. Y como te dije, no fue procesada, además ellos no toman detenidos individuales. Los toman por grupos. ¿Por qué le está dando un paseo individual? Y debe llevarla al Campo Montana, pero no está en ningún lugar cercano, va en dirección opuesta.

—Tú ni siquiera estás trabajando hoy. No veo tu nombre por ningún lado.

—Mira, hay una mujer en problemas, en serio, necesito refuerzos.

—¿Cuál es tu ubicación?

Pete vio los señalamientos de la autopista.

—U.S. 85, pasando el Parque Donifan.

—No sé McCuts, se va a llevar un rato. Estás muy lejos.

—¿Qué tanto?

—Una hora, por lo menos. Suficiente tiempo como para hablar con tu supervisor al respecto.

—Bueno, gracias.

—Seguro.

Mala onda. Ya lo vio. Se acercó demasiado. Siguió despacio, luego se quedó atrás, mantuvo una visión parcial. Quería seguirlos, pero sabía que tenía que esperar los refuerzos, sabía que debió contactar a su supervisor y que no podía ejecutar una orden de registro sin aprobación. ¿Y ahora qué? El vehículo de la Patrulla Fronteriza siguió hacia el este en el Centro Ejecutivo, pero ya no había señales de ellos. Seguramente se habían escabullido entre los cerros que llevaban a Calavera y ASARCO. Lo que él necesitaba era un helicóptero que cubriera el área. Llamó por refuerzos otra vez.

—Necesito apoyo aéreo —dijo—, algo está ocurriendo aquí en ASARCO.

—¿Quién habla y en referencia a qué es esta llamada?

No era la misma mujer con la que había hablado antes, pero reconoció la voz. De nuevo explicó la situación.

—¿Seguiste a esta persona en México, McCuts?

—Sí, estaba interfiriendo con nuestra investigación, iba por todos lados enseñando un boletín de alerta sobre su hermana a la gente, se estaba exponiendo al peligro. Ahora la Patrulla Fronteriza la arrestó.

—¿Estás seguro?

—Algo no está bien. Estoy seguro.

—Muy bien, pero más vale que esto no sea una cacería de gansos. Tenemos una unidad aérea en el Cañón McKelligon. Lo voy a mandar. ¿Cuál es tu ubicación?

—Estoy justo frente a la planta de cemento en el Centro Ejecutivo, esquina con 85.

—Ése es territorio Calavera.

—Ya sé —dijo.

—Muy bien, ése es el punto de encuentro. Estoy mandando dos unidades marcadas a tu encuentro. No prosigas, no estás en servicio. Repito, no prosigas. Las patrullas van en camino. No quiero a nadie solo en territorio Calavera.

—Diez-cuatro.

—Ah, ¿y, McCuts?

—Sí.

—Habla tu supervisor. Refuerzos me contactó. Pensaron que tenía que saber lo que mi detective está haciendo. La próxima vez que quieras pasarme, Petercito, vas a terminar entregando multas de estacionamiento. No me importa quién sea tu papá, detective novato.

—Sí, señora. Lo siento, señora.

—Quiero tu informe en mi escritorio por la mañana, a primera hora.

—Sí, señora.

—Y, McCuts, más vale que no sepa que fuiste a seguir a alguien a México, y más te vale que no sepa que te llevaste el arma.

—No, señora, todo lo pondré en el informe.

Colgó el teléfono y se alejó de la planta de cemento. Las patrullas iban a llegar muy tarde. Por lo menos un helicóptero venía en camino. Tenía que conducir hacia allá y disparar el proyectil de iluminación para el helicóptero.

Él sabía que Ivón estaba en peligro e iba a hacer algo al respecto, con o sin permiso. Había informado de la situación y había pedido refuerzos. Había seguido el procedimiento. Ahora tenía que actuar. Había sido entrenado para esto.

Dio un viraje rápido por el camino San Marcos y apagó las luces, navegó únicamente con su linterna. En la vuelta del camino que seguía hacia ASARCO había una señal de propiedad privada puesta en un poste de la luz. Traspasó el territorio Calavera, igual que lo hicieron Ortiz y Borunda la otra noche. Se le echarían encima, como buitres, si no tenía cuidado. Se hizo a un lado y estacionó el Honda. Su chaleco Kevlar, el walkie-talkie y la pistola de luces estaban en la cajuela. Tenía la linterna y el cuchillo Bowie; era mejor llevar el arma. Cada célula de su cuerpo latía.

40

Irene no podía recordar cómo había regresado al cuarto rojo. En algún momento debió desmayarse. Todavía podía oír los aullidos y no sabía si eran los coyotes o la muchacha. El estómago le dolía, así que se arrastró hacia un lado para vomitar. Ya había un charco de vómito putrefacto en el piso. Vio que estaba encima del catre, no debajo de él. Desnuda.

Cuando la dejaban sola encima del catre hacía ejercicio con las piernas, llevaba las piernas hasta el pecho y las elevaba sobre su cabeza para mantener los músculos de las piernas y del estómago fuertes. Con las cadenas en las piernas podía hacer movimientos de pedaleo. Hasta podía dar pasos. Todo lo que sabía es que ella era la siguiente. Iban a ir por ella. Los oía reír afuera del autobús: un hombre y la mujer que cantaba la canción de cuna, que usaba los audífonos amarillos de su tocadiscos portátil como una diadema. El humo del toque de mariguana entraba a través de la ventana abierta, mitigaba la pestilencia de la carne podrida por unos segundos.

Ya sabía el nombre de la mujer, Ariel, uno de los hombres la había llamado. También sabía otra cosa. El cuarto rojo en el que la tenían en cautiverio no era un cuarto en absoluto, era un camión transformado, y ya no estaban en Juárez, las chimeneas de ASARCO estaban justo afuera de la ventana, tan cerca que pensó que estaban en el establecimiento mismo. Eso significaba que habían cruzado a El Paso. Estaba de nuevo en Texas. Sentía picazón en la piel. Ariel debió lavarla antes de regresarla al camión. Ahora tenía las muñecas atadas al frente, pero en lugar de la soga rasposa alrededor de los tobillos, alguien la había sujetado con grilletes de hierro. Eran pesados, pero al menos las cadenas le permitían más movimiento en las piernas.

Una brisa sopló adentro del cuarto; sintió el aire como hielo sobre la piel afiebrada. ¿Cómo es que le dio fiebre? Algo que le habían dado de comer la había enfermado, pero no podía recordar cuando había sido. Le dolió otra vez el estómago, pero casi no tenía nada en él, sólo un líquido café.

Cerró los ojos y respiró profundo varias veces. Eso fue todo. Sabía que ella era la siguiente.

Se estremeció otra vez y el temblor de su cuerpo le recordó el baño. Ella en cuclillas en la tina de estaño mientras Ariel le echaba agua fría. Por lo menos recordaba el baño.

—Deja de temblar —le había dicho Ariel detrás de la máscara—, me estás poniendo nerviosa.

No podía parar. Hasta los dientes le castañeteaban.

—Párale —Ariel le pegó en el trasero con la toalla mojada. Ya no podía sentir dolor, sólo la sensación de hormigueo en el cuerpo.

—No . . . pue . . . pue . . . do —dijo—, te . . . ten . . . go . . . frío.

Ariel le pidió que se inclinara y la talló con una barra de jabón de ropa entre las piernas, con fuerza. El jabón le quemó la piel abierta, abajo.

—¿A que no sabes qué? Vas a tener que nadar otra vez —Ariel bromeó con ella—. El agua del río está alta y agradable esta noche. Vas a flotar muy fácilmente cuando ellos hayan terminado —se rió y le restregó el trapo con jabón de arriba a abajo por el resto del cuerpo.

Ariel la secó con una toalla vieja, la empujó de regreso al catre y le ordenó que abriera las piernas tanto como pudiera para tomarle una foto. Era todo lo que recordaba. Ahora estaba aquí, desnuda sobre el catre, vomitando las entrañas. Y ella era la siguiente.

—¿Estás con ropa? —Ariel se reía y daba traspiés dentro del cuarto. Cargaba una canasta de lavandería llena de ropa—. Tenemos que encontrarte algo para que te pongas, *algo muy especial para un viaje especial* —dijo con sorna.

Irene vio su propia camiseta a rayas ahí, pero Ariel le seleccionó una vestimenta diferente: una falda corta negra con una blusa sin espalda, roja y dorada, adornada con las letras JAL.

—Esto debe quedarte —indicó y dejó las cosas sobre su brazo—. Ah, casi se me olvida —sacó algo del bolsillo de su camisa—, tómate esto —dijo, y le metió una píldora rosa en la boca—, ya casi es tu turno.

Esperó que Ariel saliera, luego escupió la píldora en la esquina donde estaba el balde del excremento, donde escupía todas las otras píldoras que le daban. Sabía que su turno significaba que se la iban a llevar a ese lugar donde la habían tenido, donde había escuchado los gritos.

¡*Acción!* Alcanzaba a oír a Junior gritar por el megáfono.

No importaba qué tan alto tocaran la música, aún podía escuchar los aullidos. Ahora era el tema del Llanero Solitario; lo tocaban muy alto en las bocinas. La obertura de William Tell hacía eco en las rojas paredes de aluminio del camión.

Pensó en Ivón. Sabía que su hermana haría cualquier cosa para escapar. Patear a la mujer en la cara, sus piernas eran fuertes, ahorcarla con las cadenas de las piernas. Ariel estaba tan grifa que sería muy fácil tomarla por sorpresa.

Ésa era su única oportunidad. Eso o *su turno*.

41

J.W. ECHÓ A ANDAR LA MÁQUINA DE NUEVO.

Manejaba en círculos, trataba de encontrar algo. En la oscuridad Ivón oía el ruido del tráfico de la autopista, y abajo, en el cañón, el coro salvaje de los coyotes. No podía identificar si los coyotes estaban en Juárez, en El Paso o en Nuevo México. Trataba de orientarse, de encontrar la dirección en la que iba el río. Si escapaba tendría que correr en sentido opuesto, hacia la autopista.

Los faros iluminaron una enorme calavera y huesos en cruz pintados contra un fondo rojo sangre, a un lado de un jacal blanco.

Debajo de la calavera decía *La Calavera—El Paso, 1882.*

Ivón conocía el lugar muy bien. En la preparatoria ella y su prima Mary solían venir los viernes por la noche, traer provisiones y preparar la cena para tata Alberto, su bisabuelo, que vivía en Calavera desde que Smelter Town había sido clausurado. Una le leía el periódico mientras la otra hervía la pasta o hacía ensalada de atún. Después de que él hubiera comido y ellas lo hubieran lavado y acostado, Ivón y Mary escalaban al viejo cementerio en la meseta. Fumaban mota y tenían sesiones espiritistas. Eran fanáticas de las películas de horror y creían que podían invocar a la muerte. Nadie vigilaba el cementerio Smelter. Ni siquiera los fantasmas.

Ahora subían una pendiente. Los perros aullaron como si supieran hacia donde iban.

—¡Quietos, muchachos, ya casi es la hora del *show*!

En lo alto de la meseta la Bronco llegó a las puertas de hierro forjado del cementerio. Estaban cerradas, pero J.W. se bajó, sacudió algo en la tranca y las abrió. Las luces de la camioneta iluminaron las tumbas, las rumas de piedras y los crucifijos que poblaban el pequeño cementerio. El piso estaba cubierto de hollín negro y espeso; los gases químicos eran tan fuertes que le lloraron los ojos. Aquí y allá había flores de plástico; las yerbas verdes surgían entre la tierra negra. Algunas tumbas estaban circundadas por barandales de metal o de madera. Una de ellas tenía un Sagrado Corazón de Jesús pintado sobre la lápida blanca.

Justo abajo del cementerio logró ver los anuncios de la I-10 y más allá las luces del oeste de El Paso. Ahora sí sabía exactamente donde estaba. Había unas vías de ferrocarril que salían de ASARCO hacia la interestatal. A ella y a su prima las había descubierto una vez un helicóptero patrulla cuando había sobrevolado por encima de sus cabezas y había interrumpido su sesión espiritista. La luna menguaba, pero aún estaba casi llena. Toda esa luz la ayudaría a tramar su huida.

—Hogar, dulce hogar —dijo J.W.—. ¿Quién tiene hambre?

Los perros empezaron a lloriquear.

—Necesitan proteína.

Los perros babeaban. El hombre se divertía con sus propios chistes. Las llantas rompían el asfalto suelto del cementerio. Bajo la luz de la luna las chimeneas de la refinería se alzaban como centinelas de la muerte. *La Esmelda*, solía llamarla tata Alberto, el lugar que le había causado cáncer en el estómago y que había matado a la abuelita Rose Mary de tuberculosis. Habían tenido una casa en Cinco Puntos por algunos años, pero cuando llegó la Gran Depresión, tata Alberto perdió su empleo en el periódico, su casa y sus sueños. La propiedad más barata que pudieron encontrar fue en Smelter Town.

La Bronco merodeaba entre la planta, se movía lentamente entre los edificios de oficinas vacíos y las bodegas abandonadas. ASARCO se había convertido en un pueblo fantasma, totalmente oscuro y desierto. La única señal de vida eran los aullidos de los coyotes en los cerros de Anapra. Y el eco de un tren lejano. Se detuvieron abruptamente en un alto frente a una bodega; de pronto se vieron iluminados por lo que parecían las luces de una película. Alguien estaba filmando ahí arriba.

Vio un RV y dos remolques de caballos estacionados cerca de la bodega.

—¿Qué chingados está haciendo ese camión aquí? —murmuró J.W.

Atrás de los remolques vio un camión de Juárez, muy parecido al camión que había visto ayer en la calle Ugarte. No, era el mismo camión. Reconoció el graffiti y las letras chuecas en la barra de destino donde decía La Cruz Roja. Era el mismo camión rojo que por poco los atropella a ella y a William en el camino de Puerto Anapra. J.W. se bajó de la camioneta.

—¿Qué chingados pasa aquí, Junior? —demandó.

Las luces brillantes se apagaron y todo se vio amarillo bajo el resplandor ácido de la luna. Desde aquí Ivón podía ver el valle, el cañón y hasta el cementerio.

—¡Oye, qué padre! —gritó alguien—. ¡Prendan las luces!

J.W. caminó hacia la parte trasera de la camioneta y dejó salir a los perros. Un muchacho flaco, vestido con pantalones sueltos y una camiseta sin mangas salió de la bodega y caminó con arrogancia hasta él. Tenía una botella de cerveza en una mano y un megáfono en la otra. Un largo arete le bailaba en uno de los lóbulos.

Ivón escuchó un helicóptero a la distancia.

—Junior, más vale que me digas qué chingados está pasando aquí —dijo J.W. mientras sacaba del pelo a Ivón—. ¿Por qué está ese chingado camión aquí? No deben estar aquí.

El hombre se rascó la entrepierna mientras se encogía de hombros.

—Pensé que tú lo habías mandado, —dijo—. ¡Pensé que íbamos a tener audiencia en vivo hoy! —repitió y se rió como si estuviera drogado.

—¡Yo no mandé una chingada! ¡Alguien nos está acorralando! ¿Por una chingada, que no lo ven?

—Es el cabrón del egipcio, viejo, te dije que iba a soltar la sopa si no le conseguíamos lo que quería —el hombre aleteaba con los brazos.

—No es el egipcio, pendejo. Te lo dije, es Walter Luna. ¿Le hablaste a tu compañero? ¿Le dijiste que tiene que limpiar la mierda, pronto?

El muchacho se tomó el resto de la cerveza y lanzó la botella por encima del hombro.

—Háblale tú, —dijo—. Yo tengo que terminar este show.

J.W. agarró al muchacho de la oreja y el arete brilló bajo la luz de la linterna. Desde donde estaba Ivón se veía como un pezón humano disecado.

—Quítate esta mierda, por una chingada.

J.W. regresó a la Bronco y agarró su teléfono celular.

—Silver, Tonto —dijo casualmente por encima del hombro—. Tomen una.

Los perros se acercaron a Ivón, gruñeron, con los ojos pegados a cada lado de ella. —No quieren eso —le dijo en voz baja a los perros. Ivón vio una mano que salía entre las tablillas de uno de los remolques. El corazón empezó a martillarle. El helicóptero se acercaba.

Con el teléfono al oído J.W. fue a zancadas en dirección a la bodega quejándose de la pestilencia. Con el megáfono entre las piernas el otro muchacho volteó a ver a Ivón y deliberadamente se amarró una máscara quirúrgica verde en la cara. Ivón lo había visto antes. La saludó con un ademán de la mano como si quisiera que lo reconociera. Junior, en el anfiteatro, el asistente de la médico forense. La complicidad entre los perpetradores y los servidores públicos era desconcertante.

—¡Apúrate, con una chingada! —le gritó J.W.

Ahí estaba otra vez, la mano que salía del remolque de caballos. Ivón se movió a un lado y los perros gruñeron. —Atrás —les dijo sibilante. Los perros gruñeron más—. ¡Alto! —dijo al recordar la orden de J.W. en el puente. Los perros relajaron las orejas y le mostraron los dientes.

De pronto los iluminaron las luces azules y rojas de un helicóptero. Alguien gritó: —¡Policía! ¡No se muevan!

Un grupo de hombres salió del camión rojo; corrieron en todas direcciones.

—¡Nos cargó la chingada! —oyó Ivón gritar a Junior por el megáfono.

La luz halógena del helicóptero inundó ASARCO; la fuerza de las astas esparcía el hollín granulado de la refinería por encima de Ivón.

Ella se agachó; le dio la espalda al helicóptero para protegerse la cara. Los perros empezaron a ladrar frenéticamente. Caminó tropezándose hacia el remolque de caballos.

—¿Irene? —gritó—, ¿eres tú? Soy yo. ¡Contéstame!

La mano salió de las tablillas otra vez, se agitaba desesperadamente. Con la luz brillante vio las uñas rotas y el esmalte plateado levantado. No era la mano de su hermana.

—¡Ayúdeme, por favor! —oyó decir a la mujer.

Corrió al frente del remolque pero estaba cerrado con un candado.

—Tiene candado —le gritó a la mujer—. ¿Hay alguien ahí contigo?

—¡Sáquenme de aquí! —gritaba la mujer histéricamente; golpeaba un lado del remolque.

Más gritos. —¡Los tenemos rodeados! ¡Tiren las armas!

—La policía —le gritó a la mujer—. Grítale a la policía. Yo no puedo abrir la puerta.

Corrió al segundo remolque y gritó el nombre de su hermana. No había manos, ni voces, sólo un olor que empezaba a serle familiar. El hedor de la muerte. Se asomó dentro del remolque y contuvo el aliento para evitar las arcadas. Estaba muy oscuro para ver, pero sabía que había un cadáver adentro. Se puso de espalda en la puerta y subió las manos esposadas hacia el pestillo. Se estiró para jalarla, pero no pudo alcanzarla.

—Que no seas tú, Irene. Que no seas tú.

El helicóptero voló en picada por encima de ellos. Con el resplandor de sus luces vio un tenis blanco, afuera del remolque, manchado de sangre.

—¡Alguien va a pagar por esto! —oyó gritar claramente a J.W., luego un aluvión de balas resonó contra las palas del helicóptero. Sonó como una ametralladora o una automática. El helicóptero se elevó fuera del área.

—¡Disparos! ¡Disparos! —gritó un hombre.

Ivón corrió hacia el camión rojo. La puerta estaba lejos de los disparos, pero alguien le disparó a Ivón y la bala se estrelló en el parabrisas.

—¡Agáchate, Ivón! ¡Cúbrete! —parecía ser el detective McCuts. ¿De dónde había salido? Estaba justo atrás de ella.

Oyó a alguien moviéndose alrededor. Otros dos disparos sonaron tan cerca que la repercusión la ensordeció por un momento.

—¡Irene! —gritó

—¡Cabrona! —oyó decir a una mujer en un chillido adentro del camión.

Otra roceada de balas. Oyó a McCuts gritar y luego maldecir.

—¡Agáchate! —McCuts ordenó. Ivón lo vio recargado en un lado del camión.

—Tengo que encontrar a Irene —le dijo. La puerta del camión se abrió y una mujer saltó las escaleras. Gritaba como loca. Ivón se paró frente a ella. Era Ariel.

—¡Hija de la chingada! —dijo—. Yo sabía que estabas mintiendo.

Los ojos de la mujer querían saltársele del rostro amoratado.

—¿Dónde está mi hermana? ¿La lastimaron? ¿La mataron?

Ariel tenía los verdugones vivos alrededor del cuello como si alguien hubiera tratado de asfixiarla, y la cara como si le hubieran dado una paliza.

—¡La voy a matar! —gritaba la mujer—. ¡Hija de su chingada madre, yo misma voy a matarla!

Ivón se lanzó de cabeza hacia delante y golpeó a la mujer en medio de los ojos. La sangre le salía a chorros de la nariz. La golpeó de nuevo; la mujer se tambaleó y cayó.

El helicóptero se había elevado aún más. Por un momento todo estaba completamente quieto.

—¡Irene! —gritó Ivón—. ¡Corre, Irene, corre! Corre al cementerio. Atrás de nosotras.

Ivón pateó a Ariel en las costillas y otra vez en la cara. Sabía que esta perra estaba involucrada en el secuestro de su hermana.

—Ivón —McCuts resollaba atrás de ella—. Es suficiente, ¿no ves que está desmayada? Ven, voltéate. —Ivón sintió que le quitaba las esposas. Se agachó y se las puso a Ariel.

Las sirenas estaban encendidas, las luces centellaban. Una parvada de patrullas se aglomeró en la planta.

—¡Ya era hora! —dijo McCuts.

—Creo que está viva —dijo Ivón jadeando—. Creo que escapó.

—¿La viste?

—Tenemos que buscarla, McCuts.

No se había fijado hasta ese momento que McCuts sangraba. Lo habían herido en el muslo. La cabeza le temblaba del dolor. La sangre salía a borbotones de sus jeans.

—No, McCuts, tú estás herido. No puedes ir detrás de ella. Dame tu pistola.

—No puedo entregar mi arma —dijo mientras levantaba la pierna.

—Sé disparar.

—Es contra las reglas.

Estaba de pie, sobre una pierna, la miraba y sangraba por encima de las botas.

—Irene está ahí, viva, lo sé. Ayúdame a salvarla.

Él le entregó el arma. —Es una calibre .40 —dijo—. No necesitas jalar el cargador. Ya le disparé a alguien.

Ella asintió. Él habló por el walkie-talkie.

—Oficial caído —dijo.

Ivón desapareció entre los remolques, llevaba la pesada arma aún tibia en su mano. El helicóptero sobrevolaba de nuevo.

42

LA SOMBRA DE IVÓN se alargaba sobre la tierra negra bajo las luces del helicóptero. Corría hacia el cementerio. Tal vez Irene la había oído y supo qué dirección seguir. Detrás de ella, por encima del sonido estridente de las sirenas oía los rugidos furiosos de J.W, que daba órdenes a los perros a través del megáfono.

—¡Silver, Tonto! ¡Corran!

Madre de Dios, rezaba Ivón, mantenla viva, no permitas que los perros la atrapen, por favor, esos perros están entrenados para matar.

Seguía en su carrera. Veía a la distancia las cruces y las lápidas. Los perros jadeaban detrás de ella, sus garras se hundían en la graba suelta. Apretó con fuerza la pistola, con las dos manos, y volteó para dispararles. Había olvidado el impacto de una semiautomática, por lo que perdió el equilibrio. Los perros trotaron hacia un lado, al parecer seguían a otra persona.

Las luces del helicóptero no llegaban hasta el cementerio, pero la luna estaba alta y podía ver las lápidas con claridad. De pronto escuchó un grito. Una muchacha gritaba. Los perros habían encontrado a su víctima.

—Irene —gritó—, ¿eres tú?

—Ayúdame —oyó una voz arenosa que venía de la derecha y que no reconoció.

—¿Lucha, eres tú? —su voz hizo eco. Abajo se escuchaba la sirena de las ambulancias y los bomberos.

—Ivón —dijo su hermana en un quejido—. ¡Ivón, estoy aquí!

Oyó un gruñido y luego un grito. Ivón se paralizó. Le temblaban tanto las manos que por poco se le cae el arma.

—¡Patéalos! —gritó Ivón y corrió hacia donde se escuchaban los gruñidos—. Patea a esos hijos de la chingada.

Se tropezaba con las piedras, la hierba y las losas de concreto. Un zapato se le enredó en un alambre de púas. Si no se daba prisa los perros iban a destrozar a su hermana.

—Háblame —gritó—. No puedo verte.

Pero todo lo que podía oír eran los gemidos de su hermana. Estabilizó la pistola y disparó al aire para asustar a los perros. Entonces la vio. Una sombra, rápida como un rayo, cruzaba el cementerio. Era como plata reluciente bajo la luz de la luna, y venía hacia ella. Oyó el ruido de su garganta. Ivón tropezó al dar un paso atrás. El perro la embistió y ella jaló el gatillo dos veces. Sangre y materia ósea le salpicó la cara.

—Irene —gritó conteniendo el aliento.

No hubo respuesta.

—¿Lucha?

Nada. Se desmayó, eso es, no está muerta, se dijo Ivón. Corrió en la dirección por la que había venido el perro. Entonces la vio. Irene se había arrastrado dentro de la baranda de una de las sepulturas. Se agazapaba en un ángulo extraño, entre un montón de hierba y la lápida. Estaba desnuda y cubierta de sangre. El otro perro hacía guardia sobre su presa; la garganta le gorgoteaba.

—¡Déjala, hijo de puta, o te mando a la chingada! —le dijo al otro perro mientras se acercaba. El perro la dejó acercarse. Estaba a dos pies de distancia cuando se le tiró encima. Ivón abrió las piernas, se preparó para el impacto y jaló el gatillo, dos, tres veces. El perro aulló y se estrelló en ella. Por un segundo se sintió aturdida, la sangre del perro corría caliente sobre su piel. Ya no sentía el arma en la mano.

—*In the woods, in the woods, in the woods* —oyó cantar a Irene con una voz aguda y desigual.

Ivón aventó el pesado cadáver del animal y batalló para franquear la baranda. Le arrancó las yerbas de las manos a Irene.

—Ya estoy aquí, mi niña —dijo—. Vas a estar bien.

—*Black Dove* —seguía cantando Irene—. *Black Dove.*

Estaba herida. Su hermanita estaba muy lastimada.

—No eres un helicóptero.

Ivón se fijó en la parte de atrás de la pierna de Irene, donde los perros la habían desgarrado desde la mitad del muslo hasta el talón; la carne era nudosa y negra; las venas rasgadas cubrían de sangre la sepultura. Tenía los codos y las rodillas pelados y en carne viva.

—Tengo que ir a Texas —empezó a temblar.

Ivón se percató de que había más luz en el cementerio, una luz tenue, como la de los faros de un carro que iluminaba en su dirección.

—¡Irene! ¡Escúchame! ¿Te puedes mover?

—¿Ivón? —preguntó la muchacha mientras la miraba.

—Sí, soy yo, cariño. Déjame ayudarte —Ivón movió las hierbas con los pies. Sujetó a Irene de la cintura para ayudarla a levantarse. La muchacha se dejó caer en los brazos de Ivón; temblaba. Ivón vio marcas frescas de mordidas en sus senos. Una casi le arranca el pezón. Hilos de sangre se deslizaban por su pálido estómago. El temblor se acrecentó. Entraba en *shock*.

Ivón la tomó en sus brazos cuidadosamente, para no tocar las heridas.

—¿Qué pasó, Lucha? —dijo con un nudo en la garganta.

—Estaba muy sola, siempre —respondió Irene. Tomó con fuerza las manos de Ivón.

Ivón empezó a sollozar. Era un pequeño recuerdo que había olvidado. Irene de seis años le decía adiós en el aeropuerto; Ivón se iba a Iowa, a la universidad; no se había permitido llorar. Irene había dicho: "Pancho, pensé que me ibas a ayudar con la tarea. Voy a estar siempre sola".

Fue la voz de Irene la que oyó en ese niño de la librería.

—¡Aquí están! —oyó gritar la voz de un hombre.

—Corre, corre y trae la ambulancia —dijo una mujer—. Saquen esos perros de aquí, inmediatamente.

El aire olía a pólvora y a animal mojado.

43

Ivón veía al interno sacarle los fragmentos de vidrio, pelo de perro y escombros de la carne viva del brazo. Ni siquiera recordaba cómo se había hecho esa herida. Seguramente había pasado antes de que el perro la atacara, cuando le dispararon al parabrisas del camión rojo. Sentía el estómago revuelto a causa de la tetraciclina que los paramédicos le habían dado en la ambulancia. También le habían puesto la vacuna del tétanos, por la herida en la barbilla. Aún sentía al perro saltando hacia ella, el rocío caliente de su sangre sobre la cara.

Con el rabillo del ojo vio moverse algo y alzó la mirada. Una mujer alta, de cabello oscuro, con un vestido azul se le acercó. Era Brigit, milagrosa como su nombre.

Ivón alzó los brazos hacia ella como una niña.

—No te puedo dejar sola —dijo Brigit; sus ojos azules brillaban por las lágrimas. Acunó la cabeza de Ivón entre sus manos. Ivón lloró en su seno. Dejó marcas de saliva y sangre en el vestido de su amante.

—¿Qué te pasó en la cara? —Brigit le tocó las mejillas suavemente. Ivón no respondió. Empezaba a ver puntos blancos por todos lados.

—Es una combinación del impacto del sol y la arena —respondió el interno a la pregunta de Brigit.

Eso fue lo último que oyó Ivón antes de desmayarse.

—Parece que tenemos una discrepancia aquí, señorita Villa, entre lo que usted dice que pasó y lo que dice el testigo con el que hablamos —dijo.

Ella parpadeó; un bigote que se movía frente a su cara. Gafete, pistola, uniforme.

—Ah —dijo—, usted es policía.

No estaba segura si había cuatro o dos policías, ya que veía doble. ¿Dónde estaba Brigit? Había estado de pie, a su lado en el cuarto de emergencias apenas hacía un minuto. Su reloj decía que eran casi las cuatro, pero no podía precisar si era de la mañana o de la tarde. Le picaba la barbilla; se rascaba alrededor del vendaje.

—Necesita descansar —dijo alguien.

Echó un vistazo alrededor y vio que estaba en una sala de espera y que era como ver un carrusel lleno de parientes. La abuelita rezaba el rosario; la tía Fátima estaba sentada entre su hijo William y su esposo, el tío Miguel; Gaby estaba acurrucada en otro sofá, con la cabeza en el regazo de su papá. El tío Joe leía el periódico; el abuelo y Patrick jugaban dominó en una de las mesas de café. La tía Lulú con su proverbial canasta de tejido a su lado; hasta la tía abuela Esperanza estaba ahí, dormitando en su silla de ruedas. Las únicas que faltaban eran su mamá, Ximena y Brigit. El resto estaba ahí, sentado, observando a Ivón y al policía.

—¿Irene está bien? —preguntó a nadie en particular.

—Está en cuidados intensivos, mijita —dijo el tío Joe—. Salió muy bien de la cirugía.

—Señorita, necesitamos preguntarle algunas cosas —dijo un policía de cara pecosa.

—Mire, ya le dije a los otros policías lo que pasó —aclaró Ivón. Tenía un sabor a fierro en la boca—. ¿Cuántas veces tengo que contar la misma historia?

—Como le dije, señorita, hay algunas discrepancias que tenemos que aclarar.

Los cuatro oficiales se pusieron de pie cuando un hombre mayor, grande, con ojeras oscuras entró al cuarto. Iba seguido por el padre Francis. Los dos llevaban vasos desechables.

—Juez Ramírez, Su Señoría —saludó uno de los policías.

—Siéntense, siéntense —dijo mientras asentía con la cabeza.

—¿Alguien quiere café? —preguntó el sacerdote—. Trajimos uno extra.

Ivón observó al juez darle la mano primero a los abuelos y luego al resto de la familia. Costumbres mexicanas. Pase lo que pase.

—Había un conserje allá arriba —decía el hombre del bigote mientras estudiaba sus apuntes—. Él fue quien le dijo a la ambulancia dónde estaba, y que había seguido a una manada de coyotes que atacaron a su hermana.

—Les estoy diciendo que eran perros entrenados —dijo Ivón—, no coyotes. Yo misma les disparé. ¿Creen que es invención mía? ¿Cómo creen que me llené de sangre? —se miró la camisa. Alguien le había traído un cambio de ropa. No había huellas ni de sangre ni de violencia, sólo el brazo vendado y en un cabestrillo.

—No encontramos a ningún animal muerto allá arriba, señorita. Ni armas tampoco.

—¿Qué me está diciendo? ¿Qué no había una pistola? Era el arma del detective McCuts, una calibre .40.

—Perdón —el juez frunció el ceño—, ¿está diciendo que usó la pistola de mi hijo?

—De acuerdo con su declaración, el detective McCuts le entregó voluntariamente su arma, señor.

Los oficiales se miraron entre sí y movieron la cabeza.

—Le habían disparado —le dijo Ivón al juez—. Me dio su pistola para que yo pudiera ir tras Irene. Él sabía que los perros estaban siguiéndola.

—¿Y cómo está él? ¿Su hijo? —la abuelita le preguntó al juez.

—El padre Francis lo ayudó a sentarse en una silla al lado de la abuelita.

Los ojos del hombre se veían cansados. Pellizcaba el vaso y le formaba una orilla dentada.

—La transfusión salió bien, está todo parchado, pero entró en coma a causa del *shock*. Estaba casi muerto cuando lo trajeron. Fue una hemorragia masiva. Todavía no sabemos si afectará alguno de sus órganos.

—No sabía que estaba tan malherido —dijo Ivón.

—La bala le perforó una vena importante en la ingle —dijo el juez—. Casi se desangra allá. Con el favor de Dios va a salir bien.

—Si usted quiere yo le puedo dar los santos óleos —dijo el padre Francis—. Por si acaso.

La tía Fátima se cubrió la boca y lloró en un montón de pañuelitos de papel.

—No creo que sea necesario, padre, pero le agradezco que haya donado sangre.

—Lamento mucho todo lo sucedido, señor —dijo Ivón.

—No es su culpa. Él sabía lo que hacía cuando le dio la pistola.

—De acuerdo con lo que nos dijo Refuerzos —comentó Pecas— la había seguido todo el día. Su historia corrobora lo que usted dijo acerca del arresto por parte del agente de la Patrulla Fronteriza y que la llevó a ASARCO. No sabía lo que ocurría y llamó a las tropas. Parece que desobedeció todas las órdenes y siguió adelante, probablemente no esperó a que llegaran los refuerzos.

—Él ayudó a salvar la vida de mi hermana —dijo Ivón.

Los policías se miraban impacientes. Pecas revisaba constantemente su reloj y el señor Bigote hojeaba tanto las páginas de su cuaderno que ya la tenía mareada. Había dos, no cuatro. La cabeza de Ivón empezaba a aclararse.

—Miren, no sé por qué no me creen —dijo Ivón.

—No es que no le creamos, señorita Villa, sino que éste es un caso de alto perfil que involucra a agentes de la Patrulla Fronteriza y a oficiales de policía. Después de lo ocurrido a los dos detectives que casi matan de una golpiza la otra noche en la misma zona, la gente está aterrada. No queremos empeorar las cosas ¿verdad? Tenemos a los reporteros de la televisión y de todos los medios que se pueda imaginar, abajo, en el vestíbulo, esperando nuestro informe. Pero el jefe no quiere que digamos nada hasta que arreglemos estas inconsistencias.

De nuevo hojeó su cuaderno.

—De acuerdo con el doctor de la sala de emergencias, la fiereza del ataque sugiere que fueron animales salvajes. Eso corrobora la declaración del conserje respecto de una manada de coyotes. Pero usted dice otra cosa.

—No eran animales salvajes. Eran unos chingados perros entrenados.

—Jesús, María y José, qué lenguaje —la tía Lulú intervino haciendo a un lado las agujas de tejer—, y enfrente de un juez.

—Mamá, tú no te metas —dijeron dos mujeres idénticas al unísono. Ivón no había reconocido a sus primas Yolanda y Zenaida, sentadas frente al televisor.

—Órale —dijo Ivón mientras sonreía lánguidamente—, es el club XYZ.

La saludaron con un movimiento de la mano y de nuevo se voltearon a mirar el televisor.

—Señorita, necesitamos la historia correcta —dijo el Hombre Bigote—. Así que, ¿está usted segura de que no eran coyotes?

—Completamente segura —respondió Ivón.

—¿Los podría describir otra vez, por favor? —dijo Pecas.

—Pastores alemanes. Uno blanco y el otro negro. Silver y Tonto. Estaban entrenados para responder a la jerga del cine. —Estaba demasiado drogada para iniciar un pleito.

—¿Jerga de cine? —preguntó Pecas.

—Sí, como ¡corten! Y ¡toma uno! Ya les dije, eran perros entrenados, expertos, no había nada salvaje en ellos. No estaban entrenados para husmear carros únicamente. Estos perros estaban entrenados para atacar y matar. Y el hombre de la Patrulla Fronteriza, el capitán J. Wilcox es un pervertido y un *stalker* que planeó todo mi arresto para llevarme hasta ASARCO y obligarme a ver cómo lastimaban a mi hermanita. Así me lo dijo el enfermo desgraciado. Mantiene un sitio de extrema pornografía en Internet, extremadamente extremo, y yo creo que usa los perros para deshacerse de las mujeres que mata en línea . . .

—Ave María Purísima —dijo entre dientes la tía Lulú.

—Había mujeres encerradas en los remolques de caballos y él constantemente hablaba de que iba a alimentar a los perros con su "proteína", así que me imagino que alimenta a los perros con carne humana . . .

—Tengo que pedirle que hable en voz baja, señorita —dijo el Hombre Bigote—, con su permiso, juez, voy a decirle a esta jovencita algo que probablemente no debería decirle, pero que podría explicar la confusión.

El Juez Ramírez asintió. Las líneas de su rostro estaban marcadas tan profundamente que se veían como cicatrices blancas en su piel morena.

—Ya preguntamos en la Patrulla Fronteriza y en la Oficina de Inmigración acerca de esos perros. No hay ninguna unidad K-9 que tenga perros llamados Silver y Tonto. Simplemente no existen.

—Ya veo, entonces soy una mujer histérica, nerviosa y nada de lo que dije realmente ocurrió. ¿Eso es lo que usted cree? —Ivón sintió que se le encendían las orejas. La voz se le cortó como si fuera a llorar. Contuvo el aliento y presionó sus ojos con los dedos.

—Pobrecita —oyó que decía su abuelita— necesita descansar.

—Oficiales —dijo el juez—, creo que es suficiente por ahora. La joven ya dio su declaración, ahora tiene derecho a estar con su familia, en privado.

—Sí, Su Señoría —dijo uno de los policías cortésmente.

—¿Dónde está mi mamá? —preguntó Ivón.

Los policías ya se habían ido cuando abrió los ojos.

—Ximena y tu amiga la acompañaron a la capilla —dijo la abuelita, caminando hacia Ivón para sentarse a su lado. Le pasó el brazo por los hombros y la abrazó fuerte—. Irenita es una muchacha fuerte, igual que su hermana mayor, ¿eh? —la abuelita la besó en la mejilla y le apretó los hombros al mismo tiempo, ahí sintió cuánto le dolían los músculos de la parte alta del cuerpo, como si se hubiera excedido en el ejercicio.

—¿Su niña está muy lastimada? —preguntó el juez.

—Ahora la tienen en cuidados intensivos —dijo el tío Joe—. Tenía una infección muy fuerte. Muchos cortes y suturas. Y también encontraron envenenamiento con zinc.

—¿Le vaciaron el estómago?, —preguntó Ivón—. ¿O por lo menos le hicieron radiografías? probablemente tiene peniques en el estómago.

—Ssshhh, mijita —dijo la abuelita mientras le tocaba la espalda.

—No, de veras, tienen que revisarle el estómago. El pervertido las hace comer peniques.

—Le van a poner inyecciones contra la rabia —comentó Gaby.

—¿Va a poder caminar? —preguntó el juez al tiempo que movía la cabeza en señal de preocupación.

—No estamos seguros. Depende de cuánto daño tenga en el nervio.

—La . . . quiero decir, estaba . . . ya saben . . .

—¿Violada? —dijo Gaby.

—Cállate —le dijo el tío Joe a la niña—. Nadie te está hablando a ti.

—¡Por supuesto que la violaron! —intervino la tía abuela Esperanza, con voz grave.

—No encontraron rastros de semen —adelantó Patrick—, pero había evidencia de penetración . . . y muchas magulladuras.

—¿Evidencia de qué? —gritó el abuelito.

—Le encontraron partículas de madera adentro.

—¿La violaron con un pedazo de madera?

—Por lo menos no la embarazaron.

—¡Eres un pendejo!

—¿Y qué si no puede volver a nadar?

—Deberían castrar a hombres así —sentenció la tía Esperanza.

—Si por mí fuera —dijo el juez—, los mandaría a la silla eléctrica.

—¿Alguien quiere café?

La abuelita le frotaba la espalda a Ivón en círculos. Sentía un profundo dolor, hasta los huesos, como si quisiera llorar por días. Pero estaba exhausta hasta para llorar.

—Bueno, necesito ir a ver a Pete —el juez caminó pesadamente—. Va a estar en el cuarto 641, si alguno de ustedes quiere visitarlo.

Se acercó a Ivón y tomó una de sus manos entre las de él.

—Es usted una mujer valiente —dijo—. Y yo creo que no mientes. Pete trabajaba en un asunto que ayudará a explicar algunas cosas —sacó una notita doblada de la bolsa interior de su saco y se la pasó a Ivón—. Me encontré esto en su escritorio. Creo que debe verlo.

—Gracias —dijo Ivón con la garganta tensa. Desdobló la nota y leyó lo que Pete había garabateado: *¿Más de 600 delincuentes sexuales en El Paso? ¿Por qué tantos? ¿Por qué aquí? ¿Por qué se trata de información clasificada?*

—El gobernador no quiere hacer público que hay una cantidad exorbitante de delincuentes sexuales a los que les dan un pasaje sin retorno a El Paso.

—¿Un pasaje sencillo? ¿Desde cuándo se convirtió El Paso en el basurero de pervertidos?

—¿Acaso no es la frontera el basurero de todo tipo de contaminación?

—¿Y tienen pasada libre? ¿Pueden cruzar a Juárez cuando ellos quieran?

—Se supone que no deben salir de la ciudad, mucho menos ir a México. Usan unos brazaletes para que la policía los monitoree y sus nombres están archivados en la Patrulla Fronteriza y en el Servicio de Inmigración.

—Entonces, si cruzan a Juárez las autoridades lo sabrían y podrían regresarlos a la cárcel.

—Técnicamente, así es.

—Qué coincidencia tan extraña, ¿no creen? Todos estos delincuentes sexuales viven en El Paso y todos esos crímenes sexuales ocurren en Juárez.

—Hay un mapa en la oficina de Pete que usted debería ver —el juez movió la cabeza y empezó a alejarse.

—¿Lo puedo acompañar al elevador? —preguntó Ivón. Trató de ponerse de pie pero el cuarto le dio vueltas.

—Es mejor que se quede quieta —dijo el juez mientras la sujetaba—. Venga a vernos después.

—¡Nadie me dice nada! —bramó el abuelito después de que salió el juez.

—¿Cómo está su rodilla? —le preguntó Patrick al anciano para cambiar el tema.

—¿Que qué? —preguntó el abuelito.

—Su rodilla, ¿cómo está su rodilla?

—¡No, yo no me surro en la silla! Baboso.

Todos soltaron la risa. Era la misma broma que le habían jugado al abuelito por años, su aparato para oír ya no le ayudaba mucho, y siempre confundía las palabras: la rodilla con surro en la silla.

Si no le hubieran dado todas esas drogas ya estaría a mitad de camino hacia el estacionamiento. Iría a la oficina de McCuts y revisaría el mapa. Pero los fuertes dedos de su abuelita le masajeaban la cabeza e Ivón se sintió de pronto muy cansada; le temblaban las piernas. Descansó la cabeza en el hombro de la anciana.

—Duérmete, mijita, duérmete.

SENTÍA COMO SI TUVIERA FUEGO debajo de la piel del brazo izquierdo, del codo a la muñeca. Alguien le presionaba la frente con una toalla de papel húmeda, se la pasaba sobre las mejillas y el cuello. Hizo un gran esfuerzo para abrir los párpados. Estaba acostada en uno de los sillones de la sala de espera.

—Hola, dormilona —dijo Brigit—. Te van a traer otro analgésico, ¿okay? Te has estado quejando en el sueño.

Ivón trató de moverse, pero el dolor del brazo la paralizó por un momento. El programa *Today show* estaba en la tele. Todos los familiares se habían marchado.

—¿Cómo está Irene? —Ivón se sentó muy rápido y el cuarto le dio vueltas.

—Tranquila —dijo Brigit—. Está descansando. No han podido darle la vacuna todavía a causa de la infección, así que la están atacando con antibióticos fuertes que le hicieron perder el conocimiento, dijeron que tal vez no despierte hasta mañana. ¿Por qué no nos vamos a descansar a casa? Te ves muy mal, Ivón, como si no hubieras dormido en toda la semana que has estado aquí.

—¿También se fue mi mamá?

—Se fue con Patrick y Ximena. Fueron a sacar el carro de tu hermana del depósito de la Patrulla Fronteriza. Tu mamá lo va a manejar hasta la casa. Ximena dijo que nos alcanzaría en la casa de la abuelita Maggie.

—En estos momentos no toleraría a todos esos parientes en la casa de la abuelita Magie, Brigit. Prefiero ir a un hotel cerca de ahí.

—Oye, eso me parece muy bien. Tengo mi equipaje en la furgoneta de Ximena.

—Vicodin y penicilina —dijo la enfermera que llegó con un par de cápsulas blancas en un vaso de papel—. Sin alcohol —le entregó a Ivón una receta para las medicinas.

—Ya tomó tetraciclina —le dijo Brigit a la enfermera.

—Si quieres te doy tetraciclina.

—No me importa —dijo Ivón, que se tragó las cápsulas con un café viejo— ¿Nos vamos? —Brigit se veía más pálida que de costumbre.

—Sí, vámonos, pero déjame por lo menos ver a Irene.

—Muy bien, tú haces eso mientras yo voy por la furgoneta. Te espero afuera, en la entrada.

—Gracias a Dios que estás aquí —le dijo al ponerse de pie, luego se recargó en Brigit.

—Gracias a las Diosas —aclaró Brigit y le besó la frente—. Ah, casi se me olvida. Alguien te llamó al teléfono de Ximena, hace un rato. Ya te ha llamado dos veces, se llama Rubí. Tiene mucha prisa porque dice que tiene un programa por la mañana y le urge hablar contigo. Rubí quería que le llamaras en cuanto despertaras. Aquí está el número —Brigit le pasó el celular de Ximena.

Ivón marcó el número y Rubí contestó al primer timbrazo.

—¿Qué pasó, Rubí? tengo una exclusiva muy buena para ti —dijo sarcásticamente Ivón.

—Mira, tengo que estar al aire en veinte minutos —respondió Rubí—, y Walter ni siquiera ha llegado. No tengo tiempo para hablarte de este asunto ahora. Su voz se oía fría.

—¿Hablar de qué cosa? —Ivón caminaba hacia el cuarto de Irene mientras hablaba por teléfono.

—Necesito que me regreses el video.

Ivón se dio cuenta de que algo andaba muy mal. Instantáneamente se puso en guardia.

—Entonces, ¿sabes lo qué hay en el video?

—No, y no quiero saber. Únicamente necesito que me lo regreses, por favor. Es urgente.

—¿Por qué? ¿Tienes miedo que vea cómo violan y estrangulan a una niña ante la cámara?

—Por favor no hables de esto por el celular, Ivón.

—La escena no estaba actuada —dijo mientras entraba al cuarto oscuro de Irene, en voz baja, para no despertar a su hermana. Irene estaba profundamente dormida a causa de los medicamentos, con los brazos y las manos vendadas, la pierna en un cabestrillo y un collarín debajo de la barbilla. Ivón se acercó a ella y por hábito, puso la palma de su mano contra la boca de la muchacha para asegurarse de que respiraba.

—Voy a tener que colgar si no dejas de hablar de esto, Ivón.

—Esa niña fue violada y asfixiada sólo para excitar a alguien. Hubieras visto el efecto que tuvo en el Señor Patrulla Fronteriza. ¿Te das cuenta que por eso me arrestaron? La migra creyó que yo traficaba pornografía infantil. Son bajezas con niños. En un video titulado *Mujeres sin Fronteras*.

—¡Eso es imposible!

—Ahí está en el video, Rubí, pegado a la entrevista de Norma Flores.

—Por favor, Ivón. Es urgente que me regreses el video.

Ivón acarició la frente de Irene.

—Ya no lo tengo. Anoche me lo confiscó el de la migra, ese tipo tan simpático que nos echó encima, a mi hermana y a mí, esos pastores alemanes enormes.

Una pausa.

—¿La migra se quedó con él? —la voz de Rubí tembló—. ¿Sabes lo que hicieron con él?

—A decir verdad, estaba más preocupada por salvarle la vida a mi hermana.

Un silencio largo.

—¿De qué se trata todo esto, Rubí?

—¿Nos podemos ver en algún lugar? Tenemos que discutir esto cara a cara.

—Mi hermanita acaba de ser operada debatiéndose entre la vida y la muerte, ¿y tú quieres que deje el hospital para ir a hablar contigo?

Ivón se inclinó para besar la mejilla de Irene. Tenía rasguños y moretones en todo el rostro.

—No entiendes, Ivón. Mi propia familia está en peligro ahora. Si el video sale al aire me arruino. Arruinará a toda mi familia.

La llamada se cortó. Ivón marcó el número de Rubí otra vez, pero salió la contestadora: "Hola, habla Ámbar, la hija de Rubí. Deje un mensaje. En este momento mi mamá está ocupada tratando de salvar el mundo".

—¿ESTÁS BIEN, CARIÑO? ¿Necesitas algo? —la mujer de la estación de enfermeras la miraba preocupada.

—No . . . gracias. Sólo vine a ver a mi hermanita.

—¿612? ¿Mordidas de perro?

—Sí, es ella.

—Tiene suerte de estar viva. Esos animales por poco le arrancan la pierna.

—¿Sabe algo de la cirugía?

—Déjame ver. Aquí tengo su expediente —le pasó la tablilla con los papeles a Ivón.

Trató de traducir la jerga médica. Por lo que pudo entender, la piel alrededor de las mordidas tenía una infección aguda. Tuvieron que cortar mucho tejido y lavar las heridas con diferentes dosis de antirrábicos. Los ligamentos que bajan al tendón de aquiles estaban muy dañados. El cirujano sacó piel del trasero de Irene para injertarla a la pierna. Le dieron reposo por doce meses, para que el nervio dañado del tobillo se curara. Necesitaría cirugía plástica para reconstruir el talón y el pezón destrozado. Varios meses de terapia física para recobrar toda la movilidad de la pierna. El médico también recomendó psicoterapia con un especialista en trauma.

—¿Usted cree que tiene dolor? —Ivón le preguntó a la enfermera al regresarle la tablilla.

—Está con una dosis estable de analgésicos y antiobióticos. No siente dolor por ahora. Tan pronto como la infección baje le daremos la primera inyección contra la rabia. Eso le va a doler.

—¿Cuántas necesita?

—Después de la primera hay que esperar dos días para la segunda, luego otros dos días para la tercera, y otra cada semana por las siguientes tres semanas.

—No entiendo por qué tiene que hacer este tratamiento contra la rabia. Esos perros no eran animales salvajes. ¿Por qué nadie me cree?

—Mira, cariño, ya sabes que aquí las cosas se hacen de acuerdo con el reglamento. Por ley, el hospital tiene que administrar vacunas contra la rabia si el animal es salvaje o no está disponible para una cuarentena. ¿Qué se puede hacer? Más vale prevenir que lamentar.

—Sí, tiene razón. Gracias por dejarme ver el expediente.

—Es una muchacha muy sana. Un poco golpeada, pero la vamos a cuidar muy bien. Alabado sea Jesús.

Ivón quiso decirle que no era gracias a Dios que estuviera toda golpeada, aporreada por una pandilla, mordida por unos perros y sola todo el tiempo. No podía permitirse pensar en lo que le habían hecho a Irene. Se ponía como loca, quería matar a alguien.

Decidió visitar a Pete, que estaba en el mismo piso, al otro lado del pasillo. Encontró la puerta abierta. El juez estaba dormido en una silla con la barbilla sobre la corbata, estaba tomando de la mano a su hijo. Al otro lado de la cama una mujer mexicana de aspecto masculino —vestía overol y botas de trabajo— le leía la página de deportes en voz alta a Pete. La mujer levantó la vista por encima de sus anteojos para leer y le sostuvo la mirada a Ivón.

—¿Está bien? —preguntó en voz baja—. Soy Ivón Villa.

—Mijo, la muchacha que te gusta está aquí —dijo y continuó su lectura.

44

ÁMBAR LUNA REYNA NO IBA A RECONOCER ante nadie que veía el programa de su mamá, *Mujeres sin Fronteras*, todas las mañanas. El control remoto descansaba a su lado sobre la cama, por si acaso sus hermanitos o papi Wally o la sirvienta entraban a su cuarto y tenía que cambiar de canal rápidamente.

Gracias por sintonizar Mujeres sin Fronteras, *donde como saben, las mujeres no tienen fronteras, ni límites ni controles* —decía su mamá ante la cámara.

Afuera, la popularidad de su mamá, particularmente cuando la arrestaban por perturbar la paz, como pasó hacía dos semanas en un tumulto de la compañía de luz, avergonzaba a Ámbar. Hacía muecas cada vez que algún amigo le mencionaba que había visto el programa de su mamá en la tele. Admiraba secretamente la ambición y determinación de su mamá, así como esa manera de hacer todo lo que quería, sin miedo. Pero la mayoría de las veces Ámbar se sentía abandonada. Antes de convertirse en una celebridad, su mamá la llevaba a la escuela todos los días. Los viernes, después de la escuela, se iban de compras o al cine. Los sábados era el día de la belleza y pasaban toda la mañana en el salón de belleza del Club Campestre arreglándose el cabello y las uñas. Luego se reunían con papi Wally y los niños para comer en el club. Cuando cerraban la escuela de Ámbar, los días festivos católicos, su mamá la llevaba a UTEP, nomás para darle una probadita de la vida universitaria. Presentaba a Ámbar ante sus amigos y maestros como su mejor amiga.

Pero todo cambió cuando su mamá se graduó. Las visitas al campus se acabaron, también los días de compras y el salón de belleza. Su mamá se acercó a Clara Apodaca, hija del presidente del canal 33, con esta idea loca de iniciar un programa de entrevistas con mujeres. El administrador del canal estuvo de acuerdo, pensaba que se trataría de un programa de cocina y modas que ayudaría al canal, pero Rubí Reyna tenía otra idea. Los convenció de que Juárez necesitaba un programa que se enfocara en la mujer profesionista y que podrían usar el programa para informar a las mujeres acerca de los asesinatos y, al mismo tiempo, usar los asesinatos para elevar la popularidad del programa. Ahora, gracias a *Mujeres sin Fronteras*, en lugar de pasar tiempo con su mamá, Ámbar la veía en la tele.

Su abuelito Ignacio (ella le decía Iggy) tenía razón. La fascinación de su mamá por estos crímenes estaba muy cerca del fanatismo.

Una obsesión peligrosa con las preocupaciones de otra gente, eso era lo que decía Iggy, y se lo decía de frente a su mamá. Todo lo que su mamá hacía era encoger los hombros y decir, "es mi vida, papi, ya no me puedes controlar". Esto ponía furioso a Iggy.

Hasta su abuela opinaba lo mismo a pesar de que siempre estaba de parte de su mamá. No le faltes el respeto a tu padre, Rubí, le decía, él sólo te advierte que lo que haces tiene consecuencias. Teme que no tomes en cuenta esas consecuencias. Debes pensar en tu familia. A tu pobre padre le da un ataque de úlcera cada vez que ve tu programa.

Dile que vea otra cosa, respondía a su mamá.

De acuerdo con su mamá, las dos invitadas para el programa de hoy eran enemigas, por lo que se sentía muy orgullosa de haber conseguido que las dos se presentaran en el programa juntas. Dorinda Sáenz, la fiscal en el caso de las mujeres asesinadas, se veía más como una prostituta que como una abogada, pues llevaba el pelo decolorado, una falda estrecha y colorete rojo. Paula del Río, fundadora de una organización dedicada a proteger a las mujeres contra los crímenes sexuales y el abuso doméstico en Juárez, en cierta medida le recordaba a Ámbar, o a su abuela. Su madre, sentada a un lado de ellas con su corte de cabello estilo paje, su traje sastre azul marino y un hilo de perlas, hubiera podido ser una modelo en la portada de *Marie Claire*. Pero había algo extraño en su mamá hoy. Estaba nerviosa. Jugueteaba con las perlas y parpadeaba constantemente.

—Precisamente éste es parte del problema con el cual se enfrenta mi oficina, Rubí —decía la fiscal—. Mi equipo de investigadores y yo hemos instituido un método para interrogar a las familias de las víctimas, a los amigos, a los empleados, a los compañeros de trabajo, a los vecinos, a todos aquéllos que determinan un patrón de vida que explique la razón de su muerte. Pero grupos políticos como CARIDAD, que no tienen el entrenamiento ni la experiencia ni la autoridad para investigar estos crímenes, plantean teorías y estadísticas que nada tienen que ver con la historia oficial.

La mujer mayor estaba a punto de interrumpir, pero la fiscal no le daba oportunidad de hablar.

—No me malinterprete, yo respeto el trabajo de su organización, Paula —dijo mientras le dirigía una mirada altanera a la otra—, de la misma manera que respeto la dedicación y el tiempo que otros grupos civiles han dado para organizar rastreos y ayudar a las familias de las víctimas. La razón por la que, en parte, acepté esta invitación y vine al programa, es para agradecerle públicamente por el servicio que CARIDAD otorga a la comunidad. Pero también estoy aquí para rogarle oficialmente que deje la tarea de la investigación a las autoridades. Todos sabemos que tenemos una epidemia de asesinatos en nuestras manos, y en nada ayuda que estos grupos civiles agiten al público todavía más de lo que ya está, a causa de estos asesinatos brutales. Estos grupos crean una confusión masiva en la comunidad con sus ideas políticas y sus teorías contradictorias.

—¿Puedo hablar? —dijo Paula del Río.

—Por supuesto, por favor —dijo su mamá.

La cámara le hizo un desafortunado acercamiento a la mujer mayor. Su rostro gris pálido y su cabello canoso y largo llenaron la pantalla.

—CARIDAD, igual que otros grupos activistas —dijo suavemente—, son organizaciones no gubernamentales creadas como respuesta a la falta de interés y preocupación que las autoridades, de las que la señorita Sáenz habla, han demostrado por las familias de las víctimas, o por las víctimas mismas, quienes, como ustedes acaban de escuchar, son culpadas por su propia muerte y son consideradas mujeres ignorantes, sin moral y acusadas de ponerse ellas mismas en riesgo. Gracias a los grupos de rastreo como CARIDAD, 8 de Marzo, Mujeres por Juárez, Voces sin Eco y Contra el Silencio, en El Paso, muchas más víctimas se han encontrado y hemos podido responder a la pregunta, ¿dónde está mi hija? A pesar de que la mayoría de las veces la respuesta es trágica: un cadáver descubierto en un lote baldío, en cualquier lugar.

Ámbar se estremeció, le dio asco el hecho de urgar en los basureros buscando cadáveres. Su madre había hecho eso ayer, —haría cualquier cosa por su programa—, y había llegado a la casa completamente deprimida. En lugar de ir a la casa de Iggy y Bueli, a la carne asada de los domingos, su mamá y papi Wally se habían dedicado el resto del día a discutir si la dejaban o no ir de vacaciones a Cancún, la próxima semana. Ámbar tuvo que llamar a su abuelo para que la apoyara. Iggy le salvó el día, como de costumbre, y hasta le consiguió dos días más. A pesar de que su mamá y él siempre discutían, cuando se trataba de Ámbar, Iggy era el único que podía hacerla cambiar de opinión.

—Hay infinidad de complicaciones aquí, Rubí —dijo Sáenz—. La intromisión de todos estos grupos, así como los medios de comunicación que los apoyan, causa el enojo de las autoridades.

—Las autoridades están muy a gusto en sus escritorios jugando con sus teléfonos celulares y sus armas —refutó Paula del Río—, tomando declaraciones y perfilando a las víctimas. No fue sino hasta que grupos como CARIDAD se involucraron, que ellos se molestaron en hacer el trabajo sucio y buscar a las muchachas desaparecidas, o encontrar a los perpetradores. Si a esto le llama la señorita Sáenz confusión, supongo que tiene razón. Debe ser muy confuso para la población en general entender por qué las autoridades dicen que sólo hay sesenta y tres víctimas, cuando de hecho se han encontrado ciento treinta y nueve cuerpos, y quién sabe cuántos cientos más estén desaparecidos.

—La estadística está brutalmente exagerada —declaró la fiscal y golpeó con fuerza el sillón.

Ámbar se quitó los algodones que tenía entre los dedos de los pies recientemente barnizados rosa brillante, en juego con el color del bikini que más tarde se iba a comprar con su amiga Myrna. Estaba muy entusiasmada con sus vacaciones, estaba ansiosa por abordar el avión el próximo domingo. No era la primera vez que iba a Cancún, sus abuelos eran propietarios de un departamento de tiempo compartido allá. Era la primera vez que viajaba sola, sin ningún familiar que la cuidara como un halcón. La familia de Myrna estaría allá, pero no era igual que tener a su mamá o a papi Wally, o los ojos suspicaces de Bueli siguiéndola a todas partes, todo el día.

Se vistió con una blusa blanca de tubo, se metió en un overol suelto color rosa y se puso los zapatos de plataforma DKNY. Luego admiró sus dedos recién esmaltados. El teléfono timbró y ella saltó de la cama a contestar.

—Hola, chula —era su novio.

—¡Quiubo, Héctor! —bajó todo el volumen del televisor.

—Me dijeron que tú y Myrna iban a ir de compras hoy.

—¿Quién te dijo?

—Ya sabes que tengo mis espías —dijo y rió.

Ámbar pensó que no era gracioso.

—Necesitamos algunas cosas para las vacaciones —había decidido no decirle que ella y Myrna iban a buscar bikinis que hicieran juego—. Cosas de muchachas, ya sabes.

—¿No crees que debes ahorrar dinero para el viaje?

—¿Entonces no debo comprar lo que necesito? —Ámbar frunció el ceño. Esta era una de las cosas que le molestaban de Héctor, creía que tenía el derecho de decirle qué hacer con el dinero.

—¿Quieres un aventón?

Así que por eso llamó, quería que lo invitara. Pero ella y Myrna habían hecho planes que no incluían la presencia de los novios siguiéndolas por el *mall*.

—No, gracias. Papi Wally nos va a dejar de camino a su trabajo.

—¿Les gustaría ir por un helado después?

—Lo siento, pero vamos a ir a la casa de mis abuelos. Iggy quiere que vayamos a cenar y no vamos a regresar hasta muy tarde, como de costumbre.

—Mi primo tiene una tardeada el sábado. Le dije que iríamos.

Frunció el ceño de nuevo y estuvo tentada a colgar el teléfono.

—Tengo que empacar el sábado, ya sabes que me voy el domingo.

—Nomás es una tardeada, Ámbar, una cuantas horas en la tarde. Estoy seguro de que puedes hacerte un tiempo. ¿No puedes empacar el viernes?

—Mira, Héctor, si quieres invitarme a un fiesta primero pregúntame, no des por hecho que voy a ir contigo nomás porque tú dices. Ya sabes que no soporto cuando te pones mandón.

Estaba arrepentida de haber aceptado que las llevara al aeropuerto el próximo domingo. Hubiera preferido que la mamá de Myrna las recogiera. Pero en realidad, ella no había aceptado. Héctor había ido a pedirle permiso a su mamá para llevarla al aeropuerto. Su mamá había dicho: "Está muy bien, Héctor, gracias por ofrecerte. Walter y yo tenemos que ir a Chihuahua el próximo fin de semana a entrevistar al gobernador".

—Cada vez hablas más parecido a tu mamá.

—¿Se supone que eso es malo? Avísame, ¿okay?, así le podré decir a mi mamá lo que realmente piensas de ella.

—No te hablé para pelear contigo. ¿Por qué eres tan grosera?

—Te veo mañana, ¿okay?

—Que te diviertas.

—Bueno, *bye* —dijo, y presionó el botón de su teléfono inalámbrico.

Ámbar estaba ansiosa por conocer a un lindo muchacho europeo en Cancún. Eso la ayudaría a dejar a este macho con el que estaba saliendo desde su quinceaños. Sólo porque le había permitido que la tocara abajo, sobre los jeans, la noche que fueron a la feria, no significaba que él, de pronto, fuera su dueño.

Apareció un comercial de Transportes La Reina del Norte, la flota de camiones rojos de su abuelo, con una corona cursi como logo en cada lado. Ámbar fue por su bolsa de maquillaje al baño. Se detuvo a mirarse en el espejo, checaba una y otra vez que la blusa no la hiciera verse gorda. Algunas veces deseaba haber heredado la piel clara de su mamá, el cabello rojo y los ojos verdes, en lugar de las facciones oscuras de su padre biológico. La única cosa que ella y su mamá tenían en común era la medida del pie y los frenillos.

Con la bolsa del maquillaje, el rizador de pestañas, las pinzas de las cejas y un espejo de aumento se sentó en la cama a terminar de ver el programa mientras se sacaba las cejas y revisaba cuidadosamente que no tuviera barros en la cara. El teléfono timbró, pero Ámbar decidió no contestar, en caso de que fuera Héctor y la llamara para molestarla otra vez.

Ahora la cámara se acercaba a Dorinda Sáenz, quien se veía agitada y lista para saltarle a Paula del Río. Ámbar subió el volumen.

—Ustedes, los grupos fenimistas piensan que todo es en relación al patriarcado y la mayoría de la gente por la cual abogan ni siquiera sabe el significado de la palabra. La gente, particularmente la gente pobre que migra del interior del país hacia acá, se preocupa por llevar una vida decente, por dar educación a sus hijos, pagar la renta, comprar comida y medicinas. El patriarcado no significa nada para esas personas ni para grupos como CARIDAD, únicamente usan a esta gente y la trágica pérdida de sus hijas para promover sus agendas feministas y sacar dinero. Ni siquiera comparten el dinero con las familias de las víctimas. Convencer a la gente de que el patriarcado es el responsable, no nos ayuda en lo más mínimo a encontrar al asesino. Además, podemos probar que por lo menos el sesenta por ciento de las violaciones y los asesinatos de mujeres en esta ciudad nada tienen que ver con el patriarcado. Son el resultado de la guerra entre pandillas de cholos, robos, venganzas, violencia doméstica, o crímenes pasionales.

Paula del Río movía la cabeza, miraba a su mamá como si no pudiera creer las estupideces que decía la otra mujer.

—La mayoría de las víctimas son mujeres muy pobres de pueblos y ranchos del interior. Son mujeres muy jóvenes, la mayoría no llega a la edad legal para trabajar, se las arreglan con papeles falsos en una sociedad donde la mujer es ciudadana de segunda clase y en la cual no son mejores que los animales, una sociedad donde las vacas y los carros valen más que la vida de una mujer. Hablamos de la total devaluación del género femenino, al igual que la absoluta depreciación de la mujer obrera. Si estos crímenes le ocurrieran a los hombres, que ellos fueran secuestrados, violados, mutilados y desmembrados, no importaría de qué clase social fueran, ya sabríamos la respuesta a preguntas como ¿quién está matando a las mujeres de Juárez? Las autoridades no perderían el tiempo haciendo entrevistas. Estarían en las calles a la caza de los asesinos.

Alguien tocó la puerta de Ámbar y de inmediato cambió el canal a una estación de El Paso. Había un reportaje de "último momento". El reportero estaba frente a las chimeneas de ASARCO. Las palabras TRAGEDIA EN ASARCO resplandecían en la pantalla.

—¿Ámbar? ¿Estás lista? —preguntó papi Wally—. Myrna llamó. Dice que se le hizo tarde y que te ve en el Starbucks, en el *mall*. Espero que ya estés lista. No quiero llegar tarde otra vez. Ya sabes que siempre hay una cola muy larga en el puente los lunes. Te espero abajo, en el carro.

A pesar de que era casi bilingüe, papi Wally sólo les hablaba a ella y a los niños en inglés porque siempre se burlaban de su español.

—Ah, y tienen que hablarle a alguien que las recoja en la tarde. Tu mamá y yo tenemos una reunión en la Asociación de Maquiladoras esta noche.

—Okay —dijo—, llamamos un taxi.

—No. Le van a hablar a tu abuela o a tu novio. No quiero que tomen taxis, ya te lo dije.

—Okay. ¡Le voy a hablar a la Guardia Nacional!

Algunas veces papi Wally era más sobreprotector que su mamá.

Corrió al espejo del baño para asegurarse que las cejas estaban parejas. Entrecerró los ojos cuando se reflejó en el espejo, hizo un mohín con los labios y decidió que tal vez era bueno que no se pareciera a su mamá. No cambiaría la suave complexión de su piel olivácea por la pecosa de su mamá. Su padre biológico podría ser un culo, pero por lo menos un culo muy guapo. Él negó su paternidad, pero Ámbar había heredado la complexión de él, sus hoyuelos tan sexys en las mejillas y los ojos profundos.

—Benavídez —dijo en voz baja el apellido de su padre—, Ámbar Benavídez —guácala. Le gustaba más su propio nombre. No había ya ningún peligro con que llevara el apellido de su padre, ya que Cruz Benavídez era tan viejo como su abuelo, y casado, cuando se aprovechó de su mamá y la embarazó. Era el hombre más rico de Juárez, junto a Carrillo Fuentes, decían que se había ganado el dinero de manera limpia a través de las maquiladoras, en lugar de la otra ocupación tan popular en Juárez. Habían mandado a su mamá a vivir con los parientes en la Ciudad de México hasta que pasó la vergüenza.

Tres años después del nacimiento de Ámbar, su mamá regresó a Juárez y empezó sus estudios en UTEP, donde conoció a papi Wally en una de sus clases de periodismo. El chiste era que había sido Ámbar, de tres años, quien le había pedido, ¿te gustaría ser mi papi? Papi Wally no había tenido otra opción que casarse con su mamá. Ahora sus hermanitos Jade y Jasper eran güeros de cara pecosa como su mamá; hijos legítimos hasta el tuétano. Pero Ámbar era la favorita de sus abuelos y de papi Wally, y ella lo sabía. Nadie hablaba de su parentesco con Benavídez.

Ámbar se recogió el pelo negro y rizado en una cola de caballo y se aplicó otra capa de lápiz labial. Todavía escuchaba las noticias del televisor.

"Se encontró a una joven de El Paso, seriamente herida pero viva, desaparecida la semana pasada. Se cree que fue secuestrada después de asistir a la Feria ExpoJuárez".

—¿La Feria Expo? —Ámbar corrió a la televisión. Hablaban de la pocha que conocieron con Myrna la otra noche. Se sentó en la orilla de la cama a ver el reportaje.

—El diablo anda suelto —había dicho su madre cuando oyeron por vez primera la noticia del secuestro de la muchacha—. No quiero que regreses a la feria nunca más, ¿me oíste?

—Pero no se la llevaron de la feria —argumentaba Ámbar—. Se la llevaron de una colonia, yo no me acercaría a una colonia, no estoy tan loca.

Su mamá se mantuvo firme. Ya se le pasaría a Ámbar. De cualquier manera no importaba, ella prefería mil veces ir a Cancún que a la estúpida feria de Juárez.

—Un tiroteo entre los secuestradores y los policías resultó . . . —el reportaje siguió de manera monótona, pero papi Wally insistía con su estúpido claxon afuera. Corrió a la ventana y grito—: Ya deja de pitar esa cosa, ¡qué naco! Ya voy.

Había instalado un aparatito que tocaba *taps* en el claxon del carro. Algunas veces papi Wally le parecía demasiado naco. Apagó el televisor y bajó de prisa.

Myrna se iba a morir cuando le dijera lo del mamón de Héctor. Se tocó los lóbulos y descubrió que había olvidado ponerse sus aretes Bamby de dieciocho kilates. Sus abuelos se los habían regalado para su primer viaje de vacaciones sola. No quería que papi Wally se enojara, pero no haría daño a nadie tomarse un minuto extra y subir de prisa las escaleras para sacar los aretes del joyero.

Justo cuando Ámbar entró en la recámara, escuchó disparos.

45

MURIERON EN EL CUMPLIMIENTO DE SU DEBER
HOMENAJE DE VEINTIUNA SALVAS A LOS OFICIALES CAÍDOS

El golpe asestado por una operación de varias agencias oficiales contra la red de pornógrafos de la Presa del Elefante terminó en tragedia anoche en la refinería ASARCO. Murieron dos agentes de la Patrulla Fronteriza y un oficial de policía. El detective Pete McCuts, hijo del Juez Anacleto Ramírez, del Distrito de El Paso, fue gravemente herido. McCuts recibió un disparo en la pierna y permanece hospitalizado en estado crítico.

Los cuerpos de once mujeres, que se cree fueron secuestradas por estos pornógrafos, fueron encontrados en algunos remolques y bodegas del lugar, algunos en avanzado estado de descomposición, por lo que las autoridades creen que las mujeres llevaban muertas por lo menos cuarenta y ocho horas. Un representante de ASARCO declaró que la refinería había cerrado operaciones en el mes de enero de este año, y que la compañía no tenía conocimiento de que se llevaban a cabo actividades ilícitas dentro de la propiedad.

Se encontró viva a una de las víctimas, la adolescente de Loretto High School que fue secuestrada en Ciudad Juárez la semana pasada. La joven trataba de huir del altercado cuando unos coyotes la atacaron en el Cementerio Smelter. Una ambulancia la llevó de emergencia al Hospital Sierra donde su estado de salud se reporta como estable. Hasta el momento su familia no ha hecho declaraciones.

Los servicios funerarios de los agentes serán el miércoles a las once de la mañana, en la Catedral San Patricio. De ahí saldrá la procesión al Cementerio Concordia. Los oficiales del Departamento de Policía de El Paso, Steve García y el Jefe de la Oficina de Detenciones, oficial Jeremy Wilcox y el agente del Servicio de Inmigración, Roy Apodaca, serán homenajeados con un saludo de veintiuna salvas.

Todos murieron en el cumplimiento de su deber.

—¡Estas son chingaderas! —gritó Ivón al tiempo que lanzaba el periódico al basural que tenía Ximena en el piso de la furgoneta, entre bolsas y cáscaras de plátano—. ¡Cómo se atreven a decir que no hemos hecho declaraciones! ¡Culeros! No escribieron ninguna palabra de lo que dije. Me atosigaron con las mismas preguntas pendejas y no incluyeron nada de lo que dije. Voy a llamar a *El Paso Times* ahora mismo.

—Ahora no, Ivón. Más estrés, no. Necesitas descansar —dijo Brigit tomándole la mano cuando se inclinó hacia el teléfono.

—Pero, Brigit, dicen que la operación es un golpe. Y que el marrano de la Patrulla Fronteriza operaba encubierto. O sea que estaba infiltrado en el círculo de pornografía y no manejándolo. Son chingaderas.

—¿Y qué esperabas que dijeran? La Patrulla Fronteriza es una agencia de procuración de justicia, Ivón. ¿De qué lado crees que va a estar el departamento de policía? Sobre todo si pueden corroborar su historia y no la tuya.

—Están haciendo de este maniático depravado un chingado héroe. Este "héroe" mataba niñas y mujeres en Internet. ¿No estás por lo menos un poquito indignada? Hasta donde sabemos ese cabrón tal vez ni siquiera esté muerto. Probablemente le estén protegiendo el culo, igual como hicieron desaparecer a los perros. Tenía un sitio en Internet, un boletín, un punto com.

—Cálmate. Yo también estoy furiosa, ¿okay? —Brigit descansó la mano en el muslo de Ivón—. Pero no te va a hacer bien manejar más información en este momento. Deja que tu cerebro descanse. Vamos a conseguir un cuarto, tomar un baño, una siesta y comer. Entonces te vas a sentir mejor, se te aclararán las cosas y tendrán más sentido.

Brigit se acercó y le acarició la cara, pero Ivón se alejó.

—No puedo, Brigit, no puedo olvidarme de esto y simplemente refrescarme contigo en el cuarto de un hotel. El juez me dio una información a la que tengo que darle seguimiento. Discúlpame.

Ivón tomó otra vez el teléfono, y de nuevo Brigit le detuvo la mano.

—Yo no te digo que dejes de darle seguimiento a las cosas, Ivón. Lo que digo es que te detengas a descansar. En este momento todo lo que estás haciendo es reaccionar. Eres como una marioneta pendiendo de un hilo, a la que jalan a un lado y a otro con cada información que oye. Tienes que contenerte, Ivón. Pensar cómo actuar, no sólo reaccionar. Tú eres la que me enseñó eso. Has pasado por una experiencia horrible, agotadora, pero Irene está a salvo. Puedes descansar un par de horas, cariño.

—Brigit, mira —dijo Ivón testarudamente—, tengo que enseñarte algo —buscó una notita que tenía en el pequeño cuaderno que siempre traía metido en la bolsa de atrás—. ¿Ves?, McCuts encontró una clave que yo creo que es crucial para saber por qué matan a todas esas mujeres en Juárez. Aparentemente hay más de seiscientos criminales sexuales registrados en El Paso en este momento. Hay un mapa en la oficina de McCuts que el juez quiere que vea —hojeó las páginas del cuaderno y encontró la tarjeta de Pete—. Aquí tengo la dirección, es la estación de policía de Cinco Puntos. Está muy cerca de la casa de la abuelita Maggie. Por favor, déjame ir ahí sólo un minuto a ver ese mapa.

—¿Ya se te olvidó que tienes unos compromisos pendientes, Ivón? —Ivón se quedó mirándola—. ¿Te acuerdas de tu disertación?

¡Chin! Ivón había olvidado todo acerca de su disertación.

—Ve la fecha en tu reloj, cariño.

Ivón vio su reloj. Quince de junio. Tenía exactamente dos semanas para teminar, de lo contrario adiós al trabajo, adiós al puesto, adiós a la casa.

—Si hacer todo esto es más importante, lo entiendo . . .

—No, no digas eso, Brigit, odio cuando dependes de mí. Tienes razón, estamos a 15 de junio y tengo fechas que cumplir. No puedo sabotear nuestra seguridad. Tengo que dejarlo. Ni modo.

A pesar de que su cerebro le decía que era imperativo que revisara el mapa de la oficina de Pete, que ahí se encontraba una de las respuestas a la ola de silencio que cubría los asesinatos, Ivón sabía que no se podía permitir obsesionarse con resolver los asesinatos de Juárez. Tenía responsabilidades y obligaciones propias. Irene estaba a salvo e Ivón tenía que cambiar el engranaje ahora y enfocarse en la disertación.

—¿Entonces, hotel? —preguntó Brigit.

—¿Por lo menos podría estar a solas un rato y organizar mis pensamientos? ¿Podrías dejarme en algún lugar, por favor, y darme más o menos una hora? Voy a hacer todo lo que tú quieras después, te lo prometo.

—Una hora, es todo lo que te voy a dar —dijo Brigit y ocultó sus ojos azules bajo los lentes de sol—. ¿Adónde quieres que te lleve? ¿Starbucks?

—No, necesito estar afuera, llévame a UTEP. Hay un lugar que siempre me gustó en uno de los estacionamientos de la universidad. Desde ahí se ve el río y las montañas de Juárez. Me gustaba ir ahí entre clases cuando estaba en la universidad. Pensaba mucho en ese lugar.

—Una cosa más de la que no me has hablado —dijo Brigit—. Okay, ¿por dónde? —Brigit sacó la furgoneta del estacionamiento del hospital.

Ivón le dio instrucciones y miró su reloj otra vez. Diez quince, lunes por la mañana, los rayos del sol salían del prístino cielo azul de Texas. No había rastros de contaminación hoy. El aire del desierto estaba tan claro que se veía inocente. Desde la pista de El Paso High School se apreciaba una vista panorámica de todo el valle. Casi podía ver a la distancia el águila en la enorme bandera mexicana que ondeaba sobre El Chamizal.

El radio estaba sintonizado en una estación mexicana.

El Día del Padre el candidato del Partido Verde del estado de Chihuahua lanzará botones de rosa sobre Lomas de Poleo y el Lote Bravo, en conmemoración de las hijas muertas de Juárez. Cien botones rosas y rojos sobre el desierto, uno por cada víctima.

—¡Qué buen truco publicitario! ¡Rosas sobre el desierto! —replicó Ivón—. Por lo menos deberían tener las cifras exactas de las hijas muertas de Juárez, son ciento treinta y nueve, no ciento veinte, pendejos.

—¿Cómo es que hay tantas mujeres muertas y nosotros no lo sabemos, Ivón?

—Porque a nadie le importan las muchachas del sur —dijo Ivón—. Aquí, voltea a la derecha en Sunbowl Drive, y métete a la izquierda en el segundo estacionamiento.

Brigit frunció el ceño cuando vio los matorrales y el mezquite en la parte trasera del estacionamiento.

—¿Estás segura de que vas a estar bien, ahí, tú sola?

Ivón acarició la piel sedosa del muslo de Brigit y sintió una excitación entre las piernas. La última vez que había hecho el amor ahí fue con Raquel, su primer semestre en la universidad. Raquel le llevaba comida una vez a la semana y se sentaban afuera en lo que en aquel tiempo Ivón llamaba "mi lugarcito", comían y veían el tráfico de la I-10. Después se metían en el carro y hacían el amor en el asiento trasero. El recuerdo de Raquel y lo que había hecho ayer apagó el deseo de Ivón. Quitó la mano.

—No te preocupes, voy a estar bien. ¿Quieres ver mi lugar?

Brigit negó con la cabeza.

—Creo que voy a ir a buscar un hotel. Pasamos uno en la Mesa o Stanton, allá abajo. También voy a surtir tu receta. Voy a regresar en una hora.

Ivón la besó, metió su lengua entre los labios de Brigit.

—Te amo.

—Ve y medita con la respiración que te enseñé —dijo Brigit.

Ivón salió del carro y caminó hacia una pequeña colina a un lado del estacionamiento. Siguió un camino hacia una ladera rocosa del otro lado, de frente a la autopista, donde acostumbraba sentarse con sus binoculares. Quedó pasmada al darse cuenta que desde su lugar se veía ASARCO, los falos gemelos de las chimeneas que se elevaban hacia el azul del cielo del desierto, el Cristo Redentor recortado, blanco y claro en la cima de la montaña de Cristo Rey en la distancia.

Tan lejos de la Verdad, tan cerca de Jesús.

Sentada ahí, el río se había vuelto familiar para ella, su fluir y refluir. Cuando Nuevo México no acaparaba el agua en el norte, el río era lo suficientemente profundo para nadar, y las familias de las colonias venían a jugar y a bañarse en el agua contaminada de la refinería. Cuando el agua no era más que un charco sucio, como decía su madre, los mojados cruzaban a su antojo, no necesitaban siquiera quitarse los pantalones. Pero ahora que Silvestre Reyes había implementado la operación *Hold the Line*, desde que NAFTA había incrementado el presupuesto de la Patrulla Fronteriza doce veces, el río se veía abandonado, excepto por las trocas de la migra estacionadas a lo largo del dique. No necesitaba binoculares para ver los vehículos verde y blanco estacionados aproximadamente a dos cuadras uno del otro, a lo largo de varias millas. Pero esto no detenía el flujo de los indocumentados. Toda la economía de la frontera, desde los negocios agrícolas hasta el gobierno de la ciudad, desde los restaurantes hasta las lavanderías, las casas particulares y los parques públicos dependían de la fuerza de trabajo indocumentada. La operación *Hold the Line* era sólo una cortina de humo, una manera de justificar el aumento del presupuesto para la migra.

Tan lejos de la Verdad y tan cerca de Jesús.

Esto era lo que Ivón consideraba la verdad: la semana pasada, a esta hora empacaba para hacer su viaje a El Paso, volvía a casa para adoptar a un bebé. Su feliz ignorancia acerca de lo que ocurría justo al otro lado del charco era asombrosa. Hoy su hermanita era una víctima violada. Había sido atacada por los perros y quién sabe que otros horrores había experimentado. ¿Con qué estrés postraumático tendría que vivir por el resto de su vida? Un detective que fue el ángel guardián de Ivón yacía en coma en una cama de hospital. Y el bebé que había venido a adoptar había sido asesinado y mutilado junto con su madre de quince años. Al sentir la emoción crecer en su pecho cambió la dirección de su pensamiento. En este momento debía pensar como investigadora, ver el panorama desde una perspectiva más amplia.

¿Por qué estaban los cuerpos de ciento treinta y nueve hijas de Juárez pudriéndose en algún lugar del desierto o en la morgue? ¿Quiénes eran? Además de Irene y de otras muchachas norteamericanas, el resto eran muchachas del sur: pobres, jóvenes, migrantes, con el signo de dólar en los ojos. Mujeres con el sueño americano del éxito y la ciudadanía de Estados Unidos sujetos al corazón con alfileres. Sexualmente explotadas, mal pagadas, obligadas a vivir en casuchas hechas con los desperdicios de la maquiladora, en medio del desierto. Con sus ciclos reproductores bajo supervisión en las fábricas donde trabajaban. La tragedia de su vida no empezaba cuando su cuerpo profanado era encontrado abandonado en un terreno baldío. La tragedia principiaba cuando conseguían empleo en las maquiladoras; cuando tenían que hacerse exámenes de embarazo con su solicitud de empleo; cuando tenían que mostrar su primera toalla sanitaria húmeda para probar que todavía menstruaban.

Se hizo sombra en los ojos con una mano y miró hacia el horizonte, las chimeneas de ASARCO se alineaban perpendiculares a la cruz blanca del Cristo Rey. Una camioneta de la Patrulla Fronteriza iba hacia el este sobre la I-10. Cuidar la línea, mantener Norteamérica a salvo de invasores y mojados . . .

—Particularmente mujeres mojadas —dijo en voz alta— cuyo único poder era reproducirse.

Igual que un Free Cell que se extendía tratando de acomodarse en su cabeza, vio el orden de sus pensamientos, pero tenía que desplegarlo en el papel. Se puso de pie y sacó su cuadernito y su pluma de la bolsa trasera.

—El Tratado de Libre Comercio trajo a miles de cuerpos de mujeres pobres, morenos, fértiles para trabajar en las maquiladoras de la frontera —hablaba en voz alta al tiempo que organizaba sus pensamientos.

> *Tratado de Libre Comercio de Norteamérica*
> *Maquiladoras*
> *Cuerpos de mujeres fértiles, pobres, morenos.*
> *Monitoreo reproductor.*
> *Pruebas de embarazo.*
> *Control de natalidad obligado.*
> *No hay incapacidad para maternidad.*

No todas consiguen trabajo. No todas conservarán su trabajo. Algunas se van a embarazar. Otras serán despedidas por llegar tarde. Algunas tendrán el Síndrome del Túnel de Carpio o problemas de salud relacionados y serán desempleadas y separadas de los negocios de la fábrica.

> *¿Qué hacer con los cuerpos morenos de estas*
> *mujeres fértiles en la frontera?*

Mordió la pluma y pensó la pregunta. ¿Qué pasa si cruzan? Más mujeres mexicanas indocumentadas en El Paso significa más bebés morenos legales. ¿Quién quiere más bebés de color como ciudadanos legales en la Tierra Prometida?

> *Indocumentadas / cruzar a El Paso.*
> *Bebés mexicanos nacidos en Estados Unidos.*
> *¿Cuál es el costo del "libre comercio"?*

A pesar de que nos encanta tener toda esa mano de obra excedente para explotarla, una vez que es reproductiva y no únicamente productiva deja de ser una ganancia. ¿Cómo podemos continuar sacando ganancias de los cuerpos de esas mujeres y al mismo tiempo restringir su poder reproductivo?

> *J.W. / Producciones Llanero Solitario.*
> *Sitio de Internet Exxxtremely Lucky Penny.*
> *Mujeres violadas, torturadas, mutiladas y asesinadas en línea.*
> *Peniques en el cuerpo.*
> *Mujeres prescindibles como peniques.*

¿Es sólo una coincidencia que haya más de seiscientos criminales sexuales registrados con un boleto de autobús sencillo a El Paso, y que esos asesinos sin nombre, sin rostro, estén diezmando y profanando los cuerpos de todas esas mujeres pobres, de color, en Juárez?

> *¿Asesinos en serie o judiciales?*
> *¿Pandillas o Patrulla Fronteriza?*
> *¿Todos los de arriba?*
> *¿Una fábrica de asesinos?*

Pornógrafos, pandilleros, asesinos en serie, policías corruptos, extranjeros con un gusto por lastimar mujeres, oficiales de inmigración protegiendo la patria. ¿Qué importa quién las mate? El tema no es quién lo hizo, sino quién permite que estos crímenes ocurran. ¿Los intereses de quién se protege? ¿Quién los encubre? ¿Quién saca ganancia con la muerte de estas mujeres?

Sentía la cabeza a punto de estallar, como si se hubiera tomado un expresso triple.

En ese momento vio el orden de las cartas. El embarazo como amenaza a las ganancias del libre comercio. Las políticas de la maquiladora enfocadas en el poder reproductivo de la mujer para resguardar esa ganancia. El uso de pruebas de embarazo para filtrar las deseables de las indeseables, que también son deseables en otro contexto. La manifiesta sexualización de los cuerpos; no sólo asesinadas, sino violadas y mutiladas de los órganos reproductores, los pechos y los pezones, la matriz y la vagina. El uso de Internet para el mercado mundial de estos órganos en sitios turísticos de fácil acceso. Pornografía en línea y al alcance. Una manera efectiva de disponer de la mano de obra excedente, reproductiva y no reproductiva, mientras simultáneamente se protege la frontera de la infiltración de cuerpos de mujeres de color reproductivas.

El teléfono celular de Ximena, sujeto al cinto de Ivón, vibró asustándola.

—Me asustaste —dijo Ivón al teléfono sin molestarse siquiera en ver el identificador de llamadas. Tenía que ser Brigit o Ximena.

—Habla Raquel. Estoy muy alterada —se oía como si llorara—. Acabo de saber que al esposo de Rubí Reyna . . . lo asesinaron afuera de su casa esta mañana. Lo ejecutaron.

—¿Walter Luna?

—Iba a llevar a la hija de Rubí a un centro comercial en El Paso, estaba en el carro esperándola cuando pasaron.

—¿Quiénes pasaron? ¿Le dieron también a la hija?

—La muchacha todavía estaba en la casa. ¿Te imaginas? Myrna, mi sobrina, iba a ir con ellos, pero se me hizo tarde para recogerla. Dios mío. Ya estaría muerta.

—¿Cuándo pasó esto, Raquel? Hablé con Rubí hace . . . —Ivón miró su reloj—, hace menos de una hora.

Una pausa larga. —¿Quién habla? ¿Ximena?

—Soy yo, Ivón. Ximena me dejó su teléfono celular.

Raquel colgó.

—¡Qué chingados! —Ivón buscó en el menú de llamadas y trató de marcar el número de Raquel, pero salía como fuera del área. Llamó al número de Rubí pero otra vez salió el buzón de voz: "Hola, soy la hija de Rubí, Ámbar, deje un recado. En estos momentos mi mamá está ocupada salvando el mundo".

Ivón trató de no oír la voz en su cabeza que le decía, "es tu culpa, Ivón". Se culpaba por la muerte de Walter. Recordó a J.W. mientras le llamaba a alguien y le ordenaba que limpiara la mierda de Walter Luna. No debiste decirle a J.W. que fue Walter el que copió el video que encontraron en la mochila. No sabía si estaba implicado en el sitio pornográfico. No debiste mencionarlo, Ivón.

Necesitaba hablar con Ximena, decirle lo que había pasado con Walter, pero su prima se había ido con su mamá y Patrick a sacar a Mostaza del depósito municipal. Tenía que llamarle a alguien. Tal vez le podría decir al padre Francis y él la absolvería al decirle que sólo trataba de sobrevivir en una situación de vida o muerte. Pensar en la confesión era algo extraño para ella, pero creía que mantenerse viva a costa de otra persona debía significar cierto pecado mortal.

A Ivón le temblaban las manos mientras buscaba en el directorio del teléfono los números que Ximena tenía guardados. Cuando buscó a Patrick encontró tres números para Frank —iglesia, casa, Contra— y dos de Montenegro, Raquel —escuela y privado—. Encontró el de Patrick, pero esperó para hacer la llamada, contempló una vez más el horizonte, el cielo, el río y las montañas que aclararon su ambivalencia en cuanto a llamar a casa.

El aire estaba quieto y podía oír el sonido de un radio. Tal vez alguien en el estacionamiento tenía la ventana del carro abierta y el sonido llegaba hasta ella. Eran *oldies*, como siempre, Simon and Garfunkel, "The Sounds of Silence".

"Fools, said I, you do not know. Silence like a cancer grows."

Eso es lo que era, pensó. Un enorme tumor maligno de silencio, no para proteger a los perpetradores sino la ganancia cosechada por el trabajo manual de ellos. Una banda sin fin bilateral, desde los agentes del crimen hasta los procuradores de justicia a ambos lados de la frontera. Y los agentes que toman los acuerdos comerciales y elaboran las políticas de inmigración binacionales.

Cada cosa calzó perfectamente en su lugar. Era nauseabundo.

Este asunto implicaba a todos. Era la causa de que los crímenes no se resolvieran y no serían resueltos hasta que alguien con mucho más poder que ella, con nada que perder o ganar, llevara a la luz pública esta conspiración.

"And the sign said the words of the prophet are written on subway walls and tenement halls . . ."

Pobre Juárez, tan lejos de la Verdad y tan cerca de Jesús.

En algún lugar, bajo el impasible rostro de piedra de Cristo Rey y los fétidos gases de la fundición de cobre que todo lo invade, un profeta escribía en los muros de los baños mientras los capullos de rosa caían como sangre sobre el desierto.

Las luces empezaron a encenderse en una, luego dos y tres camionetas de la Patrulla Fronteriza estacionadas abajo, en el dique.

Le dio la espalda al paisaje: la migra y las colonias, las chimeneas y Cristo Rey, el río, una víbora oscura serpenteante entre dos mundos.

Este lugar ya no tenía magia para ella. Si acaso era el lugar donde la herida abierta de la frontera era más visible, ese lugar donde, como lo describió Gloria Anzaldúa, "el tercer mundo se restriega contra el primer mundo y sangra".

Epílogo

—Huele a funeraria —bromeó Ximena—. ¿Estás segura de que hay suficientes flores en el cuarto?

—No seas mala con Irene —dijo Irene con voz chillona mientras sostenía a su Curious George como si se tratara de una marioneta de ventrílocuo.

Irene había sido dada de alta del hospital el día anterior, después de la tercera inyección contra la rabia. Su cama era un zoológico de animales de peluche. Además de las flores y los juguetes de peluche, le habían llevado pelotas, frascos con dulces, veladoras de la Virgen de Guadalupe y don Pedrito Jaramillo, y regalos envueltos que ni siquiera había abierto todavía. William le llevó un dibujo de Clifford, el perro rojo de las caricaturas, que uno de sus niños había dibujado para Irene. La tía Fátima, una imagen sagrada de Santo Domingo, santo protector contra los perros salvajes y la rabia. Irene había pedido que le pegaran las dos imágenes en la pared, encima de la cabecera, enseguida del crucifijo que le habían dado a ma en el funeral de su papá.

—Chiflada —Ximena besó a Irene en la frente. Le entregó un hipopótamo de peluche con un moño rosa amarrado alrededor de la panza.

—Está muy linda —dijo Irene—. Mira, George, tienes una nueva amiga.

—Sí, claro, como si necesitara un nuevo amigo —dijo Ivón, estaba sentada en el piso con las piernas cruzadas; trataba de revisar el primer borrador sobre el capítulo de Juárez.

Una vez que Ivón se permitió a sí misma concentrarse completamente en el trabajo y dejó de jugar al detective, el capítulo se había escrito prácticamente solo en los cinco días que ella y Brigit habían pasado en la casa de su mamá. Ma y Brigit se habían entendido de maravilla.

—Parece que ya tienes suficientes cosas aquí como para abrir una tienda de segunda —dijo Ximena e hizo a un lado los peluches para poder sentarse en la orilla de la cama. Algo gruñó.

—¡Ah cabrón! —dijo Ximena asustada.

—Es Sansón, que está debajo de la cama —se rió Irene—. Ma lo dejó entrar para que me visite.

El perro soltó otro gruñido cuando oyó su nombre.

—Ah, creí que era Ivón la que olía mal.

—Qué chistosa —dijo Ivón.

Ivón escribía en un cuaderno diversas ideas sobre cómo integrar la teoría de Anzaldúa sobre la identidad de la frontera con la teoría de Caputi sobre los feminicidios y la fetichización de los asesinos en serie en la cultura patriarcal. Sintió que las puntadas del brazo le punzaban y tomó más Tylenol.

—El juez Anacleto llamó en la mañana —dijo Ximena—. Pete despertó pidiendo una margarita

—¡Qué bueno! —exclamó Ivón—. Tenemos que salir con ese muchacho.

—Su mamá le organizó un fiestón mañana. Quiere que vayamos.

—¿Puedo ir? —preguntó Irene.

—No —dijeron Ivón y Ximena al unísono.

—Qué malas.

—¿Y saben qué?, recibí un *email* de Rubí desde un lugar cibernético en Oaxaca. Creo que se fueron de incógnitas. Lo firmó como Ramona —comentó Ximena.

—Todos somos Ramona —dijo Ivón.

—Era ella. Todo lo que dijo fue: "Dile a tu prima que no la culpamos".

Ivón puso a un lado su cuaderno y replegó las piernas sobre el pecho; con los brazos rodeaba los tobillos.

—Todavía me siento de la chingada con eso —dijo—. Si yo no hubiera mencionado el nombre de Walter a J.W. . . .

—No fue tu culpa, prima. Si Walter era parte de ese sitio *snuff* del penique de la suerte, merecía lo que le pasó. Él se lo hizo a su propia familia, no tú.

—No hablen de eso —dijo Irene y se cubrió las orejas con las manos. La perturbaba oír cualquier cosa sobre peniques de la suerte o pornografía.

—Gracias a Dios que no le pasó nada a Rubí ni a su hija —dijo Ivón—. No hubiera podido vivir con eso.

—Me acuerdo de ella —dijo Irene—. Era amable pero su novio actuaba como macho.

—Tú no sabes de quién estamos hablando, señorita metiche —dijo Ximena.

—Sí sé. Ámbar, ¿verdad? La conocí en la feria cuando estaba ahí con la sobrina de Raquel.

—¿Alguien dijo Raquel? —sus ojos negros centellearon como tinta. De pronto Raquel estaba de pie, en la puerta de la recámara de Irene, en la casa de su mamá. Llevaba una bolsa de regalo rosa brillante.

—¿Qué haces tú aquí? —preguntó Ivón sorprendida.

—Vino conmigo —respondió Ximena.

Ivón miraba a una y a otra. Había algo en la mirada de Ximena a Raquel y también en la manera que Raquel bajó la vista, avergonzada.

Ximena sabía el teléfono de Raquel y actuaba de manera extraña cuando Ivón la miraba. *Date cuenta de lo que pasa, Ivón. Por poco se ríe. Increíble.* Brigit estaba en la cocina con su mamá, le ayudaba a preparar flautas para el día de campo de mañana. Y aquí también estaba Raquel, la mujer en cuya cama había estado tan sólo unos días atrás, y ahora resultaba que no sólo era la ex de Ivón, sino también la novia de Ximena. Ni siquiera sabía que su prima era lesbiana. Pensó que era demasiado para su radar gay.

—¿Y cuándo saliste del clóset que no me di cuenta? —le susurró Ivón a su prima.

—Traje algunos regalitos —Raquel sabía ser delicada en situaciones difíciles—, éste es para la garrapata —dijo y le pasó la bolsa de regalo a Irene.

Irene sacó un Compact Disc Player nuevo y algunos discos.

—¡Qué padre! ¡Gracias!

Ximena debió decirle a Raquel que el CD Player de Irene se lo habían robado, igual que el anillo de graduación. Ivón tenía la intensión de reponer el anillo tan pronto como tuviera dinero.

—Una de mis sobrinas me recomendó la música —dijo Raquel—. No tengo idea de lo que las muchachas oyen ahora.

Irene revisó los discos: Maldita Vecindad, Café Tacuba, Julieta Venegas.

—¡Qué padre! No tengo nada de rock en español, gracias, Raquel.

Cuando la cara de Irene se veía así, encendida de alegría y gratitud, Ivón no podía evitar sentir un nudo en la garganta.

—Y esto es para ti, Ivón —dijo Raquel encaminándose al pasillo por un momento.

—¿Para mí?

Raquel regresó a la recámara con algo escondido atrás de ella. Atrás estaban Brigit y su mamá.

Ivón todavía estaba sentada en el piso, ni siquiera había tenido tiempo de levantarse cuando un muchachito enjuto se lanzó hacia ella gritando —¡Von! —El niño le rasguñó las puntadas del brazo de Ivón.

—¡Ay! —se quejó.

Sansón ladró. Ximena tomó a George, la marioneta de Irene, y dijo: —George, te presento a tu primo Jorgito.

Ivón se las arregló para ponerse de pie. Brigit e Irene reían. Jorgito se agarraba del cuello de Ivón más fuerte de lo que Irene lo hacía cuando era niña. Sus piernitas le atenazaban fuerte la cintura. Brigit había entrado en la recámara y abrazaba a los dos, a Ivón y a Jorgito. Su mamá se quedó rígida en el pasillo, con los brazos cruzados; agitaba la cabeza como si las juzgara.

—¿Qué ocurre? —Ivón no entendía lo que pasaba.

—Le pedí a Raquel que lo recogiera y lo arreglara para que conociera a Brigit —explicó Ximena—. Si tú quieres puede pasar el fin de semana aquí. Elsa no se encuentra bien. Es el momento para que ustedes tomen una decisión.

Jorgito vestía un overol, una camisa a rayas rojas y sandalias de niño Doc Marten, como las de Ivón. Olía a patchouli.

Brigit lloraba.

—¡Mamá! ¡Ven aquí! ¿Qué piensas? ¿Crees que debemos hacerlo?

Su mamá se dio una vuelta en la recámara; le encantaba ser el centro de la atención.

—Haz lo que tú quieras, mijita. Siempre lo haces. Pero ésa . . .
—apuntó a Irene— se va a quitar esa cosa de la lengua ahora
mismo. Me dio tanta vergüenza cuando Fátima me lo enseñó en el
hospital. ¿Qué es ese hierro en la lengua de tu muchacha?, me
preguntó, como si yo supiera de las locuras que hacen los jóvenes
en estos días.

Todos contenían el aliento, expectantes, no sabían qué sería lo
siguiente que saldría de la boca de Lydia, la dama del dragón.

Se paró frente a Ivón y miró atentamente a Jorgito.

—Ven aquí, flaquito —dijo al tiempo que abría los brazos.
Ivón asintió con la cabeza y el muchachito fue hacia ella—. Vamos
a darte unas flautas.

—¿Les puedo ayudar? —preguntó Brigit, luego siguió a la
mamá de Ivón y a Raquel cuando salieron de la recámara.

Los ojos de Ivón se encontraron con los de Ximena. Ésta
encogió los hombros.

—¿Y qué de mi disertación, esa?

Ximena se puso de pie y pasó un brazo por el cuello de Ivón.

—Tómalo de esta manera, prima. No has perdido tu trabajo,
has ganado un hijo.

—No he perdido mi trabajo todavía, pero lo perderé si no
termino.

Ivón miró el calendario que había dibujado en su libreta. Hoy
era sábado, 20 de junio. Ella y Brigit regresarían a Los Ángeles el
lunes 22. Eso significaba que tenía exactamente ocho días para
terminar el último capítulo, escribir la conclusión, imprimir todo
el manuscrito y entregárselo a su comité. No sabía cómo diablos
iba a hacer todo eso, pero no iba a suceder si seguía sentada ahí,
en medio de toda esa locura. Su computadora la esperaba en su
antiguo cuarto. De vuelta al yugo.

Jorgito regresó a la recámara, trotaba, llevaba un plato de papel
con tres flautas.

Sansón salió debajo de la cama.

—¡Cuidado con el perro! —gritó Irene.

El niño tiró el plato y empezó a llorar.

—Lo asustaste, Lucha —dijo Ivón y levantó al niño con su
brazo bueno.

Sansón devoró la comida.

—No fue mi intención. Lo siento. Estoy muy paranoica.

—No te asustes —dijo Ivón suavemente—. A Sansón le encantan las flautas.

Ximena le hizo cosquillas a Jorgito debajo del brazo y él se rió.

—Aquí estará él cuando tú regreses —Ximena le dijo a Ivón—. Mientras tanto Elsa firmará los papeles y yo arreglaré que el juez Anacleto te ponga en su lista de casos.

Mapi, ven a cuidarme en la sección de los niños.

No escuchó ninguna refutación en la voz de su mamá en ese proverbial juego de ping pong que llevaba en la cabeza.

—Muy bien, gente, me tengo que ir —dijo Ximena—. Nos espera un gran día mañana en el Lago Ascarate. Los veo mañana a todos.

—No me voy a divertir —lloriqueó Irene—, voy a estar en la silla de ruedas.

—Claro que sí. Tú y tía Esperanza pueden jugar damas chinas sentadas en sus sillas de ruedas.

Irene le lanzó el hipopótamo de peluche a Ximena.

—En serio, ella es muy divertida. Te vas a reír con sus historias de cuando era soldadera en el ejército de Pancho Villa. ¡Ah!, Ivón, no se te olvide que el tío Joe quiere que le ayudes con la barbacoa.

Ivón había pasado la mañana anterior con su tío. Le había ayudado a salar y sazonar los cortes especiales que había comprado para la barbacoa. Los atados de carne envueltos con papel aluminio se asarían en un hoyo con leña de mezquite durante dos días. Los frijoles se cocinarían lentamente, espesos, con trozos de jamón y ajo en una olla cilíndrica, en medio del hoyo para asar. Casi podía saborearlo.

Luego pensó en las familias de las mujeres asesinadas. ¿Celebrarían el Día del Padre? ¿Se pasearían en bote en un lago, romperían piñatas y comerían carne asada? Simplemente agradece que tengas una familia, Ivón. Ximena besó a Jorgito en la mejilla. Éste se soltó de los brazos de Ivón y fue a jugar con Curious George.

—¡Qué familia! —exclamó Ivón.

Reconocimientos

NUNCA ANTES CONTÉ CON TANTO APOYO, buena fe y esfuerzo por parte de la comunidad en la escritura de un libro como lo tuve con éste. La lista incluye a parientes, amigos, estudiantes y extraños cuyos propios esfuerzos por exponer los crímenes y terminar con la violencia me inspiraron fuertemente. Todos contribuyeron mucho con mi investigación. Entre mis familiares debo agradecer primero a Lizeth, mi sobrina y asistente de investigación en la Universidad de Texas en El Paso, quien en el otoño de 1999, utilizó sus aptitudes arqueológicas para encontrar una serie de artículos periodísticos mexicanos sobre los asesinatos ocurridos de 1993 a 1998. Así fue como todo empezó, *y sin tu ayuda, mi reina, no hubiera podido hacer este trabajo*. Quiero agradecerle a Blanca, mi prima y *comadre*, por las redes, contactos y viajes especiales. Y, por supuesto, a mi madre, por sus oraciones a San Judas Tadeo.

Muchos amigos y estudiantes me enviaron correos electrónicos que me pusieron al corriente sobre los asuntos relacionados con los asesinatos. Se los agradezco. Quienes me brindaron asistencia especial requieren mención especial: mi compañera–Bloomie; Antonia, por dar con el título del libro; mi amiga Emma Pérez, acá *la Sundance*, por leer varios borradores de la novela, por llevarme a lo largo y ancho de Juárez, de Zaragoza a Puerto Anapra, y particularmente por leer las galeras en el último momento, de madrugada, comiendo comida-chatarra; mi alumno Miguel, de mi clase *Border Conciousness*, y su papá, por sus videos encubiertos de la Mariscal; Andy, *la mera-mera detectiva*, a quien di lata con tantas preguntas y permitió que me le pegara en las autopsias; mi amiga Sara, quien me introdujo a *the Doomed Detective*, un estudio sobre la novela anti-detectivesca de Stefano Tani que me ayudó a encontrar el tipo de novela que escribía; un caballero llamado Fred Soza, a quien conocí en una lectura de mi novela de Sor Juana en 1995, y me enseñó una estrategia nemotécnica que había inventado para recordar las diez musas (aún no sabía, Fred, que un día te pediría prestado a "Pete McCuts"); finalmente el heterogéneo equipo de exploradoras intrépidas de Calavera —Yvette, Marina, Irma y Andy (otra vez)—, por sus fotografías de último minuto: ustedes hicieron posible que amarrara los cabos sueltos.

Mi especial agradecimiento a Deena González (a pesar de que cada una tomó su propio camino siempre valoraré nuestra amistad), por aguantar mi turbulencia emocional, que no hiciera labores domésticas, y mis extraños viajes de investigación durante los últimos tres años y medio de nuestra relación, el tiempo que me llevó escribir este libro; a Gloria Ramírez por brindarme un cuarto propio, un lugar en su *casita* de Texas donde trabajar; a Angélica, Heather, Helena, Stacy, Rob, y a toda la gente de "¡Ni una más!", que me ayudó a organizar en Los Ángeles el congreso *"Who Is Killing the Women of Juarez?"*, bajo el patrocinio de Amnistía Internacional y del Centro de Investigación de Estudios Chicanos de la Universidad de California en Los Ángeles. ¡Mil gracias a todas y todos!

Gracias a las primeras siete periodistas de Juárez que con su invaluable libro rompieron el silencio acerca de los asesinatos, *El silencio que la voz de todas quiebra*. Mi gratitud y respeto a las organizaciones no gubernamentales, "8 de Marzo", "Justicia para las Mujeres de Juárez", y "Nuestras Hijas de Regreso a Casa". A las activistas Esther Chávez Cano, Astrid Gonzáles Dávila, Judith Galarza y Lucha Castro, quienes insistieron desde el principio en despertar la conciencia colectiva de los mexicanos acerca del abuso doméstico y otras formas de violencia en contra de las mujeres. Para obtener información estadística sobre feminicidios, al igual que sobre niños y mujeres abusadas en Juárez, véase la página de Internet de "Casa Amiga" (*www.casa-amiga.org*), el único refugio para mujeres violadas en crisis, en la frontera Estados Unidos-México. En 2004, por ejemplo, sólo en esa ciudad fronteriza, hubo más de mil quinientos incidentes de violación, incesto y abuso físico.

Me gustaría mencionar especialmente al primer colectivo de familias y familiares de las víctimas, "Voces sin Eco", que organizó los grupos de búsqueda durante los primeros años de la ola de crímenes. También nos dio la actual imagen de la cruz negra sobre un rectángulo rosa, ícono que simboliza la justicia para las hijas de Juárez.

Gracias de todo corazón a Esther Chávez y a Vicky Caraveo por brindarme un espacio de su tiempo, a pesar de su ocupadísima agenda, para hablar conmigo y compartir sus archivos e información. De corazón gracias a Norma Andrade, Benita Monárrez, Ramona Morales, Patricia Cervantes y Maricela Ortiz, por testimoniar su pérdida en el congreso de UCLA. Gracias también a Eve Ensler, Dolores Huerta, y la congresista Hilda Solis; a todas las activistas, artistas, académicas y profesionistas que hablaron en el congreso y contribuyeron a concienciar a la comunidad de UCLA y de Los Ángeles sobre esta ola de crímenes en contra de las mujeres de color pobres de Juárez.

Quiero también destacar el trabajo académico pionero de las colegas María Socorro Tabuenca y Julia Monárrez Fragoso, del Colegio de la Frontera; Cynthia Bejarano, de la Universidad Estatal de Nuevo México; Kathleen Staudt e Iracema Coronado, de la Universidad de Texas en El Paso; Rosalinda Fragoso, de la Universidad de California en Santa Cruz y, Melissa Wright, de Penn State University. Particularmente ofrezco mi simpatía y admiración a todas las madres de las víctimas —que sin ceder al cansancio han demandado justicia para sus hijas desaparecidas y muertas—, por sus protestas, sus marchas y sus campañas para terminar con la impunidad.

La Internet demostró ser una de las mejores fuentes de información para una parte de mi investigación. Quiero agradecer a Greg Bloom y a los infatigables traductores y cazadores de noticias de *Frontera Norte-Sur*, el noticiero en línea de la Universidad Estatal de Nuevo México, por mantener las noticias sobre los asesinatos accesibles al público angloparlante. Gracias a todas las fuentes de información en línea sobre las muertas de

Juárez, inclusive los sitios ahora desaparecidos como The Sagrario Consortium. Gracias a los organizadores de los congresos sobre los crímenes, realizados en la Universidad Estatal de Nuevo México y en la Universidad Autónoma de Ciudad Juárez, que sacaron a la luz tanto información como a muchos de los actores. Gracias al Woman in Black Art Project (parte del movimiento feminista internacional de paz) por organizar una marcha de protesta en Washington D.C. con el objeto de llamar la atención de los Estados Unidos sobre estos crímenes atroces.

Le agradezco a Lourdes Portillo el bello, sensible, y perturbador documental que hizo sobre los crímenes, "Señorita Extraviada" (2001). El material de archivo en esta película, al igual que el rompecabezas que construyó para representar la densa maraña que rodea los asesinatos, arrojó mucha luz. Gracias por tu valentía al hacer esta película. Aprendí de la mejor.

También quiero destacar a los periodistas Sam Quiñones, John Quiñones, Charles Bowden, Diana Washington Valdez y Lorena Méndez. Asimismo a los primeros reporteros que escribieron sobre estos crímenes para los lectores de habla inglesa, en los periódicos *Los Angeles Times, Washington Post, Christian Science Monitor, San Antonio-Express News, New York Times* y *El Paso Times*. También quiero destacar los programas *20/20* y *America Undercover*. Particularmente Diana se arriesgó al exponer los nexos entre los asesinatos y los "juniors" acomodados de Juárez.

A los sesudos aficionados de novelas de misterio del congreso *Hispanic Detective,* en la *Royal Holloway University of London*, que largamente se sentaron a escuchar cuatro de mis capítulos, les agradezco su entusiasmo y retroalimentación. De manera especial quiero expresar mi gratitud a Shelly, al decano Scott Waugh, de la Universidad de California en Los Ángeles, y a Tom Wortham, director del Departamento de Inglés, por haberme invitado y hacer posible este viaje. A Nicolás Kanellos y el personal de Arte Público Press les ofrezco mi más sincero aprecio por creer en la integridad de mi misión: despertar la conciencia sobre los asesinatos e informar al mayor número de personas posible. Y también por sus múltiples roles en la producción del libro.

Los fondos para la investigación de este proyecto fueron proporcionados parcialmente por el *Academic Senate Committee on Research*, de la Universidad de California en Los Ángeles. Gracias a COR por los dos años de apoyo.

Para aprender más sobre los crímenes o la autora, o si desea firmar ¡Ni una más! Online Petition, para acabar con la violencia en contra de las jóvenes y las mujeres de Juárez, por favor visite *www.desertblood.info*.

Espero que este libro invite a los lectores a sumarse a los amigos y a las familias de las mujeres muertas y desaparecidas de Juárez. Únicamente en la solidaridad podremos poner punto final a esta pandemia de feminicidios en la frontera. ¡Ni una más!

Otras obras de Alicia Gaspar de Alba

Desert Blood: The Juárez Murders

*La Llorona on the Longfellow Bridge:
Poetry y Otras Movidas*